Claire Singer
Das Lapislazuliherz

Claire Singer

Das Lapislazuliherz

Boje

MIX
Papier aus verantwortungsvollen Quellen
FSC® C014496

Dieser Titel ist auch als E-Book erschienen

Originalausgabe

Umschlaggestaltung: Guter Punkt, München
Umschlagmotiv: © arcangel-images/Malgorzata Maj;
© shutterstock/unverdorben jr
Satz: Dörlemann Satz, Lemförde
Gesetzt aus der Goudy Oldstyle
Druck und Einband: GGP Media GmbH, Pößneck

Printed in Germany
ISBN 978-3-414-82403-5

5 4 3 2 1

Sie finden uns im Internet unter: www.boje-verlag.de

Ein verlagsneues Buch kostet in Deutschland und Österreich jeweils überall dasselbe.
Damit die kulturelle Vielfalt erhalten und für die Leser bezahlbar bleibt, gibt es die gesetzliche Buchpreisbindung. Ob im Internet, in der Großbuchhandlung, beim lokalen Buchhändler, im Dorf oder in der Großstadt – überall bekommen Sie Ihre verlagsneuen Bücher zum selben Preis.

Flüssiges Gold

»Ich habe es satt, dieses ewige Kartoffelnschälen, Verbändewechseln, alte Näpfe mit scheußlichen Sachen drin spülen, das kann doch nicht alles gewesen sein in meinem Leben, da muss doch noch was kommen! Ich will Künstlerin werden!«, brüllte ich, dass die anderen Beginen in den Nebenzimmern an die Wände klopften.

»Unmöglich!«, rief Mama und hielt den Zeigefinger vor den Mund.

»Doch!«, schrie ich und wurde noch ein wenig lauter.

Ich ging Mama ziemlich auf die Nerven. Bis zu dem Tag, als ich auf der Straße vor dem Beginenhof auf einen geheimnisvollen Mann traf. Ich hatte mir eine Kutte übergestülpt und trug viel zu große Stiefel an den Füßen, weil ich die undankbare Aufgabe hatte, Pferdemist einzusammeln, der getrocknet so wunderbar in den Öfen brennt. In meiner Verkleidung etwas unbeweglich, stiefelte ich mit der Pferdemistschaufel und einem Weidenkorb auf dem Kopfsteinpflaster vor dem Beginenhof herum, als mich der fremde Mann ansprach.

»Bursche, wenn du dir was dazuverdienen möchtest, dann sammle auch für mich. In unseren Werkstätten muss kräftig geheizt werden, sonst friert die Farbe in den Töpfen. Von meinen Händen ganz zu schweigen.«

Ich glaubte zu träumen. Sollte mein größter Wunsch wahr werden? Und so brachte ich außer einem erbärmlichen »Ich weiß nicht …« nichts hervor.

Kein Mädchen, das ich kenne, malt, außer es sitzt mehr oder weniger freiwillig in einem Kloster und pinselt Majuskeln auf schweres Pergament. Wir schreiben das Jahr 1451, und da gibt es keine Malerinnen in den Malerzünften. Die Herren Künstler würden toben, wenn auch nur ein Weib sich erdreisten würde, in ihren erlauchten Kreis einzudringen. Zwar sind in manchen Handwerkszünften Frauen zugelassen, aber die Meister der Künste bilden eine Ausnahme. Schließlich haben sie ständig mit Kirchenfürsten, schwerreichen Kaufleuten oder gar mit Königen und anderen Adligen zu tun. Auf »Augenhöhe« würden diese mächtigen Männer keine Frau akzeptieren. Ein dreizehnjähriges Mädchen, das den Wunsch hat, Malerin zu werden, ist deshalb ungefähr so irrsinnig wie eine Frau, die den Papstthron besteigen will. Ich weiß das alles natürlich auch, aber ich habe einen schweren Dickkopf, wie Mama immer sagt. Vielleicht hat mich der auch gerettet, als vor drei Monaten die Katastrophe über unsere Familie hereinbrach.

Papa war ständig unterwegs, um kostbares Öl einzukaufen. Schließlich durfte bei ihm nur das samtigste und reinste, geschmeidigste und klarste Leinöl verkauft werden. Papa war Leinölhändler, und nicht nur das, er handelte mit all den Herrlichkeiten, die Maler für ihre Arbeit brauchen. Mit Rötel und Kohle, Ölen und Kaseinen, Schamotte und Ocker, gebrannter Umbra und Pigmenten aller Art.

Seine letzte Reise sollte den Durchbruch bringen. Seit der große Jan van Eyck die Ölmalerei revolutioniert hatte, gierten alle nach Terpentinölen, die schnell trockneten. Mein Vater kannte Männer in den Hafenstädten Hollands und Belgiens, die mit Ölen aus den berühmtesten Ölmühlen handelten. Sie waren hellgelb wie flüssiges Gold, leicht zu vermalen, ohne zu gilben, und verliehen Bildern eine Tiefe, wie sie noch nie da gewesen war. Die Öle braucht man heute auch in Mengen, denn es ist eine wahre Malwut ausgebrochen. Besonders bei uns in Flandern, wo der Landesherrscher für alle Künstler herrliche Bedingungen geschaffen hat, weil er ein alter Kunstnarr ist. Philipp der Gute. Er ist einer der größten Auftraggeber für alle Porträtmaler. Dieser Philipp der Gute, Herzog von Burgund und Graf von Flandern, ist typisch für seinen Stand. Immer mehr Adlige und Kaufleute wollen sich nun porträtieren lassen, und das in Lebensgröße und mit wichtiger Miene. Die Zeit der Kirchenmäzene und der großen kirchlichen Auftraggeber ist vorbei. Jeder Graf, jeder König, jeder Herzog will heute sein Gesicht in Öl.

Mein Papa ahnte ein goldenes Zeitalter voraus und reiste immer wieder allein in die entlegensten Gegenden Frankreichs, Flanderns und der Niederlande, um Ware einzukaufen. Seine letzte Reise führte ihn allerdings nach Antwerpen, wo er eine Lapislazulilieferung in Empfang nehmen wollte. Jene tiefblauen, geheimnisvollen Edelsteine, die man für ein leuchtendes Blau, das Ultramarin, braucht. Heute will keiner der reichen Auftraggeber ohne diese herrliche Farbe auskommen. Himmel, Kleidung, Zierrat, alles muss blau – also göttlich sein. Zum einen, weil auch der Mantel der Jungfrau Maria immer und immer in Blau dargestellt wird, und zum anderen, weil dieses aus Lapislazuli gewonnene Blau eine der kostbarsten Farben ist. Gemahlener Edelstein, verrührt mit den Ölen meines Vaters, ist wie blaues Gold und gibt allen Bildern himmlische Leuchtkraft, hat Jan van Eyck einmal gesagt. Die Maler reißen sich darum. Leider auch die Diebe.

Gar nicht himmlisch, sondern scheußlich irdisch waren die Gesellen, die Papa kurz vor Gent überfielen, als er mit übervollen Taschen von einer Einkaufsreise zurückkam: Lapislazuli und Gold –

zwar nur kleine Mengen, aber genug, um Begehrlichkeiten zu wecken. Papa starb, nachdem man ihn vom Pferd gestoßen hatte, durch zwei große Schläge auf den Kopf und ein schwaches Herz, das immer voller Liebe für uns, seine kleine Familie, geschlagen hatte. Die Güte meines Vaters war legendär. Mama liebte ihn wie am ersten Tag, und ich hatte im Gegensatz zu unendlich vielen anderen Kindern eine schöne Kindheit. Bis vor einem Vierteljahr eben, als uns Papas Tod in wirtschaftliche Nöte brachte, denn Mama verstand von Ölen und Farben nichts, dafür umso mehr von Gewürzen und Kräutern, also Zutaten, aus denen man köstliches Essen zaubern konnte. Da waren wir nun – Mama und ich, zwei Frauen, allein mitten in Flandern. Zwar nicht ganz mittellos, aber ohne gesellschaftliche Anerkennung. Die erhielt man nur, wenn es einen Mann im Haus gab.

Wir beschlossen, auf einen Beginenhof in Brüssel zu ziehen. Beginenhöfe gibt es seit gut zweihundert Jahren, und sie sind ein Segen für Kinder und Frauen. Nicht nur Wohnmöglichkeiten, sondern auch Arbeit, Essen und Hilfe aller Art bietet diese lose Gemeinschaft. In vielen Städten wurden Beginenhöfe eröffnet, meist robuste Ziegelbauten, von Mauern umgeben, geleitet von einer Grande Dame, die jedem Beginenhof vorsteht. Beginen kümmern sich um Kranke und Waisen, die sogenannten Wohnkinder. Und dazwischen fertigen sie natürlich auch Klöppelarbeiten, Wolle und andere nützliche Materialien und Handarbeiten an.

Ich habe das alles von Mama erfahren, die sich schon mit den Beginen beschäftigt hat, als Papa noch lebte. Ich weiß noch, als ich sie gefragt habe, woher der seltsame Name kommt, aber sie konnte es mir nicht sagen. Vielleicht von den beigen Kleidern, die die Beginen in der Regel tragen, oder von der heiligen Begga, die ein Kloster gegründet hat.

Der Beginenhof in Brüssel, an der Place du Béguinage, war auch unsere Rettung. Die kleine bescheidene Kemenate, in der ich jetzt nach Papas Tod mit Mama lebe, ist ein gutes Versteck vor der Welt, die Mama nach dem Mord an ihrem Mann nicht mehr sehen will.

Zuerst mochte ich es hier, aber jetzt bedrückt mich die Enge. Ich komme mir gefangen vor. Ich will so gern andere Menschen sehen. Und ich will endlich wieder malen, schließlich habe ich das bisher in unserem Zuhause immer gedurft. Ich finde meine Sachen auch gar nicht so schlecht, auch wenn Mama meint, dass ich den Menschen immer Wurstfinger malen würde. Und wenn schon, ich will ja lernen, wie man richtig malt!

Genau diese Gedanken trieben mich um, als ich nach dem Streit mit Mama dem Fremden auf dem Platz vor dem Beginenhof begegnet bin. Der Mann deutete, nachdem er mich angesprochen hatte, auf zwei Häuser auf der gegenüberliegenden Straßenseite. Imposante Fachwerkhäuser mit roten Ziegeln zwischen den pechschwarzen Balken. Ich konnte es nicht fassen. Die anderen Beginen sprachen voller Bewunderung von seinem Besitzer und nannten ihn den Meister Flanderns: Rogier van der Weyden. Ich kenne einige seiner Bilder. Nun, um ehrlich zu sein, ich meine sie zu kennen, denn Papa hat mir haarklein von ihnen berichtet und Miniskizzen angefertigt, damit ich sie mir vorstellen kann.

Auch Papa sprach immer in den höchsten Tönen von »Rogier« und hatte ihn sogar schon einige Male beliefert, auch, als van der Weyden noch in Tournai wohnte, einem kleinen Städtchen im Westen des Landes. Doch sein Ruhm geht weit über die Grenzen unseres Reiches hinaus. Was Rogier van der Weyden malt, scheint zu leben, er bringt Gefühle auf seine Tafeln und Leinwände und ist damit so fortschrittlich wie kein Maler sonst.

Ich konnte es kaum glauben. Genau dieser große Maler stand

leibhaftig vor mir und sprach mit mir – und er hielt mich offenbar für einen Jungen! Das brachte mich auf eine Idee, die so verrückt wie einleuchtend war … Ich ließ Pferdeäpfel Pferdeäpfel sein und machte mich auf den Weg zurück zum Beginenhof. Ich wollte Mama unbedingt von meiner Begegnung berichten.

Doch dazu sollte es erst einmal nicht kommen, denn im Beginenhof herrschte große Aufregung.

Die Farbe der Einsamkeit

Die Begegnung mit dem Fremden hatte mich aus der Bahn geworfen, eine Bahn, die ich nur allzu gern lieber heute als morgen verlassen würde. Eine Bahn, die Mama und ich einschlagen mussten, um zu überleben, denn die Zeiten sind nicht die besten für Frauen, die keinen männlichen Beschützer und Hausvorstand haben. Und selbst der Schutzort der Beginenhöfe ist kein Zuckerschlecken, zumindest nicht für jemanden wie mich, der die Welt kennenlernen möchte, um sie später zu malen.

Ich weiß, dass die Beginen mittlerweile einen schweren Stand haben und in anderen Ländern Europas bereits verfolgt werden. Immer wieder schwappen schreckliche Neuigkeiten über die Grenzen Belgiens, dem einzigen Land, in dem Beginen halbwegs in Ruhe leben dürfen. Mama hat es mir einmal erklärt, kurz nachdem sie mit mir von Brügge nach Brüssel gezogen war, um dort Zuflucht an der Place du Béguinage zu suchen. In dieser Ansammlung von Häuschen, die ich zuerst für kleine Hexenkaten gehalten hatte, so verwinkelt ziehen sich Erker und Türmchen, Fachwerk und Holzverstrebungen in die Höhe und an manchen Stellen auch in die Breite. Es sieht so aus, als hätte jemand einen Haufen alter Schachteln und Kisten wild aufeinandergestapelt. Leider ist dieser »Hof« unsere einzige Alternative, neben Verarmen und dem Kloster. Frauen dürfen keine Handwerksbetriebe leiten, und somit konnte Mama Papas Geschäft nicht weiterführen. Vor Gericht, im Falle eines Streits, hätte ihr Wort nicht gegolten.

»Die wollen uns kleinhalten, damit man nicht merkt, wie dämlich die meisten Mannsbilder sind«, sagt Mama immer. Dann bekreuzigt sie sich, blickt zum Himmel und murmelt: »Mit Ausnahme von dir natürlich, Jan Deleuven, mein bester Ehemann.«

Tatsächlich hatte der Pfarrer in Brügge auch versucht, uns beide, Mama und mich, ins Kloster zu drängen, nachdem man Papa gemeuchelt hatte. Aber Mama hatte bei Papas Geschäften immer die Finanzen geregelt und wusste deshalb, dass ein Gang ins Kloster uns aller Möglichkeiten beraubt hätte. Wir hätten all unser Hab und Gut abgeben und uns den Regeln der katholischen Kirche unterordnen müssen. So viel Gläubigkeit musste es für Mama wahrlich nicht sein. Und Papas sauer verdientes Geld wollte sie auch nicht hergeben. Im selben Beruf arbeiten konnte sie wie gesagt nicht. Außerdem hatte Papa immer das Fachliche allein geregelt oder mit mir besprochen, und dann hätte sie als Frau nie gefahrlos reisen können. Was aber für sie noch viel schwerer wog: Sie hätte mich allein lassen oder baldmöglichst verheiraten müssen. Denn mit dreizehn bin ich genau im richtigen Alter.

Da kam Mama die Idee mit dem Beginenhof. Zwar gab es in Brügge auch einen, aber Mama wollte weg von dort, weg von der gewohnten Umgebung, die sie immer wieder an ihren Mann, meinen Vater, den Öl- und Terrakottenhändler Jan Deleuven, erinnert hätte.

Außerdem hätte es sicher Gerede gegeben. Die zwei Deleuven-Weiber, die sich nicht fügen und als Witwe und Halbwaise nicht ins Kloster gehen, sondern sich den Beginen anschließen! Gelten die doch bei vielen als ein seltsames Völkchen. Böse Zungen, und das sind gar nicht so wenige, behaupten, die Beginen seien Hexen. Aber das ist man heutzutage schnell. Frauen, die sich nicht vereinnahmen lassen, kein Gelübde ablegen und sich nicht ein Leben lang der Kirche verschreiben, sind verdächtig. Aus einem Beginenorden hingegen darf man jederzeit wieder austreten, wenn man die persönliche Durststrecke überstanden hat oder gar heiraten möchte. Und wer weiß, vielleicht würde ich ja tatsächlich mal Gefallen an einem jungen Mann finden oder Mama selbst gar noch einmal heiraten wollen. Aber Letzteres ist eher unwahrscheinlich, so wie sie Papa vergöttert.

Also zogen wir mit Sack und Pack und dem kleinen Vermögen, das Papa uns hinterlassen hatte, nach Brüssel an die Place du Béguinage, in die braunrot-weißen Hexenhäuser.

Ich weiß noch genau, wie sehr ich erschrak, als uns die Grande Dame die Tür öffnete, ein mit schweren eisernen Beschlägen und unzähligen Riegeln versehenes Tor. Es dauerte ewig, bis es sich knarrend und quietschend auftat. Aus dem Dunkel trat eine in graubraunes Leinen gehüllte Frau, die eine Art bauschiges Kopftuch trug, das unter dem Kinn zusammengehalten war. Ein weißes Band umrahmte ihr Gesicht, dem tausend Fältchen etwas Gespenstisches gaben. Ihre Stimme klang trocken wie das Rascheln eines verlassenen Wespennestes, in das wir als Kinder so gerne hineingestochen hatten – immer mit der gruselig schönen Angst, dass sich doch noch irgendwo ein schlummernder Schwarm versteckt hielt.

»Willkommen im Grand Béguinage. Beeilt euch, kommt herein. Die Zeiten sind nicht sicher für uns Beginen. Ein neuer Inquisitor streift durch die Straßen und sucht geradezu nach Unheil, das wir begangen haben könnten. Dabei würde Brüssel im Chaos versinken, wenn es uns nicht gäbe!«

Die Grande Dame verzog das blasse Gesicht, und die tausend

grauen Fältchen schienen direkt in die Leinenkutte überzugehen, was sie wie eine gemeißelte Statue aussehen ließ. Sie führte uns in eine Kleiderkammer und händigte uns genau jene graubraune Kleidung aus, die sie selbst trug. »Sie ist unser Erkennungszeichen«, erklärte sie, »denn im Gegensatz zu den Inquisitoren und Kirchenvertretern ist die Bevölkerung ziemlich zufrieden mit uns Beginen und unserer barmherzigen Arbeit.« Die Grande Dame räusperte sich und hustete schwer, als sie mühsam weitersprach: »Anders als die Stadtoberen oder so manche Landesfürsten glauben mögen, leben wir sehr wohl nach festen Regeln. Es sind keine Gesetze, die nach gut oder schlecht befinden. Die brauchen wir nicht. Auch unsere seelischen Grundfesten sind die Vorgaben der Heiligen Schrift, aber wir haben in unser tägliches Tun die sieben Regeln der leiblichen Barmherzigkeit integriert: Nahrung geben und Dürstende tränken, Kleidung verteilen, Fremde beherbergen, Kranke heilen, Sterbende begleiten, Gefangene trösten oder gar befreien.«

Ich muss wohl den Mund ein wenig verzogen haben – möglicherweise waren die muffig riechenden graubraunen Kutten schuld daran oder die Aussicht, siechenden und alten Leuten den Mund oder Schlimmeres abzuwischen. Jedenfalls hatte das Holzgesicht der Grande Dame einen säuerlichen Ton angenommen.

»Du, Fräuleinchen, darfst in der Web-, Näh- und Klöppelstube aushelfen«, sagte sie, und dabei wurde ihre Papierstimme erstaunlich schneidend, sodass sogar Mama die Augenbrauen hob.

Das waren ja schöne Aussichten! Nähen und klöppeln. Ich kann mir nichts Langweiligeres vorstellen. Ich, Louise Deleuven, die bereits mit sechs Jahren perfekte Ölgründe anlegen oder Kaseinschichten zaubern konnte, dass sich so mancher Künstler, den mein Vater mit nach Hause brachte, die Augen rieb und ihm die von mir beschichteten Holztafeln abkaufte!

Seit ich acht war, verbrachte ich jede freie Minute, und das waren all jene Stunden, die mir meine Mutter nicht lesen und schreiben beibrachte, in der Werkstatt meines Vaters, jenem dunklen, nach Terpentinen, Leinöl und Harzen duftenden Raum mit Tausenden von Tiegeln, Fläschchen, Phiolen, Mörsern und Waagen. Das war mein Paradies. Natürlich blieb dabei meine Ausbildung zur guten Hausfrau etwas auf der Strecke. Ich kann also nicht besonders gut nähen, sticken oder klöppeln – jenes Handwerk, für das Belgien so berühmt ist.

Dafür kann ich stundenlang über Faltenwürfe edler Stoffe brüten, skizzieren und die verschiedenen Farbschichten auf feine Eichengründe auftragen, die notwendig sind, um einen samtgleichen Eindruck auf einer Holztafel zu erwirken. Rotmarder- oder Dachshaare kann ich zu perfekten Pinseln zusammenbinden, und wenn ich sie dann zum Schluss einmal in den Mund nehme, um die Spitze zu ziehen, dann ist das für mich das Höchste.

Aber ich bringe keinen Faden in ein Nadelöhr und schon gar keine Hunderte Fäden in eine Ordnung, dass daraus ordentliche Spitzen entstehen. Allein diese vielen Klöppel und diese mit dichtesten Fäden überzogenen Klöppelkissen, die in den meisten Stuben ein zentraler Mittelpunkt sind, weil so viele Frauen anscheinend nichts unterhaltsamer finden, als in dem Gewirr herumzustochern, um irgendeinen unbequemen Kragen, eine luftige Manschette oder ein artiges Haartuch zu weben!

Und nun sollte ich laut der knöchernen Holzbegine genau diese Arbeit erledigen? Ich hatte Mama damals angesehen wie ein verwundetes Reh, und sie verstand meinen Blick genau.

»Werte Grande Dame, das ist sehr gütig von Euch«, setzte Mama an und senkte den Kopf. »Gerne werde ich Euch bei der Pflege von Kranken und Alten zur Hand gehen, aber noch besser kenne ich mich mit Buchhaltung und Zahlen aus. Und was meine Tochter betrifft, so ist sie ein wahres Wunderkind. Allerdings in einem Handwerk, das Ihr, ehrwürdige Grande Dame, wahrscheinlich hier im Beginenhof nicht pflegt. Sie hat bei ihrem Vater, meinem lieben Mann, Gott habe ihn selig, das Handwerk des Malergesellen gelernt, eine Arbeit, die zwar Geschick, aber noch mehr kompliziertes Wissen und kraftvolles Zupacken erfordert.«

Mama hatte den Kopf nun wieder gehoben und sah der Grande Dame direkt in die mausgrauen Augen.

»Deshalb wäre es vielleicht sinnvoll, ihr weniger eine Hausfrauenarbeit als eine Burschenarbeit zuzuteilen. Sie wird dort sicher ihr Bestes tun.«

Mamas Lippen hatten sich zu einem freundlichen Lächeln geöffnet. Doch die Mundwinkel der Grande Dame zeigten weiterhin sichelförmig nach unten. Ich wagte nicht, irgendetwas zu sagen, schließlich ging es hier um mein Schicksal, und das wollte ich auf keinen Fall durch eine unbedachte Äußerung gefährden.

Aber leider schien die Grande Dame schon durch Mamas Einwand ziemlich eingeschnappt zu sein und machte ihrem Ärger auch gleich Luft: »Wir werden sehen, was sich finden lässt, aber für Mannweiber ist der Beginenhof nicht gedacht! Wir haben sowieso schon genug Scherereien mit der Stadt. Der neue Stadtobrige, der gleichzeitig Inquisitor ist, fackelt nicht lange. Wer sich nicht konform verhält, dem wird der Prozess gemacht. Ich muss nicht erwähnen, dass die Beginen nicht zu seinen Lieblingsbewohnerinnen dieser schönen Stadt gehören.«

Bei dem Wort »Mannweib« zuckte Mama unwillkürlich zusammen. Dann legte sie die Hand auf meine Schulter und zog meinen Umhang ein Stück auseinander. Ich bin sehr dünn, und seit Papas Tod hat sich das nur noch verstärkt. Von weiblichen Rundungen kann bei mir noch keine Rede sein. Aber trotz meines Wissens und der Handgriffe, die ich beherrsche, bin ich zierlich. Mama sagt immer »apart«, wenn sie mein schmales Gesicht in beide Hände nimmt. Apart ist so ein Wort, das nichts und alles sagt. Damals wusste ich noch nicht, dass mir dieses aparte Gesicht einmal helfen sollte.

»Das hier ist wohl sicher kein Mannweib«, erklärte Mama freundlich, »dennoch kann meine Tochter zupacken, rühren und kneten, schleppen und reiben. Das hat sie gelernt. Halbedelsteine zermahlen mit der Steinmühle, Terrakotten in einem Mörser fein reiben, zähflüssige Harze mit Ölen binden und mit feinen Spateln Eiweißgründe auf sperrige Hölzer auftragen – all das ist wahrlich kein Zuckerschlecken! Louise kann diese Dinge, auch wenn sie zierlich ist wie eine Prinzessin.«

Mama strich mir über den Kopf, und der Grande Dame entfuhren ein Seufzer und der Satz: »Louise heißt sie auch noch!«

Mama grinste dabei und sagte: »Ja, sie ist meine kleine Kämpferin, auch wenn sie so zart ist.«

Die Beginen-Oberin schien nun endgültig aufgegeben zu haben. Mama und ich waren selbst für Beginenverhältnisse ziemlich unabhängig und eigenständig, und dass Handwerkereltern ihre Tochter Louise nannten, was die weibliche Form von Louis ist und so viel heißt wie »berühmte Kriegerin«, ist schon ganz schön ungewöhnlich.

»Also gut, Louise.« Die Grande Dame hatte die Mundwinkel zumindest in einen geraden Winkel zu ihren Lippen gebracht. »Richtige Prinzessinnen- oder gar Kriegerarbeit haben wir hier nicht, aber du kannst dich um das Heizmaterial kümmern. Das heißt, du musst auf den Straßen den Pferdemist aufsammeln, das Holz hacken, Reisig zusammensuchen und gelegentlich auch einmal zu den Torfstechern rausgehen und getrockneten Torf holen. Wirst du das schaffen?«

Ich hätte sie umarmen können! Tausendmal lieber wollte ich mit einer Schaufel hinter Pferdefuhrwerken hergehen, als mit Nadeln auf einem Kissen herumklopfen. Und so nahm ich ihre Hand und küsste sie stürmisch. Vielleicht etwas zu stürmisch, denn ihre Mundwinkel fielen wieder in ungeahnte Tiefen, und sie entzog mir ihre Hand. »Solche Gesten brauchen wir hier nicht, wir sind kein Orden und ich keine Mutter Oberin. Unsere Hände brauchen wir zum Arbeiten, Heilen und zum Trösten. Und jetzt zieht euch endlich um, ihr macht einen ja ganz konfus!«

Und wenn ich mich nicht sehr getäuscht habe, zuckten ihre Mundwinkel dabei ein ganz klein wenig nach oben.

Nach unserem etwas holprigen Start im Beginenhof schien es außerhalb der Fachwerkmauern für uns kein Leben mehr zu geben. Zwar durfte ich, mit einem dicken Umhang bekleidet, raus auf die Straßen, um dort in den schlammigen Fahrrinnen Pferdekot aufzusammeln, aber alle weiteren Aktivitäten spielten sich innerhalb der Mauern des großen Beginenhofs ab.

Mama bekam tatsächlich eine Stelle in den sogenannten Konträumen, nachdem sie der Grande Dame vorgerechnet hatte, dass die Einnahmen des Hofes, also die Spenden und Erlöse aus den gestrickten und gewebten Sachen, reichen würden, wenn man sich nicht bei jeder Zeile verrechnete.

Neben der Buchhaltung kümmert sich Mama aber auch um die vielen Kranken, die täglich in langen Schlangen vor dem kleinen Einlasstor stehen. Seit die Pest vor hundert Jahren fast halb Europa ausgerottet hat, achten die Menschen auf jedes Zeichen. Bei jedem kleinen Stich, jedem Kratzer auf der Haut, jedem Eiterpustel geraten sie in Panik.

Mama schaut sich alle Wunden und Leiden an, so wie sie es von Papa gelernt hat: mithilfe kleiner Holzstäbchen, damit sie auch ja nicht mit einer der häufig ansteckenden Wunden in Berührung kommt. Genau so hat Papa es immer gemacht, wenn er Materialien nach Hause brachte, die er sich hütete, mit den Händen anzufassen. Quecksilber war eines davon. Nicht nur, dass es sich bewegte, als wäre es lebendig! Papa hatte auch gehört, wie krank manche Maler geworden waren, angeblich, weil sie mit Quecksilber vermischte Farben verwendet hatten. Denn viele Meister und ihre Gesellen nehmen zum exakten Befeuchten der Pinselspitze den Pinsel in den Mund, und dabei »essen« sie natürlich auch die Farbe.

Mama hatte sich Papas Vorsichtsmaßnahme gemerkt. Schließlich wäre es verheerend, wenn im Beginenhof eine Krankheit ausbrechen würde. Mit ihrem Wissen um Kräuterpasten und kräftige Essenzen hat sie hier schon so manchem geholfen, der angeblich todkrank gekommen war.

Kräutermischungen waren schon immer Mamas Leidenschaft gewesen. Wenn ich mit Papa Cochenilleschildläuse zu Purpur zerrieben oder durch das Verdampfen von Buchenholzruß Bister hergestellt habe, hat Mama Kräuter gehackt, eingelegt oder mit Quark vermischt und damit Heilumschläge fabriziert.

Mit dieser Mischerei fielen wir in Brügge natürlich auf. Vater wurde nicht selten als Alchemist bezeichnet. Mama allerdings verbat sich Bezeichnungen wie Kräuterhexe oder weise Frau. Sie wusste, dass solche Namen schnell falsch verstanden werden konnten.

Jetzt, hier im Beginenhof, helfen ihr ihre Kenntnisse sehr. Mein Wissen ist dagegen völlig nutzlos. Ich glaube, neben Beige kennen Beginen keine anderen Farben. Elaine, ein Waisenmädchen, das ebenfalls hier lebt und etwa so alt ist wie ich, hat mir beim Waschen unserer Kutten zugeflüstert, dass Beige die Farbe ist, mit der man am wenigsten auffällt. Ich finde, das trifft es gut. Man könnte sie auch als Tarnfarbe bezeichnen, denn sie macht unsichtbar.

Wenn ich mit meiner beigen Kutte über dem Haubenkleid durch

die Gassen von Brüssel husche, um bei den Torfstechern am Stadtrand einen Ballen des kostbaren Brennstoffs zu holen, habe ich das Gefühl, überhaupt nicht zu existieren. Das ist einerseits ein großer Schutz vor den ungehobelten Burschen, die aus irgendwelchen kriegerischen Scharmützeln zurückkommen und betrunken und pöbelnd durch die Straßen ziehen. Oder vor den fahrenden Händlern, die versuchen, einen an den Ärmeln festzuhalten, damit man ihre Waren bestaunt und sich von ihnen beschwatzen lässt.

Zwischen den teils vierstöckigen Häusern mit ihren spitzen Giebeln sind die Straßen eng. Fuhrwerke spritzen das aufgeweichte Erdreich meterhoch auf, und wer nicht aufpasst, kommt leicht aus dem Gleichgewicht auf den schmalen und unebenen Gehsteinen, die entlang der schlammigen Fahrrinnen laufen.

Andererseits ist dieses Beige für einen Farbenmenschen wie mich eine Unfarbe. Überhaupt diese ganzen Erdtöne: Torfbraun, Pferdemistschwarz, Strohgelb, Holzbalkengrau, Haferbreibeige, Kopfsteinpflasterocker, Schimmelweiß! Ich würde so gerne Farbe in diesen Beginenhof bringen – und einmal habe ich das auch getan. Ausgerechnet in dem Augenblick, als die Grande Dame um die Ecke bog. Ich hatte mit dem Sud eines ganzen Rotkohlkopfes ein Leintuch violett gefärbt und es in unserer kleinen Stube, in der Mama und ich zu zweit leben, als Vorhang aufgehängt. Mit einem Gemisch aus ausgedrücktem Quark, Leinöl und zerriebenen Löwenzahnblüten hatte ich einen Gelbton gewonnen und das violette Tuch mit Blumen bemalt. Nicht so fein und zierlich, wie ich es auf einer gut grundierten Holztafel oder einer feinen Leinwand gekonnt hätte. Trotzdem war mir ein kleines Kunstwerk gelungen.

Das fand die Grande Dame offenbar nicht. Mit einem vibrierenden Zeigefinger kam sie ins Zimmer gestürmt und stotterte: »Was ist das? Ist dir etwa die Arbeit ausgegangen? Draußen hungern die Armen, und Kranke brauchen unsere Hilfe, und du … malst … du malst …«, dabei fuhr ihr Zeigefinger an dem Stück Stoff rauf und runter, »Flecken … bunte Flecken!«

Ich weiß nicht, was mich damals mehr aufgeregt hat. Dass sie meine Kunst als Flecken bezeichnete oder dass sie mir ein schlechtes Gewissen machte. Ich tauge nun mal nicht zur Barmherzigkeit, zumindest nicht vierundzwanzig Stunden am Tag. Und ich bin nicht für ein Leben in unscheinbarem Beige gemacht!

Am Abend beklagte ich mich bitter bei Mama, die allerdings wenig Verständnis für mein Farbspektakel hatte. Natürlich sagte sie, dass der Beginenhof unsere Rettung sei und es nicht klug sei, die Grande Dame zu verärgern. So viele Frauen wollen im Beginenhof aufgenommen werden, da ist es ein Privileg, wenn man es geschafft hat. Das verstand ich, aber ich verstand nicht, warum sich Barmherzigkeit nicht mit ein wenig frischer Farbe und frohen Bildern vereinbaren ließ.

Es ist aber nicht nur das ewige Beige – auch diese öde Suche nach stinkenden Pferdeäpfeln langweilt mich. Außerdem habe ich das Gefühl, dass meine Hände steif werden. Nie mehr wieder werde ich einen Pinsel halten können, geschweige denn feine und feinste Striche ziehen. Der Eimer für den Pferdemist ist aus klobigem Holz, und man kann ihn nur an zwei Henkeln aus Hanf festhalten. Dieser Hanf hatte schon nach drei Tagen dafür gesorgt, dass ich Schwielen bekam, nachdem die blutigen Blasen auf meinen Handflächen abgeheilt waren. Mama hatte auch dafür eine Paste.

Ich verkümmere unter einer Schicht aus Hornhaut. Beiger Hornhaut. Wenn ich mich in der Wasserschüssel spiegele, die neben dem Abtritt steht, sehe ich ein beiges Vögelchen mit einer riesigen Haube unter einem schweren beigen Umhang. So wird mich nie ein Mann ansehen, und ich werde ein Leben lang im Beginenhof bleiben müssen und irgendwann in all dem Beige verschwunden sein.

Als ich Rogier van der Weyden begegnete, war ich also nicht nur tief bekümmert über Papas Tod und den Verlust meiner Lieblingsbeschäftigung, sondern ich fühlte mich auch in einem großen beigen Gefängnis eingesperrt.

Ein Schimmer Hoffnung

Ich war also nach der Begegnung mit Rogier van der Weyden gleich zurück zum Beginenhof gelaufen, obwohl mein Misteimer nur bis zur Hälfte gefüllt war. Laut polternd warf ich den Eimer in eine Ecke des Hofes, wo schon andere Eimer herumlagen und vermutlich darauf warteten, dass ich sie mit Pferdeäpfeln füllte. Ich muss wohl ziemlich laut nach meiner Mutter gerufen haben, denn aus allen Häusern schauten die Frauen und schüttelten irritiert den Kopf. Nur Mama konnte ich nirgends entdecken.

Da kam die Grande Dame zu mir und erklärte mir mit besonders stark nach unten hängenden Mundwinkeln, dass meine Mama sich hinlegen musste. Sie habe einen Schwächeanfall erlitten, und andere Beginen seien jetzt bei ihr, um ihr Essigwasser einzuflößen und warmen Wein. Ich kann mich noch gut an die Worte der Oberbegine erinnern.

»Du darfst deine Mutter jetzt nicht aufregen, egal was es ist, behalte es für dich! Und nun darfst du kurz zu ihr, und dann wirst du wieder nach Heizmaterial suchen!« Sie deutete auf meinen schlampig in die Ecke geworfenen Holzeimer, aus dem drei kümmerliche Pferdeäpfel gerollt waren, die den Anblick nicht besser machten.

Aber das war mir herzlich egal, ich wollte Mama sehen. In mir stieg plötzlich dasselbe Gefühl auf, das ich hatte, als die Todesmeldung von meinem Papa kam. Eine Art Lähmung, gepaart mit einem Schmerz in der Bauchgegend, der sich rasend in einer heißen Welle in meinem ganzen Körper verbreitete und durch nichts zu beseitigen war. Was, wenn auch Mama starb? Ich vertrieb diesen Gedanken aus meinem Kopf, hastete zu unserer kleinen Kammer und fand Mama auf der Strohpritsche liegend, die unser Bett ist. Blass, so erschreckend blass, dass selbst das Beige der Kutte noch richtig farbig dagegen wirkte.

Drei Frauen saßen um sie herum und flößten ihr alle möglichen Säfte ein, die den Raum mit einem leicht säuerlichen Geruch erfüllten.

Ein einziger Kerzenstummel erleuchtete die Szene ein wenig. Ich konnte sehen, wie eine Frau schnell einen blutigen Lappen beiseitezog und ihn in einem Holzeimer versteckte. Bei allem Unglück und allem Mitleid, das ich eigentlich haben sollte, war ich zornig auf Mama. Ich wollte ihr meine grandiose Neuigkeit erzählen und ihr meinen Plan verraten, und sie lag einfach nur da und sagte gar nichts, nicht einmal als ich ihre eiskalte Hand nahm, bewegten sich ihre Lippen.

Ich weiß noch, dass ich anfing, hysterisch zu schreien, bis mich die anderen Frauen festhielten und beruhigend auf mich einredeten. Irgendetwas von »Blutsturz« und »das kommt in dem Alter schon mal vor« murmelten sie und versuchten mich mit einer Karamelle zu beruhigen, einem weichen, süßen, fettigen Klumpen, den die Köchin heute früh mit Zucker und Butter zubereitet hatte. Ich wollte mich aber nicht beruhigen. Ich wollte meiner Mama von meinem Plan erzählen und von dem beeindruckenden Mann, dem ich begegnet war. Ich stand noch völlig unter dem Eindruck dieses imposanten Mannes, denn dieser Rogier van der Weyden war nicht nur ein berühmter Maler, sondern er war auch nach der neuesten Mode gekleidet und fiel dadurch auf dem kleinen Platz vor dem Beginenhof auf. Mir besonders, denn er war wie ein Schmetterling in einer öden Landschaft. Ich konnte mich an jede Kleinigkeit erinnern: Zu einer Schecke, dem kurzen Oberrock, trug er zweifarbige Strumpfhosen, ein Bein orange, das andere in einem Goldton. Aus dem großen Brustausschnitt der Schecke lugte ein fein gefälteltes weißes Hemd, der breite Gürtel hing ihm locker auf den Hüften. Durch die unglaublich voluminösen Schulterpolster und die ungeheuren Ballonärmel wirkte der Meister noch imposanter, als er mir ohnehin schon erschien. Von den breiten Schultern fiel in einer fließenden Kaskade eine Houppelande, ein weiter Umhang, bis zu seinen Füßen, die in seidenen Schnabelschuhen steckten. Keine Ahnung, wie Rogier van der Weyden es schafft, mit Seidenschuhen durch die verdreckten Straßen zu gehen. Vermutlich hat er unter seinem Umhang ein paar Trippen versteckt, in die man wie in Pantoffeln schlüpft und die dank der Höhe und dem robusten Holz wie kleine Stege funktionieren.

Als er sprach, konnte ich seine Gesichtszüge gut erkennen, denn er trug ebenfalls ganz nach neuster Mode keinen Bart, sondern diese kappenartige Frisur, bei der die Haare im Nacken und über den Ohren ausrasiert und vom Oberkopf gleichmäßig abwärtsgekämmt werden. Auf ein Brenneisen hatte Rogier anscheinend bei seiner morgendlichen Toilette ebenfalls nicht verzichtet, denn ich konnte die künstlichen Wellen in den Strähnen erkennen, die unter einem braunschwarzen Biberhut, dem Zeichen stattlichen Reichtums, hervorlugten. Es waren sogar einige Leute stehen geblieben und grüßten den Meister ehrfürchtig, der sich aber von dem Gespräch mit mir, einer einfachen Pferdemistsammlerin, nicht abbringen ließ. Und was das Allerschönste war: Er hielt mich für einen Jungen – und Jungen dürfen malen, Jungen dürfen Malergesellen werden und Hilfskräfte, und ja, sogar als Heizer würde ich bei ihm arbeiten wollen!

Und das alles wollte ich Mama erzählen, doch ohne dass diese drei anderen Weiber zuhörten, die aufgeregt die Köpfe zusammensteckten, weil ich mich nicht beruhigen wollte. Bis Mama die Augen aufschlug und lächelte. Da kehrte langsam ein wenig Ruhe in mich zurück, und ich schwor, mir alle Details zu merken, bis Mama so weit sein würde, mir zuzuhören und meinen Plan zu verstehen. Sie würde ihn verstehen müssen, sonst würde ich in dieser Welt aus beiger Barmherzigkeit untergehen.

Seit Mamas Zusammenbruch ist mein Leben noch ein wenig farbloser geworden. Zwar erholt sie sich täglich, und nichts ist ihr unangenehmer, als wenn sich Fremde um sie kümmern müssen, aber ich kann nicht den ganzen Tag bei ihr sein. Es wird Herbst, und in Brüssel herrscht eine Betriebsamkeit, als würde morgen die große Kältewelle hereinbrechen. Alles, was sich heizen lässt, wird gesammelt. Kohlenkeller werden aufgefüllt, und Holzhändler ziehen durch die Straßen, denen man tragbare Portionen geschnittener Birken und Buchen abkaufen kann. Oder auch nur ein Bündel trockene Rinden, die im Haus so einen schönen Geruch erzeugen, wenn man sie zum Entzünden des Feuers verwendet. Torfstecher fahren mit schwer beladenen Fuhrwerken über die holprigen Straßen, und immer wenn sich von den Wagen auch nur ein Krümel Torf löst, rasen aus allen Ecken Kinder herbei, um die kostbare Ware aufzufangen. Manchmal bin ich zu langsam, weil mich diese beige Kutte und der Umhang beim schnellen Rennen stören. Aber ich kenne Geheimplätze und habe mittlerweile angefangen, mich mit den Fuhrknechten zu unterhalten, die auf Schaufeln die Pferdeäpfel für mich aufbewahren.

Natürlich mache ich mir Sorgen um Mama und um unsere Zukunft. Und noch ist sie nicht kräftig genug, damit ich ihr von meinem Plan erzählen kann. Auf der anderen Seite halte ich jeden Tag

Ausschau nach dem bunt gewandeten Rogier van der Weyden. Aber seit unserer Begegnung habe ich ihn nicht mehr gesehen, obwohl ich mich oft vor den beiden ansehnlichen Gebäuden gegenüber dem Beginenhof herumtreibe.

Manchmal sehe ich aus dem einen der beiden Häuser – es ist das mit den hohen Kassettenglasfenstern zur Nordseite raus – Burschen ein und aus gehen. Sie sind weit weniger prachtvoll angezogen, manche von ihnen tragen graue Kittel, die hinten geschlossen werden und voller Farbkleckse sind. Meistens haben sie es eilig und verschwinden schnell in einer Spelunke, die sich *Zum blauen Krug* nennt. Stunden später, wenn ich mit meinen vollen Eimern zum Beginenhof zurückstolpere, torkeln sie aus der Kneipe und stoßen und rempeln sich an. Manchmal ist auch eine Frau dabei, deren rot gefärbte Haare offen sind und die vor allem keine Kopfbedeckung trägt – das Zeichen, dass sie nicht verheiratet ist. Die Burschen aus Rogier van der Weydens Haus umfassen sie in der Mitte und starren ihr auf den Busen, was nicht schwierig ist, denn er ist fast unverhüllt. Ich weiß, solche tiefen Dekolletés sind jetzt Mode.

Lucrezia Borgia, die herrschsüchtige Kaufmannstochter, hat sie in Italien eingeführt, und auch wenn sich andere Nachrichten nur langsam herumsprechen, modische Neuerungen rasen wie Epidemien durch Europa. Wenn ich dann so an meinem Äußeren hinunterblicke, bin ich mir nicht sicher, ob ich dankbar sein soll oder neidisch. Einerseits haben diese modischen Gewänder Traumfarben, auf der anderen Seite würde ich kein Kleid tragen wollen, bei dem die Brustspitzen hervorlugen. Ganz abgesehen davon, dass ein Ausschnitt bei mir nichts zum Vorschein bringen würde. Vielleicht wird es noch eine Weile so bleiben. Auch wenn ich mir bis vor Kurzem immer gewünscht hatte, bald einmal frauliche Anzeichen an mir zu entdecken – jetzt wäre es mir eher lästig.

Also schleiche ich weiter in abgerissenem Beige um Rogier van der Weydens Häuser, um mehr von ihm zu erfahren oder ihn gar noch einmal zu Gesicht zu bekommen. Schließlich will ich ihm zeigen, wie sehr ich daran interessiert bin, bei ihm als Heizbursche zu arbeiten. Wenn da nicht die Kleinigkeit wäre, dass ich erst Mama fragen muss …

Dann endlich, einige Tage später, steigt meine Hoffnung auf ein Wiedersehen mit Rogier van der Weyden. Ich habe gerade ein Pferdefuhrwerk verfolgt und die Ausbeute in meinen Eimern verstaut, als ich beobachten kann, wie eine Kutsche vor Rogier van der Weydens Haus hält. Ein Mann in recht offiziellem Ornat steigt aus, vermutlich ein hoher Beamter der Stadt. Aber selbst als er mit dem Löwentürknauf an die schwarzbraune Tür klopft, öffnet nicht der Meister selbst, sondern eine Bedienstete in einem schwarzen, hochgeschlossenen Kleid. Die Haare trägt sie als zu zwei Schnecken gerollte Zöpfe über den Ohren. Und auch wenn man sehen kann, dass es sich um Dienstpersonal handelt, kommt sie mir unendlich viel prachtvoller vor als alle Frauen, die ich jeden Tag auf den Straßen sehe.

Dieses Haus wird für mich immer begehrlicher, und sobald Mama wieder kräftig genug ist zu arbeiten, werde ich mit ihr reden müssen. Sie kann doch auch nicht wollen, dass ich unglücklich werde. Und mein Plan wäre perfekt, wenn ich nicht auch ein wenig Angst vor den Burschen hätte, die immer aus einem der beiden Häuser des Malers kommen, um danach im *Blauen Krug* zu verschwinden, aus dem spitze Schreie und Gegröle zu hören sind, bis sie in Begleitung der barbusigen Frau wieder erscheinen und man die Begierde bis über die Straße spürt. Für diesen Teil in meinem zukünftigen Leben habe ich noch keine Lösung. Und ich sollte dieses Detail auch lieber verschweigen, wenn ich Mama von meinem Plan erzähle. Als kleiner Heizer hätte ich wahrscheinlich sowieso kein Geld übrig, um in den *Blauen Krug* zu gehen. Im besten Fall dürfte ich auf einer Pritsche schlafen und hätte die Kost frei. Alles andere würde ich mir nicht leisten können. Auch wenn ich überzeugt bin, dass ich mich zehnmal mehr als Geselle Rogier van der Weydens eignen würde – Mama würde es nicht bezahlen können.

Die Hilfsposten bei berühmten Malern sind hoch begehrt, und begabte Burschen aus ganz Europa bewerben sich bei Jan van Eyck oder Rogier van der Weyden, um vier Jahre bei ihnen in die Lehre gehen zu können. Nicht nur, dass man, um genommen zu werden, exzellent malen können muss, man muss auch das ganze Handwerk der Farbmischung, des Firnissens, der Holz- und Tafelbearbeitung und des Skizzierens beherrschen. Dafür muss man monatlich viel Lehrgeld an den Meister bezahlen. Und wenn man gut ist, darf man nach einiger Zeit an den großen Werken des Meisters mitmalen.

Es heißt sogar, dass manche Bilder der berühmtesten Maler gar nicht von Meisterhand selbst gemalt sind, sondern nur die Gesellen daransaßen. Man sieht den Unterschied zwar kaum, aber es steht trotzdem das Zeichen des Malers darauf. Manche Auftraggeber vereinbaren deshalb schon vor Beginn der Arbeit, wie viel Prozent vom Meister selbst sein müssen. Vermutlich wird jeder höchstpersönlich geführte Pinselstrich extra vergütet. Und nur so ist auch der Reichtum der großen Maler zu erklären. Schließlich brauchen manche Gemälde schon der Größe wegen oder weil derjenige, der porträtiert wird, nie Zeit hat, um Modell zu sitzen, eine halbe Ewigkeit, bis sie fertig sind. Würden alle Werke eines Malers nur aus einer Hand kommen, wäre es gar nicht möglich, in großen Mengen zu produzieren.

Papa hat mir einmal erklärt, dass die Werkstätten der angesehenen Maler wahre Riesenbetriebe seien. Je nach Auftragslage und Art des Auftrags sind dort mal mehr und mal weniger Arbeiter beschäftigt. Vielleicht würde es gar nicht auffallen, wenn so ein kleiner Heizbursche sich ab und zu zwischen die Gesellen mischen würde, um den einen oder anderen Pinselstrich zu setzen?

Ich war so in meine Beobachtungen vertieft gewesen, dass erst der papierscharfe Ruf der Grande Dame mich aus meinen Gedanken und zurück in den Beginenhof holte.

»Wo bleibst du, Prinzessin? Wir erfrieren, und du träumst mitten auf der Straße! Pass auf, dass die Pferdeäpfel nicht schneller laufen als du!«

Mama sagt immer, die Grande Dame habe nur Helfen und Dienen im Sinn, für Romantik oder gar Kreativität habe sie kein Verständnis. Klar, für solche Menschen reicht auch die Farbe Beige völlig aus, während andere daran zugrunde gehen.

Mamas Zusammenbruch liegt nun auch schon einige Tage zurück. Tage, die ich meinem Gefühl nach nur zwischen Pferdeäpfeln und Essiglappen verbracht habe. Ich weiß nicht, was mehr gestunken hat. Mama hat sich erholt. Heute ist sie sogar aufgestanden, und gleich gehen wir zum Küchentrakt hinüber, um zu helfen. Denn der Herbst zieht durch die Ritzen der Gebäude, fegt die letzten Blätter von den Bäumen, und die Vorräte müssen winterfest gemacht werden.

Dazu werden alle Schweine geschlachtet, die zum Durchfüttern im Winter schon zu fett sind. Aus dem Fleisch werden dann Confits zubereitet – in Fett eingelegte geröstete oder gesiedete Fleischstücke, gut mit Eberraute gewürzt, die hilft, diese gehaltvolle Speise zu verdauen. Weil dieses Pflänzlein so zitronig bitter schmeckt, muss auch noch Honig, Lorbeer und Anis daran. Hier kommen wieder Mamas Kräuterkenntnisse zum Einsatz. Deshalb hat die Grande Dame auch so großen Wert darauf gelegt, dass wir heute im Küchenhaus mithelfen, soweit Mamas Kräfte es eben zulassen.

Als wir unsere Stube verlassen, lege ich Mama einen wollenen Umhang, den ich ihr tatsächlich selbst gestrickt habe, über die Schultern, denn in den Nächten sitzt der Raureif schon hartnäckig auf Pflanzen und Vorsprüngen.

Mama schlurft neben mir her. Ich weiß nicht, ob das ein guter Augenblick ist, um mit ihr über meinen Plan zu sprechen. Ihre Haut ist immer noch wächsern und scheint fast mit der Haube auf ihrem Kopf zu verschmelzen.

Aus allen Häusern strömen die anderen Beginen gleichzeitig dem Küchentrakt zu. Die Tage, an denen die Wintervorräte haltbar gemacht werden, sind fast so etwas wie Festtage. Wenn Obst gedörrt wird oder Heringe in Salz eingelegt werden, wenn Fruchtsirup eingekocht wird oder all die Würste von der Decke im Rauchfang hängen, um im Laufe der Zeit zu trocknen … wie herrlich dann alles duftet! Und wenn gerade mal keiner hinsieht, gönne ich mir einen kleinen Leckerbissen.

Mama und ich kümmern uns darum, die Gurken und Kürbisstückchen in Essig einzulegen. Ihr besonderes Aroma bekommen sie durch Dill, Portulak und Senfkörner, weshalb wir noch einen Umweg zum Kräutergarten machen. Nicht dass dort um diese Jahreszeit auch nur ein Kraut wachsen würde, aber in einem kleinen, trockenen Schuppen hinter der Buchsbaumhecke, die den Kräutergarten umschließt, bewahrt Mama in Gläsern, Tonkrügen, Säckchen und Holzkisten die getrockneten Schätze des Sommers auf. Sie selbst hat davon das Wenigste geerntet, dazu sind wir noch nicht lange genug im Beginenhof. Aber Mamas Vorgängerin auf dem Posten hat wohl fleißig alles aufgehoben, was ihr zwischen die Finger kam. Da musste Mama erst einmal Ordnung schaffen. Außerdem hat sie unsere Vorräte aus Brügge auch noch mitgebracht und sie zu den anderen herben, süßen, deftigen und zitronigen Zaubergewürzen gestellt.

Unschlüssig steht Mama vor dem Regal, und ich versuche zum wiederholten Mal, ein Gespräch in Gang zu bringen.

»Wir müssen ja nicht gleich alles mitnehmen, Mama. Ich kann doch immer wieder herkommen, wenn du mir sagst, was wir brauchen.«

Aber Mama scheint mich gar nicht zu hören. Seit ihrem Zusammenbruch ist sie mir irgendwie fremd geworden. Ich versuche zumindest so etwas wie ein Gespräch, aber seit Mamas Schwächeanfall, zu dem die Oberin immer sagt: »Blut ist ein beständiger Begleiter der Frauen, mal Freude bringend, dann das Ende verkündend«, ist Mama verschlossen und einsilbig. Ich führe es auf ihre Krankheit zurück. Dabei brauche ich sie jetzt so sehr. Ausgerechnet jetzt, wo wir so sehr auf uns gestellt sind und ich in dieser beigen Einöde verdorre.

»Louise, wir müssen mit den Gewürzen sparsam umgehen. Die wirklich wertvollen unter den Kräutlein, die hier stehen, habe ich von zu Hause mitgebracht. Wenn wir sie richtig anwenden, können sie Krankheiten lindern. Ich werde sie nicht dazu verschwenden, Pasteten und sauer Eingelegtes damit zu verfeinern, wenn dann die meisten unserer Mitschwestern doch nur wieder alles mit ihrem geschmacklosen Haferbrei zudecken und sauren Wein dazu trinken. Wir nehmen nur mit, wovon wir viel haben, und das sind Majoran, Petersilie und Fenchelsamen.«

Langsam kehrt die Röte auf Mamas Wangen zurück und erinnert mich daran, wie sie früher nach einsamen Nachmittagen in ihrer Kräuterküche mit hochrotem Kopf zurückkam, um uns von ihren Forschungen mit den Kräutern zu berichten. Ja, Mama hat richtig geforscht, und sie hat alte Pergamente über Kräuterheilkunde gelesen. Manchmal kam Mama mit kleinen Phiolen aus ihrer Küche, in denen leuchtend gelbe Säfte hin und her schwappten. Einmal war einer darunter, den sie aus Wermutkraut, Anis und Angelika gemischt hatte und der giftgrün schimmerte. Mama hatte aus den

Kräutern eine Art Wein hergestellt, der schon vielen Menschen mit Magenproblemen geholfen hat.

Ich kann mich noch gut an diesen Moment erinnern, denn am selben Tag kam Papa aus seiner Werkstatt mit einem Pigment, das er aus Grünspan gewonnen hatte und das zusammen mit Grüner Erde einen wundervollen Grünton ergab.

»Schau, die Farben der Liebe führen uns zusammen«, hatte Mama damals gesagt und Papa innig umarmt.

Als Mama und ich im Küchentrakt ankommen, hängen dicke Schwaden in der Luft. Über der großen Feuerstelle an der einen Seite des Raumes baumelt ein riesiger Kupferkessel, in dem Fleisch gekocht wird. Im Rauchabzug darüber reihen sich bereits die ersten Würste und gepökelten Fleischstücke aneinander, um langsam geräuchert zu werden. Auf kleinen Dreibeintöpfen am Rande des Feuers rührt die rundliche Sophie Mandelmilch, Zucker und püriertes Hühnerfleisch zu einer *Blanc manger* zusammen. Schließlich sei heute so etwas wie ein Festtag, da müsse es auch ein feines Mal geben, meint eine der Frauen, die bis zu den Ellenbogen in einer Teigschüssel steckt. Tatsächlich wird dieses »weiße Essen« vor allem in adligen Kreisen gern gegessen, dann allerdings mit Fasan und Fisch. Ich kann mich nur an wenige Male erinnern, da es bei uns *Blanc manger* gab, und immer fand ich, dass dies ein ziemlich blasses Essen für einen Haushalt ist, in dem es so farbig zuging wie bei uns. Ich muss allerdings sagen, dass diese hellgraue Plörre zu den beigen Beginen ganz ausgezeichnet passt.

Mama wird von den einzelnen Beginen ausgesprochen herzlich begrüßt. Eine von ihnen reicht ihr einen gewürzten, warmen Wein, eine zweite schiebt ihr gleich einen Stuhl hin, und schnatternd scharen sich die anderen um sie. Ich seufze. Jetzt werde ich erst recht nicht dazu kommen, mit Mama zu sprechen.

Ich schiele in die Ecke zu Elaine, die vor einem Berg Hühnerfedern sitzt, auf den immer neue fallen. Ich husche zu ihr, bevor mir jemand eine scheußliche Aufgabe zuteilen kann.

»Kommst du nachher mit mir hinter die Mauern unseres Hofes?«, fragt Elaine mich und kneift dabei das rechte Auge verschwörerisch zusammen.

»Was machen wir dort?«, frage ich sie und zupfe verlegen an den Hühnern herum, genau in dem Augenblick, als die Oberbegine hinter mir auftaucht. Elaine drückt mir schnell ihre Hand auf den Mund, und ich pruste angeekelt.

»Pfui! Nimm deine kalten Hühnerfinger weg!«

Doch zu spät, die Grande Dame hat meine Untätigkeit bemerkt. Außerdem ist es verboten, während der Arbeit zu schwatzen.

»Hast du nicht genug damit zu tun, draußen Heizmaterial zu sammeln? Wovon sollen die Kamine glühen und das Essen sieden, wenn du hier sitzt und mit Hühnerfedern spielst?«, herrscht sie mich an.

Mama wirft mir einen scharfen Blick zu. Elaine beugt sich über ihr gerupftes Huhn, als wollte sie hineinkriechen, und mir bleibt nichts anderes übrig, als mir die Standpauke der Grande Dame anzuhören.

Natürlich endet es, wie es enden muss. Ich darf nicht länger in der gemütlichen, duftenden Küche bleiben, sondern muss raus auf die Straße – Pferdemist suchen. Und das bei dem Wetter! Dicker, wabernder Nebel zieht auf und verdunkelt die engen Straßen.

Wütend reiße ich mir die Haube vom Kopf und stapfe los, um mir meinen wollenen Umhang aus unserer Kammer zu holen. Wenn ich schon Mistarbeit machen muss, dann will ich nicht die enge, unbequeme Haube tragen. Ich habe die letzten Tage genutzt, um mir eine Mütze zu stricken, denn irgendwie muss ich dieses Handwerk ja üben. Die setze ich auf und werfe die Kapuze des Umhangs darüber.

Die Holzpantinen, die ich mir überstreife, um nicht knöcheltief im aufgeweichten Straßenmatsch zu versinken, geben mir einen Gang wie ein Seemann. Ein sehr kleiner Seemann, aber immerhin.

So wenig Lust ich auf Küchenarbeit habe, so wenig Lust habe ich, mich nach dampfendem, übel riechendem Heizmaterial zu bücken und dabei aufzupassen, dass nichts aus dem unhandlichen Eimer fällt. Ein verkorkster Tag!

Doch keine fünf Minuten später stehe ich vor dem Tor des Beginenhofs und kann nicht glauben, dass dieser Tag doch noch einen Lichtschein bereithält. Vor Rogier van der Weydens Haus hat ein Fuhrwerk gehalten. Nicht nur, dass die beiden Belgischen Kaltblüter, die den Wagen ziehen, Mist produzieren, als hätten sie zehn Tage nur Äpfel und Sauerkraut gefuttert. Jetzt öffnen sich auch noch die Türen zum Haus. Dienstmägde rennen geschäftig mit Körben und Kisten zwischen dem Fuhrwerk hin und her. Es scheint die Wochenlieferung für die Küche zu sein: halbe Schweine, Fasanen, Körbe mit getrockneten Beeren, Rote Bete, Blaukraut und Rotwein in bauchigen Fässern. Fast sieht es so aus, als wolle Rogier van der Weyden nur Rottöne essen.

Sosehr ich mich auch bemühe, ins Innere des Hauses zu sehen, immer steht jemand im Weg. Außerdem muss ich mich unauffällig benehmen – wer mag schon von einem nach Pferdemist stinkenden, graubraunen Niemand angerempelt werden?

Die beiden Pferde dampfen, und so mächtig sie aussehen, so graziös halten sie ihre Hufe. Sie entlasten jeweils ein Bein, indem sie die schwer beschlagenen Hufe auf die Spitze stellen. Ich muss dieses Bild unbedingt festhalten und ziehe ein kleines Pergament unter meiner Kutte hervor, das ich noch aus Papas Nachlass habe. Unter meinem unförmigen Umhang, in einer der vielen Taschen der Beginentracht, habe ich immer ein Schächtelchen mit einem Stück Rötel bei mir. Die anderen Beginen horten darin Äpfel für die Armen,

Verband für die Verletzten oder ein Gebetbuch für die Verzweifelten. Ich aber leiste mir den heimlichen Luxus, Zeichenzeug mit mir zu führen.

Und jetzt ist genau der richtige Augenblick dafür.

Niemand scheint mich zu bemerken. Ich bin durch die mächtigen Leiber der schwarzen Gäule verdeckt, und alle scheinen ausreichend beschäftigt mit dem Transport von Waren und Fässern.

Obwohl meine Hände klamm sind, schwebt die Rötelkreide wie von selbst über das Pergament. Ich habe es auf ein kleines Brett gelegt, das ich im Rinnstein gefunden habe und das mir als Unterlage dient. Die Proportionen der Rosse, ihre dicken Fesseln, die mit dichtem schwarzem Haar behängt sind, die leicht rosa Nüstern und das fingerdicke Zaumzeug ... Einen Fuß auf den vollen Pferdemisteimer gestützt, balanciere ich Brett und Papier. Ich versinke in meinen Beobachtungen, die eins zu eins auf das Pergament wandern. Ein, zwei Hilfsstriche brauche ich, um die Proportionen hinzubekommen.

Als ich gerade anfange, mit der Fingerkuppe den Rötel zu vermalen – Schatten hier, Erhöhung dort, da ein fester Strich, der die Rückenlinie kennzeichnet –, höre ich festes Atmen in meinem Rücken. Der Atem stinkt nach Bier. Ich erstarre.

Eine riesige Pranke schiebt sich unter meinem Arm auf meine Zeichnung, gleich wird sie alles verwischen. Rötel ist empfindlich. Ich versuche, mit einer Armbewegung meine Zeichnung zu schützen. Doch vergeblich. Grob wird meine Hand gepackt, die Zeichnung wird hochgerissen, und dröhnendes Lachen ertönt. Ich versuche, mich umzudrehen, aber die Hand hält mich wie im Schraubstock.

»Das müsst ihr euch ansehen! Ein kleiner Pferdemistsammler versucht sich als Künstler!« Der Kerl spuckt beim Reden und grölt weiter: »Gleich wird er auch die Pferdeäpfel malen, natürlich im schönen Braun dampfender Scheiße!«

Sein gehässiges Lachen hat auch die anderen Burschen angelockt. Meine Zeichnung schwebt hoch über meinem Kopf und wird von Hand zu Hand gereicht. Längst schon hat die grobe Behandlung einige meiner besten Striche verwischt. Gut ist nur noch der Pferdekopf zu erkennen. Der Grobian schnappt sich meine Zeichnung wieder und boxt mich in die Seite, dass ich mich krümme.

»Versucht hier jemand, uns Konkurrenz zu machen? Ach, was sage ich, ein Niemand versucht uns nachzuahmen. Und angezogen ist er wie ein Zwerg!«

Dabei greift er nach meiner Kapuze und will sie mir vom Kopf reißen. Bloß nicht, denn dann würde er merken, dass ich ein Mädchen bin, würde sehen, dass ich meine langen braunroten Haare hochgebunden habe, wie es unter den Beginenhauben üblich ist. Und er würde sich nicht nur über einen Möchtegernkünstler aufregen, sondern auch noch über ein vorwitziges Mädchen. Ein Mädchen, das den Stand eines Pferdemistsammlers hat.

Mir wird heiß bei der Vorstellung, was die groben Hände dann noch alles mit mir anstellen würden. Also drücke ich meine Fingernägel in seinen Handrücken, dass er laut aufschreit und meine Zeichnung loslässt, die daraufhin auf das Pflaster fällt. Genau in dem Augenblick, als der Meister selbst vom Lärm angelockt auf der Türschwelle erscheint.

»Was gibt es, Jup? Was habt ihr mit dem kleinen Burschen zu schaffen? Wenn ihr aus meiner Werkstätte kommt, will ich, dass ihr euch benehmt. Wir haben hier einen Ruf zu verteidigen. Ich bin Maler bei Hofe. Ich kann keine Gesellen gebrauchen, die pöbelnd durch die Gassen ziehen!«

Rogier van der Weyden hat einen scharfen Zug um den Mund bekommen, und die Burschen blicken betreten zu Boden. Nur Jup nicht, der aus meinem Arm beinahe Kleinholz gemacht hätte. Wahrscheinlich ärgert ihn die Situation jetzt doppelt, denn ich kann mich aus seinem Schraubgriff befreien, hebe meine Zeichnung wieder auf, und sein Herr beschwert sich auch noch über ihn.

»Seht zu, dass ihr in eure Kneipe kommt, und lasst euch heute nicht mehr hier blicken. Morgen gibt es dafür keinen Ausgang, und Arbeitsbeginn ist um fünf!«

Rogier van der Weydens Stimme zieht sich wie eine Klinge durch den Nebel, der die Malergesellen im Nu verschluckt. Ich wollte, ich könnte mich auch unsichtbar machen, aber da kommt Rogier van der Weyden schon auf mich zu.

Er ist wieder nach dem neuesten Schick angezogen, auf dem Kopf eine dunkelgrüne Samtkappe mit einer Feder daran. Ich bin völlig fasziniert von der wippenden Feder und wie in Trance, als mir der große Meister meine kleine Zeichnung aus der Hand nimmt. Er betrachtet sie lange. Dann sieht er mich an, und ich versuche immer mehr unter der Kapuze zu verschwinden. Das Holzbrett, meine Zeichenunterlage, ist zu Boden gefallen, neben den Eimer mit den Pferdeäpfeln. Rogier van der Weyden stößt mit der Zehenspitze dagegen.

»Du bist doch der Bursche von vor ein paar Tagen. Warum hast du dich nicht gemeldet? Hast du schon genug Geld, dass du keinen anderen Auftraggeber mehr brauchst? Willst du nicht in einem großen Künstlerhaus arbeiten? Oder meinst du, du müsstest erst das Malen üben, um bei mir die Kamine zu versorgen?«

Die Ironie in seiner Stimme ist nicht zu überhören. Ich schüttele wie wild den Kopf und traue mich nicht, ihm in die Augen zu blicken.

»Schau mich an, wenn ich mit dir spreche. Mit euch jungen Burschen ist es doch immer dasselbe. Ihr kommt hierher in die große Stadt wie ein ungehobeltes Stück Holz. Dann muss man euch nicht nur das Malen oder was auch immer beibringen, sondern auch noch Manieren. Ich könnte viel mehr Bilder malen, wenn ich nicht die ganze Zeit damit beschäftigt wäre, junges Temperament zu zügeln.«

Van der Weyden lässt gespielt verzweifelt die Arme hängen und schaut in den Himmel, als ob Gott ihm bei seinem Problem mit seinen Gesellen helfen könnte. Doch ich weiß, wovon er redet. Wie oft hat mir Papa von den großen Malateliers berichtet! Wie oft war er bei Jan van Eyck, dem großen Meister, der nicht weit entfernt von unserem Haus in Brügge lebte, und hat sich verwundert über die Zustände in den Werkstätten geäußert. Ganze Hallen besitzen solche Fürsten der Kunst. Zehn bis zwanzig Lehrlinge arbeiten darin an unterschiedlichen Aufgaben. Farben anrühren, Tafeln grundieren, und wer schon vor Antritt seiner Gesellenzeit ein guter Maler war, darf auch selbst Hand anlegen an den Gemälden. Der Meister selbst korrigiert da und dort. Oder er lässt die Vorzeichnungen auf die grundierten Holztafeln übertragen. Eine präzise Arbeit, denn die mit Silberstift auf Papier vorgezeichneten Szenen werden mit einem Raster überdeckt, und dann werden Quadrat für Quadrat die einzelnen Skizzenteile auf eine Holztafel, eine Mauer oder sogar neuerdings auf eine Leinwand übertragen.

Ich gerate ins Träumen, denn eigentlich wollte ich nie etwas anderes tun! Schon als Papa mir das erste Mal lebhaft von diesen Ateliers erzählt hat. Ich kann den Geruch von Leinöl, Terpentinen, Harzen, Schamotte und Erden geradezu spüren.

In meinen Gedanken habe ich den berühmten Mann vor mir fast vergessen. Bis sich unsere Blicke begegnen. Ich muss jetzt etwas sagen, sonst habe ich meine Chance vertan.

»Ich will ja kommen, aber ich muss es erst meiner Mutter erklären. Sie ist krank, sie braucht mich doch!«

Van der Weyden blickt mich überrascht an. Dann reibt er sein Kinn, das er mit einer sehr feinen Schneide bearbeitet haben muss, so glatt und fast durchschimmernd scheint seine Haut. »Dann schick sie doch zu den Beginen. Da ist sie gut aufgehoben und in deiner Nähe.«

Van der Weyden scheint wirklich über das Problem nachzudenken, und ich murmele: »Natürlich, vielen Dank, das ist ein gute Idee.«

Wenn er wüsste, dass wir da längst sind. Ich darf mich nicht verraten. Ich muss der Junge bleiben, der ich im Augenblick für ihn bin.

»Komm morgen Vormittag zu mir, und wir besprechen alles Weitere. Aber die Zeichnung möchte ich behalten. Schließlich muss ich wissen, mit wem ich es zu tun habe. Ganz offensichtlich mit jemandem, der nicht das erste Mal eine Rötelkohle in der Hand hält. Vielleicht erzählst du mir morgen mehr aus deinem Leben?«

Er streckt mir die Hand entgegen. Eine Hand voller Farbkleckser, die so gar nicht zu seinem gepflegten Kleiderstil passen will. Als sie meine Hand umschließt, kann ich mein Glück nicht fassen. Doch wie soll ich das alles Mama beibringen?

Rogier van der Weyden dreht sich zum Gehen. Plötzlich bleibt er stehen. »Wie heißt du, Bursche?«

»Lou… Louis.«

»Also Louis, bis morgen!« Rogier van der Weyden wedelt mit meiner Zeichnung, als er ins Haus geht, und ich fürchte, ich habe die schwerste Nacht meines Lebens vor mir: Ich muss Mama von meinem Plan erzählen. Jetzt oder nie.

Schwarz gegen Beige

Ich warte noch, bis der große Maler in seinem Hauseingang verschwunden ist, in den noch immer unablässig Waren hineingetragen werden. Ich bin neugierig und folge ihm mit meinem Blick. Dabei sehe ich eine langgezogene Diele, die hinten in einen Küchentrakt führt. Sehr ungewöhnlich und luxuriös, normalerweise haben die Häuser im Erdgeschoss einen riesigen Raum. Die Küche befindet sich in der Regel in einer Ecke des Hofes, der Abtritt in der anderen.

Hier scheint alles an das Haupthaus angegliedert zu sein. Vielleicht befinden sich die Ateliers in dem einen Haus, und in diesem wird nur gegessen und geschlafen? Ich bin so neugierig und aufgeregt zugleich, dass ich nicht weiß, was ich zuerst machen soll. Soll ich gleich zu Mama laufen, die vermutlich noch damit beschäftigt ist, Kaninchen zu schmoren, um daraus Terrinen zu machen? Oder soll ich Elaine suchen, um ihr alles zu erzählen?

Ich entscheide mich dafür, Elaine hinter dem Beginenhof bei der kleinen Mauernische zu treffen, und merke, dass es bereits dämmert, obwohl es erst Nachmittag ist. Auf dem Weg zum Beginenhof tun mir noch ein paar Zugpferde die Art Gefallen, die in meinen Eimer gehört. Ich verstecke den vollen Eimer an einem Steinhaufen, der neben dem Eingang des Beginenhofs liegt. Ein wenig Laub darüber, und schon sieht man von dem stinkenden Heizmaterial nichts mehr. Nur der Geruch ist verräterisch, und ich hoffe sehr, dass heute Nachmittag nicht allzu viele Bittsteller an die Pforte klopfen und nach einer Suppe, einem Verband oder einer Tinktur fragen.

Ich muss einmal ganz um den Beginenhof herumlaufen, um an die Stelle der Mauer zu gelangen, an der Elaine mich treffen will. Nachts wirkt der rote Backstein seltsamerweise bedrohlich, und die weiß gerahmten Fenster sehen auf einmal aus wie Augen, die mich prüfend anstarren. Nebel steigt aus dem Kanal, der sich am Beginenhof vorbeischlängelt. Ich muss über die kleine Brücke, bevor ich in die Gasse einbiegen kann, die wiederum über einen schmalen Steg an die Rückseite des Beginenhofs führt. Wie durch Watte höre ich das Fauchen der Schwäne, die auf dem Kanal schwimmen und mich für eine Bedrohung halten. Wenn die wüssten, dass ich mich vor ihnen viel mehr fürchte! In den engen Gassen, in denen sonst geschäftiges Treiben herrscht, scheint heute alles wie ausgestorben. Vielleicht weil in allen Haushalten die Wintervorräte eingekocht werden.

Als ich endlich den kleinen Steg erreiche, höre ich schon von Weitem das Kichern und Kreischen, das ich mit dieser Stelle der Mauer verbinde. Vielleicht kann ich mich unbemerkt zu Elaine schleichen. Mein graubrauner Sackumhang ist nicht gerade auffällig. Wenn ich die Kapuze bis weit über die Stirn ziehe, leuchtet auch mein blasses Gesicht nicht heraus, und mit ein wenig Glück gehe ich als Junge durch und muss nicht den Spießrutenlauf durch die Grüppchen von Burschen bestehen, die sich hier heimlich mit den Bediensteten der Umgebung treffen.

Ich drücke mich an der Wand entlang. Elaines Stimme dringt an mein Ohr. Zunächst glaube ich, sie lachen zu hören, doch dann schreit sie auf. Ich muss mich beeilen, das hört sich nicht nach einer lustigen Begegnung mit ein paar Burschen an. Als ich endlich um die Ecke biege, zu der kleinen Ausbuchtung, die die Mauer hier macht, sehe ich den Grund von Elaines Lauten. Dieser Typ aus van der Weydens Haus, der mir die Zeichnung entrissen hat, steht vor ihr und drückt sie gegen die Mauer. Nur ihre Schuhe sind zu sehen, die Holzpantinen, die unruhig hin und her scharren und sich dabei immer tiefer in den aufgeweichten Herbstboden wühlen. Die Hände von diesem Jup, so hatte ihn doch van der Weyden genannt, scheinen überall zu sein. Eine hält Elaines Arme fest, die andere schiebt sich unter ihren Umhang. Jetzt sehe ich auch Elaines Gesicht. Ihre Augen sind vor Schreck geweitet, als sich Jups Kopf über ihr Gesicht schiebt.

Als ich merke, dass ich immer noch das Holzbrett mit mir herumtrage, das ich nach der Unterhaltung mit van der Weyden wieder aus dem Rinnstein gefischt habe, weiß ich, was zu tun ist. Ich nähere mich Jup und haue ihm mit einem gezielten Schlag das Brett auf den Rücken. Überrascht lässt er Elaine los, die sich mit einer schnellen Handbewegung über den Mund fährt und sich ihren Umhang um den Körper schlingt.

Den Augenblick muss ich nutzen. Ich greife nach Elaines Hand und ziehe sie mit mir fort. Wir rennen, so schnell es eben geht, wenn man Umhänge anhat, zu dem Gebüsch, hinter dem sich die Gartenpforte zu der kleinen Kräuterwerkstatt des Beginenhofs befindet. Schnell ziehe ich Elaine mit mir. Ich kann keine Rücksicht darauf nehmen, dass uns der Weißdorn die Hände aufritzt und sich an unseren groben Stoffen festhält.

Mit einem kräftigen Ruck drücke ich die rostige Klinke hinunter und schiebe Elaine in den Garten. Kaum bin ich auch hinterhergeschlüpft, werfe ich mich mit dem Rücken gegen die Pforte, um sie zuzuhalten, während Elaine nun endlich wieder ihre fünf Sinne beieinander zu haben scheint und den großen Riegel vorschiebt. Schon hören wir das Ächzen der Tür, als sich Jup dagegenwirft. Dann ein Wehklagen und ein Fluchen. Ja, so eine Gartentür ist immer noch kräftiger als ein Malergeselle!

Elaine und ich sehen uns an und fahren zusammen, denn aus der Ecke zwischen Kräuterschuppen und Gartentor beobachtet uns eine verwilderte Gestalt. Elaine schreit: »Er hat es geschafft, er ist hier, bitte, Louise, du musst mir helfen, bitte, bitte …!«

Weiter kommt sie nicht. Denn ich sehe die Gestalt an und dann Elaine. Und plötzlich muss ich fürchterlich lachen. Vor Erleichterung. Die Gestalt ist die Vogelscheuche des kleinen Kräutergärtchens, die Raben und andere Diebe von den Sanddornbüschen abhalten soll.

Und noch dazu sieht Elaine dieser Vogelscheuche gerade zum Verwechseln ähnlich: Vom Rennen ist ihr Gesicht übersät mit roten Flecken und Kratzern vom Weißdorn. Ihre Kleider sind zerrissen, und ihr Haar hängt wie Stroh aus ihrer verrutschten Haube.

»Gerade noch mal gut gegangen, was?« Ich stupse Elaine in die Seite.

»Ich wollte doch nicht so was mit den Burschen dort machen«, jammert Elaine, »aber dann kam dieser Jup und hat erst ganz lustige Geschichten erzählt. Dann hat er den Arm um mich gelegt. Ach, Louise, wie dumm ich doch war! Aber manchmal fühle ich mich so allein. Ich sehne mich so nach ein bisschen Aufmerksamkeit, verstehst du das?«

Natürlich verstehe ich das. Dieses beige Leben hinter Mauern ist langweilig, auch wenn es sicher ist. Aber wer will schon Sicherheit, wenn es die Welt zu entdecken gilt? Wer will schon sein Leben zwischen Hühnerstall und Kräuterkesseln verbringen, zwischen Stofflappen und Kampfersalbe, zwischen kratzigen Decken und Gebeten?

Elaine zupft mich am Ärmel.

»Danke, ich hätte nicht gedacht, dass es außerhalb der schützenden Mauern unseres Beginenhofs so … so gefährlich sein würde.«

Da weiß ich, dass ich Elaine einweihen muss. Sonst wird es nichts – mein großes Abenteuer.

Das Schicksal entscheidet

Doch zunächst ist für meine Geheimnisse keine Zeit. Wir schlängeln uns durch den winzigen Weg des Kräutergartens zum Küchentrakt und schauen vorsichtig durch die Fenster. So wie Elaine jetzt aussieht, sollten wir lieber nicht einer der älteren Beginen begegnen, schon gar nicht der Grande Dame.

Ich hoffe, dass alle noch mit Einkochen beschäftigt sind. Aber seltsamerweise ist in der Küche kaum jemand unterwegs, als wir versuchen, durch das kleine Seitenfenster des Küchentrakts zu sehen, das vom vielen Dampf ganz beschlagen ist. Elaine schaut mich ratlos an, aber ich habe auch keine Erklärung. Jetzt müssen wir dreimal vorsichtig sein, denn aus jedem der zehn Häuser kann jederzeit jemand herauskommen.

Ich nehme Elaine unter meinen Umhang, denn sie zittert am ganzen Körper, wobei ich mir nicht sicher bin, ob die Kälte oder das Erlebte schuld daran sind.

An einigen Ecken des Beginenhofs stehen Laternen. Am Abend ist hier oft noch reges Treiben, wenn alle vom Küchenhaus, in dem auch gegessen wird, zu ihren Schlafhäusern zurückgehen oder vorher noch zu einem Gebet in die kleine Kapelle. Eigentlich ist der Beginenhof tatsächlich so etwas wie eine kleine Stadt in der Stadt.

Das fällt mir jetzt besonders auf, nach unserem kleinen Zwischenfall hinten an der Mauer. Wie wird es sein, wenn ich nicht mehr von den schützenden Mauern umgeben bin? Wie soll man sich gegen einen Kerl wie Jup wehren, der ja auch in van der Weydens Haus leben wird? Ich hoffe so sehr, dass er mich nicht erkannt hat, sonst würde meine Zukunft bei Rogier van der Weyden die Hölle werden. Und ich lege doch so große Hoffnung in diese Chance.

»Weißt du, wer dieser Jup ist, Elaine?«

Wir haben uns unter einen kleinen Mauervorsprung geduckt, denn aus unserem Schlafhaus sind gerade drei Beginen mit Decken und Schüsseln herausgekommen.

»Nein, ich hab ihn doch heute erst kennengelernt«, flüstert Elaine und zittert bei diesen Worten gleich noch ein wenig mehr. »Aber seine Hände waren voller Farbe und rochen nach irgendwas Harzigem, so als ob er Fackeln hergestellt hätte.«

»Dieser Jup, Elaine, ist einer der Gesellen von Rogier van der Weyden, dem die Häuser gegenüber gehören.«

»Woher weißt du das?«

»Ich hab ihn dort schon zweimal herausgehen sehen. Auch der Meister selbst hat mit ihm gesprochen … und ich hatte auch schon einmal das Vergnügen mit ihm … heute …«

»Was?« Elaines Augen weiten sich.

»Vorhin, bevor ich dich von dem lästigen Jup befreit habe, stand ein Fuhrwerk vor van der Weydens Haus, und diese fetten Rosse haben sich entleert, dass es eine Pracht war. Ich bin also hin mit meinem Eimer und meiner Schaufel. Und dann waren diese wunderbaren Pferde so eine Verlockung – ich musste sie einfach zeichnen.«

»Wie zeichnen? Seit wann zeichnest du?«

Elaines Augen sehen mich an, als ob ich ihr gesagt hätte, ich würde mit dem Teufel unter einer Decke stecken.

»Du weißt doch, dass mein Vater Händler für Farben und Öle war. Natürlich kannte er auch viele Maler, und ich durfte immer zeichnen und malen, wenn ich ihm bei seiner Arbeit im Atelier zugesehen habe. Ich möchte so gern Malerin werden, Elaine! Ich will zu Rogier van der Weyden, ich muss einfach zu ihm!«

»Aber wie willst du das anstellen? Du bist ein Mädchen!«

Elaines Stimme klingt schrill unter dem Umhang, den ich immer noch über uns gebreitet habe, sodass ich ihr ganz leicht mit der Hand den Mund zuhalte. Aber sie schubst meine Hand ungeduldig weg, und ich bereue schon, ihr mein Geheimnis überhaupt erzählt zu haben.

»Du hast doch keine Ahnung, auf was du dich da einlässt, Louise! Und wieso sollte dieser Rogier Vanderirgendwas ausgerechnet dich aufnehmen? Kannst du mir das erklären?«

»Ja, das kann ich.«

»Da bin ich aber gespannt.«

»Du wirst es nicht glauben.«

»Ich glaube es jetzt schon nicht!« Elaines Stimme klingt gereizt, und ich bin mir schon wieder nicht sicher, ob das Geheimnis bei ihr gut aufgehoben ist.

»Ich werde bei ihm arbeiten!«

»Das wirst du nicht! Als was denn?«

»Als Heizbursche.« Jetzt ist es raus. Ich sehe in Elaines graublaue Augen und erwarte irgendeine Reaktion, die nach Beifall aussieht. Stattdessen zieht sie die Stirn kraus und zischt: »Du willst *als Junge* dort unterschlüpfen? Wie soll das gehen? Ich meine, wie soll das auf Dauer gehen? Man wird hinter deine Verkleidung kommen, und dann wirst du alles verlieren: deine Arbeit, ein Dach über dem Kopf, und wer weiß, was noch alles.«

Elaine bekommt noch mehr rote Flecken im Gesicht, und ich muss ihr heimlich recht geben. Mein Plan klingt absurd. Aber er ist nicht ganz unmöglich. Wenn ich mich in den nächsten Jahren nicht zu einem üppigen Weib entwickle, kann ich den Schein lange aufrechterhalten.

Aber Elaine nimmt mir auch den letzten Funken Hoffnung: »Du wirst in einem Schlafsaal mit all den anderen Gesellen schlafen. Was für einen Spaß werden die haben, wenn du dich genierst, deine Unterkleider auszuziehen. Ganz zu schweigen von dem wöchentlichen Bad im Zuber. Da bin ich mal gespannt, wie du das hinbekommen willst.«

Leider hat Elaine mit allem recht. So wird es nicht gehen. Aber ich habe ihr auch noch nicht den ganzen Plan erzählt, als Elaine mich unterbricht.

»Wie kommst du überhaupt darauf, dass es funktionieren könnte?«

Also verrate ich ihr noch ein paar Details. Danach sieht sie etwas weniger hoffnungslos aus, vor allem, als sie merkt, dass ich hier im Beginenhof überhaupt keine Zukunft für mich sehe. Trotzdem versucht sie, mich umzustimmen.

»Aber vielleicht könntest du jemanden heiraten und hier herauskommen?«

»Und wie soll das funktionieren? Weißt du eine Möglichkeit, wie wir jemanden kennenlernen sollen, der uns nicht gleich hinters Gebüsch zerrt?«

Jetzt wirkt Elaine ein wenig kleinlaut, zu sehr steckt ihr das Erlebte noch in den Knochen.

Wir schweigen, auch weil wieder eine Gruppe von Beginen aus dem Haus kommt, in dem Mamas und meine Schlafstube liegen.

Plötzlich durchfährt mich ein Gedanke. Es wird doch nicht schon wieder etwas mit Mama sein?

Ich stoße Elaine in die Seite. »Komm, da stimmt was nicht! Nimm meinen Umhang, Elaine, dann kannst du, ohne dass jemand deine zerrissenen Kleider sieht, in dein Haus zurückrennen. Ich muss jetzt zu Mama, sehen, was los ist. Und ich muss mit ihr reden. Morgen will Rogier van der Weyden wissen, ob ich bei ihm anfange. Morgen entscheidet sich alles, Elaine. Bitte wünsch mir Glück, dass es klappt.«

Elaine umarmt mich. Ich lege ihr den Umhang um und sehe, wie ihr die Tränen über die Wangen laufen.

»Wein doch nicht, liebe Elaine! Ich werde nicht weit sein. Vielleicht kann ich dich mal hinten bei der Mauer treffen, wenn ich auch ein Malergeselle bin. Und ich verspreche dir, ich werde dir nicht die Kleider zerreißen.«

Ein kleines Lächeln huscht über Elaines Gesicht. Meine Freundin weiß, dass sie mich nicht mehr umstimmen kann. Mein Plan ist gefasst. Nur Mama muss noch zustimmen.

Ich schaue Elaine hinterher, wie sie in der Dunkelheit zwischen den Schlafhäusern verschwindet. Würden nicht die paar Laternen den Weg markieren, es wäre richtig finster in dieser mondlosen Nacht. Dicht an dicht stehen die Beginenhäuser, Backstein über Backstein. Nur die weiß gerahmten Fenster bilden einen Kontrast. Viele der Eingangstüren sind pechschwarz gestrichen und wirken wie Höhlen. Über allen Hausdächern steigt Dampf aus den Kaminen.

Bei unserem kleinen Abenteuer ist es spät geworden. Wahrscheinlich macht sich Mama schon Sorgen, warum ich nicht längst zurück bin, zumal das große vordere Tor sicher auch schon geschlossen ist. Ich kann nur hoffen, dass der Eimer mit Pferdemist auch morgen noch da steht, sonst komme ich in Erklärungsnot.

Langsam schleiche ich zu unserem Haus. So ohne Umhang kriecht mir die Kälte in die Knochen, und ich zittere, als ich die schwere Tür, die zu unserem Wohnhaus führt, aufdrücke.

Vor unserer Kammer steht die Grande Dame und unterhält sich

mit drei anderen Beginen. Eine davon ist Ruth. Sie gehört zu den ganz Frommen und wird immer dann gerufen, wenn es schlecht um jemanden steht. Ungewöhnlicherweise schimpft die Oberin diesmal nicht mit mir, als sie mich sieht.

Ich ahne das Schlimmste, fange an zu laufen, drücke mich an den Damen vorbei in unser Zimmer. Wachsbleich liegt Mama unter einem Berg von Decken. Dasselbe Bild wie vor ein paar Wochen. Mit dem Unterschied, dass Mama nichts sagt, keine Regung. Ich schreie, werfe mich über sie, nehme sie an den Schultern, bis mich die Grande Dame zurückreißt und mir die Hände festhält. Ruth kommt und streicht mir über das Gesicht.

»Sie hat sich übernommen. Deine Mama war … ist … eine starke und tapfere Frau. Aber diese Krankheit ist tückisch, sie warnt nicht vor. Sie schlägt zu!«

Ich versuche, mich aus der Umklammerung zu befreien, will die vielen Arme und Hände abschütteln, die mich trösten wollen. Im Schein einer einzelnen Kerze, die sie Mama neben das Bett gestellt haben, kann ich sehen, dass Mama die Hände gefaltet hält. Mama hält nie die Hände gefaltet, selbst wenn sie betet nicht, dann legt sie die Hände übereinander.

»Was ist mit ihr? Wieso rührt sie sich nicht?« Ich schreie in einer mir völlig unbekannten Tonlage.

»Sie hatte einen Schwächeanfall, und dann kam das Blut …«, versucht die Grande Dame zu erklären.

»Warum, warum, was ist das für eine Krankheit?« Ich schaue mich um, sehe Gesichter, die seltsam unbeteiligt scheinen. Keine der Anwesenden sieht mir direkt in die Augen.

»Wann wird sie wieder gesund? Wieso redet sie nicht mit mir?«

Die Grande Dame nimmt den einzigen Stuhl, den es in unserem Zimmer gibt, und schiebt Mamas Kleider zur Seite, die dort scheinbar rasch hingeworfen wurden. Als sie zu Boden gleiten, bemerke ich den riesigen Blutfleck auf ihrem Rock. Dunkelrot wie Lack hat sich die Lebensflüssigkeit in den beigen Wollstoff eingegraben.

»Louise, glaub mir, wir haben getan, was wir konnten. Wir haben sie sofort hierhergebracht. Ein Wundarzt war da, der beste, den wir bekommen konnten. Er hat in Padua studiert. Doch ...« Ruth schlägt sich die Hände vor den Mund und legt für einen Augenblick das unbeteiligte Gesicht ab, das hier alle haben. Die Grande Dame knetet ihre Hände, und ich sehe, wie ihre Knöchel weiß werden, so kraftvoll geht sie dabei vor.

Langsam kommen die Worte bei mir an, obwohl ich das Zimmer, die Menschen, Mama in ihrem Bett, das als Alkoven gebaut ist, den kleinen Tisch vor dem winzigen Fenster und unsere Kleidertruhe, mit der wir von Brügge hierhergekommen sind, als Bild wahrnehme. Aus dem Bild wurden die Farben verbannt. Es gibt nur noch Schwarz, Braun und ein Kerzengold, das nur dorthin gelangt, wo auch der Schein der Kerze hinkommt. Lediglich die Gesichter treten aus dem Dunkel hervor. Je nach Typ heller oder dunkler, ockerfarben oder elfenbein. Nur ein Gesicht ist grau und ohne Glanz. Mamas.

Ich drehe mich langsam um, gehe rückwärts zu dem Bett. Ich suche in Mamas Gesicht das berühmte Zucken. Wir haben das früher immer gespielt. Mama hat sich schlafend gestellt, und ich habe versucht, sie zum Lachen zu bringen, indem ich sie angestarrt habe. Es muss klappen, sie muss es spüren, sich erinnern. Ich flüstere: »Mama, weißt du noch, wer es länger durchhält, hat gewonnen. Aber du hältst es schon so lange durch, schau, ich bin ja schon da, Mama! Stehe hier schon eine Weile, und du hast noch kein einziges Mal gelacht, du hast gewonnen ...«

Ich beuge mich vor, fächle Luft in ihr Gesicht. Hinter mir werden die Beginen unruhig. Die Grande Dame ruft mich zu sich, aber ich höre ihre Stimme nur als dumpfes Brummen und berühre schließlich Mamas gefaltete Hände. Sie sind steif und kalt. Ich versuche sie zu wärmen und schlinge meine Hände um ihre, will meine Finger mit ihren verschränken und bekomme Mamas Finger nicht auseinander. Hilflos drehe ich mich um und sehe den Schrecken in den Augen der Beginen.

»Louise, deine Mutter ist ... wir wollten dich rufen, aber du warst nirgends zu finden, auch nicht auf der Straße.«

Die Erinnerung an heute Nachmittag wird auf einmal wieder lebendig. Das Zusammenrumpeln mit Jup, meine Pferdezeichnung, Rogier van der Weyden, dann der Kampf hinter der Mauer und Elaines Rettung. Alles rattert viel zu schnell durch meinen Kopf, in der falschen Reihenfolge. Und dann Elaines Satz: »Ich sehne mich so nach ein bisschen Aufmerksamkeit.«

Nie wieder werde ich Mamas Aufmerksamkeit bekommen.

»Sie hat nicht leiden müssen, glaub mir, Louise. Deine Mutter hatte diesen Blutsturz und ist friedlich eingeschlafen. Bitte, das musst du uns glauben, sie hatte keine Schmerzen.« Ruth kommt zu mir und nimmt meine Hände sanft von Mamas Händen, die sie über Mamas Brust zurechtschiebt, als müsse man im Tod sehr ordentlich sein.

Nein, Mama ist sicher nicht an dem Blutsturz gestorben, sondern an gebrochenem Herzen. Kein halbes Jahr nach Papas Tod ist sie ihm gefolgt. Die Grande Dame reißt das Fenster auf, und Schwester Ruth betet dafür, dass Mamas Seele den Weg in den Himmel findet. Ich aber denke, dass ihre Seele zu Papa findet. Nur warum haben sie mich dabei vergessen?

Das Nächste, an das ich mich erinnere, sind Arme, die mich unterhaken und in ein anderes Zimmer führen, damit ich dort schlafen kann. In einen Alkoven wurden warme Backsteine gelegt, und ein Glas Milch mit Honig steht bereit. Eine der Beginen zieht mich aus und wäscht mir mit einem feuchten Tuch die Tränen aus dem Gesicht und den Rötel von den Händen.

Eine mir vertraute Stimme flüstert: »Was für ein entsetzlicher Tag!« Und dann merke ich, wie mich jemand in den Arm nimmt. Elaine. Sie ist es auch, die mich zum Alkoven führt, mich zudeckt, mir die Milch reicht. Ich mache alles mechanisch. Nicht weiter denken als bis zum nächsten Handgriff. Vielleicht wird sich morgen alles aufklären. Es war vielleicht alles ein wenig viel heute. Gleich morgen werde ich Mama von Rogier van der Weyden erzählen. Morgen. Morgen. Heute muss nur vergehen, und dann wird alles gut.

Doch kurz bevor ich in ein tiefes schwarzes Nichts falle, höre ich noch die Grande Dame auf dem Gang. Mit ihrer strengen Stimme weist sie jemanden an: »Kommen Sie, die Truhe und das Leichentuch müssen hierher!«

Träume, die wahr werden

Es ist zu dämmrig, um zu erkennen, ob der Morgen schon angebrochen ist. Aber durch die farbigen, milchigen Butzenscheiben dringt auch bei strahlendem Sonnenschein kaum Licht. Ich wache in dem fremden Alkoven auf, die Strohmatratze pikst ein wenig. In meinem eigenen Bett in Brügge hatte mir Mama ein Lammfell ins Bett gelegt. Das schien mir früher wie ein riesiges kuscheliges Meer, in dem ich geborgen war. Als ich größer wurde, verwendete ich es nur als Rückenwärmer. Und in den letzten Wochen hatte Mama sich das Fell immer um ihren Bauch gelegt.

Mama! Ich bin plötzlich hellwach und nehme alles unendlich stark wahr. Der Stoff des Alkovenvorhangs ist rau, und an manchen Stellen kann man die Gewebefäden einzeln zählen, so abgegriffen ist er. Die Backsteine zu meinen Füßen sind längst ausgekühlt und schaben an der Haut. Das Leinenhemd, das ich trage, kenne ich nicht. Es duftet ein wenig nach Heu, aber das könnte auch von der Unterlage kommen.

Vorsichtig klettere ich aus dem Alkoven, denn ich bin nicht sicher, ob noch jemand im Zimmer ist, und will diejenige nicht wecken. Ich möchte so schnell wie möglich in Mamas und mein Zimmer zurückkehren. Vielleicht war alles nur ein böser Traum? Die ganze Aufregung gestern. Was, wenn Mama nur in einem tiefen Schlaf war? Heilschlaf nennt man so etwas.

Tatsächlich ist niemand im Zimmer, und ich suche die Kleider zusammen, die unordentlich auf einem Stuhl liegen. Es sind nur das Unterkleid und die Wollhose samt Kittel, die ich gestern schon zum Sammeln des Pferdemists anhatte. Jene Verkleidung, die mich zum Jungen macht. Schnell schlüpfe ich in die Sachen und versuche die Tür leise aufzudrücken. Natürlich quietscht sie, aber es ist niemand da, den das stört. Da alle Beginenhäuser gleich gebaut sind, kenne ich mich aus, finde die Tür zum Hof und husche durch die Dämmerung. Keine drei Minuten später erreiche ich unser Zimmer, in dem noch immer die Fenster sperrangelweit offen stehen.

Sie wird sich doch erkälten!, schießt es mir durch den Kopf. Doch dann sehe ich sie. Zugedeckt auf einem Brett. Wie aus Sandstein gemeißelt sieht sie aus. Ein beiges Tuch ist kunstvoll um ihren Kopf gebunden, der Körper ist bandagiert und zeichnet sich unter dem Tuch kaum ab. Das ist nicht Mama, das ist eine Skulptur. Als ich näher komme, sehe ich, dass sie lächelt. Und als ich sie berühre, trifft mich die Kälte wie ein Blitz. »Mama!«

Ich schreie, werfe mich auf den leblosen Körper, der keinen Millimeter nachgibt. Ich versuche dem Gesicht irgendeine Bewegung zu entlocken, indem ich den Kopf hin und her drehe. Wahrscheinlich hätte ich noch Stunden so weitergemacht, wenn mich nicht viele Arme weggezogen hätten. Bald schon ist das ganze Zimmer voller Menschen, außer den Beginen noch ein Pfarrer und einige Träger, die meine Mama auf ihrem Brett in die nächste Kirche bringen.

Dort wird sie einen Tag liegen, und dann wird sie auf einem Totenacker verscharrt, erzählt mir Elaine. Sie ist plötzlich zwischen all den Menschen aufgetaucht und stützt mich. Irgendjemand reicht mir eine mit Honig gesüßte Schüssel Haferbrei. Ich schmecke nichts.

Erst als Elaine einen Becher mit heißem Wein bringt, tauche ich aus der Versenkung auf. Die Grande Dame faselt etwas von: »Du bleibst erst einmal bei uns, so hätte es deine Mutter gewollt.« Dann kommt Ruth und will mit mir beten, und schließlich ziehen mich alle mit sich fort ins Küchenhaus, um dort den Totenschmaus mit mir vorzubereiten.

Aber ich will das alles nicht. Ich habe hier nichts mehr verloren.

Der Weg zum Küchenhaus kommt mir unendlich lang vor. Mama kann mich nicht mehr vor den Pflichten des Beginendaseins schützen. Bald werde ich hier die Kranken, Armen und Siechenden versorgen müssen, wie die anderen auch. Das Brennstoffsammeln hat Mama ja nur für mich rausgeschunden, damit ich nach Papas Tod noch ein bisschen für mich sein und malen kann und nicht in dieser Mühle aus Fürsorge untergehe.

Dabei sollte ich dankbar sein. Es ist ein geschützter Ort, der Frauen ein Leben auch außerhalb einer familiären oder religiösen Gemeinschaft führen lässt. Mama hat es mir einmal erklärt, weil ich es lange nicht verstehen wollte, warum ich nicht auch Leinölhändler werden konnte, so wie Papa. Ich hätte sehr wohl einen jungen Mann heiraten können, der das Geschäft meines Vaters übernimmt, schließlich bin ich mit fast dreizehn im besten Heiratsalter. Dann hätte ich ihm zur Seite stehen können, so wie Mama es auch getan hat. Viele Handwerkergattinnen sind recht erfolgreich. Doch allein als Frau ein Gewerbe zu betreiben ist unüblich, »außer man hat einen Puff«, wie Mama immer sagte. Früher sei aber alles noch viel strenger und schlimmer gewesen, hatte Mama erzählt, als das Bürgertum und die Handwerker alle noch Lehenseigene von irgendwelchen Landesfürsten oder Burgherren waren und die Städte noch vor sich hin dümpelten. Jetzt hätten wir ein Goldenes Zeitalter, vor allem in Flandern. Ich weiß noch, wie Papa immer geschwärmt hat. »Brügge«, hat er gesagt, »Brügge ist eine junge Frau, die mit jedem Tag schöner wird, seit der Zwin uns mit dem Meer verbindet.«

Tatsächlich hatte vor zweihundert Jahren eine Sturmflut die Flussmündung des Zwin so verbreitert, dass Brügge plötzlich einen Meereszugang hatte. Groß genug, dass auch die Hanseschiffe aus Bremen und Lübeck, Genua, Venedig und Konstantinopel einfahren konnten. Wie sehr hatte ich mir immer gewünscht, einmal mitfahren zu können! Unser Hafen hat die Tuchhändler aus Florenz, England und Spanien angelockt. Vornehme Männer mit den neuesten Kreationen. Wie oft habe ich zu Papa gesagt, er soll sich auch mal so etwas »Vornehmes« schneidern lassen! Doch er hat immer abgewinkt, das würde sich für einen einfachen Händler nicht ziemen. Und was würden all die Künstler, seine Kunden, dazu sagen? Schließlich sei er nicht einer dieser weit gereisten Kaufleute, die es in die Stadt spülte, wo sie am Börsenhaus, dem ersten in ganz Europa, mit Waren handelten und die großen Verträge Europas abschließen konnten.

Für mich war das alles normal, ich kannte es bis vor ein paar Monaten nicht anders. Ich kannte nur ein unglaublich reiches Marktleben, sauber aufgeputzte Hafenkais, manierlich nebeneinander gebaute Fachwerke und Backsteinbauten. Sauberkeit auf den Straßen, schließlich soll alle Welt, die zu Besuch kommt, sehen, welch ein Reichtum in Brügge herrscht. So viel, dass sogar die Gassen frei von Kot und Unrat sind, die Bettler sich in Grenzen halten und die Architektur der Stadt, die in den letzten zweihundert Jahren auf das Dreifache angewachsen war, zur Geltung kommt. Ich war so stolz auf meine Heimatstadt, vielleicht auch weil Papa immer so lebendig von ihr erzählen konnte. Natürlich waren wir auch angesehen, denn die Künste werden in ganz Flandern hochgehalten, vor allem seit Philipp der Gute herrscht. Und Papa belieferte nur die besten Künstler mit seinen wertvollen Waren.

Warum muss ich jetzt, im Dampf des Küchenhauses, in dem es noch immer nach Marmeladen, sauer Eingelegtem und Brot riecht, an mein Brügge denken? Ich weiß es nicht. Vielleicht alles eine Überlastung der Sinne. Mama hat oft von solchen Phänomenen gesprochen, und ich habe gern zugehört, weil es immer so einen angenehmen Schauer erzeugt hat. Zu starke Farben können Gefühle auslösen, zu starke Gewürze auch, Gerüche sowieso. Vielleicht haben die Trauer, die Erlebnisse des Tages, die Luft mich nach Brügge versetzt, in jene Zeit, in der für mich alles in Ordnung war. Es waren meine ersten, bald dreizehn Jahre, die ein Paradies waren. Ein Paradies, das heute vollständig seine Pforten geschlossen hat.

Als laut klappernd einige Deckel und Holzbretter auf den Boden fallen, wache ich aus meinem Traum auf. Ich sehe die hin und her eilenden Beginen und bin auf einmal ganz klar im Kopf. Hier gibt es nichts mehr, was mich hält. Das Einzige, was mich retten kann, ist die Malerei. Und der Einzige, durch den ich gerettet werden könnte, ist Rogier van der Weyden. Der einzige mögliche Moment, in dem dies geschehen kann, ist jetzt, in den nächsten vierundzwanzig Stunden.

In einem unbemerkten Augenblick schleiche ich mich aus der Küche und nehme dabei einen Laib Brot mit und ein Glas irgendwas. Man wird es essen können, das ist das Einzige, was mich interessiert. Dann renne ich zurück in unsere Stube und suche den Jutesack, den ich mir mit einem Lederriemen um die Schultern hängen kann. In der Truhe werde ich fündig, ganz am Boden, dort wo Mama auch ein paar von Papas Kleidungsstücken versteckt hat: eine Tunika, eine Wollhose, seine Stiefel, seine Filzkappe, den Umhang. Natürlich sind mir die Sachen viel zu groß. Aber die Tunika könnte ich mit einer Spange zurechtraffen. Für mehr bleibt keine Zeit. Bald werden sie nach mir suchen und mich mitnehmen wollen zum Totengottesdienst. Und dann würde ich für den Rest meines Lebens hierbleiben müssen.

Mit einem Strick binde ich die Tunika fest um meine Taille. Das hat den Vorteil, dass niemand erkennen kann, wie ich darunter gebaut bin. Selbst wenn ich die nächste Zeit wachsen sollte, die Tunika würde mitwachsen.

Der Schultermantel reicht mir bis zu den Füßen. Es ist ein fein gewebter Wollstoff, den Papa vom teuersten Tuchhändler in Brügge besorgt hat. Ein italienischer Wollstoff mit eingewebten Girlanden. Hoffentlich ist er nicht zu fein und nicht zu weiblich. Auf der anderen Seite wäre es vielleicht nicht verkehrt, wenn der große Meister sieht, dass ich aus gebildetem Hause stamme. Und außerdem ist die Männermode derzeit so bunt und fantasievoll, dass es wahrscheinlich gar nicht auffällt, wenn ich ein wenig edler daherkomme.

Immer wieder schiebt sich Mamas besorgtes Gesicht vor meine Gedanken, aber ich bin sicher, dass sie gewollt hätte, was ich jetzt tue. Ich kümmere mich um meine Zukunft. Und die liegt nicht im Beginenhof.

Neben Papas Kleidern finde ich auch noch ein kleines Büchlein mit Schweinsledereinband und ein Fläschchen Leinöl. In dem Büchlein sind Papas Notizen zu Farbmischungen, Firnissen und Grundierungen. Nie hat Mama davon gesprochen, dass sie diese Dinge aus Brügge mitgenommen hat. Mein Jutesack füllt sich, und ich habe das Gefühl, eine Welt hinter mir zu lassen. Auch wenn ich mir die Umstände anders erhofft hatte.

Zuletzt sehe ich noch unter Mamas Bett nach, denn ich weiß, dass sie immer von einer kleinen Schachtel sprach, die unter keinen Umständen verloren gehen darf. Aber ich finde nichts. Auch zwischen ihren Kleidern – nichts.

Dann sehe ich ein kleines Band unter der Matratze herausragen, und als ich daran ziehe, kommt ein kleiner Stoffbeutel zum Vorschein. Drei Taler liegen darin. Drei Taler, die als Notgroschen gedacht waren. Jetzt ist Rogier van der Weyden mein Notgroschen. Meine Tarnung darf nie auffliegen. Nie!

Es gibt nur eine Richtung

Die Beginen meinten es wohl gut mit mir, als sie mich mit meiner Mutter in der Kammer zurückließen. Doch ich hörte, wie sie vor der Tür tuschelten. Ich musste also notgedrungen bis zum Abend warten. Als alle schliefen, schlich ich mich aus meiner Kammer und verbrachte die Nacht in dem Gartenhäuschen, in dem Mama ihre Kräuter aufbewahrt hat. Aus ein paar alten Säcken habe ich mir ein Lager gebaut. Der Jutesack war mein Kopfkissen und der Umhang meine Decke. Mit dem kleinen Holzlöffel, den ich immer an meinem Gürtel bei mir trage, habe ich kurz vor dem Einschlafen noch ein wenig aus dem Einmachkrug genascht, und es hat mir trotz allem köstlich geschmeckt. Jetzt, in der Morgendämmerung, sehe ich, dass es Apfelmus ist, das ich fast bis zur Hälfte aufgegessen habe. Einen Kanten Brot spüle ich mit ein wenig Regenwasser aus einem Eimer hinunter. Das Wasser schmeckt muffig, und ich versuche nicht darüber nachzudenken, was alles darin schwimmen könnte.

Ich muss mich auf den Weg machen. Die hintere Gartentür, die nachts für Elaine und mich die Rettung war, wird auch jetzt für mich die Rettung sein, nur auf umgekehrte Weise. Bevor hier alle in hellem Aufruhr sein werden, weil ich nicht zur Totenmesse erscheine, muss ich fort sein. Am besten schon in Rogier van der Weydens Haus.

Nur Elaine hätte ich so gern Lebewohl gesagt. Aber ich bin sicher, dass ich sie wiedersehen werde. Hinten bei der kleinen Mauer, als Malgehilfe verkleidet zwischen all den anderen Burschen. Ich will mir nicht vorstellen, wie es sein wird, so zu tun, als wäre ich ein Junge. Ich darf einfach nicht auffliegen!

In der kleinen Gartenhütte will ich keine Spuren hinterlassen. Alles muss so aussehen, als wäre Mama hier die Letzte gewesen. Doch dann sehe ich drei von Mamas Holzdosen. Eine mit getrockneten Blaubeeren, die, wenn man sie zwischen den Fingern zerreibt, die Fingerkuppen blauschwarz färben. Eine zweite Dose mit einer Rindenart, die aufgelöst in Wasser zwar knallrot wird, aber eine Wohltat für aufgerissene Füße ist. Und eine dritte Dose, gefüllt mit kleinen verschrumpelten Fäden, die alle Sachen gelb färben, von Getreidebreien und Kuchen bis hin zu kostbaren Stoffen.

Mama sagte immer, dass diese Zutaten so heilsam wie künstlerisch wertvoll seien, denn man kann mit ihrer Hilfe nicht nur Schmerzen lindern, sondern aus allen dreien auch Farben gewinnen. Leuchtender und geheimnisvoller als alle anderen. Papa hatte anfangs gelacht, als Mama mit Mörser und Stößel in ihre Werkstatt verschwunden war. Aber als er dann das Ergebnis sah, die feinen Pigmente, die Mama aus den Rohstoffen gewonnen hatte, und wie sie sie mit einigen seiner Bindemitteln vermischte, wurde er auf einmal ganz stumm.

Das Gelb der kleinen Fäden, die Papa Safran nannte, war so intensiv, dass er sie bei der nächsten Gelegenheit den Stundenbuchmalern anbot, jenen Buchkünstlern, die die wunderschönen Gebetbücher anfertigen, natürlich immer im Auftrag reicher Landesfürsten. Gerade sie brauchen für ihre Buchmalerei hoch intensive Farben. Das Rot der Rinde harmoniert dazu prächtig, und mit dem Blauschwarz der Beeren kann man eine Tinte erzeugen, die entweder ein zartes Grau oder ein tiefes Pflaumenblau ergibt.

Vielleicht könnte es mir gelingen, Rogier van der Weyden von meinem Können zu überzeugen, wenn ich ihm ein paar neue Farben anmische? Die drei Holzgefäße kommen auf jeden Fall zu den anderen Schätzen in meinem Jutesack. Seltsamerweise verleiht mir ihr Inhalt ein wenig Zuversicht. Ich werde nicht mit leeren Händen bei Rogier van der Weyden aufkreuzen. Nein, ich kann etwas bieten, zwar kein Geld, aber Wissen. Ich müsste nur die Gelegenheit bekommen, es ihm zu beweisen.

Gar nicht so schwer, unbemerkt aus dem Beginenhof zu gelangen, denke ich. Doch es ist noch sehr früh am Morgen, und noch nicht einmal die Fuhrwerke der Bauern, die Gemüse, Kartoffeln und Hühner auf die vielen Märkte Brüssels bringen, sind schon in der Stadt zu sehen. Die sieben Stadttore sind wohl noch nicht geöffnet, und die vielen verwinkelten Gassen Brüssels wirken verschlafen. Da und dort wird ein Nachttopf in den Rinnstein geleert, jener Furche, die zwischen dem gepflasterten Fuhrweg und den schmalen Stegen vor den Häusern liegt. Hier sammelt sich vom Kot bis zu Stofffetzen, von Flüssigkeiten aller Art bis hin zu Kadavern alles, was nicht mehr gebraucht wird, nein, was der Mensch nicht mehr braucht. Denn an den Sammeltümpeln, die in den finstersten Ecken in und außerhalb der Stadt liegen, haben die Ratten ihr Hoheitsgebiet.

Jetzt, in der Kühle des Herbstes, ist nur der Anblick ein bisschen eklig. Aber im Sommer dampft, modert und stinkt diese Rinne, dass man sich gelegentlich ein Tuch vor den Mund halten muss. In Brügge war das nie der Fall gewesen. Dort gab es Lumpensammler und andere armselige Gestalten, die frühmorgens den Dreck eingesammelt und ihn dann weit außerhalb der Stadt in Gruben versenkt haben. Im Gegenzug bekamen diese armen Wesen dafür einen Kanten Brot. Hier in Brüssel ist alles unübersichtlicher. Seit Philipp der

Gute sie 1430 zur Hauptstadt gemacht hat, ist die Stadt nicht nur ein Magnet für Menschen aus aller Herren Länder, sondern vor allem für die Landbevölkerung, die sich mit dem Umzug in die Stadt ein Stück Freiheit erhofft.

»Wer auf dem Land nicht von Adel ist oder zumindest ein Großgrundbesitzer, der ist rechtelos und immer abhängig von der Gunst des Lehensherren«, hat Papa immer gesagt und dabei angeekelt den Kopf geschüttelt.

Papa war ein glühender Verfechter des Stadtlebens, schon weil er keine besondere Neigung zur Feldarbeit hegte, was er mir direkt weitervererbt hat. Mama hat es mir dann einmal so erklärt, als ich sie gefragt habe, warum wir eigentlich in der Stadt wohnen: »Für uns Handwerker und Händler«, hat sie damals geantwortet, »gibt es nur die Stadt. Was sollen wir denn zum Landleben beitragen? Wir bauen nichts an, wir interessieren uns nur für die Ware, die wir kaufen und verkaufen. Außerdem haben wir hier in der Stadt viel mehr Rechte. Und du darfst eines nicht vergessen, durch den Beruf deines Vaters sind wir auch ein wenig privilegiert, denn wir verkehren mit den großen Malern dieser Zeit.«

Ich glaube, ganz habe ich das damals nicht verstanden, aber so langsam dämmert mir, dass eine Stadt eine Schutzzone ist. Es gibt ein Rathaus, von dem aus alles gesteuert wird. Und Beamte, die das Zusammenleben regeln. Es gibt eine Stadtordnung, die für alle gleich ist, und die Kirche, die für das geistige Wohl zuständig ist. Mal mehr, mal weniger, denn ich kann mir im Augenblick nicht vorstellen, dass mich eine Totenmesse für Mama trösten könnte. Und von privilegiert kann ja nun auch nicht mehr die Rede sein. Ich habe jetzt kein Zuhause mehr und damit keine Rechte. Das Einzige, was mir eventuell tatsächlich ein Vorteil sein könnte, ist mein Wissen um die Malmittel und mein Talent. Mama wird es mir nachsehen, dass ich nun an meine Zukunft denke.

Mit meinem Jutesack und dem Umhang bin ich nicht ganz unauffällig. Ich drücke mich an den teils ziegelfarbigen, teils mörtelweißen Hausmauern entlang, verharre in Nischen, bis mir die Beine einschlafen, und ziehe dann wieder ein Stück weiter. Wie mir scheint, eine halbe Ewigkeit, bis ich die Nachtwächter den Morgendreiklang anschlagen höre.

Kurze Zeit später rattern die ersten Wagen über das Kopfsteinpflaster. Hufgetrappel erfüllt die Gassen, mit *Hey-ho*-Rufen versuchen sich die Kutscher in Kurven gegenseitig zu warnen.

Die Fensterläden in den schmalen, hohen Häusern werden klappernd nach außen geschlagen. Vor den Geschäften, die alle im Umkreis des Beginenhofs liegen, stellen die Händler Pritschen und Tische auf oder klappen einen Teil der Fensterverkleidung herab, die dann abgestützt mit Holzbohlen zur Ladentheke wird. Ich habe das Erwachen einer großen Stadt noch nie so erlebt. Entweder war ich daheim in Brügge, und alles lief nach dem Rhythmus unserer Familie ab, oder die Mauern des Beginenhofs haben mich vor dem Alltag geschützt.

Vielleicht ist es das Neue oder die vielen Eindrücke, die mich von der Trauer ablenken, aber ich würde am liebsten das Zeichenpapier und den Silberstift herausholen, um all die Bilder einzufangen, die in Sekundenschnelle hier entstehen: die Kräuterfrau, die an der Ecke ihre Körbe aufstellt, der Eisenwarenhändler, der gerade Beschläge und Nägel auf seinem Verkaufstisch ausbreitet, genauso wie sein Nachbar und Konkurrent mit den Eisenkannen und die anderen kleinen Eisenwarenhändler, die das Warenangebot dieser Zunftgasse bestimmen.

Ich habe mich in der Zwischenzeit zum Platz vor dem Haupttor des Beginenhofs vorgeschlichen. Zum einen habe ich hier im Blick, was sich bei dem Beginenhof tut, zum anderen sehe ich direkt auf den Eingang von Rogier van der Weydens Haus. Sobald ich dort ein

Lebenszeichen erblicke, werde ich all meinen Mut zusammennehmen und anklopfen. Einen Tag zu spät!

In den anderen drei Straßen, die von dem kleinen Platz abgehen, ist ebenfalls hektisches Treiben ausgebrochen. Die eine Gasse ist ganz den Fischhändlern überlassen und stinkt dementsprechend. In der nächsten machen die Tuchhändler gerade ohne besondere Hektik ihre Ladengeschäfte fein für die Kundschaft, und aus der Gasse gleich neben Rogier van der Weydens beiden Häusern weht ein exotischer Duft, als die Kaufleute dort ihre Ladentheken mit Körben und hohen milchigen Gläsern, Tontöpfen und fremd aussehenden Stoffsäcken bestücken. Zuletzt stecken sie kleine Tafeln in all ihre Waren, die mit Namen beschrieben sind wie aus einem Märchen: Zimt, Sternanis, Koriander, Muskat, Ingwer, Lakritze, Nelken.

Andere schwarz verschrumpelte, hellgelb pulvrige oder rot gedörrte Substanzen kann ich gar nicht erkennen. Und ich höre Papa, wie er sagt: »Aber sie sind allesamt durch die halbe Welt gereist, wie viele Dinge, mit denen ich auch handle.« Papa bezog viele Harze oder Grundstoffe für Pigmente aus dem Orient. Von dort wurden sie über den Seeweg nach Venedig und weiter bis nach Brüssel transportiert.

Als würde sich die ganze Stadt auf der Straße versammeln, solch ein Tumult herrscht mit einem Mal. Spielleute versuchen sich eine Mahlzeit zu erbetteln. Dabei zirpen sie so gotterbärmlich auf ihren Lauten herum und tröten so quäkend in ihre Schalmeien, dass sogar die Katzen das Weite suchen. Frauen mit Körben eilen zwischen den Ständen hin und her und feilschen ebenso laut kreischend wie die Marktweiber. Kinder spielen unter den Auslagen Verstecken oder rennen mit den vielen freilaufenden Hunden um die Wette.

Fast ein fröhliches Treiben, wäre nicht gerade vor dem Beginenhof ein Fuhrwerk angekommen, dessen Ladefläche mit einem Tuch verhängt ist. Das Tor geht auf, und sechs der Beginenschwestern tragen ein verhülltes Brett, unter dem sich ein Menschenkörper abzeichnet. Mama.

Sie bringen sie zu dem Fuhrwerk, das sie vermutlich zur Totenmesse fahren wird. Ein Kloß macht sich in meinem Hals breit, meine Knie werden weich.

Jetzt nicht zusammenklappen, sie dürfen dich nicht finden, schießt es mir durch den Kopf.

Das Fuhrwerk und eine kleine Gruppe von Schwestern setzen sich in Bewegung. Ich erblicke zwischen all den beige verhüllten Frauen Elaine und würde mich so gerne bemerkbar machen.

Die Grande Dame sieht sich immer wieder um, und im letzten Augenblick kann ich hinter einem Mauervorsprung verschwinden, in dem es nach Urin und Erbrochenem stinkt. Mir wird übel. Mit einem Mal sind der ganze Lärm, die vielen Menschen, das Leben auf den Gassen sehr weit weg. Ein Nebel umschließt meinen Kopf, alle Geräusche werden zu einem matten Dröhnen, das sich im Rhythmus der Schalmeien- und Lautenklänge hin und her bewegt.

Ein paar Kinder bleiben vor mir stehen. Sie haben Lumpen an und deuten mit dem Finger auf mich. Kreischend stupsen sie sich gegenseitig an, doch ich höre sie nicht. Die unheimlich vielen bunten Farben, die nun auf den Plätzen und Gassen zu sehen sind, werden grau wie Morgennebel. Als würde sich die Traurigkeit wie ein Schimmelpilz über meinen Kopf legen, der Töne und Farben filtert. Mein ganzer Plan fällt in sich zusammen, weil sich die Trauer vehement und plötzlich meldet.

Mit einem Mal spüre ich, dass ich mit Mamas Tod nicht nur allein bin, sondern mir durch die Flucht aus dem Beginenhof auch jede Heimat genommen habe. Und die Zukunft ist so ungewiss wie ein trüber See, der tief, seicht, voller gefährlicher Tiere oder ein völlig harmloses Schlammloch sein kann. Was, wenn Rogier van der Weyden mich nicht mehr braucht? Wenn meine Tarnung auffliegt?

Die Kinder vor mir reiben sich lachend die Augen und verziehen den Mund. Jetzt erst merke ich, dass sie mich nachäffen, denn ich heule wie ein Schlosshund. Schnell wische ich mir mit dem Ärmel übers Gesicht. Wenn etwas verrät, dass ich ein Mädchen bin, dann diese Flennerei. Aber erst als ein Ferkel quiekend über den Platz rennt, im Maul eine Karotte, die es von einem Gemüsestand geklaut hat, kommt wieder Leben in mich.

Das kleine Schwein ist so süß. Doch schnell wird es von einem griesgrämig aussehenden Mann geschnappt, der eine lange, blutverschmierte Schürze umgebunden hat. Sein aus einem Lederhalfter ragendes Messer, das er an der Hüfte trägt, sagt mir, was dem kleinen Schwein gleich blühen wird. Wenn ich nicht enden will wie dieses Ferkel, immer auf der Suche nach Futter, das ich klauen kann, und schließlich in den Händen eines Grobians, muss ich es jetzt zu Rogier van der Weyden schaffen. Ich muss bald wissen, wie es weitergeht, und vor allem muss ich fort von der Straße, sonst verliere ich den Boden unter den Füßen.

Doch vor dem Haus des großen Malers hat sich mittlerweile eine Menschentraube gebildet. Mehrere Kutschen haben davor Halt gemacht, und Soldaten bilden eine lange Kette, die all jene abschirmt, die aus der mittleren Kutsche aussteigen.

Ich sehe die Tür zu Rogier van der Weydens Haus aufgehen, ein paar Haarbüschel wippen hin und her. Ein wertvoller Federbusch überragt alles, bis Haarbüschel und Federbusch im Haus verschwinden und die Soldaten sich wieder um die Kutschen scharen. Sie steigen auf die Böcke und lenken die schweren Gefährte durch die engen Gassen. Es ist vielleicht kein guter Augenblick, um mich vorzustellen. Oder vielleicht gerade jetzt?

Ich nähere mich van der Weydens Anwesen, das den ganzen Platz beherrscht, weil es ja aus zwei Häusern besteht. Allerdings habe ich aus dem rechten Haus noch nie jemanden kommen sehen.

Es hat im ersten Stock große Fenster mit Butzenscheiben und daneben Fensterluken, die mit geöltem Papier verhängt sind. Mächtiger Rauch kommt aus den Kaminen beider Häuser und erinnert mich an die Aufgabe, die auf mich wartet, wenn alles gut geht. Heizer sein. Nicht Maler.

Noch nie habe ich mich meinem Ziel so weit entfernt gefühlt. Aber es gibt keinen Weg zurück, nur einen nach vorn. In eine unbekannte Welt und in mein neues Leben als junger Mann in einem fremden Haus.

Eine neue Welt

Als ich vorsichtig an das braunrote Portal klopfe, scheint es mir eine Ewigkeit her zu sein, seit ich aus der stinkenden kleinen Ecke am Platz herausgekrochen bin. Ich kann nur hoffen, dass sich der Geruch meines Verstecks nicht in meinen Kleidern festgesetzt hat. Eines von Mamas Kräutersäckchen, das ich mitgenommen habe, ist mit den lila Blütenkrümeln des Lavendels gefüllt. Diese Säckchen hat Mama immer in ihren Schränken aufgehängt und von dem Duft geschwärmt, der auch die Motten fernhält.

Mit ein paar dieser Blüten reibe ich mir die Hände ein und wische sie an meinem Umhang ab, den ich in der Art der Männer binde, also mit einem Zugband an den Schultern festgemacht statt vorn geschlossen. Meine Beinkleider liegen straff an, Papas Weste schlottert natürlich, aber gut sitzende Kleider können sich sowieso nur die Reichen leisten. Mama hat sie Pfeffersäcke genannt, obwohl man so eigentlich nur die Mitglieder der Hanse bezeichnet, die hauptsächlich mit Gewürzen handeln. Jetzt werde ich genau bei so einem reichen Pfeffersack anklopfen …

Ich habe kaum die Hand vom Türring genommen, der aus einem eisernen Löwenmaul hängt, als die Pforte aufgerissen wird. Eine schmale Frau mit einem furchtbar eng geschnürten Kinnband steht vor mir. Die weiße Haube wippt nervös auf und ab, und ihre Füße stecken in Opanken aus feinstem weinrotem Leder. Sie fallen mir gleich auf, denn die Frau tänzelt unruhig hin und her.

»Was willst du?« Die Frau nuschelt, weil ihr Kinnband so eng sitzt.

Mama hat es nie so gebunden. Sie sagte immer, sie sei zwar verheiratet und müsse daher so eine Haube tragen, aber deswegen sei sie ja nicht mundtot.

»Entschuldigt, werte Dame, aber ich komme auf Geheiß des großen Meisters Rogier van der Weyden.«

»Das glaub ich kaum.« Die Frau hebt, so gut es unter der Haube eben geht, die Augenbrauen.

»Aber ich habe wirklich schon zweimal mit Meister van der Weyden gesprochen. Ich bin sicher, wenn er mich sieht, wird er sich erinnern.«

»Mag sein.« Die Züge der Frau entspannen sich etwas, soweit das unter der Haube und mit dem Kinnband eben geht. »Aber der Meister ist beschäftigt, der Herzog von Burgund ist bei ihm. Was es auch ist, ich kann ihn jetzt nicht stören.«

Habe ich richtig gehört? Der Herzog? Vor lauter Schreck reiße ich die Augen weit auf. Die Frau schlägt die Hände vor der geschnürten Brust zusammen. An jedem einzelnen Finger steckt ein Ring, einer kostbarer als der andere, und an ihrem Handgelenk sehe ich ein schweres Armband.

Das macht die Sache für mich nicht besser. Ich ahne, dass es die Gattin des Meisters höchstselbst ist, der ich hier gegenüberstehe. Sicher hat sie das Geschmeide angelegt wegen des hohen Besuchs. Dabei hatte ich so sehr darauf gehofft, dass mir eine Dienstmagd aufmachen würde, der ich ganz einfach meine Geschichte erzählen könnte und die dann, weil sie nicht weiß, was sie damit anfangen soll, den Meister persönlich holen würde.

Jetzt sehe ich mich Frau von der Weyden gegenüber und bin völlig verunsichert. Sie scheint keine Neigung zu verspüren, einen fremden »Jungen« in ihr Haus zu holen und ihn dort warten zu lassen, bis der Herr und Meister Zeit findet.

»Komm ein anderes Mal wieder, das ist heute kein günstiger Tag.« Plötzlich sind die strengen Falten aus ihrem Gesicht verschwunden, und für einen Moment meine ich sogar, ein wenig Milde in ihrer Stimme zu hören. Doch da faucht sie mich schon wieder an: »Willst du hier noch lange herumstehen, oder muss ich die Gesellen holen, damit sie dir Beine machen?« Frau van der Weyden scheint es auf einmal eilig zu haben, mich von der Tür wegzubekommen.

»Kann ich denn nicht warten? Es ist wichtig. Euer Mann hat gesagt, bis heute müsse ich mich entscheiden.«

Die Hausherrin sieht mich abschätzig an.

»Was entscheiden?«

»Ob ich bei Euch als Heizjunge anfangen darf! Euer Mann – ich nehme an, Ihr seid Madame van der Weyden – hat mich zweimal beim Pferdeäpfelsammeln getroffen und mir dieses Angebot gemacht.«

Vielleicht sind es die Tränen, die mir den Blick verschleiern, aber Madame van der Weyden schlägt mir nicht die Tür vor der Nase zu.

»Und diese Geschichte soll ich dir glauben?«

»Bitte!«

»Du musst mich für sehr naiv halten, einen Pferdemistsammler ins Haus zu bitten. Noch dazu einen, den ich nicht kenne, während der Herzog, Philipp der Gute, in unserem Haus weilt.«

»Nein, nein, ich weiß, das wäre … das ist … vielleicht … wirklich … kein guter Augenblick.«

»Wenn du nur gesagt hättest, du bist der Sohn von Meister Jan van Eyck und willst bei meinem Mann in die Lehre gehen, dann wäre das etwas anderes. Aber Pferdemistsammler, ich bitte dich. Jeder kann dich ersetzen, niemand braucht dich.«

Mir laufen die Tränen über die Wangen, aber ich kann sie mit dem Ärmel nicht wegwischen, weil ich wie gelähmt bin. *Niemand braucht mich.* Ja, sie hat ausgesprochen, was ich seit gestern Abend, seit Mama tot ist, fühle. Wer braucht schon ein Mädchen, das sich als Junge verkleidet, an einem Morgen, an dem der Herzog zu Besuch ist?

Madame van der Weyden schließt die Tür bis auf einen kleinen Spalt, durch den sie mir zuraunt: »Geh jetzt, Kleiner, du hast dir keinen guten Tag ausgesucht!«

Ich habe mir überhaupt keinen Tag ausgesucht, will ich antworten. Das Leben hat sich genau diesen Tag ausgesucht, um mir zu sagen, wie meine Zukunft aussehen wird. In der Gosse werde ich enden, zwischen Pissecken und Ratten, bettelnd, wahrscheinlich bald geschändet und dann in einem Bordell oder als Marketenderin bei Feldzügen. Oder eben als unauffälliges siebzehntes Rad am Wagen in einem großbürgerlichen Künstlerhaushalt.

Ich hab gar keine Wahl, ich darf mich nicht abwimmeln lassen!

»Madame, Monsieur van der Weyden hat eine Zeichnung von mir. Fragt ihn nach der Pferdezeichnung. Daran könnt Ihr erkennen, dass ich kein Märchen erzähle.«

Wie gut, dass mir das noch eingefallen ist. Die Pferdezeichnung muss meine Eintrittskarte werden.

»Und wie stellst du dir das vor? Ich gehe jetzt hinüber ins Atelier und stelle mich zwischen den Herzog und meinen Mann und frage ihn, ob er die Pferdezeichnung eines kleinen schmutzigen Jungen hat, der bei ihm arbeiten möchte? Machst du dich über mich lustig?«

»Madame, es geht um Leben und Tod, bitte!«

Madame van der Weyden öffnet die Tür wieder ein Stück weiter. Sie ist verunsichert, ich sehe es deutlich. Die Pferdezeichnung hat alles durcheinandergebracht. Es ist schließlich nicht üblich, dass Lumpen- und Pferdekotsammler zeichnen können. Und dann offensichtlich so zeichnen können, dass es wert ist, einen Meister damit zu beeindrucken.

»Komm rein! Warte hier in dieser Ecke, und rühr dich ja nicht vom Fleck, bis ich wieder zurück bin. Ich will sehen, was ich machen kann.«

Sie öffnet die Tür so weit, dass ich samt meinem klobigen Jutesack hindurchschlüpfen kann. Zunächst kann ich allerdings nichts erkennen. Draußen ist es trotz der matten Herbstsonne gleißend hell, hier drinnen dagegen ist es stockfinster. Nur ein paar Kienspäne lodern in einigen Halterungen an der Wand. Es dauert, bis sich meine Augen an die Dunkelheit gewöhnt haben.

Madame van der Weyden weist mir einen Holzschemel zu, der hinter der Tür steht. Ich setze mich und warte.

Einer, der Geheimnisse liebt

Ich weiß nicht, wie lange ich schon warte. In der dunklen Diele, in meiner Ecke lässt sich der Lauf der Sonne nicht beobachten. Mädchen in langen Schürzen kommen und gehen. Zwei groß gewachsene Jungs jagen sich durch das Haus. Ein Duft von Gebratenem verbreitet sich. Sonntagsduft. Ab und zu ist von draußen Pferdegetrappel zu hören.

Langsam wird mir warm in meinem zu großen Wams, dem Umhang und den engen Beinkleidern. Ganz im Gegensatz zum Beginenhof wird hier offensichtlich mit zwei Kaminen geheizt. Kein Wunder, dass der Meister Verstärkung sucht. Wenn er sie denn nur suchen würde! Ich bin mir nicht mehr so sicher, ob Madame van der Weyden tatsächlich ihrem Mann von mir erzählt hat. Vielleicht hofft sie, dass es mir zu bunt wird und ich einfach verschwinde. Aber da kann sie lange warten. Und wenn ich hier schlafen muss, ich werde bleiben!

Einer der Jungs, die schon die ganze Zeit Fangen durchs Haus gespielt haben, steht plötzlich vor mir und schneidet Grimassen. Er trägt ein Nesselhemd, das trotz des einfachen Materials teuer aussieht. Seine Beinlinge sind mit Ledersohlen vernäht, und es sieht aus, als ob er barfuß laufen würde. Er hat sich lautlos angeschlichen und mich damit ganz schön erschreckt. Sein Mund ist zu einem schiefen Grinsen verzogen, und ich kann eine Reihe lückenhafter Zähne sehen. Ich schätze ihn auf noch nicht einmal acht Jahre. Sein Bruder scheint mir etwas älter zu sein, vielleicht elf. Alles an ihm wirkt ein bisschen zu groß: die schlaksigen Arme, die dünnen Beine, die Augen, die Nase. Trotz aller Grimassenschneiderei scheinen die beiten gutherzig. Vielleicht die Söhne des Meisters? Kann ich es wagen, sie anzusprechen?

»Hallo, ihr beiden. Ja, ihr! Was meint ihr, wird der Herzog noch lange bei Meister van der Weyden sein?«

»Huch, wer bist du denn?« Der Kleinere von den beiden macht ein gespielt erschrecktes Gesicht, als er mich in meinem dunklen Winkel entdeckt und sich Hilfe suchend zu seinem Bruder umdreht, der auch gleich das Wort ergreift.

»Keine Ahnung, der kommt jetzt jede Woche und bleibt ewig. Ich glaube, er möchte ein Porträt haben, wie alle. Und wer, wenn nicht der Herzog, sollte sich dann von unserem Vater malen lassen!« Er klingt stolz, wie er das so sagt.

»Also ihr seid seine Söhne. Könnt ihr auch so gut malen?«

»Alle hier können malen, bis auf Mama. Sie versteht sich besser auf Textilien, Weben, Gobelinstickerei und Klöppeln. Aber da ist sie spitzenmäßig …« Beide fangen lauthals an zu lachen, denn im Zusammenhang mit Klöppeln ist das ein echter Wortwitz, dieser Technik, die sich mir nie erschlossen hat, aber für die Flandern berühmt ist. Ich glaube, ein flandrisches Mädchen, das nicht klöppeln kann, sollte eigentlich gleich ins Kloster gehen. Oder eben Junge werden, denke ich, als die beiden Jungs mich neugierig mustern.

»Wie alt bist du?«, fragt der Jüngere.

»Dreizehn.« Ich bin mir nicht sicher, ob es gut war, sie darauf hinzuweisen, dass ich nicht viel älter bin als sie. Mädchen sind viel weiter als gleichaltrige Jungs, und ich hätte mich auch als vierzehn ausgeben können, aber vielleicht könnte ich mir so die beiden zu Verbündeten machen?

»Und was willst du hier?«

»Euer Vater hat mich eingeladen, bei ihm Heizjunge zu werden und die Kamine mit Pferdemist und Torf zu bestücken. Das habe ich für den B...« Gerade noch rechtzeitig fällt mir ein, dass ich jetzt nichts über den Beginenhof sagen darf. Schließlich ist der ausschließlich für Frauen, und ich hätte mich schon in der ersten Minute verraten. »Also ...«, stammle ich, »... ich habe schon für andere Brennmaterial gesammelt, und dabei bin ich ein paarmal eurem Vater begegnet.«

Die beiden sehen mich mit schief gelegtem Kopf an.

»Wieso Heizjunge? Das machen bei uns doch die Gesellen selbst.« Der Kleinere der beiden zieht fragend die Schultern hoch und lässt dann seine Arme baumeln, als wäre er eine Schlenkerpuppe. »Na, er wird sich vielleicht was dabei gedacht haben.«

Dann dreht er sich weg.

»Nichts, gar nichts hat er sich dabei gedacht!«, tönt es plötzlich hinter mir. »Er hat ein großes Herz und trägt es auch noch auf der Zunge. Ich für meinen Teil würde dir gern eine Tracht Prügel verpassen, und du weißt auch genau wofür.« Wie aus dem Nichts ist Jup aufgetaucht. Jener grobschlächtige Geselle, der die Finger nicht von Elaine lassen konnte und den meine Pferdezeichnung so wütend gemacht hat, dass er sich fast mit dem Meister angelegt hätte.

Die beiden Jungs zucken zusammen, als sie den Grobian sehen, und verziehen sich schnell in die hinteren Gemächer. Ich sitze in der Falle. Wenn dieser Jup will, zermalmt der mich gleich hier.

Doch in dem Augenblick kommt Unruhe in das ganze Haus. Stiefellaute hallen im Gleichschritt durch die große Diele. Über uns scheinen viele Leute in Bewegung geraten zu sein, ihr Getrappel dringt mächtig durch die Holzdielen der Decke über uns. Madame van der Weyden erscheint mit einem vielarmigen Leuchter in der Hand, den sie am Anfang des Korridors auf einen Vorsprung stellt, sodass der Raum einladend erleuchtet ist. Rau verputztes Mauerwerk, geschnitzte und bemalte Balken werden sichtbar und geben dem hohen Eingangsraum etwas Vornehmes.

Madame van der Weyden scheucht ihre Kinder weg, die durch einen Türspalt spähen, und zeigt auch Jup an, dass er sich verziehen soll. Da sieht sie mich. Erschrocken fasst sie sich an den Kopf, und ich sehe genau, dass sie nicht eine Sekunde mehr an mich gedacht hat, nachdem sie mich in die Ecke verbannt hat.

Aber es bleibt keine Zeit. Sie kann mich nicht wie Jup und die Kinder wegschicken, denn schon nähern sich die Soldaten des Herzogs und säumen rechts und links die Diele. Ich versuche mich so klein wie möglich zu machen, aber der dicke Jutesack und meine unförmige Kleidung machen das fast unmöglich.

Doch die Aufbruchstimmung überdeckt alles. Die Soldaten sind viel zu sehr mit sich selbst und dem Zeremoniell beschäftigt, um mich zu bemerken.

Stimmengewirr ist zu hören. Ein sonorer Bass. Vor mir haben zwei Soldaten Stellung bezogen. Einer schiebt den Absatz und die Sporen der schweren Landserstiefel so nah an meinen Fuß, dass ich Angst habe, durchbohrt zu werden. Und plötzlich hört man tiefes Lachen und zwei Männerstimmen. Zwischen den knarrenden und nach Lederfett stinkenden Kniestiefeln des Soldaten vor mir erblicke ich schwarze Beinlinge, die in den spitzesten Schuhen stecken, die ich je gesehen habe. Wie Dolche ragen sie über den schwarzweiß gekachelten Boden. An der Mitte des Schenkels wippt der nerzbesetzte Saum des Rocks, der Schecke, natürlich aus schwarzem Samt der feinsten Sorte. Der Rock ist an den Seiten geschlitzt, und so kann ich erkennen, dass darunter ein fein gefälteltes Leinenhemd steckt. Ganz vorsichtig robbe ich hinter den Soldatenbeinen herum, um mehr sehen zu können.

Vielleicht liegt es an dem gänzlich schwarzen Gewand, dass der Mann so unendlich schmal wirkt. Papa hat einmal gesagt, dass Schwarz keine Aura hat und man in schwarzen Kleidern automatisch dünner wirkt. Der Mann hier, dessen Rock in der Taille von einem Pelzgürtel geschnürt ist, sieht aus, als ob ihn der nächste Wind umstoßen könnte.

Doch dann wird die ganze Gestalt sichtbar, weil der Soldat vor mir so freundlich war, sein Gewicht zu verlagern. Über dem ebenfalls pelzverbrämten Stehkragen leuchtet ein klares, schmales Gesicht, durch dessen Haut man die Adern sehen kann. Dank der langen Nase scheint es noch schmaler. Ganz leicht schimmert grünlich der Bartwuchs unter der wachshellen Haut rund um den Mund. Er scheint die Haare über den Ohren ausrasiert zu haben, wie es derzeit Mode ist. Die Augen blicken wimpernlos, aber nicht ohne Kraft. Und die Augenbrauen schließlich sind der einzige Beweis, dass dieser Mann überhaupt Haare hat, da man das Haupthaar nicht sehen kann. Denn über der filigranen Gestalt schwebt wie eine Baumkrone ein riesiger ausladender Hut, schwarz und mit einem breiten Band eng unter dem Kinn gebunden. Ein feines Kreuz mit Rubinen wird an dem kleinen Kragendreieck sichtbar, umso auffälliger, da es neben der schweren goldenen Amtskette das Einzige nicht Schwarze an dem ganzen Mann ist, der jetzt die Hand hebt, die gleich darauf von Meister van der Weyden ehrfürchtig geküsst wird. Ein goldener Ring, ebenfalls mit einem Rubin verziert, blitzt dabei an seinem rechten Zeigefinger auf.

»Mein Herzog, es war mir eine Ehre, die Porträtstunde mit Euch verbringen zu dürfen!« Van der Weydens Stimme vibriert ein wenig, so als hätte er Stunden nichts gesagt und müsse nun erst wieder das Reden üben.

»Mein guter Meister van der Weyden, die Ehre ist ganz auf meiner Seite. Niemand kann das Innere der Menschen mehr erfassen als Ihr. Ich darf mich empfehlen und blicke mit Freude unserer nächsten Sitzung entgegen!«

Wahrhaftig, die schmale, hohe Gestalt ist Philipp der Gute, der Herzog von Burgund! Vor Ehrfurcht wage ich es kaum zu atmen. Ich bin in einem Raum mit Philipp dem Guten, unserem Regenten! Dem Mann, der es geschafft hat, sich gegen das mächtige England und Frankreich zu stellen und sein Land immer mehr auszubauen. Der sich die berühmtesten Künstler holt und sie fördert, so gut er kann. Und deswegen ist auch van der Weyden nach Brüssel gezogen, sozusagen als Nachfolger für den verstorbenen Jan van Eyck, jener »König unter den Malern«, der sogar beim Herzog in diplomatischen Diensten stand.

»Ich werde Euch das nächste Mal noch jemanden mitbringen, verehrter Meister ... sagen wir, einen Neffen von mir.« Dabei blinzelt Philipp der Gute van der Weyden verschwörerisch zu, und ich habe das Gefühl, dass er wirklich ein Freund der Künstler ist. Von Papa weiß ich, dass sein Ruf als Förderer legendär ist. Teppichknüpfer, Goldschmiede, Stundenbuchmaler, Porträtisten und eben Maler vom Format eines van der Weyden stehen hoch in seiner Gunst. In keiner seiner Städte mangelt es an Förderungen und Aufträgen für diese Zünfte. Und kein Rathaus bleibt ungeschmückt mit Wandteppichen und Tafelbildern. Keine Kirche kommt ohne Flügelaltar aus. Papa hat von berühmten Triptychen erzählt, dreiteiligen Altären. Besonders die von Rogier van der Weyden hatten es ihm angetan. Diese Klappaltäre seien wie Bücher. Wenn sie zugeklappt sind, sieht man eine Alltagsszene, sind sie aufgeklappt, öffnet sich ein ganzes Panoramabild mit biblischen Motiven, so lebendig und mit so vielen Hinweisen auf unsere Gegenwart, dass man das Gefühl bekommt, alles würde sich hier und jetzt abspielen.

Ich atme tief durch und kann immer noch nicht glauben, was ich sehe. In der Zwischenzeit hat sich der Tross vor meiner Nase weiter in Richtung Ausgang geschoben. Madame van der Weyden macht gerade einen Knicks und versucht dabei das Gleichgewicht zu halten. Das erste Mal an diesem merkwürdigen Tag habe ich das Gefühl, wieder lachen zu können. Leider ist es der völlig falsche Augenblick. Ich kann froh sein, wenn mein Glucksen von Rogier van der Weydens leiser Stimme und dem tönenden Bass des Herzogs überdeckt wird.

»Hoheit, gerne, was immer beliebt!« Van der Weyden verbeugt sich erneut.

»Ein Porträt, mein Lieber, ein Porträt! Der Junge ist jetzt in dem Alter, in dem man sein Gesicht festhalten muss. Solch eine Reinheit und ein Glanz! Wir wissen doch beide, dass der zeitliche Spalt zwischen Lächerlichkeit der Infantia und dem Erblühen in der Adolescentia bei uns Männern ganz schmal ist. Noch gestern spielen sie mit Steckenpferden und fallen über ihre Schnabelschuhe, und morgen schon stehen wild wuchernde Bärte in ihren Gesichtern. Ich will, dass sie die Reinheit meines Neffen einfangen, bevor es zu spät ist.«

Philipp der Gute hat sich in Begeisterung geredet, und ich sehe, wie die Soldaten nervös auf und ab wippen, denn sie fürchten wohl, dass sich der Herzog zu wohl fühlt in der Gegenwart der Künstler und sich regelrecht verplaudert.

»Dann darf ich Euren Besuch in Bälde erwarten?«

Der Herzog nickt, und van der Weyden neigt den Kopf zur Bestätigung leicht nach vorn.

Ich spüre ein Kribbeln im Bauch. Da ist es wieder – das Gefühl, das sich, seit Papa mich für das Malen begeistert hat, in mir entfacht hat. Man kann mit den Künsten über sich hinauswachsen. Und seit es nicht mehr nur die Kirchen sind, die Aufträge vergeben, werden die weltlichen Herrscher zu Mäzenen. Eine Riesenchance, Künstler werden gebraucht! Wenn doch nur Künstlerinnen auch gebraucht würden! Und wenn, dann möchte ich eine von ihnen sein, schießt es mir durch den Kopf, als sich der ganze Trupp endlich doch auf den Weg zur Tür macht.

Plötzlich geht alles sehr schnell. Van der Weyden öffnet die Tür, die Soldaten bilden ein Spalier, und der Herzog tritt hinaus, ebenfalls in ein Spalier Soldaten, das vor dem Haus Aufstellung bezogen hat. Dann fällt die Tür ins Schloss. Vor mir sind keine schützenden Soldatenbeine mehr, sondern nur noch ein durch den Armleuchter gut beleuchteter Flur und … Rogier van der Weyden und seine Frau.

»Was … Elisabeth … was ist das …?« Die Augen des Meisters weiten sich, seine Frau hat die Hände vor den Mund geschlagen. Ich sollte jetzt etwas sagen, bevor mich der Meister höchstpersönlich aus dem Haus wirft. Ganz langsam richte ich mich auf und versuche dabei meine Kleider zu ordnen.

»Ich bin jetzt da, Meister van der Weyden. Gerne würde ich bei Euch Heizgeselle werden, wie Ihr es mir angeboten habt. Und pünktlich bin ich auch. Wenn Ihr andere Dienste für mich habt, werde ich mich derer ebenfalls gern annehmen. Ich kann auch Pigmente …«

Weiter komme ich nicht, denn van der Weyden fängt an zu lachen. Erst glucksend, dann dröhnend. Seine Gattin lässt die Arme sinken, die beiden Jungs schlängeln sich durch den Türspalt und halten die Luft an.

»Und du saßt hier, während der Herzog und ich uns unterhalten haben? Das nenne ich mal gute Wachen. Und Ihr, meine liebe Frau, seid auch nicht von dieser Welt. Einen wildfremden Jungen einzulassen, während der Herzog Porträt sitzt!«

Madame van der Weydens Augen schimmern. »Ich wollte Euch von ihm erzählen, aber du warst so vertieft darin, jedes Augenfältchen des Herzogs einzufangen, da wollte ich dich nicht stören. Und dann hab ich diesen … diesen Jungen einfach vergessen. Ist doch auch kein Wunder bei dem ganzen Trubel, Rogier.« Elisabeth van der Weyden hat von Betroffenheit zu Trotz gewechselt und vom »Ihr« zum »Du« und sieht ihren beiden Jungs nun sehr ähnlich, während ihr Mann sich den Armleuchter schnappt und sich mir nähert.

»So, so.« Dabei leuchtet mir der Hausherr ins Gesicht. »Ich erinnere mich: der kleine Kotsammler, der es fertigbringt, im Stehen ein Pferd zu zeichnen, das komplett richtig in den Proportionen ist und sogar Persönlichkeit ausstrahlt.«

Seine Worte tun mir gut. Ich hab es mir also nicht eingebildet, und für einen Jungen hält er mich auch immer noch, ich bin nicht auf einmal durch all die Ereignisse auch körperlich gereift und zur Frau geworden.

»Na, dann komm einmal mit. Wie ich sehe, hast du dich auf einen längeren Aufenthalt eingestellt.« Er deutet auf meinen prall gefüllten Jutesack. Gleichzeitig macht er eine Bewegung, die mir anzeigt, dass ich ihm folgen soll. Ein bisschen wackelig vom langen hier Hocken rapple ich mich hoch. Dabei rutscht mir das Lavendelsäckchen aus der Tasche, aus dem ich mir vorhin die Blütenkrümel geholt hatte, um den Geruch der Kloake zu vertreiben.

»Was haben wir denn da?« Rogier van der Weyden bückt sich und beschnuppert das Säckchen. Ich spüre, dass ich knallrot anlaufe. Das passiert immer, wenn mir etwas unangenehm ist.

»Mir scheint, wir haben es hier mit einem Reinlichkeitsfreund zu tun.« Dabei schwenkt der Maler das Blütensäckchen. »So etwas habe ich einmal auf dem Gewürzmarkt gerochen. Die Blüten der Pflanze haben ein Lila, wie man es lange suchen muss. Und der Duft ist das Beste gegen alle Arten von Gestank. Bei einem kleinen Pferdemistsammler nicht das Schlechteste. Woher hast du das?« Er gibt mir das Säckchen wieder.

»Meine Mutter … ich habe es von meiner Mutter, sie ist sehr krank, und gestern …«

Elisabeth van der Weyden schlägt wieder die Hände vor den Mund und dreht sich zu ihrem Mann, der sie ebenfalls lange ansieht.

»Was meint Ihr, liebe Frau, sollen wir diesen seltsamen Jungen aufnehmen, der Lavendel herumträgt, Pferdekot sammelt und zeichnen kann? Mich würde es reizen, vielleicht hat er noch mehr Geheimnisse. Ich liebe Geheimnisse, sie inspirieren mich. Und sie bringen Leben in dieses Haus.«

Dabei macht er eine Armbewegung, die nicht nur dieses und das Nachbarhaus miteinschließt, sondern auch noch für das Beginenkloster reichen würde.

Doch Rogier van der Weyden scheint sich nun warmzureden, wahrscheinlich musste er, als der Herzog Porträt saß, für Stunden den Mund halten.

»Meine Gesellen sind so grobschlächtig, dass ich mich manchmal wie unter Barbaren fühle, auch wenn sie alle malen können wie der Teufel.«

»Aber Rogier, jetzt übertreibt Ihr. Dieser Matteo und Hans, der Deutsche, die sind doch vom feineren Schlag.« Die Malersgattin hat sich wieder gefangen und sieht ihren Mann beruhigend an.

»Genau, und von der zarten Sorte brauche ich mehr. Ich bin ja kein Schlachter oder Eisenschmelzer, wir haben es hier mit den Höchsten des Staates zu tun. Da muss man auch kultivierte Mitarbeiter haben, und wenn es nur die Heizer sind.« Rogier van der Weyden kneift ein Auge zusammen und blinzelt mir zu. »Und nun wollen wir mal sehen, dass du nicht bei den wildesten Burschen in diesem Haus nächtigen musst, sondern eine Kammer für dich allein bekommst. Du scheinst mir noch ein wenig zu zart für die Umgangsformen der Gesellen, Kleiner … Hilf mir, wie war doch noch einmal dein Name?!«

»Danke, Meister. Louis«, ich muss mich räuspern, denn an die männliche Form meines Namens bin ich noch nicht gewöhnt, »Louis.«

Zufrieden klatscht der Meister in die Hände, und ich folge ihm ins Innere des Hauses, dorthin, wo der Bratenduft herkommt, dorthin, wo meine Zukunft ist.

In diesem Augenblick sehe ich Jup aus einer Nische unter der Treppe huschen. Er funkelt mich zornig an. Wahrscheinlich hat er unser Gespräch mitangehört und hasst mich schon jetzt. Aber darüber will ich gerade nicht nachdenken. Denn ich kann mein Glück nicht fassen. Ich werde bei Rogier van der Weyden wohnen und arbeiten! Alles andere wird sich finden.

Kein Keller wie jeder andere

Zwei Wochen sind inzwischen vergangen. Zwei Wochen voller Hoffnung und zwei Wochen voller Höllenmomente, die ich alle nur einem zu verdanken habe: Jup. Jup, der sich gleich nach meiner Ankunft geärgert hat, dass der Meister so fürsorglich zu mir war und mir eine eigene Schlafkammer besorgt hat, nur damit ich nicht bei seinen Gesellen nächtigen muss. Jup, der natürlich gemerkt hat, dass der Meister nicht nur von meinem Fleiß beim Einheizen begeistert ist, sondern auch schon mein Wissen in Sachen Pigmente getestet hat. Jup, dem nicht entgangen ist, dass ich unter meinem Rock immer Pergamentabfälle bei mir trage und schon manchmal vor Gemälden stand, um sie zu skizzieren.

Sein Spott ist nicht einmal das Schlimmste. Und wenn er allein wäre, würde ich es mit ihm aufnehmen. Aber er hat ein paar der Gesellen hinter sich, vermutlich, weil sie auch Angst vor ihm haben. Und diese Gesellen tauchen überall auf. Sie stellen mir ein Bein, wenn ich mit Holzscheiten beladen die Treppe ins Atelier hochkomme. Sie versuchen sich in meine kleine Kammer zu schleichen, wenn ich schlafe. Und sie werden übergriffig. Kneifen mir in die Taille, ob ich schon zugenommen hätte, und nehmen mich in den Schwitzkasten, wenn sie mich einmal wieder beim Malen erwischen.

Um mich zu schützen, werde ich alle mögliche Beschäftigungen annehmen müssen, bei denen ich nicht allein mit ihnen bin: Mitarbeit in der Küche, Holzhacken für den großen Kamin im Hauptatelier, Schürzen waschen, Pinsel reinigen, Firnis mischen. Sonst werden sie nicht lockerlassen und mich so lange durch Haus und Garten jagen, bis sie mich zu fassen kriegen. So wie sie Matteo, dem Italiener, nachstellen, der seinem Lehrer Zanetto Bugatto nach Flandern gefolgt ist und hier seit einiger Zeit wohnt, um Rogier van der Weyden über die Schulter zu sehen. Der kleine Italiener ist seither immer das Opfer. Er sieht aus wie ein Amor und redet noch wie ein Kind, so hell ist seine Stimme. Klar, dass auch ihn die Gesellen piesacken, bis er weinend zu seinem Herrn läuft. Allen voran dieser elende Jup.

Diese Malergesellen sind einerseits geschickte Handwerker, auf der anderen Seite ungehobelte Kerle. Die Arbeit hier ist hart, das hab ich in den letzten beiden Wochen selbst gemerkt, und der Meister extrem genau. Er gilt nicht umsonst als einer der Größten, denn er kann Gefühle malen wie kein anderer. Seine Technik ist unübertroffen. Doch wer bei ihm lernen darf, muss viel ertragen. Ich will alles ertragen. Ich will alles lernen.

Deshalb muss ich aufpassen wie ein Luchs, dass mich die anderen nicht enttarnen, vor allem bei diesem blöden Ritual, das sie »Pullergold machen« nennen. Dabei urinieren sie in kleine Gefäße, in denen schon gelbe, grüne, rote und ockerfarbene Pigmente mit anderen Zutaten vermischt sind. Auch wenn ich es noch so faszinierend finde, dass durch den scharf riechenden Urin die angerührten Farben leuchtender werden – bei diesem Spielchen darf ich um keinen Preis mitmachen.

Vierzehn Tage ist es mir nun schon gelungen, mich in diesem Haufen zu behaupten. Der Meister selbst hat mir ein Zimmerchen gleich hinter der Küche zugewiesen. Eigentlich ein Dienstmagdzimmer, aber die Frau des Meisters findet, dass sie genug Personal haben, und hat nicht vor, ein neues Dienstmädchen einzustellen. Die kleine Kammer hat den Vorteil, dass sie an den großen Kamin der Küche angrenzt und so meine Stube gleich mitheizt. Jetzt, wo der Winter bevorsteht, ein herrliches Gefühl, und über den Sommer, in dem natürlich zusätzlich die Hitze des Küchenkamins die Kammer aufheizen wird, will ich mir noch keine Gedanken machen. Außer einem kargen Holzbett, einem Strohsack, einem Regal und einem Tischchen steht nichts in dem Zimmer. Durch ein kleines, mit Pergament verschlossenes Fensterloch fällt ein wenig Licht. Wenn ich malen möchte, muss ich Kerzen aufstellen.

Die ersten Tage waren besonders hart. Die großen Ateliers im Nebenhaus müssen geheizt werden, denn hier arbeiten nicht nur die fünf Gesellen den ganzen Tag, auch die Firnisse, Bindemittel und Farben sollen möglichst nicht großen Temperaturschwankungen ausgesetzt sein. Wird es zu heiß, flocken manche Harze aus und bilden scheußliche braune Einschüsse. Ist es zu kalt, reagieren manche Zusätze bröselig.

Rogier van der Weyden ist wie gesagt in allen Dingen sehr genau. Gus aus den Niederlanden, der für das Anrühren einiger Farben zuständig ist, muss sich jeden Tag eine Strafpredigt anhören. Entweder hat er die Gefäße nicht gut genug gereinigt oder die Gläser und Tonschalen, in denen die Pigmente schimmern, nicht gut verschlossen. Ich versuche ihm zu helfen, wo ich kann, aber die Schlepperei von Holz, Torf und Kohlestücken macht Mühe und raubt mir auch die Kraft für meine Zeichnungen. Am Abend zittern meine Hände meist so sehr, dass ich kaum den Löffel von meinem Gürtel nehmen kann. Meistens wird an einem langen Tisch in der Stube neben der Küche gegessen. Alle Gesellen und alle Dienstleute sitzen dann zusammen. Manchmal, sehr selten, gesellt sich auch Rogier van der Weyden zu uns, nippt an einem Krug Wein und gibt Anweisungen für den nächsten Tag. Verlässt er den Raum, ändert sich sofort der Ton. Dann führt Jup das Wort, Matteo schrumpft in sich zusammen, und die Dienstmägde sehen zu, dass sie aus Jups Nähe kommen.

Der Einzige, der sich von all dem nicht beeindrucken lässt, ist dieser Hans Memling, ein schmächtiger Junge aus Deutschland, nicht viel älter als ich, aber sicher einer der Begabtesten in Rogier van der Weydens Werkstatt. Er darf schon Faltenwürfe ausführen und erste Farbschichten setzen, und er kopiert Rogier van der Weydens Vorlagen auf Eichentafeln. Kürzlich habe ich ihm die Leiter gehalten, als er am oberen Rand einer Tafel die Striche gesetzt hat, die später den Mauerrahmen ergeben werden. Es ist der Teil eines Triptychons, an dem Rogier van der Weyden schon seit Jahren sitzt oder besser steht.

Beim Anrühren von Farbe konnte ich Hans ein paar Tipps geben, wie ihm mit Ocker weichere Hauttöne gelingen. Er war ganz beeindruckt, als ich ihm von Ockervorkommen im französischen Roussillon erzählt habe, in das Papa regelmäßig fuhr, um sich mit dem harmonischsten aller Pigmente einzudecken. Wenn Papa zurückkam, hatte er nicht nur die Taschen voller Ocker, sondern seine gesamte Kleidung war mit Ockerstaub bedeckt. Es hat jedes Mal Stunden gedauert, die feinen Partikel zu entfernen. Danach hatte ich immer ganz gelbe Finger, die ich stets auf rauem Papier gerieben und damit einen weichen farbigen Untergrund erzeugt habe. Pigmente sind eben viel zu schade, um sie einfach auszubürsten.

Hans ist es wohl auch gewesen, der dem Meister von meinem Wissen erzählt hat, denn Hans wird von Rogier van der Weyden behandelt wie einer seiner eigenen Söhne, die zwar ebenfalls talentiert sind, aber zu einem Goldschmied um die Ecke in die Lehre gehen. »Jungen müssen auch andere Werkstätten kennenlernen«, ist van der Weydens Devise.

Ich aber versuche, mich unentbehrlich zu machen. Gelegentlich erlaube ich mir, eine Anmerkung zu seinen Pigmenten zu machen, vor einer Woche zum Beispiel, als der Meister hastig nach Bleiweiß rief.

»Meister, darf ich es holen?«, drängte ich mich vor, worauf alle Gesellen, die gerade im Atelier arbeiteten, den Kopf hoben. Auch der Meister.

»Wenn du meinst, Louis, aber vergiss nicht, den Deckel wieder gut zu schließen!«

»Selbstverständlich, Meister, es soll ja reifen.« Er zog überrascht die Augenbrauen hoch. »Was du wieder alles weißt, Louis!«

»Es gehört doch zu meinem Aufgabenbereich, oder nicht?« Denn die Steinguttöpfe, in denen Bleistücke in Essig vor sich hin gären, werden in Kisten mit Pferdemist gepackt, um die Temperatur zu halten. Zwei der Kisten stehen direkt neben dem Kamin im Atelier.

Manchmal schlage ich meinem Meister auch ein anderes Bindeöl oder eine andere Zusammensetzung vor. Ganz vorsichtig natürlich, nicht so, dass der Meister das Gefühl hat, ich würde ihn kritisieren. Und dann plötzlich, vor drei oder vier Tagen, musste ich nicht mehr zwischen den beiden Häusern hin und her laufen, Holz schleppen oder mit rußigen Schürhaken die springenden Scheite zurückdrängen. Rogier van der Weyden hatte andere Aufgaben für mich: Ich sollte die Wasserbehälter reinigen, Pinsel waschen und aus Terpentinfässern kleine Portionen abfüllen, die zum Verdünnen der Farben verwendet werden.

»Louis, hol neue Paletten!«

»Louis, das Leinöl ist alle!«

»Louis, ein Pinsel braucht eine Sonderbehandlung!«

So geht es jetzt seit einigen Tagen. Eine der Dienstmägde muss nun die Kamine bestücken, und ich versuche so unsichtbar wie möglich zwischen den Gesellen und Rogier van der Weyden hin und her zu wechseln, hier auszuhelfen, dort Pinsel zu reinigen und da eine Palette von Resten zu befreien.

Man kann nicht leugnen, dass der Meister mich bevorzugt behandelt, und es wird nur eine Frage der Zeit sein, bis Jup und seine Gesellen mich spüren lassen, dass ihnen das ganz und gar nicht gefällt.

Gestern hat Jup versucht, in den Raum mit dem Badezuber zu gelangen, als ich ohne meine schützenden Kleider dastand und mir den Schmutz des Tages abwusch.

»Na, muss unser Wunderknabe schon wieder baden? Juckt die Farbe? Zu zarte Haut für einen Jungen, was?«, rief Jup mit einer seltsam heiseren Stimme, während er die Tür mit seinen Stiefelspitzen traktierte.

Gott sei Dank kam genau in diesem Augenblick Hans.

»Louis!«, rief er und klopfte gegen die Tür. »Wir beide sollen den Meister in den Pigmentkeller begleiten. Beeil dich!«

So schnell war ich noch nie in meinen Kleidern. Trotzdem musste ich achtsam sein und aufpassen, dass ich alles nach Jungenart um mich wickelte. Völlig in meine Gedanken versunken, vergaß ich mein kostbares Stück Seife am Rand des Badezubers. Das sollte ich später noch bereuen …

Dass Hans vor der Tür der Badestube auf mich wartete, war meine Chance, Jup zumindest diesmal nicht allein über den Weg zu laufen. Aber selbst das war mir gerade herzlich egal. Ich war aufgeregt. Der Pigmentkeller! Ich nahm schon den metallischen Geruch von Eisen, Blei und Kupferstücken wahr, roch die gelben Ockererden und glaubte, die Kühle der Halbedelsteine zu spüren, die fein zerrieben solch ungeheure Farbkraft haben.

Als ich mit von der Hitze gerötetem Gesicht aus der Badestube stürzte, sah ich den ungeduldigen Jup nur aus dem Augenwinkel. Ich wollte so schnell wie möglich zu Hans, der mich mit seinem Lausbubengesicht anstrahlte und mir nach meinen ersten Wochen in Rogier van der Weydens Haus so etwas wie ein Bruder geworden ist.

Rogier van der Weyden, der an der Kellertreppe auf uns wartete, trug bei diesem kleinen Ausflug in den Pigmentkeller einen langen Hausrock aus orangegoldenem Samt.

Eine steile Treppe windet sich vom Atelierraum in eine Art Keller, der vermutlich früher für Lebensmittelvorräte genutzt wurde. Ich weiß noch, dass ich Sorge hatte, Rogier van der Weyden könnte über seinen Mantel stürzen. Aber er tänzelte die Stufen geradezu hinab – in der einen Hand einen Kerzenleuchter, in der anderen einen Kasten mit vielen Fächern, den er zusätzlich mit einem Riemen quer über seiner Brust festgebunden hatte.

Der Pigmentkeller ist gut gesichert. Eine mit Eisenbeschlägen versehene Holztür, ein riesiges Schloss und eine Riegelanlage verhindern, dass ungebetene Gäste sich an den Pigmenten zu schaffen machen – was nicht das Schlimmste wäre. Denn die eigentlichen Schätze sind die Halbedelsteine, die hier lagern: der rot schimmernde Cinnabarit, aus dem man Zinnoberrot herstellt, und allen voran der Lapislazuli, aus dem in einer aufwendigen Prozedur das leuchtende Ultramarinblau gewonnen wird.

Rogier van der Weyden fuhr mit einer Hand ehrfürchtig über die Steine. Dann befahl er uns scherzhaft wegzusehen, als er in eine Mauernische fasste und eine flache Truhe herausholte. Und ich schwöre, ich habe wirklich nur ganz kurz durch meine Finger geblinzelt. Aber diesen Anblick werde ich nie vergessen. Der Schein der Kerze brachte den Inhalt der Truhe zum Glänzen: Feinstes Blattgold lag darin und funkelte verheißungsvoll!

»Morgen werden wir das brauchen, Jungs«, flüsterte Rogier van der Weyden. »Denn morgen bringt der Herzog seinen Neffen mit. Louis, nimm die Lapislazulipigmente. Die benötigen wir für das schönste und hellste Blau der Welt: Königsblau!«

Ein ganz besonderes Gold

In dieser Nacht habe ich kein Auge zugetan. Zu viele Eindrücke schwirrten in meinem Kopf umher – und die Vorfreude auf den heutigen Tag. Ich darf bei einer Porträtsitzung dabei sein! Nicht irgendeiner Porträtsitzung, sondern der von Graf Raphael de Mercatel, dem vierzehnjährigen Neffen des Herzogs.

In den Häusern van der Weydens wurde deshalb jeder Winkel auf Vordermann gebracht. Die Dienstmägde haben die Dielen in den Atelierräumen mit Sand und Wurzelbürsten gescheuert und sie anschließend mit einer Mischung aus Bienenwachs und Ölen gewachst, die nach Nelken und Orangen dufteten. Dazu ziehen schon seit Stunden süße Schwaden von frisch gebackenen kleinen Kuchen durchs Haus. Zur Feier des Tages tragen alle Dienstmägde über den gelben Unterkleidern frisch gestärkte weiße Schürzen, deren Ränder mit kostbarer Brüsseler Spitze eingefasst sind. Ich wette mit Hans, dass Jup nichts Besseres einfallen wird, als möglichst schnell allen die Schürzenbänder aufzuziehen.

»Nie und nimmer«, hält Hans dagegen, weil er sich nicht vorstellen kann, dass Jup Interesse an Frauen hat.

»Ich habe es mit eigenen Augen gesehen, weil ich mit E…«

Beinahe hätte ich mich verraten. »Also ich wette mit dir, er geht wirklich auf alles los, was nicht bis drei den Schornstein hinauf ist.«

»Das musst du mir beweisen, sonst ist die Wette verloren.«

Plötzlich hören wir die Stimme von Jup.

»Du dummes Ding, ich werde dir beibringen, wie man einen ordentlichen Haferbrei macht und nicht so eine Plörre! Das ist kein Kochen, sondern Panschen ...!« Und dann hört man die Dienstmagd zurückmaulen, schließlich hat ihr Jup gar nichts zu sagen, sondern nur die Frau des Meisters.

Ich lege einen Finger auf die Lippen und ziehe Hans in die hintere Diele. Von dort führt auch die Treppe in den Pigmentkeller und eine andere zu den oberen Atelierräumen. Die ist so gekrümmt in die Wand gebaut, dass sich unter ihr ein kleiner Hohlraum bildet, in dem man ungesehen bleibt, solange keiner mit einer Kerze hineinleuchtet. Von dort haben wir alle im Blick, die von oben nach unten wollen und umgekehrt.

Wie jeden Morgen ist Jup auf dem Weg ins Atelier – vor den anderen, um sich den besten Platz zu sichern, seine Palette schon anzurühren und Geschäftigkeit zu verbreiten. Er will immer der Beste sein, drängt sich zu den kniffligsten Aufgaben und schubst schon mal andere Gesellen zur Seite, damit ihnen ein Strich misslingt und er die Arbeit nachbessern darf. Warum Rogier van der Weyden das noch nicht längst gemerkt hat, ist mir ein Rätsel. Denn Jup ist nicht besonders vorsichtig.

So wenig vorsichtig wie jetzt gerade, als er direkt vor uns auftaucht. Wir ducken uns noch weiter in die Treppennische, weil Jup stehen bleibt, um ... genau, um eine der Dienstmägde, die gerade mit einem Korb voller Backwaren vorbeieilt, am Schürzenzipfel festzuhalten. Mit einem Ruck reißt er ihr die Schürze herunter und will sich an ihrem Kleid zu schaffen machen. Doch das Mädchen wehrt sich und kann ihm die Daumen in die Augen drücken, worauf Jup aufheult und loslässt. Welch ein Glück!

»Wir hätten sie sonst retten müssen«, flüstert Hans.

»Und uns dabei verraten«, entgegne ich.

»Du mit deinen blöden Wetten!« Hans steht offensichtlich nicht mehr der Sinn nach Scherzen, aber ich mag es, wenn er so wütend wird und seine Wangen dunkelrosa anlaufen. Am liebsten würde ich ihn dann in den Arm nehmen wie einen kleinen Bruder, den ich mir immer gewünscht habe. Aber wahrscheinlich würde er sich für so eine Geste bedanken. Jungs umarmen einander wohl nicht.

Hans schlüpft unter der Nische hervor, solange Jup noch mit seinen Augen und mit Fluchen beschäftigt ist. Ich will hinter Hans her, aber in dem Augenblick richtet sich Jup auf und dreht sich um. Ich ziehe mich schnell wieder zurück. Wenn er sieht, dass er bei seinen Nachstellungen auch noch beobachtet wird, ist es aus. Dann kann ich mein Testament machen. Das kann ich aber auch so, denn wenn ich nicht gleich ins Atelier gehe und alles vorbereite, wird mich Rogier van der Weyden wieder zum Heizer degradieren.

Warum bin ich nur auf die blöde Idee mit der Wette gekommen? Hans hat sich längst in Sicherheit gebracht, und ich muss hier sitzen und warten, bis sich Jup endlich verzieht. Doch der denkt nicht daran. Er sieht sich um und geht zur Kellertreppe. Langsam steigt er sie hinab. Dort unten ist das Pigmentlager. Noch immer klingen mir Rogier van der Weydens Worte in den Ohren: »In diesen Keller darf niemand allein. Nur ich habe einen Schlüssel.«

Aber ich täusche mich nicht: Jup schleicht in den Pigmentkeller. Ich höre deutlich den Schlüssel im Schloss knacken. Wenn ich jetzt aus meinem Versteck komme, werde ich nie erfahren, was der Kerl da unten macht. Aber wenn ich jetzt *nicht* aus dem Versteck komme, muss ich bald wieder als Heizjunge arbeiten, weil ich die Pinsel für den Meister nicht vorbereitet habe, die Staffelei nicht im richtigen Licht steht, die Papierrollen für die Skizzen nicht bereit liegen und die Grundiermasse nicht angerührt ist. In mir kämpfen Pflichtbewusstsein und Neugierde. Aber nicht lange, denn schon kommt Jup die Kellertreppe wieder hoch. Vielleicht versucht er, besonders leise zu gehen, aber in meinen Ohren dröhnen seine Schritte wie Donnerhall. Sein Atem geht stoßweise, als sei er gerannt.

Als ich mich vorbeuge, gerade so weit, dass mich der Schatten der Treppe noch schützt, sehe ich, wie er einen kleinen blauen Stein in seiner Gürteltasche verschwinden lässt. Es ist der Lapislazuli von gestern.

Keine fünf Minuten später stehe ich im Atelier und bereite fieberhaft alles vor. Mir bleibt nur noch ein halbe Stunde, bis Herzog Philipp und sein Neffe kommen. Die Kirchturmuhr schlägt zwei Mal: halb zehn. Ich habe Glück, mein Zuspätkommen wurde nicht bemerkt, denn Jup ist mit seinen eigenen Vorbereitungen beschäftigt und beachtet mich kaum. Und Rogier van der Weyden ist dabei, eine würdige Garderobe anzulegen, und hat keine Muße, sich um uns zu kümmern.

Hans, der sich ein wenig ärgert, weil er die Wette verloren hat und mir nun einen Dienst schuldig ist, rührt konzentriert, aber verbissen die Grundierung aus Leinöl, Hasenleim, Zinkweiß und Gips an. Als er das Leinöl in einem kleinen Kupferbottich erwärmt, ist das Atelier bald erfüllt von einem seifigen Geruch.

Langsam belebt sich der Raum, die anderen Gesellen nehmen an den verschiedenen Werken Aufstellung. Matteo und Gus arbeiten an den vielen Symbolteilen des Triptychons, Jup hat ein Porträt in Arbeit, und Hans und ich sollen zwei Leinwände grundieren. Eine bereits grundierte Holztafel, die so hoch ist wie ich selbst, lehnt nahe dem Nordfenster, durch das fahles Morgenlicht fällt. Nebenan auf einem kleinen Podest steht ein mit Pelzen ausgelegter Stuhl. Eine Schale mit Nüssen und Obst und mehrere Kerzenleuchter, die ich rasch noch mit frischen Stumpen bestückt habe, scharen sich darum.

Plötzlich ist im ganzen Haus Unruhe zu spüren. Von der Straße klingen Hufgetrappel und Gewieher, und das harte Aufsetzen der eisenbeschlagenen Kutschenräder tönt herauf. Der Herzog ist im Anmarsch.

Rasch lasse ich noch einen prüfenden Blick über meine Kleider wandern. Matteo hat mir eine Weste aus Florentiner Wolle geliehen: ein reich geranktes Akanthusmuster in Goldorange und Burgunderrot mit Goldfäden. Dazu Beinlinge in Tieflila und ein paar Schnabelschuhe aus safrangelbem Leder.

Matteo kommt aus reichem Haus, und sein ganzer Stolz sind seine Kleider. Zum Dank, dass ich ihn auch schon mal vor Jups Hänseleien gerettet habe, hat er mir heute freie Auswahl in seiner Kleidertruhe gelassen. Ich musste aufpassen, nicht in verräterisch hohe Jubelschreie auszubrechen, denn die Sachen sind einfach umwerfend! Samtumhänge in allen Goldtönen, Schecken mit aufwendig verzierten Borten und Falten, Beinlinge in allen Farben, fein gepaspelte Unterkleider aus feinstem weißem Leinen, Hüte, wie ich sie noch nie gesehen habe. Auch Rogier van der Weyden hat schon über die Pracht von Matteos Kleidern gewitzelt, aber wahrscheinlich nur, weil sie seiner aufwendigen Garderobe Konkurrenz macht. Und Jup lässt natürlich kein gutes Haar an Matteo. »Mädchenkleider«, »Pfauenschwanz«, »Geckengetue« sind noch die harmlosesten Wörter, die ihm dazu einfallen.

Jetzt stehen wir alle herausgeputzt im Atelier und warten auf Herzog Philipp und sein Gefolge. Matteo hat gleich den Platz neben mir. Der Meister eilt dem Landesfürsten entgegen, um ihn die Treppe hochzugeleiten. Es herrscht gespenstische Stille im Atelier, nur das

Feuer in den beiden Kaminen knackt unaufhörlich, und Jups rasselnder Atem ist zu hören. Ich spüre seine Blicke in meinem Rücken.

»Na, Louis, noch ein bisschen mehr Gold, und du kannst als Blüte gehen«, hänselt er mich. »Zusammen mit Matteo als Blumensträußchen. Den würde ich mir dann gerne an meine Schecke heften. Zwei Unreife, die noch nicht wissen, ob sie Junge oder Mädchen werden sollen …«

Mir wird siedend heiß. Tatsächlich gehe ich in den feinen Sachen sehr viel weniger als Junge durch als in den groben Leinenteilen, Kitteln und Umhängen, die ich sonst trage. Der Brokatstoff bringt meine helle Haut zum Leuchten. Mein Haar scheint den kupfergoldenen Farbton übernommen zu haben und fällt in vorwitzigen Locken unter der Samtkappe heraus. Aber ich habe keine Zeit, mich für Jups Gerede zu revanchieren, und erst recht keine Zeit, die Locken unter die Kappe zu stopfen.

Die Tür fliegt auf, und Rogier van der Weyden lässt Philipp dem Guten den Vortritt. Der trägt dieselbe Kleidung wie letztes Mal, das ist wichtig für das Porträt, das bereits in Arbeit ist. Dahinter folgen einige seiner Minister, die immer mit dabei sind. Sie verbergen auch den Jüngling, den der Herzog mitgebracht hat, denn sie überragen ihn. Doch Rogier van der Weyden holt ihn heraus aus ihrer Mitte und führt ihn zu dem vorbereiteten Stuhl auf dem Podest. Mit einer Verbeugung vor dem jungen Mann deutet er ihm an, sich zu setzen.

Es wirkt ein wenig komisch, wenn ein erwachsener, berühmter Künstler sich vor einem Jüngling verneigt, aber so schreibt es die Hofetikette vor. Alle Adligen sind den Bürgerlichen übergeordnet, auch wenn diese noch so bekannt, reich oder klug sind.

Ich habe aber keine Zeit, mir über die Standesunterschiede einen Kopf zu machen, denn der große Maler bittet mich, dem jungen

Grafen einen Krug mit verdünntem Wein zu bringen, zu dem Brot und den getrockneten Feigen, die gerade noch von einer der Dienstmägde hereingebracht werden. Mir fällt fast die Karaffe aus der Hand, so sehr gerate ich in Aufregung, als ich mich dem Neffen des Herzogs nähere. Ohne ihn anzusehen, stelle ich den Zinnbecher neben die Obstschale. Dabei kann ich den feinen Goldring an der linken Hand des jungen Mannes erkennen. Eine Hand wie Alabaster, dabei kräftig und doch fein.

Gerade, als Rogier van der Weyden den Namen des jungen Mannes nennt, um ihn uns vorzustellen, fällt das Sonnenlicht durch das vordere Fenster – wie jeden Tag zu einer bestimmten Morgenstunde für nur wenige Minuten. *Raphael de Mercatel*. Der Sonnenstrahl taucht nicht nur seine tiefrote Jacke in ein unwirkliches Licht, sondern auch meine Schecke mit den Goldfäden. Ich leuchte, ich strahle, und auch Raphael scheint das zu bemerken. Er dreht den Kopf genau in dem Moment zu mir, in dem ich meinen Kopf senke, um mich ehrfürchtig zu entfernen. Wir sehen uns an, nein, wir leuchten uns an. Seine warmen Augen ziehen sich erst ein wenig zusammen, und dann öffnen sie sich weit.

Ich habe von Papa gelernt, die Mimik der Menschen zu beobachten, und sehe, wie verwirrt er ist. Mindestens so verwirrt wie ich selbst, denn ich blicke in ein sanftes Gesicht, das so gar keine Ähnlichkeit mit den herablassenden adligen Sprösslingen hat, die man auf den Bildern vieler Gemälde sehen kann. Raphaels Gesicht ist rein. Ein zarter goldener Flaum zieht sich als Streifen über seine Oberlippe. Die Nase ist gerade und ähnelt der seines Onkels. Die ganze Szene scheint starr wie in Bernstein gegossen, für die Ewigkeit in die Bewegung einer Sekunde gebannt, auf jeden Fall in meinem Gedächtnis unauslöschlich.

In meiner Fantasie sehe ich mich in einem Samtkleid, mit tief ausgeschnittenem Halsrund und einem fein gefältelten Hemd, das mein Dekolleté betont. Ich nehme Raphaels Hand und küsse sie, und er küsst mich, bis zu dem Halsrund und …

»Louis!«, reißt mich Rogier van der Weyden aus meinen Gedanken. »Magst du unserem jungen hohen Gast nicht während der Sitzung etwas von den Geheimnissen der Pigmente erzählen? Vielleicht fängst du mit der königlichsten aller Farben an, dem Ultramarin?«

Rogier van der Weydens Stimme holt mich nicht nur aus meinem Tagtraum, sondern trennt auch Raphaels Blick von meinem. Der junge Graf sieht sich verwirrt um, so als hätte ihn die Stimme des Meisters daran erinnert, warum er hier ist.

Mechanisch reiche ich ihm die Keramik mit den getrockneten Feigen und beobachte etwas zu lange, wie sich seine Lippen über der Frucht schließen. Es durchzuckt mich ein Schmerz, der keinen Anfang und kein Ende hat, weil er schön ist und seinen Ursprung irgendwo in meinem Innersten hat. Ich würde am liebsten vor diesem Jungen sitzen bleiben und ihn nur ansehen. Aber Rogier van der Weyden möchte, dass sich Raphael neben den Stuhl stellt und sich mit der einen Hand an der Lehne festhält.

»Mein Graf, so werdet Ihr die nächsten Stunden gut aushalten«, erklärt der Maler ihm. »Schließlich wollen wir ein Porträt voller Tatendrang und Größe, nicht wahr? So wie es einem Herzog … einem herzoglichen Neffen geziemt.«

Rogier van der Weyden nickt dem Herzog zu, dem ein feines Lächeln entfährt. Dann verschwindet der Malermeister hinter der Holztafel und greift zu einer Rötelkohle. Bald sieht man nur noch seine Arme mit gekonnten Strichen hin und her gleiten. Und ich beginne mit leiser Stimme zu erzählen …

Was ist wertvoll?

Ich wünschte, es hätte diese Porträtsitzung nie gegeben. Meine neu gewonnene Sicherheit hier in Rogier van der Weydens Haus ist dahin. Auch wenn mich dieser Jup jeden Tag zur Verzweiflung bringt, wenn mir Mama und Papa fehlen, wenn ich jeden Tag aufpassen muss, mich nicht durch allzu weibische Bewegungen zu verraten – ich bin hier, in diesem Malerhaus, so etwas wie glücklich. Bis heute Morgen habe ich gedacht, daran würde sich nie etwas ändern, denn ich bin meinem Traum so nahe: Malerin zu werden!

Doch seit der Begegnung mit Raphael de Mercatel ist alles anders. Wie gern würde ich mir die unförmigen Burschenkleider vom Leib reißen und mich dem jungen Adligen als das zeigen, was ich bin: ein Mädchen, eine Frau. Die ganze Zeit während der Porträtsitzung musste ich aufpassen, nicht den Faden zu verlieren. Und ich glaube, es beruhte auf Gegenseitigkeit, denn Raphael drehte den Blick immer wieder in meine Richtung, sodass Rogier van der Weyden ihn ermahnen musste, endlich still zu stehen. Aber ehrlicherweise hielten die Ermahnungen nie lange an. Ich konnte Raphaels verwirrten Blick sehen, der sich vermutlich auch fragte, warum ihn das Gesicht des kleinen Malergesellen so faszinierte. Ein Malergeselle, der ihm auch noch die Geschichte der wertvollsten Farbe neben Gold erzählte, während die Stunden ins Land gingen. Im ganzen Atelier herrschte eine gespenstische Stille, nur unterbrochen von den rauen Schraffurlauten Rogier van der Weydens und dem gelegentlichen Klingeln der Pinsel in den Gefäßen mit den Flüssigkeiten.

»Ultramarin ne meurt jamais!«, rief Rogier van der Weyden hinter seiner Holztafel hervor, um mich zu ermuntern, endlich mit der Geschichte fortzufahren.

»Ja, es stimmt, Ultramarin stirbt niemals«, fing ich leise an zu erzählen, »... und es ist teurer als Gold.«

»Hoho, was für eine Behauptung!« Philipp der Gute, der auf einem Stuhl auf einem Podest Platz genommen hatte, weil Jup an seinem Porträt die Faltenwürfe nacharbeiten musste, meldete sich zu Wort. »Wer behauptet denn so etwas! An Gold wird doch wohl nichts heranreichen.« Dabei fingerte er an seiner Goldkette herum, die ihm quer über der Brust lag und Zeichen höchster Ehren und Ämter ist. Durch seine Bewegung geriet der Faltenwurf durcheinander, und ich hörte Jup Luft durch die Zähne ziehen. Geschieht ihm ganz recht, dachte ich, jetzt muss er alles noch einmal neu ordnen und hat keine Zeit zu stören.

Auch der Herzog schien jetzt so richtig in Fahrt zu kommen.

»Meister van der Weyden, bringt Ihr Euren Gesellen solchen Unsinn bei, oder woher hat der Bursche das? Wie heißt er überhaupt?«

»Mein Herzog, das ist Louis, ein, ja wie soll ich sagen, eher außergewöhnlicher Knabe, denn sein Vater, Gott habe ihn selig, war Pigmentierer und Kaufmann für Malmaterial. Scheinbar hat der Junge mehr Zeit in dessen Werkstatt verbracht als auf der Straße oder beim Spielen, jedenfalls weiß er eine Menge über die Ursprünge der Farben.«

»Aber Ihr werdet mir doch nicht erzählen, verehrter Meister, dass ein blauer Farbton Gold im Wert übertreffen kann?« Die

Stimme des Herzogs bekam einen ungeduldigen Unterton, und wir alle hielten die Luft an, sogar Raphael hob die Augenbrauen und schaute für den Bruchteil einer Sekunde zu seinem Onkel. Ich konnte sein Profil sehen und die kleine Narbe unterhalb seines Ohrs, über die sich eine Haarsträhne ringelte. Im Gegenlicht schimmerte der feine Flaum an seinem Kinn, weiche goldene Haare, die noch weit davon entfernt sind, zu borstigem Wuchs zu werden.

Aber Rogier van der Weyden entschärfte die Situation: »Unser junger Freund Louis steht mit dieser Meinung nicht allein da. Er kann sich auf den erst kürzlich verstorbenen Cennino Cennini berufen. Ein großer Kollege aus Italien; um es genau zu sagen, aus Florenz. Dieser Cennini hat ein einzigartiges Handbuch über das Malerhandwerk geschrieben, und glaubt es oder nicht, sogar ich kann aus seinen Schriften noch etwas lernen.«

»Ein Handbuch über das Malen? Ich denke, ihr Künstler gewährt nur eurem erlauchten Kreis von Gesellen Einblick in eure Geheimwissenschaften?« Philipp der Gute sah sich im ganzen Raum um, musterte jeden der Gesellen genau und wendete sich Rogier van der Weyden zu, worauf Jup schon wieder durch die Zähne blies, weil der Faltenwurf erneut durcheinanderkam.

Ich musste schmunzeln, denn Jup schien gleich zu platzen. Und dann sah ich, dass auch Raphael lächelte, weil er es ebenfalls bemerkt hatte. Was für ein Gefühl, denselben Humor zu teilen! Wir hatten noch kein Wort miteinander gewechselt, und doch stellte sich so etwas wie Komplizenschaft ein. Fast konnte man vergessen, dass über unseren Köpfen gerade ein immer ernster werdendes Gespräch zweier Machtmenschen stattfand, dem Rogier van der Weyden nun eine Wendung geben wollte, bevor sich der Herzog auf einen Disput über die Geheimnisse der Künstler einschoss.

»Hoheit«, fuhr Rogier van der Weyden fort. »Tatsächlich geben wir unsere Geheimnisse nicht gerne preis, aber Ultramarin, nein, ich will es genau sagen, der Lapislazuli ist etwas ganz Außergewöhnliches. Hört meinem kleinen Gesellen Louis zu, Hoheit, es lohnt sich. Und wenn Euch die Geschichte nicht gefällt, verspreche ich Euch, nie wieder Ultramarin zu verwenden!«

Rogier van der Weydens Worte taten mir gut. Und es war das erste Mal, dass er mich als seinen Malergesellen bezeichnet hatte. Aus einem unbekannten kleinen Pferdemistsammler war in nur drei Wochen ein Pigmentexperte geworden! Jetzt müsste mich Rogier van der Weyden nur einmal an die grundierten Leinwände lassen, und ich wäre glücklich.

Eine Seltenheit

Meine Geschichte hatte zunächst holprig begonnen, denn ein Kloß steckte mir im Hals. Aus Ehrfurcht vor dem großen Herrn, aber auch weil ich mich beim Anblick seines Neffen nicht recht konzentrieren konnte. Raphael stand regungslos da, hatte den Kopf aber stets zu mir geneigt.

»Danke, danke … äh, meine Herren, dass Ihr mir zuhören wollt. Ich will es auch kurz machen, sodass Ihr Euch nicht langweilt …«

»Fang an, Kleiner, wenn du es kurz machen willst, sind die ersten Worte schon zu viel.« Der Herzog brachte mit seinem Einwurf das ganze Atelier zum Lachen, und der einzige Vorteil war, dass der Faltenwurf seiner Schecke erneut durcheinanderkam und Jups Gesicht wie eine Esse glühte.

Ich fuhr also fort: »Sehr wohl, Eure Hoheit! Die Geschichte des Lapislazuli beginnt im alten Ägypten.«

»Das kann sich ziehen, denn wenn ich nicht irre, liegt das viertausend Jahre zurück!« Philipp brachte wieder alle zu einem dröhnenden Lachen und mich in Verlegenheit.

»Um es genau zu sagen, fünftausend Jahre, Hoheit«, entgegnete ich, ohne über meine vorlauten Worte nachzudenken. Sie erzeugten beim Herzog ein paar Stirnfalten, aber bei Raphael riefen sie ein schmales, feines Lächeln und ein kleines anerkennendes Kopfnicken hervor, das mir Mut machte.

»In Alexandria, der großen Hafenstadt Ägyptens, hat man Papyrusrollen gefunden, die belegen, dass man den Lapislazuli bereits in frühen alttestamentarischen Kulturen kannte und schätzte. Die ägyptischen Pharaonen, die all die Pyramiden erbauen ließen, setzten den Lapislazuli ein. Angeblich wurde die sagenumwobene Stadt Babylon mit einer Mauer aus Lapislazuli gebaut, und die Hängenden Gärten der Semiramis hatten Kacheln mit einer Glasur aus dem Halbedelstein.« Ich redete mich warm, konnte mich an jedes einzelne Wort erinnern, das mir Papa über den Lapislazuli erzählt hatte, doch ich hatte in meiner Begeisterung nicht auf die Mimik des Herzogs geachtet.

»Halbedelstein! Pah, und der soll sich mit Gold messen?« Die Sätze Philipp des Guten klangen ernster, gar nicht mehr so scherzhaft wie eben noch. Sogar Jup schien den Faltenwurf gerade als das kleinere Übel zu sehen.

»Lasst Louis reden, und Ihr werdet erstaunt sein, welche Karriere dieser Halbedelstein hinter sich hat.«

Nur Rogier van der Weyden blieb unbeeindruckt von der Launenhaftigkeit des Herzogs. Er ließ das Wort »Halbedelstein« besonders langsam über seine Lippen gehen und schmunzelte in sich hinein, um sich dann wieder den Vorzeichnungen zu Raphaels Porträt zu widmen. Dazu nahm er vorsichtig ein Pergament aus dünn geschabter Ziegenhaut, das ich am Tag zuvor mit Öl eingerieben hatte und das dadurch fast durchsichtig geworden war. Damit kann man darunterliegende Zeichnungen kopieren und später auf das eigentliche Werk übertragen. Solche »Versatzstücke«, wie Rogier van der Weyden sie nennt, kommen dann auf vielen Bildern zum Einsatz.

Und es stimmt, wenn man genau hinsieht, kann man auf vielen Werken des Malers, aber auch auf denen seiner Kollegen Jan van

Eyck oder Robert Campin gleiche bis ähnliche Faltenwürfe, Armstellungen und Beinhaltungen erkennen. Alles kopiert, so einfach, aber die Vorzeichnung, die muss eben sitzen.

Ich atmete tief durch und fing erneut an zu erzählen.

»Verzeiht, Hoheit, wenn ich Euch mit der Geschichte verärgere, aber niemand kann etwas dafür, dass dieser Stein dem Gold gleichgesetzt wurde und heute noch wird. Es liegt einfach an seiner Eigenschaft, die für die Malkunst unersetzlich ist: Aus dem Lapislazuli wird das reinste und lichtechteste Blau gewonnen, das es gibt, die beständigste Farbe überhaupt ... neben Gold.«

Ich hielt inne und sah den Herzog zögernd an. Ob er sich nun endlich anhören wollte, was den Stein so außergewöhnlich macht?

»Fahr fort, kleiner Louis, du scheinst tatsächlich ein beträchtliches Wissen in deinem für einen Jungen, zugegeben, recht hübschen Köpfchen zu haben.«

Der Herzog hatte ein selbstzufriedenes Lächeln aufgesetzt und blickte in die Runde. Die Gesichter der Gesellen aber wirkten wie eingefroren, und Rogier van der Weyden war hinter der Holztafel und seinem Ziegenpergament sowieso nicht zu sehen. Nur Raphael lächelte in einem fort und gab mir Mut. Wäre er nicht gewesen, ich wäre aus dem Atelier gerannt.

»Danke, mein Herzog. Also, der echte Lapislazuli wird nur an einer Stelle auf der Welt abgebaut, auch das macht ihn schon so wertvoll. Der Lapislazuli kommt aus Chorasan, jenem geheimnisvollen Land zwischen dem Kaspischen Meer und dem Gebirgszug des Hindukusch. Alexander der Große hat, als er Samarkand, eine der großen Städte des Landes, erobert hat, seiner Gattin einige Lapislazuli mitgebracht. Und auch schon in den Jahrtausenden davor kam der Stein über die großen Handelswege des Zweistromlandes in den Vorderen Orient. Sogar in der Bibel wird er erwähnt. Die Frauen am Hofe in Kanaan trugen den Stein als Halsschmuck und verwendeten ihn pulverisiert für ihre Augenlider. Und der Prophet Ezechiel war in der Zeit seiner Gefangenschaft in Babylon völlig fasziniert von der Schönheit der dortigen Kunstschätze, die alle aus Gold und Lapislazuli gefertigt waren.«

Endlich hatte ich das Gefühl, den Faden gefunden zu haben, als ein Dienstmädchen hereinkam und jedem der Herren einen Becher mit warmer Brühe brachte. Doch zu meiner großen Überraschung blieben die Gefäße unberührt. Die Augen des Herzogs waren ohne Unterbrechung auf mich gerichtet.

Raphaels dunkle Augen hingegen schienen mich aufzusaugen. Geschmolzener Lampenruß hätte nicht schwärzer sein können. Und meine Gefühle nicht verwirrter.

»*Chesbet* nannten ihn die alten Ägypter, und die Babylonier benutzten den Ausdruck *uknur*. Im Hebräischen kommt der Stein als *lapis sappir* vor. Dass er heute Lapislazuli heißt, ist eine Verschmelzung des lateinischen Wortes für Stein, *lapis*, mit dem persischen Wort für blau, *lazul*, wahrscheinlich weil der Stein auf den großen persischen Märkten gehandelt wurde und man dem begehrten Mineral einen klangvollen Namen geben wollte. Bis heute weiß man nicht, wie die Ägypter den Farbton aus dem Stein gewinnen konnten, wenn sie ihn nicht als ganzen Stein verwendet haben, sondern als Glasur. Das Wissen darüber ist verloren gegangen, vielleicht auch bei dem Brand der großen Bibliothek in Alexandria oder als die Mohammedaner Ägypten erobert haben.«

»Und woher weißt du das alles? Oder hast du eine besondere Verbindung zur Vergangenheit?« Der Herzog schien seinen Sinn für Humor wiedergewonnen zu haben, ruckelte auf seinem Stuhl hin und her und nestelte an seiner Schecke herum, was Jup zum Wahnsinn brachte und uns zum Lachen.

»Danke, Hoheit, aber ich habe nur meinem Vater gut zugehört, der immer gesagt hat, es kann nicht schaden, viel zu wissen.«

»Recht hatte er!« Philipp der Gute nickte, Rogier van der Weyden kam kurz hinter seiner Tafel hervor und nickte ebenfalls. Hans stieß mich in die Seite, und für einen kurzen Augenblick hatte ich vergessen, wem ich das alles erzählte und wer mich vor allem die ganze Zeit unverwandt ansah.

»Über viele Jahrhunderte gab es kein Blau, jedenfalls kein solches. Es gab wohl Türkisblau und ein minderes Blau von wässriger Qualität aus Azurit. Aber erst vor rund zweihundert Jahren haben sich einige Maler mit dem Gewinnen von strahlendem Blau beschäftigt: einzig und allein, um das Schönste und Höchste in der Malerei mit dem Schönsten und Wertvollsten auszustatten, das es gibt: der göttliche Himmel und der Marienmantel. Und so erfand man ein völlig neues Verfahren, um aus dem kalkhaltigen Lapislazuli die feinen wertvollen Blaupartikel zu gewinnen, Blau, wie Hoheit es hier auf der Palette sehen. Und weil es so selten und so kompliziert zu gewinnen ist, ist es wertvoller als Gold.

»Louis, aber was ist denn nun das Geheimnis? Wie kommt das Blau aus dem Stein direkt auf die Leinwand?«

Der Herzog ließ nicht locker, und mir wurde heiß. Unmöglich könnte ich das Verfahren genau erläutern, dazu ist es viel zu kompliziert, und ich habe es auch noch nie von Anfang an gesehen. Papa hat immer nur von der Pigmentmühle eines gewissen Gianbatista Pigna in Modena und von einem Bologneser Manuskript berichtet. Beide kommen zu demselben Ergebnis.

»Hoheit, ich weiß nicht, ob ich es korrekt wiedergebe, denn die Herstellung ist wirklich kompliziert, so kompliziert, dass viele Jahrhunderte ins Land gehen mussten, um das Geheimnis wieder zu entschlüsseln, das man in der Antike längst schon gekannt hatte.« Ich hoffte so sehr, dass er nun Ruhe geben würde. Langsam wurde meine Kehle in der vom vielen Kaminfeuer trockenen Luft ganz kratzig. Ich sah verstohlen zu Raphael hinüber, dem sichtlich warm wurde in seinen edlen Kleidern. Außerdem ist das Porträtsitzen anstrengend. Wie gerne hätte ich ihm eine Erfrischung gereicht und mir auch, wenn doch nur der Herzog endlich mit seiner Fragerei aufgehört hätte!

Aber da kam mir Rogier van der Weyden zu Hilfe, der sehr genau weiß, wie das Verfahren funktioniert, um aus dem widerspenstigen Stein nur die blauen Pigmente zu gewinnen. Papa sagte immer, es ist, als würde der Stein sich so verhalten wie das Tal, aus dem er kommt. Eine karge Landschaft, von der man behauptet, Gott habe alles zusammengetragen, was beim Erschaffen der Welt übrig geblieben war: Steine in Hülle und Fülle, grober Sand und Felsen. Die habe er dann im sagenhaften Chorasan ausgeschüttet, und durch einen Zufall seien alle Schätze an nur einem Fleck der Erde zusammengekommen: Badachschan. Ein Tal, dessen Wände seitdem von blauen Steinen im Sonnenlicht funkeln und all jene blenden, die es bis hierher geschafft haben.

»Eure Hoheit«, fuhr Rogier van der Weyden fort. »Lasst uns unsere Geheimnisse, und wir lassen Euch Eure Staatsgeheimnisse. Nur so viel sei gesagt: Man muss den Lapislazuli erst überlisten. Er gibt seine blauen Schätze nicht leichtfertig preis. Kalk und andere Mineralien haften daran. Nur Essig und ein Kitt aus Terpentin, Wachs, Kolophonium und Leinöl bringen den Lapislazuli dazu, sich zu entblößen. In unendlichen Rühr- und Trocknungsgängen wird schließlich ein Pulver extrahiert, das sich die wenigen, die diese Kunst beherrschen, für diese Arbeit in Gold aufwiegen lassen. Versteht Ihr nun den Vergleich mit dem Gold, mein Herzog?«

Der Herzog schien ungeduldig, so als würde ihm die Antwort nicht genügen.

»Und Ihr, mein verehrter Rogier van der Weyden, Ihr kennt und beherrscht das Verfahren natürlich auch?« Listig blitzten seine Augen und sahen den Meister an, der sich nach seinem Einwurf wieder hinter das Tafelbild verzogen hatte und nun langsam wieder hervorkam. Rogier van der Weyden verbeugte sich leicht.

»Ja, das tue ich. Meine Vorräte der Pigmente sind so etwas wie Eure Schatzkammer, mein Herzog. Nur stehen keine Wachen davor, denn der Wert entsteht erst durch die Arbeit, die man in sie investiert.«

Bei Rogier van der Weydens letzten Worten drehte ich mich langsam um, sah zu Jup, der nervöse Bewegungen mit den Füßen machte und auf dessen Stirn sich Schweißperlen gebildet hatten. Ich starrte ihn an, und er starrte genau in dem Augenblick zurück. Wie ungeschickt, denn ich ahnte in dem Moment, dass Jup wusste, was ich beobachtet hatte.

Doch plötzlich sprang Philipp der Gute auf und streckte sich, auch Raphael schüttelte Arme und Beine, als er von seinem Podest herunterkam. Nach einer umständlichen Arie von Verbeugungen schickte sich der herzogliche Tross an, aufzubrechen. Meister van der Weyden und alle Gesellen geleiteten sie zur Eingangstür, an der die Soldaten des Gefolges Aufstellung genommen hatten. Wir alle reihten uns ebenfalls in das Spalier ein und verbeugten uns tief.

Als der Herzog bei mir vorbeikam, blieb er kurz stehen, sagte aber nichts. Ich wagte nicht, mich aufzurichten. Dann sah ich Raphaels Schuhspitzen vor mir auftauchen. Immer noch stand ich gebeugt und konnte sehen, dass er sich die langen Enden seiner Schnabelschuhe hochgebunden hatte. Mamas Spruch kam mir in den Sinn: »Wenn du es dir leisten kannst, Schuhe zu tragen, mit denen man nicht laufen kann, dann lebst du wirklich auf großem Fuß.«

Ja, Raphael kommt aus einer anderen Welt. Und nur einen Gedanken an ihn zu verschwenden, ist großer Unfug. Und dennoch kann ich nicht aufhören, an seine Augen zu denken, an die warme dunkle Stimme, die mir »Adieu, Louis« zuraunte, als er mit seinen hochgebunden Schnabelschuhen vor mir stand.

Nichts bleibt ein Geheimnis

Das alles war gestern. Bis gestern früh, bis zu dem herzoglichen Besuch war alles gut. Mein Leben hatte sich beruhigt. Jetzt gleicht es einem Chaos, und noch dazu rebelliert mein Körper. Denn sofort nach dem Abzug der herzoglichen Familie – ich wollte eigentlich zurück ins Atelier gehen – zog mich Jup mit einer schraubstockartigen Bewegung mit sich fort. Ich wehrte mich und begann zu schreien, aber er hielt mir mit seiner nach Terpentin stinkenden Pranke den Mund zu. In mir machte sich Panik breit. Was hatte er nur vor? Was, wenn mein Geheimnis in Gefahr war?

Jups Schraubgriff stieß mich gegen Türstöcke und schleifte mich an der Wand entlang. Endlich erkannte ich, was er vorhatte. Er zerrte mich ins Badehaus.

Mit einem Griff an den Hals stemmte er mich fest gegen die Wand, bis mir fast die Luft wegblieb. Mit der anderen Hand presste er mir die Kiefer auseinander, und dann schob er mir ein Stück Seife in den Mund, tief hinein. Meine Seife, die ich liegen gelassen hatte! Ich bekam keine Luft mehr, biss ein Stück ab, um meinen Mund frei zu bekommen. Jups Hände waren überall. Ich würgte und wollte mich krümmen, aber er hielt mich so fest gedrückt zwischen seiner

Pranke und der Wand, dass mir nichts übrig blieb, als das Stück Seife zu schlucken. Als ich so sehr husten musste, dass ich kaum mehr atmen konnte, ließ er mich los und trat mit beiden Füßen nach mir, während ich mich auf dem feuchten Holzboden des Badehauses krümmte und einen Teil der Seife wieder erbrach.

»Du wirst nicht mehr herumschnüffeln, du kleine Ratte! Auch wenn du jetzt zum Liebling des Herzogs oder besser seines Neffen wirst. Ich werde dich beobachten. Ein falsches Wort, und ich reiß dir die Eier ab! Mich kannst du mit deinem Wissen nicht beeindrucken, du Milchgesicht.« Jups Stimme bekam wieder diesen kratzig erregten Ton. Ich wusste, wenn ich nicht schnell hier herauskam, würde er sich nicht mehr beherrschen können.

Und dann hatte ich einfach Glück im Unglück. Das Stückchen Seife, das ich abgebissen hatte und das mir dann wieder aus dem Mund gefallen war, wurde Jup zum Verhängnis. Er rutschte darauf aus, genau in dem Augenblick, in dem er mir die Schecke herunterreißen wollte. Mit einem lauten Knall fiel er gegen den großen Holzbottich, und ich konnte fliehen, so gut es eben ging, mit Würgemalen am Hals und Resten von Seife im Bauch, die mich bis jetzt in meine Kammer zwingen. Denn ich komme von dem Holzeimer, der mir als Abtritt dient, um nicht nachts auf den Hof hinauszumüssen, nicht mehr herunter. Sterbenselend ist mir, und ich kann niemandem verraten, was der Grund dafür ist. Die Seife schäumt meine Gedärme ein und lässt das Wasser aus allen Poren schießen. Mein Kopf dröhnt. Ich übergebe mich in Abwechslung zu den Fontänen, die mich auf den Holztrog zwingen und mich wund scheuern. Und trotzdem kann ich die ganze Zeit an nichts anderes denken: Wann sehe ich Raphael wieder?

Heute, vier Tage nach dem Ereignis, kommt es mir vor wie ein böser Spuk. Mein Seifenalbtraum hat sich endlich, im wahrsten Sinne des

Wortes, aufgelöst. Ich gehe Jup aus dem Weg, so gut ich kann. Mit einem blauen Auge poltert er humpelnd durch die Gegend und erzählt allen etwas von einem Bettpfosten, den er angeblich nachts nicht gesehen hat.

Nachdem ich gestern schon wieder leichte Dienste für Madame erledigen konnte, soll ich nun zum Meister kommen. Hoffentlich schimpft er nicht mit mir wegen meiner Krankenzeit. Schließlich haben wie jede Menge Arbeit. Neben den beiden Porträts sitzt Rogier van der Weyden an zwei Triptychen. Komplizierte Arbeiten voller Symbolik. Jede Handhaltung, jedes Detail sagen etwas aus. Und natürlich wird dafür jede Menge edler Farben gebraucht: ein leuchtender Krapplack aus der Wurzel der Färberröte, Grüne Erde aus Böhmen, Atramentum, das tiefe Schwarz der Eichenrinde, und ein Weiß, das alles an Deckkraft übertrifft. Vermutlich wird es darum gehen, wenn er mich zu sich ruft. Worum auch sonst? An die Leinwände lässt er mich nicht heran. Vielleicht muss ich ihn mal wieder daran erinnern, dass ich auch zeichnen kann. Vielleicht darf ich ja Vorzeichnungen machen.

Doch da kommt Hans ins Zimmer gestürmt. Er war wirklich rührend die letzten Tage. Hat mir Kräutersud gebracht und trockene Kanten Brot. Aber auch ihm konnte ich mein Geheimnis nicht anvertrauen. Zu groß ist die Gefahr, dass Jup ihm auflauert und ihn quält, um etwas zu erfahren. Hans darf auf keinen Fall wissen, dass ich ein Mädchen bin. Keiner – außer Elaine – darf je erfahren, dass ich diesen verrückten Plan in die Tat umgesetzt habe. Und das nur durch Zufall, aber genau diese Zufälle sind es eben.

Hans trägt mir auf, für die Frau des Meisters ein paar spezielle Küchengewürze vom Kräutermarkt zu holen. Da auch sie schon mitbekommen hat, dass ich mich gut in diesen Dingen auskenne und aus lauter Unkenntnis nicht Giersch mitbringe, wenn Pimpernelle gefragt ist, hat sie mich geschickt. Mit einem Umhang bekleidet, den mir mal wieder Matteo geliehen hat, und einigen Lederbeutelchen voller Taler mache ich mich also auf zum Markt …

Die beiden Häuser von Rogier van der Weyden liegen zwischen der viel belaufenen Rue de l'Empereur und der Place de Béguinage, nicht weit vom Rathaus entfernt und eben gleich neben den verschiedenen Zunftstraßen. Der Kräutermarkt befindet sich in einer Gasse, die sich leicht öffnet und ein Halbrund freigibt, weil einige Häuser versetzt nach hinten erbaut wurden. Nur die überragenden Erker der Stockwerke über dem Erdgeschoss engen den Blick ein wenig ein. Ansonsten ist der Platz ein freundlicher Ort voller geschäftiger Marktleute, Bauern und Kräuterweiblein, die aus manchem recht dubiosen Körbchen vertrocknete Dinge ziehen.

Natürlich sind hier auch die Heilerinnen unterwegs. Die meisten mit gütigen Gesichtern, unendlich erfahren, vor allem in der Frauenheilkunde. Manche experimentierfreudig, so wie meine Mama es war, und wieder andere recht wunderlich. Mit wenig gepflegten Haaren und abgerissenen Kleidern, steil aufragenden Hüten und dicken Rucksäcken. Sie sind es, die den Ruf der Kräuterfrauen verderben. Schwarze Magie sollen sie beherrschen, was auch immer das sein mag. Aber der Name leitet sich wohl von den Zündeleien ab, die diese Frauen immer wieder veranstalten, um irgendwelche Prophezeiungen zu machen. Rosa und lila Rauch können sie aufsteigen lassen, und wenn sie dazu noch die passenden Kräuter in die Glut werfen, stinkt das Ganze erbärmlich nach Schwefel, und jeder hat den Eindruck, dass diese Frauen mit dem Teufel im Bunde stehen müssen.

Als ich als Louis verkleidet in dem Gewirr der Kräuterstände nach dem richtigen Gewächs suche – Madame van der Weyden hat da ein ganz Bestimmtes im Kopf – und mir in dem Durcheinander von Dienstmägden mit ihren dicken Körben, Fässern voller eingelegter Gurken, Holzsteigen, gefüllt mit Wurzeln, getrockneten Fasern und Hülsenfrüchten, und Kiepen voller Trockenbeeren einen Weg bahne, schiebt sich von hinten ein Mädchen in einem Umhang an mir vorbei. Die Kapuze hat sie weit ins Gesicht gezogen, aber das Beige würde ich immer erkennen. Trockenes, gelbes Beginenbeige. Sie rempelt mich an, entschuldigt sich, blickt kurz auf und duckt sich gleich wieder in ihre Kapuze. Dann stutzt sie. Schiebt die Kapuze wieder nach oben. Dreht sich erneut um. Ich starre ihr direkt ins Gesicht.

»Louise?« Ihre Stimme bebt. Und dann sieht sie mich von oben bis unten an: die edlen Trippen, die ich trage, die zweifarbigen Beinlinge, die Schamkapsel, obwohl ich ja gar nichts zu verbergen habe, die Schecke mit Lorbeerwebmuster und den Samthut, unter dem mein Haar gleichmäßig herauslugt. Nach der Begegnung mit Raphael habe ich beschlossen, meine Haare nicht mehr nur unter Kopfbedeckungen zu verstecken, sondern sie in der Manier der Männer zu tragen: als Pagenschnitt. Matteo hat mir dabei geholfen. Er ist der Einzige, den ich bei so etwas fragen kann, denn in Italien tragen die Männer die Haare gerne lang und offen unter ihren Hauben. Tatsächlich ist meine Erscheinung jetzt die eines vornehmen burgundischen Jünglings.

»Ich verstehe nicht …« Elaine starrt mich an und kann sich nicht erklären, wer oder was da vor ihr steht. Ich ziehe sie mit einem »Pssst« sanft zur Seite und versuche ihr zu bedeuten, dass sie leise reden soll.

»Elaine, ich bin es. Ja, du hast recht!« Ich sehe die Angst in ihren freundlichen, hellen Augen.

»Was hast du getan? Du kannst doch nicht als Junge gehen! Du wirst bald erblühen, und nichts mehr wird so knabenhaft sein wie jetzt. Dann wird alles auffliegen! Louise, bitte, komm wieder zurück. Wir machen uns alle schreckliche Sorgen seit dem Tod deiner Mutter. Und du warst plötzlich weg. Die Oberin dachte, du hast dir etwas angetan, hat in der ganzen Stadt nach dir suchen lassen.« Elaines Stimme wird immer lauter. Nur mit Mühe kann ich sie davon abhalten, wie eines der Marktweiber zu brüllen, die mit durchdringender Stimme die Vorzüge ihrer Waren anpreisen.

»Elaine, es war meine einzige Chance, glaub mir. Ich hab es getan, ich bin zu Rogier van der Weyden gegangen und habe dort zunächst als Heizer angefangen. Aber schon nach kurzer Zeit hat der Meister meine Fähigkeiten entdeckt. Ich darf in seinem Atelier mithelfen, Farben anrühren. Und ja, es ist Betrug, dass ich mich als Junge ausgebe, aber was soll ich denn machen?« Ich schüttele Elaine, will sie an mich pressen und wie eine Freundin umarmen, aber sie zuckt zurück.

»Ich bekomme das in meinem Kopf nicht zusammen, Louise. Du siehst aus wie ein reicher, verwöhnter Junge, und wenn ich es nicht besser wüsste, würde ich mich in dich verlieben, so hübsch bist du. Du verwirrst mich, bitte, Louise, lass das!«

Mit einer ungeduldigen Bewegung schiebt sie meinen Arm weg. Ein vorbeiziehender Landsknecht, der sich wohl gerade einen schönen Braten am Markt geholt hat – jedenfalls lugen Hasenläufe aus seinem Rucksack hervor –, bleibt stehen und starrt uns frech an. Wir riechen beide seinen Bieratem. Er verzieht den Mund zu einem schiefen Grinsen und entblößt eine Reihe schwarzer Zähne und Zahnlücken.

»Kleines Fräulein, wenn Ihr den Süßen hier nicht wollt, nehmt mich, ich bin ein echter Mann, kein laufendes Strümpflein.«

Dabei versucht er Elaine in den Arm zu nehmen. Ich springe dazwischen und kralle meine Fingernägel in seine Hand.

»Lass meine Freundin in Ruhe!« Meine Stimme überschlägt sich fast, und der Kerl muss noch mehr lachen, während er mit einer kraftvollen Bewegung meine Hand abschüttelt.

»Angezogen wie ein Pfau, aber noch im Stimmbruch. Mädchen …«, er wendet sich wieder Elaine zu, »… willst du Muskeln oder ein Milchbrötchen?!«

Er lacht schallend, und dann schießt seine Hand vor und will mir an den Wams greifen. Ich springe zur Seite. Schnell ziehe ich Elaine mit mir mit und verschwinde mit ihr in der Menge. Hinter einem Holzverschlag, in dem die Händler ihre Karren stehen haben, verschnaufen wir. »Siehst du, was passiert?« Elaine funkelt mich an, als würde sie jetzt gleich zur Fackel werden.

»Elaine, versteh mich doch, ich habe einen Traum. Ich will als Malerin leben, ich will nicht Begine, nicht Heilerin, nicht Krankenschwester und nicht Leiterin eines Bettelordens werden – und schon gar nicht Ehefrau von so was!« Und dabei zeige ich in die Richtung, in der ich den Landsknecht vermute.

»Aber es wird herauskommen, und dann gnade dir Gott! Dann musst du sofort zu mir, zu uns in den Beginenhof kommen. Ich werde versuchen, dass die hintere Tür für dich immer geöffnet ist.«

Elaines Augen schimmern. Sie nimmt meine Hand, und mich überkommt ein Gefühl, das ich so lange nicht mehr hatte. Familie, Freundschaft, Vertrauen, Nähe. Ich umarme Elaine, dankbar. Ich spüre ihre zarte Haut an meiner und rieche ihren Duft von Waschlauge und Heu, und plötzlich habe ich Heimweh. Heimweh nach den vertrauten Gesichtern, den schützenden Mauern des Beginenhofs, des kleinen Hauses, in dem ich mit Mama gewohnt habe. Ich fühle mich schrecklich einsam. Der letzte Rest an Sicherheit ist Elaine, und ich klammere mich an sie, dass sie kaum noch Luft bekommt und mich lachend von sich stößt.

»Du bist aber ein stürmischer Junge!« Es ist so wunderbar mit ihr; so ernst sie sein kann, im nächsten Augenblick dreht sich ihre Laune und sie albert herum. Sie greift mir ans Kinn und zieht an einem Bart, der nicht da ist. Und dann zwickt sie mich in die Oberarme, um mir zu zeigen, was für ein Schwächling ich bin. Dann muss sie aber doch zugeben, dass ich für ein Mädchen ganz schön viele Muskeln habe.

»Das kommt von dem vielen Rühren und Holztafelnschleppen. Maler sein ist eine körperlich anstrengende Arbeit, und ich falle jeden Abend todmüde ins Bett.«

»Schläfst du dort etwa mit den anderen in einem Raum? Das geht doch nicht, sie dürfen dich nicht nackt sehen!«

»Nein, ich hatte Glück. Meister van der Weyden findet mich noch zu jung und zu zart, um mit den ganzen rauen Gesellen in einem Schlafraum zu sein. Ich habe eine Kammer hinter der Küche bekommen. Winzig, aber es ist meine, und ich kann sogar darin zeichnen. Allerdings habe ich das noch nicht oft getan, denn die Tage sind lang, und wir haben viel zu tun.«

Ich will Elaine so viel erzählen! Wie sehr habe ich meine liebe Freundin vermisst! Aber Elaine wird unruhig.

»Louise, oder wie soll ich dich jetzt überhaupt nennen? Wie kann ich dich wiedersehen? Ich muss weiter, sonst fällt es auf, und ich werde ausgefragt, wo ich so lange war.«

»Sie nennen mich jetzt Louis, und bitte Elaine, lass uns ein Zeichen ausmachen, damit wir uns öfter sehen können. Ich habe dir noch so viel zu erzählen.«

»Pass auf, L-o-u-i-s«, und dabei betont sie das Wort, als würde sie es mit einer Axt auseinanderhacken, »kannst du den Beginenhof vom Atelier aus sehen?«

»Ja, die Fenster liegen ja genau gegenüber dem Haupteingang!«

»Gut, sehr gut. Sobald ich eine Blume in eines der Fenster neben der Pforte stelle, weißt du Bescheid. Das ist das Zeichen, dass ich nach der Arbeit hinten am Kanal die Schwäne und Enten füttere. Dort können wir uns sehen.«

Ich drücke Elaine noch einmal ganz fest: »So machen wir es.

Und ich werde dir auch ein Zeichen geben, wenn ich deines gesehen habe und kommen kann. Ich werde ein rotes Tüchlein in die eine Ecke des Atelierfensters hängen. Und sollte ich einmal nicht kommen, sei nicht böse, dann lässt mich der Meister nicht hinaus. Er hat so viele Aufträge, und wir haben wirklich viel zu tun.«

»Ich verstehe schon, du bist jetzt jemand Wichtiges, was?«

Elaine spöttelt, aber ich weiß, dass sie es nicht so meint. Doch ein Funken Wahrheit scheint dabei zu sein. Ich sollte ihr vielleicht die Sache mit dem Herzog und seinem Neffen nicht erzählen. Sie würde es vielleicht tatsächlich als Überheblichkeit empfinden. Denn wenn ich mich noch genau an etwas erinnern kann, dann an das Gefühl der unendlichen Bescheidenheit, die in einem Beginenhof herrscht. Und jenes Gefühl, dass es ein Wunder braucht, um aus ihr wieder herauszukommen, wenn man niemanden, gar niemanden auf der Welt mehr hat!

Bevorzugung hat Nachteile

Der Regen trommelt mit unglaublicher Kraft auf das notdürftig mit Schindeln geflickte Dach des kleinen Bedürfnishäuschens, das sich unter meinem Fenster im Hof befindet. Manchmal, wenn der Wind ungünstig steht, ziehen die Schwaden zu mir hoch und erinnern mich daran, wie viele Menschen hier ihre Geschäfte verrichten müssen. Manchmal muss man anstehen, bis man sich erleichtern kann. Der Gestank ist leider unerträglich, und ich binde mir immer ein kleines Tüchlein um die Nase.

Heute ziehen keine Gerüche zu mir hoch. Der Regen, der seit gestern Abend den Hof, die Straße, einfach alles unter Wasser zu setzen versucht, hält wie ein nasser Vorhang jeden Gestank fern.

Ich versuche mich noch ein wenig auf meinem Strohsack zu rollen, spüre aber trotz des fahlen Tageslichts, dass es schon Zeit zum Aufstehen sein müsste. Wie durch einen dicken Teppich klingen die Glocken der Kirchen herüber. Sechs Uhr. Wenn ich mich beeile, kann ich noch im Badehaus mich und ein paar meiner Unterkleider waschen, bevor sich alle in der Küche zu einer Morgenschüssel Haferbrei treffen. »Morgenbesprechung« nennt Rogier van der Weyden es. Dann werden die Aufgaben für den Tag verteilt und auch Lob und Tadel. Wenn man Pech hat, geht der Tag schon mit einem

Rüffel los. Aber eigentlich darf man sich bei Rogier van der Weyden nicht beschweren, seine Kritik ist fast immer berechtigt. Warum er allerdings Jup so gut wie immer ausnimmt, weiß ich nicht.

Kurze Zeit später, ich habe zwei Leinenhemden und eine der langen Unterhosen gewaschen und meinem Gesicht mit einer Portion eiskalten Wassers einen roten Ton verpasst, sitze ich mit Rogier van der Weyden, Jup, Hans, Matteo, Gus sowie dem undurchschaubaren Gesellen Jakob, der vor ein paar Tagen dazukam, um den Holztisch in der Küche. Jup hat immer noch Spuren der Begegnung mit dem Holzbottich im Gesicht und im Nacken, wo sich ein fetter roter Striemen entlangzieht. Sein Blick ist so finster wie der regennasse Morgen da draußen. Wenn ich mich ganz tief über meine Schüssel beuge, entgehe ich seinen Augen, die mich ununterbrochen fixieren. Hans ist es schon aufgefallen, und er stupst mich in die Seite. Aber Rogier van der Weyden bittet um absolute Ruhe und Konzentration.

»Meine Herren, Jungs«, er blickt jeden von uns an, »eigentlich wollten heute der Herzog und sein Neffe zu einer erneuten Porträtstunde kommen, aber …« Rogier van der Weyden räuspert sich, und mein Herz macht einen Sprung. Ich kann die Hand mit dem Holzlöffel nicht mehr ruhig halten, als der Meister fortfährt: »Aber das Wetter schafft Lichtverhältnisse, die einfach zu schlecht sind, um die Arbeit fortzusetzen. Deshalb werden wir dem Herzog wohl absagen müssen. Louis …«, Rogier van der Weyden schaut mich gespielt streng an, und ich versuche seinem Blick standzuhalten, »Louis, du wirst mich begleiten. Wir werden zum Palast fahren und Philipp die Nachricht persönlich überbringen. Danach fahren wir weiter ins Rathaus, dort hängt ein Gemälde von mir, das Schaden genommen hat. Den Ratsherren gefällt es, die Kaminfeuer so mächtig emporlodern zu lassen, dass die Rußschwaden alles im Umkreis von fünf Metern mit einer klebrigen Schicht überziehen. Ich will deinen Rat,

Louis, wie wir die Scheußlichkeit entfernen können, ohne die Farben zu gefährden. Du hast neulich so ein Gift angemischt, das mich im höchsten Maße erstaunt hat.«

Mir wird heiß. Ich darf mit dem Meister in den Palast fahren! Ich werde vielleicht nur an der Pforte stehen, aber Raphael dahinter wissen. In mir widerstreiten die Gefühle. Auf der einen Seite bin ich unendlich enttäuscht, dass die Sitzung heute nicht stattfindet, auf der anderen Seite macht es mich stolz, dass ich Rogier van der Weyden begleiten darf. Die anderen sind sichtlich neidisch, ich kann es in ihren Gesichtern lesen. Gus murmelt etwas vor sich hin, Hans sieht erschrocken aus, und Matteo hat mal wieder nur die Hälfte verstanden. Und Jups und Jakobs Haltung gleicht der männlicher Bären vor dem Angriff, wobei Jakob immer wieder Hilfe suchend zu Jup schaut und die Knöchel seiner Fäuste gegeneinanderreibt. Jup erhebt sich leicht von der Holzbank, auf der wir alle sitzen, wodurch die ganze Bank ins Wackeln gerät. Dann läuft sein Gesicht in dem mir nun schon bekannten Pflaumenton an.

»Meister«, seine Stimme klingt gepresst, aber nicht so kratzig wie sonst, »Ihr könnt doch nicht einen so unerfahrenen Burschen wie Louis mit in den Palast und ins Rathaus nehmen!«

Rogier van der Weydens Augenbrauen heben sich erstaunt. »Was soll ich nicht können, Jup? Seit wann muss ich dich um Erlaubnis für meine Entscheidungen bitten?«

So habe ich Rogier van der Weydens Stimme noch nie gehört. Ein feiner, aber schneidender Ton, der etwas Metallisches an sich hat.

»Meister, ich möchte Euch daran erinnern …« Jups Worte klingen drohend, und ich verstehe, dass ein Geheimnis an ihnen klebt. Irgendetwas verbindet diesen ungehobelten Kerl mit Rogier van der Weyden und schützt ihn. Doch jetzt ist er zu weit gegangen.

»Nein, Jup, nicht jetzt, das ist nicht der Rahmen, um …« Der

Maler stutzt plötzlich, als würde ihm klar, dass wir anderen auch noch am Tisch sitzen. Jup steht immer noch erhoben, als würde er gleich den Tisch umrennen. Doch Rogier van der Weyden hat seine Balance wiedergefunden. »Jup, nein, wir machen es, wie ich es gesagt habe. Du hingegen wirst an dem Porträt des Herzogs weiterarbeiten. Das soll schließlich bald übergeben werden.«

»Meister, darf ich auch schon zurück zu meinem Malgrund? Er ist frisch angerührt und müsste verarbeitet werden.« Hans hat sich ebenfalls leicht erhoben und den Kopf ehrerbietig geneigt. Und auch Matteo sieht eine Chance gekommen, dem Arbeitsgespräch zu entfliehen, vor allem als Gus meint: »Ich würde mich anschließen, außerdem müsste ich mich mal erleichtern.«

Sosehr ich in den Palast will, sosehr mich Rogier van der Weydens Bevorzugung rührt, ich würde jetzt auch gern mit Hans, Gus und Matteo mitgehen. Die Stimmung, die Jup heraufbeschworen hat, ist wie zähes Harz, das alles lähmt, was ihm zu nahe kommt.

Rogier van der Weyden bemerkt offenbar meine Zurückhaltung und sagt: »Louis, vielleicht ist Matteo so lieb und leiht dir eine seiner Ausgehschecken. Die Kittel werden wir gesondert mitnehmen und erst bei der Arbeit im Rathaus überstreifen. In einer halben Stunde an der Tür, und nimm einen Topf dieses Firnisses mit, den du zusammengerührt hast, Terpentin und weiche Lappen sowie Essig und Lauge, kleine feine Pinsel und Holzspatel.«

Ich drücke mich an Jup vorbei aus der Bank, sehe zu Matteo, der das mit den Kleidern viel besser verstanden zu haben scheint als alle anderen Anweisungen und ebenfalls aufspringt.

»Danke, Meister!« Ich sehe Rogier van der Weyden an und versuche zu erkennen, was er denkt, aber sein Blick ist auf Jup gerichtet. Ein Blick, den ich bisher noch nie bei ihm gesehen habe. In ihm liegen Wut, Angst und Verachtung.

Malgeheimnisse

Keine zwei Glockenschläge später stehe ich, dank Matteos üppiger Kleidertruhe, in einer dunkelgrünen Schecke, Stiefeln, Trippen und einer weiten Houppelande mit Kordelborte unter der Pforte und beobachte den Kutscher, der das Fuhrwerk vor Rogier van der Weydens Haus gefahren hat, beim Einladen der Malutensilien. Auf zwei Körben, die mit Verschlussdeckeln versehen sind, liegen zwei beige Kittel aus Hanf. Darin sieht man so unförmig aus wie eine Kartoffel. Außerdem sind sie mit bunten Flecken übersät und riechen nach Terpentin und ranzigem Leinöl.

Ich mag diese Kittel nicht besonders. Auf der anderen Seite muss ich mir in ihnen nicht solche Mühe geben, mich als Junge auszugeben. Diese Umhänge machen jeden hässlich und unscheinbar. Und wenn ich mir eine der leinenen Gugeln auf den Kopf stülpe, damit keine Haare in die angerührten Farben fallen und später an den Pinseln hängen bleiben, dann sehe ich aus wie ein dreizehnjähriger Junge eben aussieht, der als Malergeselle arbeitet.

Kaum hat der Kutscher die Ladeklappen geschlossen, erscheint Rogier van der Weyden. Er hat sich ganz in schwarzen Samt gehüllt: eine schwarze, sehr eng anliegende Schecke, schwarzbraune Beinlinge, schwarze Wendestiefel, ein schwarzer Umhang, der von einer

Brosche verschlossen und am Bauch von einem prunkvollen Taschengürtel gehalten wird. Über allem schimmert die Zunftkette. Breit und schwer liegen die Verdiensttaler auf seiner Brust, befestigt an einer massiven Kette aus Gold, wie sie nur sehr angesehene Menschen einer Stadt tragen. Rogier van der Weyden sieht reich aus, reich an Geld und Einfluss, und ich verstehe langsam, dass seine Arbeit, obwohl es eine künstlerische ist, auch politisch wichtig ist. Er verkehrt mit den Mächtigen, und sie vertrauen ihm, lassen ihn in ihre Häuser und zeigen ihm ihre Gesichter.

Der Regen prasselt unvermindert hart auf Dächer, Pflaster und Kutschen. Wie durch einen Schleier sehe ich das kleine Pfortenfenster des Beginenhofs, sehe auch, dass dort eine Blume im Fenster steht. Elaine! Sie will mich heute Abend sehen. Ich habe keine Ahnung, wie ich es anstellen soll, ihr mein Zeichen als Antwort zu senden, damit sie weiß, dass ich heute Abend auch am Ententeich sein werde. Doch dann habe ich eine Idee.

»Meister, ich muss noch einmal zurück. Mir ist eingefallen, was Papa zur Reinigung von Gemälden immer empfohlen hat.«

Ich sehe, wie Rogier van der Weyden ungeduldig wird.

»Es dauert nur eine Minute, Meister. Ich hole uns ein frisch gebackenes Weißbrot aus der Küche. Das Innere des Brotes ist ideal, um damit die Bildoberfläche abzureiben. Nichts ist schonender, und nichts hinterlässt weniger Spuren.«

Van der Weydens Augen weiten sich, während ich Vaters Geheimnis preisgebe. »Was redest du da? Willst du mich veralbern?«

»Ganz im Gegenteil. Es gehört zu den Geheimnissen, auf die Papa besonders stolz war. Auch Zwiebelhälften und Kartoffelspalten kann man verwenden. Nur bei Ruß muss man vorsichtig sein, denn er zieht Schlieren und verdickt, wenn man ihn mit feuchten Mitteln reinigt. Und der Zwiebelduft ist im Rathaussaal vielleicht auch nicht passend.«

Ich versuche es mit einem Lächeln. Schließlich will ich nicht nur das Geheimmittel meines Vaters holen, sondern mich auch noch kurz ins Atelier schleichen, um das rote Tüchlein ins Fenster zu hängen, das ich für alle Fälle neben dem Holzkästchen deponiert habe, in dem sich Farben und Zutaten befinden, die ich angerührt habe.

»Na gut, Louis, ich will dir glauben. Bisher haben deine Ratschläge Wunder gewirkt. Warum sollte es jetzt anders sein? Auch wenn mir der Einsatz von Lebensmitteln Bauchschmerzen bereitet. Lauf, aber beeil dich!«

Ich drehe auf dem Absatz um und laufe zur Küche. Dort herrscht geschäftiges Treiben, schließlich muss für alle Gesellen, für die beiden Söhne und Madame sowie die Dienstmädchen gekocht werden. Eine der Köchinnen rupft ein Huhn, eine andere pult eine Schüssel Erbsen, und wieder eine andere rührt eine weiße Soße aus Mandeln und Korn an. In einem Butterfass glänzt das Fett, und über der Feuerstelle brodelt bereits ein Topf mit Knochenstücken. Madame van der Weyden schmückt einige Törtchen mit gezuckerten Blättern. Alle haben die Haare unter Tüchern zusammengebunden, und keine scheint mich zu bemerken. Ich gehe zu dem großen Korb in der Ecke hinter den Eierkisten. Unter einem blau karierten Tuch ragen Brothälften heraus.

»Was machst du da, Louis? Du hast doch schon gefrühstückt!« Madames Stimme ist knochentrocken, als sie sieht, wie ich einen Kanten Brot in ein Leinentuch wickle.

»Madame, nein, es ist nicht so, wie es aussieht. Wir brauchen das Brot zum Reinigen der Bilder.«

In der Küche wird es still, und nur noch das Blubbern der Brühe ist zu hören. Alle haben aufgehört, an dem zu arbeiten, was sie gerade tun.

»Bist du verrückt? Wir strengen uns hier nicht nach Kräften an, damit ihr dann das kostbare Brot als Putzlappen verwendet!« Madames Stimme überschlägt sich fast.

»Ich kann Euch verstehen, Madame, aber es ist wirklich ein Wundermittel, und Meister van der Weyden hat erlaubt, dass ich es hole.«

Mir wird heiß. Ich hatte ja nicht damit gerechnet, dass ich in der Küche aufgehalten werde. Jetzt rinnt mir die Zeit davon, und ich weiß, dass Rogier van der Weyden ungeduldig wird.

»Aber nur dieses eine kleine Stück.« Madame scheint es eingesehen zu haben, und ich schiebe den Brotkanten unter meinem Umhang in ein Lederbeutelchen.

Jetzt noch schnell ins Atelier und das Tüchlein aufhängen! Mit großen Schritten springe ich die Treppe hoch und renne direkt gegen Jups Bauch, der sich mir oben am Treppenanfang entgegenschiebt.

»Wohin so schnell, Prinzlein? Hübsch sieht er aus, unser Vorzeigegeselle. Weißt du , dass ich noch nie mit dem Meister im Rathaus war? Und das, obwohl ich an dem Werk mitgearbeitet habe. Oder was glaubst du, warum die Faltenwürfe so perfekt sind?«

»Ich weiß nicht, ich ... ich habe das Bild ja noch nie gesehen, und es tut mir leid, dass der Meister mich ausgewählt hat.«

»So, so, es tut dir leid. Mir tut es auch leid. Denn meine Wut wird dadurch größer. Und ich glaub, ich werde sie an dir auslassen müssen.«

Jup lässt seine Hand vorschnellen und packt mich an der Schecke. Ich trete mit den hölzernen Trippen gegen sein Schienbein und bringe ihn ins Wanken. Er taumelt und kann sich gerade noch am Geländer festhalten, während ich an ihm vorbei ins Atelier stürze und das Tüchlein mit einem schnellen Griff an einen kleinen Nagel im Fensterrahmen hänge. Gerade so, dass man ein gutes Stück von ihm weithin sehen kann. Trotzdem so unauffällig, dass im Atelier niemand etwas von diesem Zeichen ahnt, denn überall hängen Lappen und Schwämme. Zum Trocknen oder damit man schnell einen zur Hand hat.

Als ich mich umdrehe, um wieder zur Treppe zu eilen, sehe ich, wie Jup mir den Weg zur Treppe versperrt. Rogier van der Weyden wird sauer werden, wenn das noch länger dauert. Erst die mühsame Sache mit dem Brot und jetzt Jup.

»Jup, lass mich durch, sei vernünftig!«

Was denke ich mir bei diesem Satz? Jup ist nicht vernünftig, und er lässt mich auch nicht durch. Ich greife mir eine der Stangen, die wir nutzen, um uns auf großen Gemälden darauf abzustützen. Rundhölzer, die man auf einem Punkt der Tafelbilder oder Leinwände fixiert und sich mit dem Malarm daraufstützt, damit man nicht die darunterliegende Farbe verwischt. Diese Stange ist lang, und ich benutze sie wie eine Lanze. Jup versucht das Ende zu greifen, das ich ihm eigentlich in den Magen rammen möchte. Und es gelingt ihm, er kann die Hebelwirkung ausnutzen und mich hin und her schubsen. Doch da lasse ich unvermittelt die Stange los, und Jup, der gerade ausholen wollte, fällt gegen den Treppenpfosten. Es knarzt, als würde die Treppe zusammenstürzen, und ich nutze den winzigen Augenblick, um an ihm vorbei die Treppe zu erreichen. Da sehe ich ein Beutelchen am Boden. Es muss Jup bei unserem kleinen Kampf aus dem Umhang gefallen sein. Das Beutelchen ist aus Leder und durch eine Kordel gehalten. Durch den Sturz hat sich die Kordel gelockert, und das Beutelchen gibt seinen Inhalt preis: kleine blaue Steine!

Ich streife kurz Jups Augen. Und sehe den Hass, denn er weiß, was ich gesehen habe. Lapislazuli.

Schnell bückt er sich, um sie aufzuheben. Das ist meine Chance! Ich fliehe die Treppe hinunter zur Eingangstür, wo Rogier van der Weyden schon ungeduldig auf mich wartet.

Reise in die Vergangenheit

In der Kutsche, die uns zum Palast bringt, riecht es leicht ranzig nach Lederfett und Terpentin. Wahrscheinlich sind schon einmal die kostbaren Malöle auf den Lederbezug der Sitzbänke gekippt, und dann hat man versucht, den Schaden mit Hirschtalg oder Ähnlichem zu beheben. Mir wird ein wenig schlecht bei dem seltsam vergorenen Duft.

Aber Rogier van der Weyden ist, nachdem er mich zusammengestaucht hat, in viel zu grüblerischer Stimmung, um es zu bemerken. Ich konnte ihm ja nur von dem Zwischenfall in der Küche berichten.

»Natürlich muss Madame dich fragen, wenn du so in die Küche stürzt.«, hat er geantwortet. Dabei bemerkte ich allerdings sein resigniertes Zucken mit den Schultern. Eine Geste, die er immer macht, wenn er einmal wieder seiner Frau das Prinzip des Malens und die dazugehörigen Techniken erklären muss.

Von Jup erzähle ich nichts, auch nicht von den Lapislazuli. Vielleicht weil ich Angst vor Jup habe? Oder weil ich selbst dem Geheimnis um die Steine auf den Grund gehen möchte? Oder weil ich mich nicht in Gefahr bringen will, indem ich zu viel Aufhebens um meine Person mache? Schließlich trage ich auch ein Geheimnis mit mir herum, eines, das man nicht so schnell verstecken kann wie einen kleinen blauen Stein mit großer Strahlkraft.

Über der Grübelei vergesse ich den Geruch und meinen Magen, und einen weiteren Viertelstundenglockenschlag später halten wir an der Pforte zum Palastgarten. Die Leibwache hält uns auf und mustert uns scharf. Rogier van der Weyden muss sich ausweisen, aber dazu genügen ihm die Ratskette und ein besiegeltes Schreiben des Herzogs.

Mich scheinen die Wachen nicht für wichtig zu halten. Nur die Kiste mit den Werkzeugen, die wir später im Rathaus brauchen werden, wird untersucht.

Am Schlossportal wird uns die Kutschentür geöffnet, und hinter zwei Leibgardisten dürfen wir das Gebäude betreten. Ein hoher Eingang und eine Halle empfangen uns, erstaunlich geschäftig geht es darin zu. Kaufleute in vornehmen Umhängen und gewagt kurzen Schecken, Bedienstete und prachtvoll gekleidete Damen eilen von dort aus die große Treppe in den ersten Stock hoch.

»Es ist Audienzstunde«, klärt uns der Hofmarschall auf, der sich in der Zwischenzeit den Weg zu uns gebahnt hat und uns zum Herzog bringen soll. »Wir werden diese Audienz jetzt ein wenig unterbrechen, Meister van der Weyden, denn Sie werden sicher ein wichtiges künstlerisches Anliegen vorzubringen haben, nicht wahr?«

Der Hofmarschall näselt ein wenig, und ich habe das Gefühl, dass er sich bei dem Wort »künstlerisch« innerlich schüttelt. Zu offensichtlich ist die Bevorzugung von Künstlern unter der Regentschaft von Philipp dem Guten.

»Na, vielleicht nicht direkt ein künstlerisches Problem«, meldet sich Rogier van der Weyden zu Wort, »als eher ein technisches.«

»Ich verstehe nicht.« Der Hofmarschall zieht die Stirn in Falten und schiebt das Kinn vor, so als wolle er es sich noch einmal überlegen, die Audienz für etwas »Technisches« zu unterbrechen.

»Sehen Sie, mein Guter«, fügt Rogier van der Weyden an, »da draußen herrscht ein scheußliches Wetter. Wir wollen doch einen Herrscher in seinem Glanz malen.«

»Sehr wohl.«

»Und dazu brauchen wir nun mal Sonne. Der Herzog hätte heute Porträt sitzen sollen, und ich kann ja schlecht das ganze Atelier mit Fackeln bestücken. Da haben wir ja ganz andere Farben!«

»Ich verstehe, das Licht. Der Herzog wird untröstlich sein, zumal ja sein ... ähem, Neffe auch recht bald mit in die Bildergalerie aufgenommen werden soll. Der kleine Raphael liegt dem Herzog erstaunlich stark am Herzen. Erstaunlich ...!«

Der Hofmarschall hat sich nun so eingenäselt, dass ich mir auf die Lippen beißen muss, um nicht loszulachen.

Wir haben uns bei all dem Gerede einer Prunktür genähert, die mit goldenen Balken, Malereien und Schnitzkunst versehen ist. Die beiden Wachen davor öffnen die Flügel nur mit Mühe, und der Hofmarschall schlüpft hindurch. Wir müssen davor warten.

Rogier van der Weyden ist sichtlich nervös. Vielleicht macht er sich auch Gedanken, wie der Herzog die Absage der Sitzung aufnehmen wird. Aber das Wetter ist gnädig mit uns und schiebt genau in dem Augenblick, in dem wir eingelassen werden, eine derart schwarze Wolke über den Himmel, dass unsere Begrüßung in einem prasselnden Platzregen untergeht. Der Wettersturz ist so heftig, dass der Herzog erschrocken innehält, weil sich der Regen anhört wie Salven von hundert Hakenbüchsen.

Rogier van der Weyden geht mit leicht gebeugtem Kopf auf den Herzog zu. Die eine Hand hat er hinter den Rücken, die andere an seine Brust gelegt. Ich versuche es ihm nachzumachen, merke aber, dass es mir nicht gelingt. Irgendwie wirken meine Bewegungen linkisch. Ich verheddere mich in den zahllosen Falten meines hübschen Umhangs und kann gerade noch verhindern, dass ich über meine Schnabelschuhe stolpere. Der Herzog, der auf einem ungeheuer wuchtigen Scherenstuhl sitzt, nimmt meine Verrenkungen offensichtlich belustigt zur Kenntnis, denn aus seiner Richtung ist ein leises Glucksen zu hören.

Ich schiebe mir meine Kappe, die durch den Stolperer leicht verrutscht ist, wieder aus der Stirn und versuche dabei die Augen nach unten zu richten. Es genügt mir schon, wenn ich die Schadenfreude höre, ich muss sie nicht auch noch sehen. Rogier van der Weyden stupst mich in die Seite, weil er möchte, dass wir den Herzog anblicken. Vorsichtig hebe ich den Kopf und sehe direkt in Raphaels Augen, der neben dem Herzog auf einem viel niedrigeren Scherenstuhl sitzt. Wobei sitzen eigentlich das falsche Wort ist – er lümmelt und lässt die Beine seitlich über eine der Lehnen baumeln. Ich spüre, wie mir das Blut ins Gesicht schießt, kann aber den Blick nicht von ihm abwenden. Seinen Mund hat er hinter der Hand verborgen, aber an dem Leuchten seiner Augen sehe ich, dass er sich amüsiert. Ich habe ihn zum Lachen gebracht, das ist doch nicht das Schlechteste. Und der Herzog scheint auch bester Laune zu sein, denn er macht eine einladende Geste zu Rogier van der Weyden, der nun endlich zu sprechen beginnt.

»Hoheit, verzeiht, dass wir Euch aufsuchen, aber wir wollen Euch zuvorkommen. Die Porträtsitzung heute Nachmittag, das Wetter … das Licht …«

Mit großer Beruhigung stelle ich fest, dass Rogier van der Weyden offenbar genauso nervös ist wie ich und sich heillos in seinen Worten verheddert. Auf seiner Oberlippe haben sich kleine Schweißtropfen gebildet. Irgendwie ist er völlig aus dem Takt.

»Das Licht ist Euch nicht angemessen, Hoheit!«, entfährt es mir, und ich sehe, dass der Herzog erstaunt die blassen Augenbrauen hebt. Raphael nimmt die Beine von der Lehne und sieht mich unverwandt an. Erst als sich der Herzog zu ihm umdreht, wendet er den Blick von mir ab.

»Na, mein Kleiner, das ist schade, was? Eine unglückliche Verzögerung, aber was will man gegen den Willen Gottes machen? Vielleicht ganz gut so, dann können der Meister und sein hübscher Geselle Zeuge eines höchst interessanten Handels werden. Raphael, mein Lieber, führe unsere Gäste doch bitte in den Handelsraum. Ich komme gleich hinterher. Nein, noch besser, gehe doch mit … Wie heißt du …?« Der Herzog hält inne und mustert mich, was mich wieder völlig aus dem Gleichgewicht bringt. In seinem Blick lese ich, dass er nicht ganz nachvollziehen kann, dass er dieses Gesicht einem Jungennamen zuordnen soll.

»L-Louis.«

»Richtig, Louis mit dem großen Wissen. Raphael, begleite doch Louis schon einmal hinaus und wartet im Handelssaal auf uns. Ich habe mit Rogier van der Weyden noch etwas zu besprechen.«

Raphael springt erstaunlich schnell auf, und ich blicke erschrocken zwischen dem Herzog und meinem Meister hin und her. Alles, was ich mir in den letzten Tagen gewünscht habe, geht in Erfüllung. Ich sehe Raphael wieder, und ich darf von jeder Etikette unbeobachtet mit ihm zusammen sein. Aber auf der anderen Seite erschreckt es mich auch. Meine Gefühle für ihn sind die eines Mädchens, und er sieht in mir den kleinen Gesellen, der so gar nicht in das übliche Bild eines Jungen passen will. Ich bin hin- und hergerissen zwischen Vorfreude und großer Unsicherheit.

Rogier van der Weyden zeigt mit einer Geste, dass ich mit Raphael mitgehen soll. Anscheinend haben der Herzog und er etwas zu besprechen, was nicht für unsere Ohren bestimmt ist.

Die Livrierten, die in diesem Saal die Türen bewachen, haben den Wink ebenfalls verstanden und ziehen sich mit einer Verbeugung zurück.

Ich sehe alles wie in Verzögerung, so unwirklich erscheint es mir. So unfassbar scheint mir mein Glück. Ich, ein Mädchen, verwaist, mittellos, eine ehemalige Begine, ein Nichts, das erst seit einigen Wochen als verkleideter Junge das Vertrauen eines der berühmtesten Maler dieses Landes, nein, ganz Europas gewonnen hat, stehe im Palast dem Herzog gegenüber und darf nun mit seinem Neffen durch die Säle streifen. Mit Raphael, der mein Herz berührt hat mit seinem Lachen und seinen Augen.

»Louis, träumst du?«

Raphaels Stimme klingt ruhig und dunkel, erstaunlich dunkel für einen Jungen in seinem Alter.

»Hoheit, Exzellenz, herzoglicher Neffe ...« Mir geraten die Worte ebenso durcheinander wie vorhin Rogier van der Weyden. Zu allem Überfluss stolpere ich jetzt auch noch. Meine Schnabelschuhe haben sich in den dicken Flor des roten Teppichs eingefädelt, der hier die Wege zwischen den Sälen vorgibt. Aber ich kann mich gerade noch fangen. Um ein Haar wäre ich der Länge nach hingekippt und Raphael direkt vor die Füße gefallen. Dann hätte er erneut einen Grund gehabt, sich über mich zu amüsieren. Nun, wenn es der Freundschaft dient, kann ich gern den Hofnarr geben, aber das ist nicht die Pose, die ich ihm gegenüber einnehmen möchte.

Ich streiche mein Gewand glatt und will weitergehen. Aber da hält mich Raphael sanft am Ärmel fest. Er beugt sich zu meinen Füßen hinunter und bindet mit zwei safrangelben Lederbändchen die Spitzen meiner Schnabelschuhe hoch. Ich kann es kaum glauben, der Neffe des Herzog liegt mir zu Füßen!

»Nenn mich einfach Raphael, kleiner Louis.«

Raphael hat sich wieder aufgerichtet und sagt mir das direkt ins Gesicht. Keine zehn Zentimeter von meinem Mund entfernt sehe ich, wie sich seine vollen Lippen bewegen, und nur langsam sickert der Inhalt der Worte auch in mein Gehirn. Raphael duftet nach einer Mischung aus Rosen und Bienenwachs. Vielleicht hat er in einem von Kerzen erleuchteten Zimmer die halbe Nacht gelesen?

»Was für ein Duft«, möchte ich sagen, aber welcher Junge sagt einem anderen, dass er gut duftet? Stattdessen schubst mich Raphael ein wenig vorwärts, knufft mich in die Seite und versucht mir ein Bein zu stellen. Liebevoll, nicht wie Jup, der jede Berührung als Angriff sieht.

»Schau, du kannst gar nicht mehr stolpern, wir könnten jetzt sogar zum Handelssaal rennen. Wollen wir?« Der Neffe des Herzogs sieht mich an, wie Jungs sich ansehen, wenn sie miteinander spielen.

»Dürfen wir das denn?« Ich kann mir nicht vorstellen, dass man in so einem vornehmen Haus tun und lassen darf, was man mag.

»Ach, Philipp ist so mit seiner Kunst beschäftigt, er wird es gar nicht merken. Wenn er von Malern umgeben ist, ist er glücklich, und dein Meister ist ihm eh einer der liebsten.«

Raphael zählt bis drei und spurtet los. Ich muss mich jedoch erst an die hochgebundenen Schnabelschuhe gewöhnen und haste, so gut es geht, hinter ihm her. Fast gleichzeitig erreichen wir die Tür zum Handelssaal.

Raphael schlägt mit beiden Händen dagegen, sodass gleich zwei livrierte Leibgardisten die Köpfe herausstrecken. Zu blöd, ich hatte gehofft, noch ein wenig allein sein zu können mit Raphael, der sich schon wieder an meinen Schnabelschuhen zu schaffen macht. Doch meine Sorge ist unbegründet, die beiden Soldaten zeigen uns an, leise zu sein, und verziehen sich wieder in das Innere des Handelssaals.

Raphael kniet vor mir, um meine Schuhspitzen wieder zu befreien. Durch das Rennen ist Raphaels Kappe ein wenig verrutscht, und ich kann auf viele kleine Wirbel rotbrauner Locken sehen. Wir gern würde ich sie berühren und ihm den Kopf streicheln! Die Haare müssen so weich sein wie Daunen, wenn sie sich so leicht fallend ringeln.

Wieder steigt ein Duft nach Bienenwachs in meine Nase. Er erinnert mich an Weihnachten und an viele von Papas Rezepturen. So manches Mittel, mit dem man Holz einlässt, um es vor Rissen zu schützen, hat Papa mit Bienenwachs angerührt, dazu Orangenöl aus Sizilien oder Nelkenöl, das aus Damaskus kam und immer in kleinen Phiolen verstaut war, die zierliche Deckel mit Arabeskenmuster hatten. Ich habe diese Fläschchen geliebt. Immer wenn eines leer war, hat Papa es mir gegeben, und ich konnte noch Monate später daran schnuppern und mir vorstellen, ich wäre ein Dschinn, ein Flaschengeist.

Papa bekam oft Besuch von einem Händler aus dem Orient. Er war ein begnadeter Geschichtenerzähler, auch wenn man seinen Singsang kaum verstehen konnte. Die Phiolen aus Damaskus übergab er Papa mit feierlicher Geste, bevor er sich über Mamas Essen hermachte und gleichzeitig kaute und erzählte. Zudem war er ein wunderlich gewandeter Mann, der in Brügge stets für Aufsehen sorgte, wenn er von Bord des Handelsschiffs stieg, das aus Konstantinopel kam. Blau-goldene Pluderhosen, ein stark gefälteltes langes Hemd, das in der Mitte von einem mit Gold beschlagenen Ledergürtel gerafft war. Dazu ein bodenlanger Mantel mit riesigen aufgesetzten Taschen, aus denen er immer eine Überraschung zaubern konnte. Mandeln aus Syrien, Curry aus Islamabad, den Mama gleich an sich nahm, um in der Küche Experimente damit zu machen, die wir hinterher kosten sollten.

Sein Name war Ach al-Hab al-Hamid oder so ähnlich. Ich nannte ihn Ach Ach, weil ich mir den komplizierten Namen nicht merken konnte. Wenn ich das tat, bekam er zwischen seinem schwarzen langen Bart und den buschigen Augenbrauen, die in der Mitte fast zusammenwuchsen, jedes Mal Lachfalten und strich mir über den Kopf.

Auf seiner Kappe baumelte immer eine Quaste, die ihm im unpassendsten Moment vor die Augen fiel. Mit einem Ruck wippte er dann den Kopf nach hinten, und die Quaste flog mit Schwung auf seinen Hinterkopf. Dann kam mein Lieblingsmoment, wenn er sich mit schmerzverzerrtem Gesicht an den Kopf griff und sich zu mir hinunterbeugte. Das war für mich das Zeichen, ihm auf sein Haar zu pusten, damit der Schmerz wieder verschwand.

Kein Wunder, dass ich jetzt an ihn denken muss, denn auch aus Ach Achs Haar stieg immer eine Duftmischung aus exotischen Gewürzen auf. Papa nannte ihn den Weihrauchmann, obwohl Weihrauch nur ein kleiner Teil seines Warenangebots aus Gewürzen, Aromen und Ölen, Harzen und Steinen war. Allerdings war er es auch, der meinem Vater Lapislazulipulver mitbrachte und einmal sogar einen ganzen Lapislazulistein. Deshalb weiß ich, wie diese Steine aussehen, denn ich durfte den Lapislazuli damals in die Hand nehmen. Angeblich war der kuriose Kaufmann Ach Ach selbst in den Lapislazuligruben gewesen, hatte die glänzenden Wände des Tals gesehen, an denen sich das Sonnenlicht in den Pyritpartikeln des kostbaren blauen Steins bricht. Und er war es auch, der mir damals tief in die Augen gesehen hatte, als ich den Stein in meiner Hand hielt. Ich kann mich noch gut an die pechschwarzen Augen erinnern, in denen man nicht die Pupillen von der Regenbogenhaut unterscheiden konnte.

»Der Stein steht für Freundschaft und Liebe«, raunte er mit rauer Stimme und einem seltsamen Akzent und rollte dabei die dunklen Augen, bis fast nur noch das Weiße sichtbar war. Dann brach er schnell in schallendes Lachen aus, nahm mich hoch und wirbelte mich durch die Luft, worauf das ganze Zimmer nach einem Gewürzbasar roch, weil aus allen Fasern seines Umhangs der Gewürzstaub des Orients drang.

Einmal allerdings, das war meine letzte Begegnung mit ihm, hatte ich ihn beim Verhandeln mit einem anderen Mann am Hafen von Brügge erlebt. Mama hatte mich losgeschickt, um einen Fisch zu besorgen. Da stand ein völlig anderer Ach Ach, kein gütiger Gewürzonkel mit Lachfalten, sondern ein gefährlich zischender exotischer Mann, der auf einen anderen ebenso exotisch aussehenden Mann mit krachenden arabischen Silben einschrie und ihn dabei an seinen Mantelaufschlägen gepackt hatte. Das war nicht das Bild, das ich von Ach Ach haben wollte, jenem Geschichtenerzähler, der uns die schönsten Düfte nach Hause brachte. Am liebsten würde ich Raphael die ganze Geschichte einmal erzählen, aber welcher Junge erzählt einem anderen von Gewürzen und schwarzen Augen? Vielleicht Jungen, die träumend im Palast stehen und sich keinen Schritt weitertrauen. Jungen, die keine sind und dem Neffen des Herzogs, der vor ihnen kniet, gern übers Haar streichen würden.

»Huhu, Louis, bist du festgewachsen?« Raphael, der sich schon längst wieder aufgerichtet hat, wedelt mit beiden Händen vor meinem Gesicht herum. »Träumst du, Louis? Nur weil ich vor dir knie, musst du nicht gleich in stiller Bewunderung erstarren, auch wenn ich das natürlich verstehen kann, denn mein Hinterkopf ist doch einzigartig, oder?«

»Ziemlich«, entfährt es mir, und ich halte erschrocken die Hand vor den Mund, wie es Mädchen so gern tun.

Aber es ist zu spät. Raphael mustert mich und legt den Kopf schief. »Was bist du nur für ein seltsamer Junge?«

»Ich ... ich ... bin ... vielleicht ein Künstler, also ein Künstlergeselle, die sind immer ein wenig wunderlich.« Ich versuche mich rauszureden.

Raphael hat angefangen, sich alles an mir genau anzusehen. »Erstaunlich zarte Hände für einen Lehrling, der die ganze Zeit mit ihnen arbeiten muss!«

Raphael hat meine Hände genommen und betrachtet sie, als würde er ihren Wert taxieren.

»Erstaunlich kleine Füße für jemanden, der es schon so weit gebracht hat!«

Ich lächle ihn an, in der Hoffnung, dass ihn das ablenkt, und entgegne: »In meiner Familie waren alle klein.«

»Waren?«

»Sie sind alle tot. Mein Vater wurde überfallen, und meine Mutter ist vor wenigen Wochen an einem Blutsturz gestorben.«

Meine Worte klingen merkwürdig dünn, das höre ich selbst, und über Raphaels Gesicht legt sich ein Schleier, der mir sagt, dass er mitfühlt. Zumindest bilde ich mir das ein. Seine Augen werden noch dunkler und schimmern, als ob sie sich gleich mit Tränen füllen würden.

»Es tut mir leid, kleiner Louis, sehr leid. Ich weiß, was es heißt, wenn Familie … wenn die Mutter … wenn man keinen Va…« Plötzlich umarmt er mich, drückt mich an sich, und ich spüre den weichen Flor seiner burgunderroten Samtjacke, rieche kaum einen so typisch männlichen Eigengeruch, dafür eben viel Bienenwachs, während seine Hände meinen Rücken auf und ab gleiten und mich an ihn drücken. Ich möchte die Zeit anhalten und die Szene in Bernstein gießen. Wie diese honigfarbenen Brocken, die aus den Hafenstädten an der Ostsee kommen und vergangenes Leben zeigen. Erstarrte Libellen, Fliegen, Schmetterlinge – eingeschlossen in karamellfarbenem Sirup aus Stein.

Langsam lockert Raphael seinen Griff, lässt erschrocken die Arme fallen und tritt einen Schritt zurück. Erst jetzt scheint ihm bewusst zu sein, dass er gerade einen Jungen, einen fremden Jungen, umarmt hat.

»Du, du riechst seltsam«, entfährt es ihm, als hätten sich meine Gedanken auf seine übertragen. »Du riechst nicht wie ein Junge, keine Spur. Du duftest nach … nach diesen kleinen lila Blüten, die die Diener in alle Wäschetruhen legen. Sie kommen aus Frankreich. Weiße Körbe aus Südfrankreich, mit Wachstüchern vor Feuchtigkeit geschützt.«

»Lavendel.«

»Ja, genau, Lavendel, so heißen sie!«

Es ist kaum zu fassen, Raphael kennt Lavendel, und nicht nur das, er erkennt auch seinen Duft! Ich möchte ihn noch einmal umarmen, dieses Mal vor Freude über seine Feinfühligkeit. Auf der anderen Seite wird die Situation jetzt mehr als gefährlich. Was soll ich ihm sagen, warum ich nicht wie alle Jungen in meinem Alter müffle? Warum ich mich mit Lavendel auskenne?

»Du hast eine feine Nase, Raphael, recht ungewöhnlich für einen Jungen in deinem Alter.« Ich pruste ein bisschen, als ich das sage, und Raphael scheint darauf anzuspringen, statt mich dafür rügen zu wollen.

»Genau, das hast du gut erkannt, auch wenn mein Onkel mich einen verweichlichten Burschen schimpft. Ich werde mir immer die Haare mit Gelee Royale waschen und nicht mit stinkiger Kernseife aus alten Knochen.«

Da ist es, das Geheimnis seiner Bienenwachshaare! Er nimmt das teuerste und wertvollste Produkt der Bienen, den Futtersaft für die Bienenkönigin, um sich damit die seidigen Locken zu waschen. Schlagartig wird mir mit diesem Geständnis wieder der Graben bewusst, der zwischen uns steht. Die gesellschaftliche Kluft und die Charade, die ich um mein Geschlecht gemacht habe, werden alles immer nur einen Traum sein lassen.

»Komm endlich, kleiner Lavendel, wir sollen uns doch im Handelssaal irgendwas nicht entgehen lassen, hat mein Onkel gesagt.«

Raphael reißt mich aus meiner plötzlichen Melancholie. Er hält mir die Tür auf, und ich gehe los. Das heißt, ich würde gern losgehen, stürze aber kopfüber in den Handelssaal, denn Raphael hat meine beiden Schnabelschuhe aneinandergebunden und steht nun laut lachend hinter mir. Mühsam versuche ich, mich wieder aufzurichten. Im Saal ist es plötzlich still geworden, kein Wunder bei so einem verpatzten Auftritt. Aber was noch viel schlimmer ist, Philipp der Gute und mein Meister sind schon da. Sie sind wohl durch einen Geheimaufgang und eine Nebentür gekommen.

»Louis!« Rogier van der Weydens Stimme zischt durch den Saal, laut und vernehmlich für jeden.

»Raphael!« Der Herzog knurrt den Namen seines Neffen wie ein Echo gleich hinterher.

Raphael hilft mir auf, nicht ohne mich breit anzugrinsen. Und ich kann nicht anders, ich muss zurückgrinsen; auch wenn er mich in eine peinliche Situation gebracht hat, zeigt doch das Ganze, dass wir uns gut verstehen.

Doch das Grinsen vergeht mir, als ich meinen Meister ansehe. Ich habe allerdings keine Ahnung, ob mich das vor Bestrafung schützen wird. So wie er dreinblickt, muss ich mich auf was gefasst machen. Auch von Raphael darf ich mir keine Hilfe erwarten, denn der macht gegenüber seinem Onkel gerade ein besonders unterwürfiges Gesicht und scheint selbst nicht ganz sicher zu sein, wie das Ganze für ihn ausgehen wird.

»Was hast du dir dabei gedacht, Louis? Entschuldige dich beim Herzog!« Rogier van der Weyden ist wütend, und ich kann ihn sogar verstehen. Ein Palast ist schließlich kein Platz für Kinderspiele, auch wenn ich ein so federleichtes Gefühl im Bauch habe.

Die Stimmung im Saal ist zum Zerreißen angespannt. Die Bediensteten verharren in starren Posen, und die Kaufleute und Händler, die ihre Waren auf kleinen Tischen ausgebreitet haben, haben ihren Handel unterbrochen. Alle warten auf ein erlösendes Zeichen des Herzogs. Der steht allerdings etwas unschlüssig da und scheint nicht so recht zu wissen, was er mit dieser Situation anfangen soll.

»Meine Herren«, dabei blickt er Raphael und mich an, »es wird Euch ja nicht entgangen sein, dass hier ernsthafte Geschäfte gemacht werden. Wie wäre es mit ein wenig mehr Disziplin von Eurer Seite?«

In dem Augenblick zieht erneut eine Gewitterfront über das Schloss und taucht den ganzen Saal in einen merkwürdigen Nebel. Die Armleuchter zu beiden Seiten spenden kaum genug Licht und werfen unruhige Schatten auf den Boden und auf die Warentische. Ein Blitz fährt durch den schieferfarbenen Mittagshimmel, gefolgt von einem tiefen Donnergrollen. Ein Hagelsturm bricht los, der auf den Metalldächern der vielen Türme des Palastes einen Trommelwirbel erzeugt.

Das Wetter hat die Stimmung komplett gedreht. Ängstlich sehen sich alle um. Die Händler betrachten angestrengt ihre Waren, Rogier van der Weyden blickt fasziniert aus dem Fenster, um sich das Schauspiel nicht entgehen zu lassen und sich die Lichteinfälle zu merken. Der Herzog hat die Hände in die Hüften gestemmt und wirkt ungeduldig.

Raphael aber hat meine Hand genommen, nein, ich habe seine Hand genommen, und er hat sie nicht weggezogen. Als wir beide merken, was wir tun, lassen wir uns los. Raphael sieht mich mit einer Mischung aus Abscheu und Faszination an. Ich zucke verlegen mit den Schultern und deute an die Decke, als ob von dort in Form des Blitzes ein Zeichen gekommen wäre, sich an den Händen zu nehmen.

So schnell das Wintergewitter aufgezogen ist, so schnell verzieht es sich wieder, und langsam kehrt das Licht zurück.

»Hier macht anscheinend heute jeder, was er will, auch das Wetter. Wie soll man da regieren?«

Die Stimme Philipps des Guten beendet das Schweigen, und im Saal schwillt vielstimmiges Lachen an. Bald beginnen die Kaufleute wieder durcheinanderzupalavern, in den unterschiedlichsten Sprachen dieser Welt. Rogier van der Weyden redet auf den Herzog ein, der sich auf einen Tisch zubewegt, auf dem ein besonderes Angebot zu liegen scheint. Dann winkt mir mein Meister zu, denn er hat vom Herzog das Zeichen erhalten, ihm zu folgen.

Ich bahne mir mit Raphael, der in ein seltsames Schweigen verfallen ist, den Weg durch die nun wuselnden Massen: kleine Laufburschen, die zwischen den Ständen hin und her eilen, jüdische Edelsteinhändler mit langen schwarzen Kaftanen, russische Kaufleute, die Silber anbieten, spanische Goldhändler und weiß gekleidete Geschäftsleute aus Nordafrika, Ägypten und fernen Sultanaten. Als ich Rogier van der Weyden endlich erreiche, steht er leicht versetzt hinter dem Herzog, der bereits in ein Gespräch mit einem Händler vertieft ist. Ich sehe nur gestikulierende Hände, eine kleine Waage und den hin und her wiegenden Körper des Herzogs, der unschlüssig zu sein scheint. Vermutlich wendet er sich deshalb zu Rogier van der Weyden um, in der Hand einen Lapislazuli von solch beeindruckender Größe, dass mein Meister zunächst zurückweicht, weil der Brocken alles Bisherige übertrifft.

»Mein großer van der Weyden, was sagt Ihr dazu, wie viel des edlen Blaus könnte man wohl daraus herstellen?«

Die Stimme des Herzogs klingt ein wenig spöttisch, aber ich kann mir das auch einbilden. Raphael kneift die Augen zusammen und vermeidet es, zu mir zu sehen. Rogier van der Weyden aber nimmt den Stein und wiegt ihn in der Hand, untersucht die Einschüsse und den Kalkgehalt des Steins.

»Dieser Händler will das Gewicht in Gold aufwiegen, und ich weiß noch nicht, ob ich es eine Unverschämtheit finden soll oder ein Angebot, das ich nicht ausschlagen sollte. Was sagt Ihr und Euer Edelsteinexperte dazu?« Philipp sieht mich an. »Na, Louis, jetzt beweis uns dein Können!«

Der Herzog dreht sich bei den Worten um und lässt mich nach vorn an den Warentisch treten, über dem ein geschäftiger Händler mit langen sehnigen Fingern seine Waren ordnet und so tut, als würde er dem Gespräch gar nicht zuhören. Vor den Augen baumelt ihm eine Quaste, eine Quaste, die nun ruckartig nach hinten geschlagen wird, und ich blicke in die Augen von … Ach Ach!

Schnell sehe ich weg und beuge mich nach unten, als müsse ich da etwas erledigen. Aber es ist zu spät. Ach Achs dunkle Augen bleiben auf meinem Gesicht hängen, das so gar nicht zu seiner Erinnerung an mich passen will. Ein Malergeselle in reichem Stil gewandet, ein Junge in unmittelbarer Umgebung des Herzogs? Ach Ach stutzt. Er sieht mich unverwandt an, legt den Zeigefinger auf die Lippen, als würde er nachdenken und gleichzeitig seine Lippen versiegeln. Ich schüttle kaum merklich den Kopf und bewundere wortreich den Stein, indem ich mich dem Herzog zuwende. Was um Himmels willen muss an diesem Vormittag noch passieren? Ist das alles ein Zeichen, dass ich meine Tarnung nicht mehr lange durchhalten kann?

»Was meinst du, Louis«, beginnt nun Rogier van der Weyden zu sprechen, »kann man daraus das schöne Fra-Angelico-Blau gewinnen?« Und zum Herzog gewandt erklärt er: »Das ist das Blau, das nicht nur der Malermönch aus der Toskana, Fra Angelico, meisterlich einsetzt, sondern auch die Gebrüder Limburg, Gott habe sie selig, bei ihren Stundenbüchern des Duc de Berry verwendet haben.«

Rogier van der Weyden scheint seinen Unmut über mein Verhalten aufgegeben zu haben, nachdem der Herzog selbst keine Strafe vorgesehen hat. Und so fasse ich mir ein Herz und versuche mit etwas tieferer Stimme als sonst zu sprechen. Dabei muss ich vermeiden, Ach Ach in die Augen zu sehen. Auch vor den Blicken Raphaels fürchte ich mich, denn unsere Berührung vorhin scheint ihn tief verunsichert zu haben. Zu verständlich: Was er sieht und was er fühlt, passt nicht zusammen.

Als ich zu sprechen beginne, scheinen alle Augen auf mich gerichtet zu sein. Unter dem schweren Webstoff meines Umhangs beginne ich zu schwitzen, die Luft im Saal ist voller exotischer Düfte, und ich muss mich kurz an der Tischplatte mit den wertvollen Steinen festhalten, um den Schwindel auszugleichen, der mich befällt. Ach Ach macht eine rasche Bewegung, als ob er seine Waren schützen wolle, und sieht mich dabei noch eindringlicher an. Seine Augenbrauen bilden einen durchgehenden Bogen, der sich in der Mitte gefährlich kräuselt. Rasch lasse ich die Tischplatte los, denn auch Rogier van der Weyden und der Herzog sehen mich verwundert an. Ach Ach scheint gleich zu platzen.

»Euer … äh … Geselle, Meister van der Weyden, scheint eine Schwäche für den Lapislazuli zu haben. Da passt mal gut auf Eure Vorräte auf. Ich nehme an, Ihr habt wie alle großen Maler ein kleines Depot der kostbaren Farbspender?« Ach Achs Stimme zersägt die Luft mit einem rauen arabischen Akzent.

Ich muss etwas sagen, um von mir abzulenken.

»Ich bin nicht sicher, Meister, der Stein ist sehr groß, und da besteht die Gefahr, dass er stark verunreinigt ist oder gar einen Kern aus einem anderen Material hat. Aber warum sollte man solch einen großen schönen Stein überhaupt zermahlen? Das ist ein Exemplar, aus dem man ein geschliffenes Schmuckstück machen kann. Ein Schmuckstück der Freundschaft oder gar der Liebe …«

Ich komme nicht mehr dazu, weiterzuerzählen, denn Ach Ach fällt mir ins Wort: »Ja, der junge … äh … Mann hat recht, der Lapislazuli gilt nicht umsonst als der Stein der Liebe. Lasst ein Herz daraus machen, einen Handschmeichler, den man immer bei sich tragen kann!«

Ach Achs Blick trifft mich in dem Moment, in dem ich den Kopf hebe, um dem Herzog ins Gesicht zu sehen. Schließlich soll er glauben, was ich sage, und wenn ich die ganze Zeit nach unten blicke, scheint mir das keine verlässliche Geste.

»Herz, Handschmeichler, sind wir denn hier im Kabinett der Damen? Ich will Kunst und Material für die Kunst, keine Reliquien für Herzensangelegenheiten!« Wir erschrecken alle, als wir die Worte des Herzogs hören. Nur Raphael starrt unverwandt den Stein an.

Langsam tritt er vor, nimmt den Stein in die Hand, die ich so gern anfassen würde, und wendet sich an seinen Onkel, den Herzog.

»Louis hat recht, dieser Stein ist zu prächtig. Gib ihn einem unserer Edelsteinschleifer und lass ihn formen. Es muss ja kein Herz sein, wobei ich das Gefühl habe, dass er genau für diese Form wie geschaffen ist.«

Ich könnte Raphael um den Hals fallen!

Ach Ach sieht von einem zum anderen und scheint sich zu fragen, in welche Charade er hier geraten ist. Rogier van der Weyden hat den Zeigefinger der rechten Hand an die Lippen gelegt, eine Geste, die ich von ihm kenne, wenn er mit einer Situation nicht zufrieden ist. Dann sehe ich das Mahlen seiner Zähne, und ich fühle, was er denkt. Wir werden hier in eine Diskussion gezogen, die uns nicht nur Zeit, sondern auch unseren Ruf kosten könnte. Schließlich will der Herzog hier ein Fachgespräch und kein Geplänkel über die Verwendungsmöglichkeiten großer blauer Steine.

»Hoheit.« Rogier van der Weyden räuspert sich. »Hoheit, ich finde, wir sollten einen Stein, für den jeder ein anderes Schicksal voraussieht, erst einmal ruhen lassen. Kauft ihn, der Goldpreis ist angemessen, denn es scheint mir ein sehr reines Stück zu sein. Wartet auf die richtige Gelegenheit. Dann wird der Stein zu Euch sprechen, wenn Ihr mir diese alchemistische Ausdrucksweise erlaubt.«

Raphael hält den Stein immer noch in seiner Hand, als Ach Ach ihn fast zärtlich wegnimmt und auf eine Waagschale legt. Der Herzog gibt ein Grunzen von sich, als ob er sich nur schwer von seinen Träumen von einem Berg blauen Pigmentpulvers lösen könne. Ich könnte ihm jetzt sagen, dass selbst aus so einem Brocken nur wenige Gramm reines Pulver zu gewinnen sind und dennoch sein Schatzmeister mit einem prall gefüllten Säckchen Goldtaler kommen muss, um die andere Waagschale ins Gleichgewicht zu bringen.

Aber ich versuche mich gerade unsichtbar zu machen, um Raphael nicht noch mehr zu verwirren, während er noch immer dem Stein hinterherblickt, der mittlerweile in einem kunstvoll bemalten und geschnitzten Kästchen verschwindet und dem Schatzmeister übergeben wird.

»Nun, Hoheit, Ihr habt nichts verkehrt gemacht, und wir müssen uns für das Vertrauen bedanken, bei diesem Handel Zeugen gewesen zu sein. Doch nun ruft die Pflicht. Das große Tafelbild im Rathaus hat einige Schmauchspuren abbekommen und muss restauriert werden. Louis wird mir assistieren, wobei ich manchmal nicht sicher bin, ob ich nicht doch noch was von ihm lernen könnte. Er wird mir unersetzlich.«

Ich laufe rot an. Rogier van der Weyden hat mich vor dem Herzog gelobt, und selbst Raphael blickt zum ersten Mal nach unserem Händchenhalten wieder zu mir. Erneut sehe ich schwarze Sterne vor meinen Augen. Vielleicht werde ich ihm nie wieder so nah sein können wie heute. Ich kralle mich an Rogier van der Weydens Ärmel fest, der mich verwundert beobachtet in meinem Taumel.

»Mir scheint, das ist alles ein wenig viel für Euren kleinen Gesellen, Meister van der Weyden.« Der Herzog schmunzelt und sieht zu seinem Neffen, der ebenfalls schwankt. »Und für meinen Raphael auch.«

»Ja, Lapislazuli hat besondere Kräfte«, wirft Ach Ach ein und will noch etwas hinzufügen, aber da hat mich Rogier van der Weyden schon untergehakt und in Richtung Ausgang geschoben. Das

Letzte, was ich sehe, ist Ach Ach, der mit einem Blick auf Raphael erfasst hat, was passiert ist. Wird Ach Ach das Geheimnis einfach mit zurück in den Orient nehmen? Oder sieht er seine Stunde gekommen, um sich Rogier van der Weydens Gunst zu sichern? Mit seinem Wissen kann er mich erpressen und mich zwingen, ihm beim Maler alle Türen zu öffnen, damit er bei dem großen Meister wie bei meinem Vater ein und aus gehen kann.

Allein mit einem Blatt Papier

Endlich – die Kirchturmuhr schlägt schon zehn – darf ich in meiner kleinen Kammer sitzen. Endlich, nach einem langen Tag, der mich Raphael näher gebracht hat, als ich es mir je hätte träumen lassen. Und auch gleich wieder so viel weiter weg.

Denn Raphael wird versuchen, das Ganze zu vergessen. Er wird sich von mir abwenden und mich vielleicht sogar lächerlich machen. Ich muss etwas tun.

Vor mir liegen einige Pinsel, die Rogier van der Weyden aussortiert hat und die ich mir mit einer Kur aus Eiweiß gefügig gemacht habe. Sieben kleine Pigmentschalen stehen im Halbkreis um den kleinen Kerzenstummel, und vor mir wellt sich ein Pergament. Doch ich kann nicht anfangen, mir zittern die Hände.

Wie auch immer ich es nach dem Vormittag im Schloss geschafft habe, Rogier van der Weyden im Rathaus beim Reinigen des Bildes zu assistieren, es ist mir gelungen. Vielleicht weil es eine stille Arbeit war, die wir vollzogen. Das Licht, das durch die unzähligen gelb getönten Butzenscheiben hereinfiel, war durch das trübe Wetter immer noch bescheiden. Man hatte uns zahlreiche Fackeln hingestellt, die aber nur ein sehr unregelmäßiges Licht erzeugten, das lange Schatten warf. Ich tüpfelte über Stunden mit den Brotkrumen über die rußigen Stellen, während Rogier van der Weyden abwechselnd mit der halben Zwiebel oder einem Lappen nacharbeitete und an der einen oder anderen Stelle mit Ölfarbe nachbesserte. Die kleine Reisepalette war über und über mit bunten Farbseen besprenkelt. Manche noch feucht vom letzten Einsatz, andere zu bizarren Zacken eingetrocknet, die neuesten glänzend und ölig. Zwar schien er immer wieder nachzusehen, ob ich nicht wieder irgendwelche Schwindelanfälle hätte, aber die kühle Dunkelheit des ungeheizten Rathaussaals tat mir gut. Auch die Heimfahrt in der Kutsche war schweigend verlaufen. Es war mir recht, ich musste nachdenken, denn irgendetwas musste mir einfallen, um Raphael ein Zeichen zu geben. Er musste einfach erfahren, dass ich ein Mädchen bin.

Bei der Ankunft schickte mich Rogier van der Weyden ins Atelier, um die Malsachen zu reinigen. Die Reisepalette musste in einen Keramikbehälter gelegt und mit einem terpentingetränkten Lappen bedeckt werden. So konnte die kostbare Farbe nicht antrocknen. Dann machte ich mich daran, die Pigmentschalen aus Porzellan sorgfältig auszuwaschen. Ich weiß nicht, was meinen Entschluss auslöste. Ob es eine gehörige Menge blauer und roter Pigmentrückstände war, die ich in den Schälchen fand, oder ob ich so voller Gefühle für Raphael war, dass ich eine Lösung finden musste. Jedenfalls kam mir beim Anblick des Pigmentstaubs eine Idee. Ich könnte doch, statt die feinen Reste mit einem Putzlappen zu beseitigen, die Rückstände dafür verwenden, mir Lasurfarben anzurühren und sie zu vermalen. Damit würde ich meine ganz eigenen Stundenbücher malen und so Raphael mein Geheimnis in Bildern verraten! Ich erinnerte mich an die Worte meines Vaters. Die Gebrüder Limburg waren Meister in solchen Bildergeschichten gewesen, hatten in Farben und Formen viele Hinweise und Symbole versteckt, die nur ein geschultes Auge lesen kann. Für alle anderen bleiben es schöne, bunte Bilder. Ja, so könnte es gehen! Ich würde meine Geschichte der Verwandlung einer Waise in einen Malergesellen so darstellen, dass nur Raphael sie würde entziffern können.

Aber als ich die Pigmentschalen in einen kleinen Korb gestellt hatte, um sie in mein Zimmer zu bringen, kam Jup herein. Jup, der sich natürlich unser Zusammentreffen auf der Treppe am Morgen gemerkt hatte und dem sowieso die Eifersucht aus allen Poren drang, weil ich und nicht er mit in den Palast fahren durfte.

»Wer klaut denn hier?« Er hielt mich am Handgelenk fest und stierte in den Korb. Allerdings lagen darin nur ein paar leere Pigmentschalen.

»Das fragt der Richtige!« Ich konnte mich einfach nicht zurückhalten, das zu sagen.

»Was fällt dir ein?«

»Ich weiß, was du tust, du bestiehlst den Meister!«

»Ich dreh dir den Kragen um, du verwöhntes Bürschchen!« Sein Griff schmerzte so sehr, dass ich den Korb fallen lassen musste, um Jup mit der anderen Hand wegzudrücken. »Was, glaubst du, willst du mit deinen schmalen Gelenken bei mir bewirken? Ich lache mich gleich tot über den großen kleinen Louis, den neuen Liebling des Meisters!«

In dem Augenblick rettete mich wieder einmal Hans Memling, der mit einigen Rollen Leinwänden die Treppe zum Atelier heraufkam.

Jup musste von mir ablassen und verschwand schwer keuchend hinter einem Gemälde, über das ein Tuch gebreitet war.

Hans hatte natürlich bemerkt, dass schon wieder dicke Luft zwischen Jup und mir herrschte, und blieb so lange geschäftig im Atelier, bis ich die Palette verstaut hatte und mich mit meinem Korb und den Pigmentschalen zurückziehen konnte.

Mir blieb nicht mehr viel Zeit bis zum Abendessen, bei dem ich unbedingt pünktlich sein wollte, denn im Rathaus hatten sie nur ein paar schrumpelige Äpfel und Haferkekse für uns übrig gehabt. Aber ich musste heute unbedingt Elaine sehen. Ich musste sie einweihen, und vielleicht könnte sie mir einen Rat geben, der mich weiterbrachte.

Also stellte ich den Korb mit der für mich so kostbaren Fracht in meine Kammer, warf mir einen unscheinbaren Umhang um und drückte mich vorsichtig an der Küche vorbei in die Diele. Ich wollte nicht, dass Madame van der Weyden auf mich aufmerksam wurde und ihr womöglich noch irgendein wichtiger Auftrag für mich einfiel. Schließlich hatte mir Rogier van der Weyden nach unserer Rückkehr freigegeben. Es sei wohl doch ein wenig viel für so einen jungen Burschen wie mich, hatte er gesagt und dabei merkwürdig geblinzelt. Da er eigentlich nicht zum Scherzemachen neigt, sah es ungeheuer komisch aus, als würde ein besonders edler Jagdhund plötzlich die Lefzen zum Grinsen auseinanderziehen.

Als ich schon an der Eingangstür war und sie aufziehen wollte, hörte ich Stimmen hinter mir, darunter auch Jups Bass. Wahrscheinlich wollten sie auf einen Humpen Bier in den *Blauen Krug*. Hoffentlich blieben sie da auch, war mein erster Gedanke, denn ich wollte mit Elaine ungestört sein, hinten bei der kleinen Mauer.

Schnell huschte ich durch die Tür und setzte auf der Straße gleich auf die andere Seite über, um am Beginenhof links vorbei zur kleinen Brücke zu gehen. Die Gesellen würden meiner Berechnung nach rechts herum zum *Blauen Krug* laufen.

Als ich an der Pforte zum Beginenhof vorbeikam, musste ich unwillkürlich an den Moment denken, als sie Mama zur Bestattung gefahren haben. Immer wird das mein Bild von diesem Ort bleiben. Mama – was sie wohl sagen würde zur jetzigen Entwicklung? Papa wäre vermutlich stolz, dass ich alles, was er mir beigebracht hat, so nützlich umsetzen kann. Aber Mama. Sie würde vor Sorgen umkommen.

Hinter einem von Efeu umrankten Mauervorsprung sah ich mich noch einmal um. Tatsächlich zogen Jup, Gus, Hans und Jakob Richtung *Blauer Krug*. Matteo war wieder nicht mitgekommen, er konnte die derbe Art der anderen nicht leiden. Außerdem hatte er Heimweh. Hier war es ihm zu dunkel, zu kalt und zu ungehobelt.

Im Augenblick war ich aber ganz froh über das abendliche Dämmerlicht. Mit dem schlammfarbenen Umhang hob ich mich kaum gegen das Mauerwerk ab. Als ich zum Platz hinter der Beginenhofmauer lief, hatte ich trotzdem die ganze Zeit das Gefühl, mir würde jemand folgen. Aber jedes Mal, wenn ich mich umsah, war da niemand. Elaine allerdings konnte ich schon von Weitem sehen. Das Beige der Beginentracht hob sich wie ein heller Staubfleck von der schummrigen Umgebung ab.

Ich fiel ihr um den Hals, als wäre sie meine Rettung.

»Nicht doch, du riechst so komisch nach Farbe, Louise!«

Ich schaute sie überrascht an, weil ich mich so sehr an den Namen Louis gewöhnt hatte.

»Und du nach Gänseschmalz. Habt ihr heute welches ausgelassen?«

»Ich glaube, wir haben heute einen ganzen Gänsestall zu Fett verarbeitet. Du kannst dir nicht vorstellen, wie wichtig es der Oberin heute war. Sie ließ uns das Fett in kleine Steinguttöpfchen füllen, damit wir es verkaufen können. Am liebsten wäre es ihr gewesen, wir hätten auch gleich noch die Daunen zu Kissen verarbeitet und die großen Federkiele gespitzt, um sie als Schreibwerkzeuge anzubieten. Aber dir hab ich einen mitgebracht, du wirst ihn sicher brauchen können. Und ein Töpfchen Fett hab ich auch für dich.«

Sie hielt mir ein graublaues Steinguttöpfchen hin und eine wunderschöne lange weiße Feder. Wie wunderbar normal das alles war.

Jetzt, wo ich nicht mehr bei den Beginen war, hatte ich plötzlich Sehnsucht nach dieser Geborgenheit und Sicherheit.

»Danke dir, meine gute Elaine. Wenn ich dich nicht hätte!« Ich starrte das Töpfchen an, als hätte ich noch nie so etwas Schönes gesehen, und brach in Tränen aus.

»Na, na, na, geben sie euch bei dem Malermeister nicht genug zu essen, oder warum rührt dich ein Klecks Gänseschmalz so sehr?« Elaine fuhr mir durch die Haare. »Ganz schön kurz, aber Männer tragen das ja jetzt so«, meinte sie spöttisch und fühlte mit der Hand, ob mir schon ein Bart wachsen würde.

»Elaine, ich habe dir nichts mitgebracht außer einer Geschichte.« Und dann erzählte ich Elaine alles. Angefangen beim ersten Besuch des Herzogs bis zu meinem Auftritt heute im Schloss. Elaine blieb der Mund offen stehen. Sie wusste, dass meine Verkleidung die eine oder andere Verwicklung erzeugen würde, aber mit einer großen Verliebtheit hatte sie nicht gerechnet. Nicht in dieser Konstellation.

Langsam führte sie beide Hände zum Mund, als wolle sie vermeiden, dass ich das ganze Entsetzen in ihrem Gesicht sah. Wir hatten uns während meiner Erzählung auf einen Grenzstein nahe dem Wasser gesetzt. Inzwischen war es völlig dunkel geworden, und die Feuchtigkeit kroch uns in die Knochen. Elaine war benommen und unfähig, mir einen Rat zu geben. Als ich ihr erzählte, ich wolle mich Raphael malend mitteilen, rief sie nur: »Auf keinen Fall! Wenn jemand die Zeichnung in die Hände bekommt!«

»Aber ich werde es so malen, dass nur Raphael es versteht. Glaub mir, Elaine!«

»Wie willst du das anstellen? Habt ihr bereits eine Geheimsprache?«

»Es gibt ein paar Dinge, die nur wir beide …«

»Du machst dir etwas vor, Louise, bitte, wer bist du, dass so ein

Plan funktioniert!« Elaine bekreuzigte sich, eine seltene Geste bei ihr. Und ich fühlte, dass ich sie sehr verunsichert hatte.

Dann mussten wir beide zurück, denn es war spät, und wir wollten keinen Ärger bekommen. Unsere Verabschiedung fiel nicht so herzlich aus wie gewohnt.

Es war wohl keine gute Idee gewesen, Elaine einzuweihen. Was, wenn sie jemand mit mir in Verbindung bringen und sie unter Druck setzen würde? Vielleicht hatten sich unsere beiden Leben doch schon zu weit voneinander entfernt? Oder Elaine war eifersüchtig, dass mich bereits der Strahl der Liebe getroffen hatte, während sie hinter den Mauern des Beginenhofs ein keusches Leben führen musste?

Kaum war Elaine durch die Pforte in den Beginenhof verschwunden und ich nur noch ein Stück von Rogier van der Weydens Stadthaus entfernt, da hörte ich Jups Bass und eine andere mir bekannte Stimme. In einem winzigen Zwischenraum zwischen zwei Häusern sah ich Jups schlampigen Umhang mit den Farbspritzern aufleuchten. Immer wieder griff er in die Taschen seines Gewands und holte etwas daraus hervor. Die Hände des anderen Mannes nahmen die Dinge entgegen. Es folgten unverständliche Wortfetzen. Einmal sah Jup sich um, und ich konnte gerade noch in einem Schatten verschwinden. Doch genau in diesem Moment sah ich hinter Jups gebeugtem Kopf eine Kappe und eine Quaste, die dem anderen Mann vor den Augen baumelte … Mir wurde schlecht.

Jetzt, nach dem Abendessen und vor meinem Blatt Pergament, kommt mir das Ganze wie ein schlechter Traum vor. Ach Ach nimmt Diebesgut von Jup entgegen, und er weiß noch dazu, wer ich bin. Das war der letzte Anstoß, den ich gebraucht habe, um sicher zu sein, dass Raphael von mir die Wahrheit erfahren muss – als Buchmalerei. Sonst werde ich verloren sein. Und niemand anders außer ihm darf ich einweihen, schon Elaine war ein Fehler gewesen. Obwohl ich mit ihrem, Elaines, Gänsekiel und brauner Tusche nun die ersten Striche auf das Pergament setze. Die Augen, der Mund und die fließenden Haare Raphaels sind bald auf dem Papier zu sehen. Und für alle Fälle signiere ich das Blatt mit *LD*, Louise Deleuven, und setze ein *für R* dahinter.

Bin ich angekommen?

Diese Woche verläuft ereignislos, wenn man davon absieht, dass ich an Jups Händen Blattgold entdeckt habe und ich tatsächlich mal einen Tafelgrund selbst anlegen darf.

Rogier van der Weyden scheint abgelenkt, ist nicht bei der Sache. Er soll schon wieder ein Altarbild anfertigen, aber es stehen noch genug angefangene Werke herum, nicht zuletzt das Porträt des Herzogs und das Raphaels, an dem es keine Fortschritte gibt, weil weder der Herzog noch sein Neffe zum Porträttermin erscheinen.

Ein wenig Trost finde ich im Zeichnen meines geheimen Pergaments. Ich widme mich ausführlich den Randmustern aus Akanthus und Lilien. Das erste Bild zeigt ein Mädchen in Brügge. Das zweite ein Mädchen und ihren Vater in einer Werkstatt, zu deren Tür die Mutter mit einem Kräuterkorb hereinschaut. Die Blätter haben mich in den Abendstunden viel Zeit gekostet, sodass Hans schon besorgt nach mir gesehen hat. Aber ich konnte ihn geschickt abwimmeln, habe Kopfschmerzen vorgetäuscht. Schließlich soll niemand meine Blätter zu Gesicht bekommen – außer einem.

Manchmal kann ich nur die Vorzeichnungen mit Tusche machen, das sind die Tage, an denen keine Farben angerührt werden und kein Pigmentstaub übrig bleibt.

Heute ist Sonntag, und Familie van der Weyden ist in der Kirche. Auch Matteo hat sich zusammen mit den Dienstmädchen auf den Weg gemacht. Vom Atelierfenster aus sehe ich die Beginen in Richtung Kirche laufen, darunter Elaine, die zu mir herübersieht, sodass ich ihr mit dem roten Mallappen, den man weithin erkennen kann, winken kann. Nur Hans, Jup und Gus sind jetzt noch mit mir im Haus – Rogier van der Weyden hat es aufgegeben, die Gesellen zum Kirchenbesuch zu drängen. Aus den Erfahrungen der letzten Wochen weiß ich, dass Jup am Sonntag lange schläft, denn meist wird es am Vorabend, im *Blauen Krug* oder wo auch immer, spät. Nachts höre ich ihn manchmal die Treppe heraufkommen, fluchend, wenn er sich mal wieder den Kopf am Treppenbalken stößt, weil seine Sinne von den vielen Bieren und Schnäpsen getrübt sind. Das sind die Nächte, in denen ich den Stuhl so vor die Tür stelle, dass sich die Klinke von außen nicht hinunterdrücken lässt. Den Trick hat mir Matteo verraten, so bin ich vor Jup sicher. Der einzige Vorteil von Jups Besäufnissen ist, dass man am Sonntagmorgen von seinen Pöbeleien verschont bleibt. Eine der wenigen Gelegenheiten, in denen ich in Ruhe das Badehaus aufsuchen kann.

Doch erst muss ich im Atelier Ordnung schaffen. Seit es den neuen Auftrag gibt, sitzen alle mit Hochdruck an den unvollendeten Werken. Rogier van der Weyden hat sich ein aufgeräumtes Atelier gewünscht, wenn er von der Kirche wiederkommt, und gestern hat er noch lange an einem Privatauftrag gesessen, einem Triptychon, während Jup an dem schwarzen Brokatgewand des Herzogs gearbeitet hat. Beim nächsten Besuch des Monarchen sollen nur noch Kleinigkeiten am Gesicht gemacht werden.

Ich sehe also noch ein wenig Elaine hinterher, wie sie mit ihrer farblosen Tracht in der Menge der Beginen verschwindet. Dann suche ich liegen gebliebene Lappen und Schwämme zusammen, bedecke die Paletten mit frischen Terpentinlappen, um sie vor dem

Austrocknen zu schützen, und vor allem suche ich nach benutzten Pigmentschälchen, unbenutztem Pigmentstaub und angerührten Farbresten.

An Jups Platz finde ich in der Rinne zwischen Staffeleihalterung und Leinwand kleine Staubreste des kostbaren Blaus. Ich kann mich zwar nicht daran erinnern, dass auf dem Porträt des Herzogs Blau vorkommt, aber vielleicht wollte er die Tiefe des Schwarz noch verstärken. Das Bildnis des Herzogs ist fast ausschließlich in schwarzen Nuancen gehalten, sodass Gesicht, Goldkette und Hände leuchtend hervorstechen. Die Schecke, die Beinlinge, der Hintergrund – alles hebt sich zwar deutlich voneinander ab, ist aber trotzdem einfach schwarz. Noch nie zuvor habe ich so viele verschiedene Schwarztöne gesehen. Rogier van der Weyden vermag unglaubliche Mischungen zu fabrizieren, aber manchmal kann ich ihm doch mit meinem Wissen ein kleines bisschen helfen. Wie mit dem Beimischen eines bestimmten Rötelstaubs, der ein braunes Schwarz erzeugt. Oder die sparsame Verwendung von Gelbwurz, die eine olivfarbene Note bringt und perfekt Hölzer oder dunkle Teile eines Pelzbesatzes herausarbeitet. Anscheinend hat Jup ziemlich genau zugehört, wenn ich Rogier van der Weyden meine Vorschläge unterbreitet habe.

Mit einem kleinen Spatel kratze ich den Lapislazulistaub aus den Dielen des Bodens und sammle ihn in einem Schälchen. Auch kostbares Rot zählt dieses Mal zu meiner Ausbeute. Damit gebe ich mich heute zufrieden. Meine Bilderzählung ist ja nur handgroß, da brauche ich nicht viel, und mit ein wenig Geschick lasiere ich die Farben so, dass nur ein Hauch von Farbe genügt, um den Bildern Ausdruckskraft zu geben.

Die Schälchen stelle ich wieder in den kleinen Korb zurück, der mir als Transportmittel dient. Schließlich birgt jeder Luftzug die Gefahr, dass alles fortgeblasen wird. Ich ziehe noch die Tücher über den

Staffeleien gerade, was ebenfalls verhindern soll, dass sich Staub auf die noch feuchten Farbgründe setzt. Das macht gleich einen ordentlicheren Eindruck, ohne dass ich ewig mit Aufräumen beschäftigt bin. Irgendwie muss ich ja die Zeit wettmachen, die ich mit dem heimlichen Aufsammeln der Farbpartikel zu tun habe.

Damit die bodenlangen Tücher nicht an der feuchten Farbe kleben, sind sie an hölzernen Gestellen befestigt, die wie große Wäscheständer aussehen und als weiße Zelte über den Bildern stehen. Ich kann mich nicht zurückhalten, einen kurzen Blick unter all diese »Zelte« zu werfen, denn gestern war tatsächlich Großkampftag. Die Gesellen und Rogier van der Weyden standen vom ersten Sonnenstrahl bis zum Mondaufgang an verschiedenen Werken. Jup, mit seinem Talent für Faltenwürfe, an einer Maria-Magdalena-Darstellung und natürlich an den vielen filigranen Samtfältchen der herzoglichen Schecke. Matteo, der ein Meister des räumlichen Aufbaus ist, hat Rogier van der Weyden bei einer Perspektive seines Triptychons zur Seite gestanden. Der junge Italiener hat aus Italien die Geheimnisse der Perspektive mitgebracht. Dort hat man ganz neue Möglichkeiten entdeckt, um Räume dreidimensional darzustellen, eine Methode, bei der sich alle Linien eines Raumes auf einen Fluchtpunkt zubewegen und die gleichzeitig Nähe und Tiefe zulässt. Matteo weiß, wie gebrochen man die Farben im Hintergrund setzen muss und wie knackig im Vordergrund. Er weiß, wie man mit parallelen horizontalen Ebenen und Winkeln eine Tiefe erzielt, die man vorher noch nie auf Bildern gesehen hat. Rogier van der Weyden ist fasziniert von dieser Methode und würde am liebsten sämtliche seiner Bilder neu malen. Da er aber, Gott sei Dank, ein so begehrter Maler ist, kann man ihm diese Flausen leicht ausreden. Nun, Madame van der Weyden redet sie ihm aus, indem sie in schrillem Ton ruft: »Natürlich, Rogier, gewöhnt Euch doch einfach das Schlafen oder am besten auch noch das Essen ab, dann bleibt genügend Zeit, in aller Herren Länder zu fahren und alle Gemälde einzusammeln. Dann könnt Ihr die nächsten hunderfünfzig Jahre Perspektriven pinseln!«

»Es heißt Perspektiven, ma chère!«, entgegnet Rogier van der Weyden dann meist resigniert und legt beruhigend die Hand auf die Schulter seiner Frau. Doch wenn Madame van der Weyden erst einmal in Fahrt ist, hört sie so schnell nicht auf.

»Ihr werdet eines Tages noch mit dem Pinsel in der Hand sterben. Dann kann ich sagen, ich war zwar seine Frau, aber ich habe diesen Mann kaum gekannt, denn er war mit seinem Atelier und vierhundert Pinseln verheiratet.«

»Lisbet, Bettchen, ich mache nur, was der Herr mir befohlen hat und wofür mich wohlhabende Herren in Gold bezahlen. Es geht doch auch um Eure Sicherheit und die der Jungen.«

»Wir haben alle Sicherheiten dieser Welt. Wollt Ihr vielleicht noch ein Stadthaus kaufen? Wir können kaum zwei bewohnen und beheizen. Man soll nicht gierig sein.«

»Ihr versteht das nicht, mein Liebe!«

»Ich verstehe, dass Ihr Euch für unersetzlich haltet, und wir alle hier sind nur Nebenfiguren in Eurem Leben!«

Das ist dann der Punkt, an dem Rogier van der Weyden aufseufzt, seine Frau in die Arme nimmt und ihr verspricht, einen Ausflug mit ihr und den Kindern zu machen. Ich habe bisher in den paar Wochen, in denen ich jetzt im Haus des Meisters bin, noch nie erlebt, dass ein Familienausflug stattgefunden hätte. Aber ich habe viele Male erlebt, wie neue Aufträge ins Haus kamen und wie sehr Rogier van der Weydens Augen bei diesen immer neuen Herausforderungen zu leuchten begannen. Er liebt die Arbeit im Atelier, das Schaffen neuer Welten auf seinen Bildern. Und dass er all diese Gesellen beschäftigt, hat einen Grund: Jeder Einzelne der fünf ist ein Meister seines Fachs.

Gus ist der Mann fürs Grobe. Hinter dem Tuch, das über seinem Tafelbild hängt, an dem er gestern gearbeitet hat, ist fast nichts zu sehen außer einem reinen, weißen Grund. Völlig glatt, ohne Spachtelspuren oder Unebenheiten. Gus ist im Grundieren unübertroffen. Seine glatten Flächen sind perfekt, die Zusammensetzung seiner Gründe so haltbar und doch dehnfähig, dass auch noch nach Jahren, wenn sich das Holz verzieht, keine Risse im Farbauftrag zu sehen sind.

Jakob bereitet die ersten Farbschichten vor, er beherrscht Verläufe wie kein Zweiter und zaubert Himmel, die im Weiß beginnen und im tiefsten Lapislazuli enden.

Matteo sieht man meist mit großen Holzwinkeln, Zirkeln und Linealen herumlaufen. Wenn es heißt, die Vorskizzen eines Bildes auf die Größe einer Leinwand oder Tafel zu übertragen, dann werkelt er bis zum Umfallen mit Parallelen und Fluchtpunkten und setzt mit dem Silberstift die Ebenen in die Rasterflächen, die er vorsichtig vom Kleinen ins Große übertragen hat.

Der gute Hans ist vielleicht vom Ausdruck am stärksten und ist am ehesten geeignet, ein würdiger Nachfolger Rogier van der Weydens zu werden. Denn seine Begabung liegt im persönlichen Ausdruck der Gesichter – jener neuen Mode, die ebenfalls aus Italien nach Nordeuropa kam. Man will nicht länger den Idealmenschen malen, sondern eine Persönlichkeit. Selbst die Heiligen und die Heilige Familie scheinen jetzt aus Fleisch und Blut und nicht länger eine unnahbare Schablone zu sein. Und Rogier van der Weyden ist einer der Ersten außerhalb Italiens, der genau diesen Stil umgesetzt hat. Hans ist seiner Ausdruckskraft dicht auf den Fersen, wenn ich mir so sein Werk ansehe, das bereits eine fast perfekt ausgefertigte Marienszene zeigt. An seiner Staffelei, im Halbdunkel unter dem weißen Zelttuch, scheinen die Figuren zu leben, und auf einmal bekomme ich das Gefühl, dass ich in diesem Atelier nicht allein bin.

Die Figuren bevölkern den Raum. Fast kann man das Gemurmel ihrer Gespräche hören, so wirklich sind ihre Blicke.

Dann entdecke ich ein Knäuel unordentlich hingeworfener Malkittel. Durch das steife Leinen wirkt es, als würde sich darunter eine Gestalt verbergen, und im ersten Moment erschrecke ich. Aber dann will ich einfach nur fertig werden mit der Arbeit hier, um endlich ins Badehaus zu gehen. Als ich gerade die verschiedenen Kittel zu entwirren versuche, weil sich die Bänder ineinander verknotet haben, höre ich Schritte auf der Treppe. Schwere schwankende Schritte. Ich ahne, wem sie gehören. Warum auch immer dieser Kerl um diese Zeit hier herumgeistert, aber es ist zweifellos Jup.

Ich lasse die Bänder Bänder sein, kauere mich in die hinterste Ecke des Ateliers und werfe das Bündel Kittel über mich. Durch einen winzigen Spalt beobachte ich, was sich tut. Die schweren Schritte haben nun das Atelier erreicht, die dazugehörigen Füße stoßen überall dagegen. Jups Flüche klingen lallend, und ein beißender Geruch nach Alkohol erfüllt den Raum, in dem schon ein Potpourri aus den verschiedensten Duftnoten in der Luft hängt. Vielleicht kommt es mir aber auch nur so vor, denn die Kittel sind voller Farbe und Firnis, der mich benebelt.

Leise flucht sich Jup bis zu seiner Staffelei vor, auf der das Porträt des Herzogs steht. Er zieht das weiße Tuch, das ich gerade mit Mühe ordentlich hingehängt habe, mit einem ungehaltenen Ruck weg.

»Ich werde ihm zeigen, wer hier der Meister ist! Er wird mich nicht länger, nicht länger so übersehen … übersehen, mich, nicht … ich mache die ganze Arbeit, und er kassiert …« Jup lallt, zieht den Rotz geräuschvoll hoch und spuckt in einen Kupfernapf neben der Staffelei. Niemand spuckt so viel wie Jup, wahrscheinlich säuft er einfach zu viel. Ich ahne, was Jup so in Rage bringt: Er darf tatsächlich große Teile an den Bildern malen, die eigentlich ganz aus Rogier van der Weydens Hand stammen sollten. Die Auftraggeber zahlen umso mehr Geld, je mehr Teile eines Bildes vom Meister persönlich gemalt sind. Deshalb lässt Rogier van der Weyden bei vielen Bildern tatsächlich nur die Vorarbeit von seinen Gesellen ausführen. Alle wichtigen Teile, insbesondere die persönlichen Noten und die absolut letzten Feinheiten, malt er selbst. Allerdings längst nicht bei allen Bildern, die später das Meistersiegel erhalten. Ich weiß von Papa, dass es Ateliers gibt, in denen die allerwenigsten Bilder aus der Hand des Meisters stammen. Ganze Altäre tragen zwar die Initialen der Meister, sind aber oft zur Gänze von den Gesellen gemalt. Es hat schon Fälle gegeben, da haben sich die Gesellen ihre Initialen am Bildrand erstritten, wenn sie das meiste an einem Bild gemalt haben. Scheinbar hat Jup einen ähnlichen Ehrgeiz. Er will seinen Namen neben dem van der Weydens sehen.

»Es ist mir schon einmal, einmal ... gellung... gelunngen, ha, ich ...warum ... warum ...« Jups Stimme wird immer lauter. »Ständig tönt dieser kleine Sch... Schleimlecker Louis, was er alles kann. Das werd ich ... diesem Bürschchen schon noch austreiben!«

Mir wird heiß unter meinen Kittelbergen. Nicht nur wegen der Menge des Stoffs. Mein Leben war bis jetzt nicht sicher vor Jups Gemeinheiten, aber es wird schlimmer werden, viel schlimmer. Ich spähe aus einem Faltenspalt zu Jup hinüber. Er spielt mit der rechten Hand in seiner Westentasche. Es klackert. Dann wirft er sich in die Brust, holt die Hand heraus und hält sie gegen das Morgenlicht, das durch das Ostfenster hereinfällt und den Raum in eine Bühne mit sechs großen weißen Zelten verwandelt. Als sich Jup umdreht, kann ich erkennen, womit er die ganze Zeit herumgespielt hat: mit den kleinen Lapislazulisteinen, die ich vor Wochen im Materialkeller meines Meisters gesehen habe. Sie leuchten zusammen mit einem Stückchen Gold um die Wette!

Die Vorbereitung

Nachdem ich gestern doch noch unentdeckt aus dem Atelier gehuscht bin, weil sich Jup in seinem besäuselten Zustand kaum mehr länger auf den Beinen halten konnte, ging der Sonntag friedlich seinen Gang. Es gab ein üppiges Mittagessen, mit reichlich Fleisch vom Huhn und vom Schwein und einem Grützkuchen, den ich mir mit Zuckerrübensirup noch ein wenig versüßt hatte.

Danach würfelte ich mit Hans und Matteo um die Wette, und schließlich konnte uns Rogier van der Weyden zu einer Abendandacht überreden. Wenn wir schon nicht zum Sonntagsgottesdienst gingen, müsste wenigstens das sein, um uns von unseren Sünden zu befreien, meinte er. Ich hatte ein mulmiges Gefühl, aber eigentlich weniger wegen der Sünden, obwohl es in meinem Fall mittlerweile einiges zu beichten gäbe: Ich habe mir eine Stellung erschlichen, die mir nicht zusteht, habe die Trauerzeit um meine Mutter nicht eingehalten und sehne mich in eine Situation, die mir an Rang und Würde nicht angemessen ist. Hundert Vaterunser würden wahrscheinlich nicht ausreichen, wobei mir Papa immer gesagt hat, dass er nicht verstehen kann, wie Gott so einfach zu bestechen sei. Ein paarmal einige Zeilen aufsagen, und schon ist man von seinen Sünden losgesagt. Auch zum Teufel hatten Mama und Papa eher ein abgeklärtes Verhältnis, was sie aber tunlichst für sich behielten. Doch ich hatte oft genug gelauscht, wenn sie sich flüsternd über die »Angstmacherei der Kirche« unterhielten.

Vielleicht bin ich mit der Erinnerung an Papas Worte doch unbekümmert mit in die Abendandacht gegangen. Ich hatte mich bei Marie, einem der Dienstmädchen, eingehakt, deren Wäsche immer nach Seife und Heu duftet und die mir oft ein paar gebackene Hafertaler oder Apfelschnitten zusteckt. So folgten wir Rogier van der Weydens Familie und den Gesellen zur Kirche.

Nicht den Teufel und nicht die ungebeichteten Gedanken und Geschehnisse fürchtete ich, aber die Begegnung mit den Beginen, von denen ich wusste, dass viele die sonntägliche Andacht nie versäumen. Ich war mir so sicher, dass die Mutter Oberin mich erkennen würde. Wer Menschen in Kutten und beigen Umhängen voneinander unterscheiden kann, kann auch ein als Mann verkleidetes Mädchen entlarven. Ich würde mich gut verstecken müssen, und hinter der dicken Marie schien mir das am ehesten möglich.

Jup sah sich immer wieder nach uns um. Mittlerweile war er nüchtern, und er hatte einen Ausdruck im Gesicht, als wolle er sagen: Tu nicht so unschuldig! Ich werde dir schon noch auf die Schliche kommen, und dann kannst du was erleben!

Neben Marie fühlte ich mich sicher. Und so blickte ich unbeeindruckt zu ihm zurück. Jeder von uns weiß mittlerweile, dass der andere ein Geheimnis hat. Und jeder von uns will dem anderen zuvorkommen, ihn zu entlarven, wobei ich Jup mehr reize als er mich: durch meine Stellung im Haus, mein junges Alter und meine Beliebtheit bei Rogier van der Weyden. Jup wird nicht mehr viel Geduld haben und sich nicht mehr lange mitansehen, wie der Meister mich bevorzugt.

Als der Gottesdienst anfing, kniete ich in einer der hinteren Kirchenbänke ganz außen und konnte einige Reihen weiter vorn die

Beginenhauben entdecken. Eine von ihnen musste Elaine gehören, ich wünschte es mir so sehr! Vielleicht würde ich ihr doch ein Zeichen geben können?

Irgendwann nebelte mich der Gottesdienst ein, der Weihrauch, das Gemurmel und die Rituale verfehlten ihre Wirkung nicht, und ich geriet in Trance. Ich dachte an Papa und Mama, und plötzlich liefen mir die Tränen in Strömen übers Gesicht, ohne dass ich es merkte. Erst als sich Maries weiche Hand in meine schob und mir die andere ein selbst geklöppeltes Spitzentüchlein reichte, schreckte ich hoch. Ein Junge weint nicht so hemmungslos! Marie sah mich fragend an. Ich drückte schnell ihre Hand und schluckte die restlichen Tränen hinunter, während ich mich in die kostbare Handarbeit schnäuzte. So geräuschlos wie möglich. Trotzdem drehten sich drei Reihen weiter vorn einige der Beginen um. Ich hielt den Kopf gesenkt, um nicht erkennt zu werden. So konnte ich nicht nachsehen, ob Elaine unter ihnen war.

Als der Klingelbeutel herumging, schob ich Marie sanft aus der Bank, denn ich wollte die Kirche als eine der Ersten verlassen. Die Vorstellung, dass auf dem Vorplatz alle warten und dem Pfarrer die Hand geben würden, ließ mir den Schweiß ausbrechen. Das wäre der Präsentierteller, auf den ich gut verzichten konnte.

Marie verstand mein Drängen. Sie huschte aus der Bank und folgte mir nach draußen. Vielleicht weil sie sich irgendetwas anderes davon versprach. Ich glaube, sie mag mich, schwärmt ein bisschen für den Jungen, den sie in mir sieht. Was es auch ist, sie tat jedenfalls, was ich von ihr wollte. So konnten wir schnell zu Rogier van der Weydens Haus zurückkehren. Vor den anderen. Damit entging ich nicht nur Jups Blicken, sondern auch denen der Beginen. Leider sah ich so auch Elaine nicht wieder.

Ich zog mich in meine kleine Kammer zurück, um an meiner Bildergeschichte weiterzuarbeiten. Gerade saß ich an einer Szene, die

Raphael und mich im Schloss zeigt. In seinen Händen hält er den Lapislazuli. Mit den wenigen Pigmentresten konnte ich den Stein als einziges Element in der Komposition zum Leuchten bringen. Neben das Bild hatte ich eine kunstvolle Majuskel des Buchstabens R gesetzt, deren Zierranken bis zum Bild reichten und Raphaels und meine Hände berührten. Ich hatte mich ein wenig hinter Raphael stehend gemalt – als Mädchen! Es war bisher eine der gelungensten Szenen auf dem Pergament, das nur der lesen konnte, der all das mit mir erlebt hatte: Raphael.

Als die Kerze zur Neige ging, musste ich schweren Herzens aufhören. Das Malen befriedigte mich tief, nicht nur weil ich mich so dem Sohn des Herzogs nahe fühlte, sondern weil ich beim Malen so frei im Herzen wurde wie bei sonst nichts.

So schlief ich mit einem guten Gefühl ein und erwachte mit einem ebensolchen, als die Glocken sechs Mal schlugen. Ich fühlte mich stark für einen neuen Tag im Haus meines Gönners. Stark genug, um den Kampf mit Jup aufzunehmen, und früh genug wach, um im Badehaus ungestört den Tag zu beginnen. Auch wenn das Wasser im Zuber von der Nacht eiskalt war, wollte ich mit einem winzigen Rest Seife Malstaub, Schweiß und Gerüche von mir waschen. Seit einiger Zeit fühlte ich mich unsauber, schwitzte, und an meinem Kinn hatten sich Pickel gebildet. Hans hatte gesagt, dass das normal sei, aber ich ahnte, was bald kommen würde. Und bei einem Blick in die kleine Spiegelscherbe, die im Badehaus hing, war ich mir sicher: Es würde nicht mehr lange gut gehen mit meiner Tarnung. Mein Körper verändert sich! Meine Hüften werden breiter, und die Haut um meine Brustwarzen ist angespannt. Ich werde mir die Brüste, wenn sie zu sichtbar werden, wegbinden müssen, solange es geht. Und eventuell hilft es, die Haare à la mode zu schneiden, in einem akkuraten Rundschnitt, zwei Fingerbreit endend über den Augenbrauen und Ohren, so wie auch Rogier van der Weyden und der Herzog ihre Haare tragen. Meine Locken, die trotz der Kürze immer noch auf meine Schultern fallen, machen mich zu mädchenhaft, und je runder mein Gesicht wird, umso stärker fällt es auf. Wahrscheinlich hat die gute Kost in Rogier van der Weydens Haus meine Entwicklung beschleunigt. Oder ich mache eben einen Schub, einen Schub, den ich eigentlich nicht gebrauchen kann.

Ich stellte mich bei meiner Morgenreinigung auf einen kleinen Holzschemel, um in der Spiegelscherbe auch meinen Körper zu betrachten. Wie lange werde ich allen noch den Jungen vorspielen können? Ich merke, dass ich mich täglich mehr zu einer jungen Frau entwickle.

Einen Glockenschlag später sitze ich mit Rogier van der Weyden und den Gesellen beim Frühstück und denke immer noch darüber nach, wie lange ich meine Tarnung noch aufrechterhalten kann, als mich der Meister plötzlich aus meinen schweren Gedanken reißt. Er hätte sich keinen besseren Augenblick aussuchen können, um mich wieder in die Realität zu katapultieren.

»Burschen, es ist etwas Unvorhergesehenes geschehen. Ich werde verreisen müssen, und das schon bald. Um ehrlich zu sein: sehr bald!«

Rogier van der Weyden nimmt einen Schluck aus der Milchschale, weil er eine raue Stimme bekommen hat. Wir alle blicken zu ihm auf. Jup mit einer Mischung aus Rivalität und widerstrebenden Kräften, Gus teilnahmslos wie immer, der stille, aber kräftige Jakob mit Neugierde und Matteo und Hans voller Bewunderung und Konzentration. Aus dem Augenwinkel kann ich sehen, wie sie alle innehalten beim Essen.

»Ich werde nach Brügge fahren, der Herzog will es so. Und jeder von euch weiß, dass Philipp neben seiner politischen Herrschaft auch noch ein ausgemachter Kunstliebhaber ist. Er hat eine Zusammenkunft der Wohltäter einberufen.« Ich sehe, wie sich Hans' Augen weiten und Jup nervös mit den Fingern trommelt. Die anderen scheinen das Wort Wohltäter ebenso wenig zuordnen zu können wie ich. »Ich werde dort die nächsten Tage bleiben, Nicolas Rolin treffen und einen Vortrag halten. Außerdem werde ich Farben einkaufen, denn es sollen Schiffe aus Konstantinopel eintreffen mit neuen Pigmenten und neuen Ölen.«

Mein Herz schlägt höher. Wie gut kann ich mich an die Tage erinnern, an denen die Schiffe aus dem Orient anlegten. Ganz Brügge schien dann auf den Beinen zu sein. Die Frauen, um die edlen Gewürze, Steine, Perlen, Seiden und Brokate zu erwerben. Die Bader und Heiler, weil sie vom Angebot aus seltsamen Pulvern, Substanzen und Schriftrollen zu Heilmethoden angelockt wurden. Aus Bagdad kamen außerdem regelmäßig Ärzte mit den Schiffen mit, die ihr Wissen an den europäischen Universitäten in Prag, Bologna und Paris verbreiteten. Doch bevor sie in den akademischen Tiefen verschwanden, versuchten unzählige praktizierende Ärzte an das alte Wissen dieser Heilkundler heranzukommen.

Zwischen all dem wuselten Kaufleute, bestrebt, ihre Geschäftspartner bereits dann abzufangen, wenn sie von Bord gingen, damit sie nicht mit den Konkurrenten lukrativere Geschäfte machten. Matrosen und Seeleute versuchten zwischen den Menschenmengen die Schiffe zu entladen, und auf den Tauen und Pollern, an denen die Schiffe vertäut waren, ließen sich Hunderte Möwen nieder, die auf das Festmahl der weggeworfenen Reste warteten. Ihre schrillen Schreie mischten sich mit dem wogenden Palaver aus den unterschiedlichsten Sprachen. Kehlige arabische Laute und rund fließendes Französisch, flandrisches Kauderwelsch und italienische Salven, niederländisches Platt und harte deutsche Konsonanten, singendes Jiddisch und russische Samtvokale.

Der Hafen von Brügge war an solchen Tagen die Welt. Die Stadtväter begrüßten persönlich die hohen Kaufleute aus dem Orient, aus Nordafrika, Spanien und aus Portugal, denn dort, an den Häfen von Tunis, Malaga und Porto, machten die meisten Handelsschiffe Halt und nahmen Waren, Kaufleute und Gelehrte aus Salamanca, der ältesten Universität der Welt, auf.

Wie oft hat mich Papa zu diesem Ereignis in den Hafen von Brügge mitgenommen! Die hohen Backsteinbauten Brügges waren mit Fähnchen geschmückt, auch die Menschen hatten sich herausgeputzt, und feierliche Glockenklänge tönten durch die Straßen. Nur im vorigen Jahrhundert hatte die Begeisterung einmal nachgelassen. Da hatte die große Seuche Europa heimgesucht. Viele Schiffe liefen Brügge überhaupt nicht mehr an, denn man fürchtete, dass mit den Schiffen die Pest nach Europa eingeschleppt würde.

Plötzlich macht Rogier van der Weyden eine Sprechpause, und ich sehe ihm direkt in die Augen.

»Während meiner Abwesenheit werde ich Jup die Leitung des Ateliers anvertrauen.«

Bei diesen Worten wendet sich Rogier van der Weyden Jup zu, der ein Gesicht macht, als wäre er gerade zum König gekrönt worden. Ich kann nur ahnen, was auf mich zukommt, sobald der Meister das Haus verlassen hat und Jup zum Alleinherrscher wird. Ich will es mir nicht vorstellen, mir wird augenblicklich schlecht. Wenn ich mir Hans und Matteo so ansehe, dann geht es ihnen ähnlich. Jakobs und Gus' Gesichter bleiben unbewegt wie immer.

»Jup wird dafür sorgen, dass die Arbeit an den Werken so weit und effektiv vorangeht, dass ich bei meiner Rückkehr nur mehr letzte Hand anzulegen habe. Das Porträt des Herzogs ausgenommen, hier muss ich selbst die wesentlichen Teile ausführen. Schließlich wünscht man sich ein Meisteroriginal.«

Jups Züge entgleisen etwas, denn er hat sich wahrscheinlich ausgerechnet, dass vor allem das Porträt zu seinen Aufgaben gehören wird.

»Das Bildnis Raphaels kann von Hans weiterbearbeitet werden. Um den zarten Teint des jungen Grafen zu treffen, sind viele lasierende Schichten nötig. Hans, ich kann mich auf dich verlassen?«

»Ich werde mein Bestes geben, Meister.« Hans' Stimme klingt unerschrocken, obwohl ich sicher bin, dass auch er sich vor Jups Kommando fürchtet. Ich aber hoffe so sehr, dass ich Hans zur Hand gehen darf. Hauttöne sind meine Stärke und nicht die vielen dunklen Samtfalten einer Königsrobe. Außerdem würde ich in Hans' Nähe nicht alle von Jups Gemeinheiten abbekommen.

»Jakob und Gus, ihr grundiert die Tafeln für das neue Triptychon.«

Rogier van der Weyden macht wieder eine Pause, weil er sich ein Stückchen Hefezopf in den Mund geschoben hat und dazu einige getrocknete Apfelringe. Es wäre eine Gelegenheit für alle, sich auch kurz dem Frühstück zu widmen, das noch fast unberührt auf dem Tisch steht. Aber es scheint, als wäre uns allen der Appetit vergangen. Eine Woche unter Jups Knute will sich niemand vorstellen. Auch die Dienstmägde werden ihre Freude haben, das weiß ich von Marie, die Jup verabscheut, weil er keine Grenzen kennt.

Rogier van der Weyden hat noch mit keinem Wort mich erwähnt. Welche Arbeit muss ich wohl während seiner Abwesenheit übernehmen? Innerlich flehe ich, dass er mich nicht Jup zuteilt. Ich kralle mich an der Tischkante fest, und ich schwöre, alle Sehnsucht nach Raphael fallen zu lassen, nie wieder an ihn zu denken, mich in mein Schicksal zu fügen und sogar wieder Begine zu werden, wenn nur nicht eintritt, was ich befürchte.

»Und Louis, du könntest Jup beim Anmischen der schwarzen Töne helfen, denn niemand hat solch ein Gespür für Nuancen, nicht wahr, Jup?«

Rogier van der Weydens Worte sägen Wutfalten in Jups Stirn, und an seinen Schläfen pulsieren die Adern, als würden sie gleich platzen.

»Louis könnte aber auch euch, Hans und Matteo, bei den Marzipannuancen der Haut für das Raphael-Porträt helfen. Schließlich hatte unser Louis schon ausreichend Gelegenheit, den jungen Grafen aus der Nähe zu sehen, und wird sich dabei sicher jede seiner Poren gemerkt haben. Ist es nicht so, Louis?«

Ich erröte und weiß nicht recht, was ich mit der ungewohnten Ironie des Meisters anfangen soll. Nie spricht er so, und ich komme mir vor wie ausgestellt und vorgeführt.

»Louis macht sich aber auch gut in der Küche, habe ich mir sagen lassen. Besonders Marie schätzt seine helfenden Hände, wo immer es geht.«

Genüsslich lässt sich Rogier van der Weyden die Worte auf der Zunge zergehen. Die anderen sind ebenso irritiert wie ich über die offenherzigen Worte, die uns wohl auch zeigen sollen, dass der Meister sehr wohl seine Augen überall hat und nicht nur in den geistigen Höhen der Bildentwicklung steckt. Und selten spricht er so lange am Stück und noch seltener so voller Geheimniskrämerei.

Wenn er nicht endlich die Dinge klar und deutlich anspricht, falle ich in Ohnmacht, geht es mir durch den Kopf.

»Oder aber Louis lernt noch ein wenig dazu, was unsere Gilde betrifft und die neuen Gepflogenheiten auf dem Kunstmarkt. Einem Kunstmarkt, der ja nicht länger von den kirchlichen Auftraggebern bestimmt wird, aber immer noch durch den Glauben, egal ob der Auftraggeber von Adel oder von hohem Bürgerstand ist.«

Wovon redet Rogier van der Weyden? Ich verstehe gar nichts mehr.

»Gewinnsucht, Prunksucht, Reichtum – eigentlich dürfen wir danach nicht streben, wir kleinen Erdenbürger. Ein Stadthaus wie dieses, keine Geldsorgen, genügend zu essen – das ist so viel Luxus und fast eine Sünde, wenn wir an die Armen denken. Selbst wenn wir wöchentlich übriges Brot an die Bedürftigen ausgeben, ist das nicht genug, um unsere Schuld und unsere Unzulänglichkeit auf Erden abzutragen. Aber es gibt ein Mittel, um diesen Makel aufzuheben: die Wohltat. Ein jeder natürlich, wie er kann. Und wer viel Geld hat, kann den Makel mit Geld beheben, indem er uns Künstler beauftragt, die Worte Gottes in die Welt zu tragen. Durch Gemälde mit biblischen Szenen, mit Mariendarstellungen und mit Kreuzigungsszenen, mit der Verkündigung und der Geburt Christi. All jene Bildnisse, die den Inhalt der Bibel auch dem niederen Volk, das nicht lesen und schreiben kann, nahebringen, Bilder, die den Glauben fördern – sie werden jetzt vom Adel, von Bürgern und reichen Kaufleuten in Auftrag gegeben. Später hängen diese Wohltaten in Kirchen, Stadtsälen oder sogar Privathäusern, und die Auftraggeber sind dann bekannte Wohltäter, um einige Sünden erleichtert und mit der Auszeichnung, dem Volk zu dienen. Einer der berühmtesten unter ihnen ist Nicolas Rolin, der Gründer des Hospizes in Beaune. Für ihn haben wir den Flügelaltar gefertigt. Und nun kommen viele Wohltäter und solche, die es werden wollen, in Brügge zusammen, um zu hören, wie man es anstellt, ein Wohltäter zu werden, welche Themen besonders dafür geeignet sind und wo die Bilder am besten aufgestellt werden. Kurz und gut, ich werde nicht allein nach Brügge fahren. Einer von euch wird mich begleiten. Einer, der weiß, wie es sich anfühlt, wenn die Chancen nicht wie reife Trauben auf einem Teller liegen. Und der jung genug ist, um wissbegierig alles aufzunehmen.«

Sein Blick wandert zu Jup, der schon wieder mit den Backenzähnen mahlt, denn er hat den Hinweis gut verstanden. Ich kann die Blicke, die zwischen dem Meister und Jup hin und her gehen, nicht deuten. Irgendetwas scheint zwischen ihnen zu stehen. Etwas, das

Jup große Freiheiten beschert, ihn aber gleichzeitig von wichtigen Dingen in Sachen Ausbildung ausschließt.

Plötzlich wendet sich Rogier zu mir um und deutet mit dem Zeigefinger auf mich.

»Louis wird mich begleiten. Am besten, Louis, du befasst dich gleich mit dem Packen der Reiseutensilien aus dem Atelier. Nimm bitte auch die Skizzen zum Beauner Altar mit, die Silberstiftzeichnungen des herzoglichen Porträts und einige Madonnenvorlagen. Wir müssen den Zuhörern zeigen, mit welchen Mitteln wir die Bilder aufbauen. Ich werde in der Küche Bescheid geben, damit man uns Proviant für eineinhalb Tage Reise zurechtmacht, und schließlich muss die Kutsche vorbereitet werden.«

Ich höre dumpf das Blut in meinen Schläfen, wage nicht aufzusehen, denn ich kann mir die Blicke der anderen vorstellen. Schon wieder bin ich es, die den Meister begleiten darf. Rogier van der Weyden scheint es auch zu bemerken und setzt noch einen Satz nach.

»Außerdem ist Louis der Kleinste und Stillste von euch allen, nimmt am wenigsten Platz weg und säuft nicht so viel. Das sind alles Vorteile, die bei einer kleinen Reise ins Gewicht fallen, aber das versteht ihr sicher.«

Rogier van der Weydens Ironie verfehlt bei einigen ihre Wirkung nicht. Hans hebt entschuldigend die Schultern und deutet auf sein Bäuchlein, Jakob hat die Ironie nicht verstanden und murmelt, dass er in letzter Zeit gar nicht mehr so viel Bier brauchte, und Matteo hat wieder einmal aus sprachlichen Gründen nur die Hälfte von Rogier van der Weydens Rede erfasst. Vielleicht ist es besser so, in seiner Haut möchte ich nicht stecken, wenn Jup hier den Chef spielt.

Irgendwie fühle ich, dass es angebracht wäre, mich zu bedanken. Vorfreude macht sich breit, vielleicht werde ich Raphael wiedersehen. Der Herzog scheint nur ungern ohne ihn zu sein. Vielleicht kann ich meine Stellung bei Rogier van der Weyden festigen, wenn ich es nicht vermassle. Und eventuell wird noch ein Motiv für mein Pergament herausspringen. Nach der Reise muss ich es Raphael heimlich übergeben, ganz sicher, so wahr ich Louise heiße!

Keine Reise nach Plan

Sosehr ich mich über die Möglichkeit der Reise gefreut habe, so sehr muss ich diese Bevorzugung büßen. Jup hat die letzten vierundzwanzig Stunden keine Gelegenheit ausgelassen, meine Reisevorbereitungen zu boykottieren. Einmal hat er die Pinselmatte, in der all die empfindlichen Marder- und Dachshaarpinsel eingewickelt werden, aufgeschnürt, sodass der Inhalt über den Atelierboden kullerte und die dünnen Pinsel in die Ritzen zwischen die Dielen fielen. Mit einem Messer musste ich sie wieder herausholen. Er stellte sich in den Weg, versperrte mir den Zugang zu den Transportkisten, stieß absichtlich an die Reisestaffeleien, und in einem unbeobachteten Augenblick schob er seine Pranke um meinen Hals: »Na warte, du kommst auch noch dran!« Aber im Atelier war gestern einfach zu viel Betrieb, und ich konnte mich ohne eine Erwiderung von ihm losreißen.

Es war ein kurzer Triumph, und meine Vorfreude ging in einem Ereignis unter, mit dem ich jetzt am allerwenigsten gerechnet hatte und das ich so wenig herbeisehnte wie sonst nichts: die monatliche Heimsuchung. Mama hatte mir davon berichtet, dass es bei jungen Mädchen, wenn sie zur Frau wurden, jeden Monat eine Reihe von Tagen gebe, in denen wir daran erinnert werden, wozu wir geboren wurden: um zu gebären. Mama selbst war an diesen Tagen leicht reizbar und schloss sich länger als sonst in unserem Badehäuschen ein. Zuberweise wurden Lumpen gekocht und zum Trocknen aufgehängt, bevor sie wieder unter Mamas Röcken verschwanden. Ich hatte das alles nie so ganz verstanden.

Von der monatlichen Heimsuchung hatten auch die Beginen gesprochen, doch da war ich zu besorgt um Mamas Gesundheit gewesen, um genauer danach zu fragen. Und dann, heute Nacht, war es so weit. Ich war aufgewacht, dachte erst, dass die bevorstehende Reise mich unruhig gemacht hätte und verantwortlich wäre für das Ziehen im Bauch. Aber heute Morgen habe ich die Bescherung gesehen. Mein Bett glich einem Schlachtfeld. Ich würde mir Lumpen in die Hose stecken müssen, aber wie sollte ich sie waschen? Und würde es nicht auffallen, wenn ich mit einer ganzen Kiste Lumpen reisen würde?

Ich war also aufgestanden und hatte die Kisten mit den Malutensilien noch einmal ausgepackt und den Boden mit Lumpen ausgekleidet. Ich könnte immer noch sagen, wir würden sie zum Malen brauchen. In den großen Sack mit meinen persönlichen Sachen, den Kleidern und Kopfbedeckungen schob ich noch eine Leinenhose und tauschte die kurze Schecke gegen eine knielange. Irgendwie würde es gehen müssen.

Trotzdem machte ich mir Sorgen. Meine Tarnung als Junge würde immer schwieriger werden, denn ich war jetzt eine Frau mit allem, was dazu gehört.

Jetzt, weit nach Sonnenaufgang, rumpeln wir mit der Kutsche über die Landstraße nach Brügge, vorbei an Kartoffeläckern, an ärmlichen Dörfern, in denen die Schweine den Weg versperren, und durch Laubwälder, durch deren gelbliche und rötliche Kronen nur spärlich das Novemberlicht fällt.

Rogier van der Weyden ist einsilbig, und ich bin ganz froh, dass ich ein wenig Schlaf nachholen kann. Durch das gleichmäßige Rumpeln der Kutsche werden mir die Augen schwer. Doch plötzlich tut sich etwas, die Kutsche hält abrupt an. Rogier van der Weyden klopft mit dem Stock an die Wand zum Fahrer.

»Warum halten wir?«, fragt er.

Die Tür wird aufgerissen, eine zahnlose Fratze und eine gichtige Hand samt Säbel schieben sich ins Wageninnere. Ein Überfall! Ich muss sofort an Papa denken. Am liebsten würde ich dem Eindringling den Stiefel ins Gesicht treten. Doch Rogier van der Weyden versucht in aller Ruhe mit dem Scheusal zu reden, das natürlich nicht allein ist, sondern fünf ebenso scheußliche Kumpanen im Schlepptau hat, die bereits unser Gepäck vom Wagendach geworfen haben und darin herumwühlen. Meine Sorge gilt weniger den Kleidern und Farben als den Skizzen und Vorarbeiten, die ich auf Geheiß von Rogier van der Weyden aus dem Atelier holen sollte. Jene Silberstiftzeichnungen, die die Grundlage zu so vielen Werken sind. Obwohl die Zeichnungen auf dem Kunstmarkt nichts wert sind, für uns im Atelier sind sie so etwas wie die Grundlage der Bilder. Folien, die wir alle immer und immer wieder verwenden, wenn Bildkompositionen angelegt werden. Rogier van der Weydens Handschrift ist eindeutig, und wenn ich mir Mühe gebe, kann ich sie perfekt kopieren.

Ich will nicht, dass diese kostbaren Kopiervorlagen in die Hände dieser stinkenden Wegelagerer fallen. Aber wahrscheinlich sollte ich mir weniger um lebloses Papier als um uns Sorgen machen, denn der Anführer hat sich jetzt an mir festgebissen, zerrt mich aus dem Wagen und wirft mich zu Boden.

»Dein Sohn, du reicher Specksack, hä? Hübsches Bürschchen. Noch hübscher, wenn ich ihm die Eier abschneide!«

Sein Gefolge lacht heiser, während sie die Kisten auseinandernehmen und Pinsel und Farbtöpfe herausschleudern, bis sie zu den Lumpen kommen, mit denen ich jede Kiste nachträglich üppig ausgestattet habe. Rogier van der Weyden scheint auffällig ruhig, vielleicht soll mich das beruhigen. Das dürfte schwierig werden. Über mir spuckt ein altersloser Fettsack mit speckigen Haaren auf mich, und rund um uns liegen unsere Habseligkeiten im Schlamm verstreut. Der Kutscher sitzt verschreckt neben den Vorderrädern der Kutsche, die Hände rücklings an die Speichen des rechten Vorderrads geknebelt. Rogier van der Weyden hebt vorsichtig die Arme.

»Meine Herren, wir werden uns vielleicht einigen können …« Weiter kommt er nicht. Einer der Burschen versetzt ihm einen Peitschenhieb über die Brust, sodass sich mein Meister vor Schmerzen zusammenkrümmt. Ich will zu ihm, aber die Stiefelspitze des Anführers zielt genau in meinen Magen.

»Ihr malendes Volk, ihr habt doch immer teure Steine und Klunker bei euch, die ihr zu einem edlen Pulver zerbröselt, um eure bunten Bildchen zu malen. Erzähl mir nicht, du Pfeffersack, dass ihr nicht auch blaue und rote Steinchen bei euch habt!«

Rogier van der Weyden hat sich mit schmerzverzerrtem Gesicht wieder aufgerichtet und schiebt seinen Nerzkragen zurecht. Hätten wir uns heute früh einfach nicht so vornehm angezogen, dann würde diese Szene vielleicht anders verlaufen. Aber der Meister und auch ich geben genau das Feindbild dieser finsteren Gestalten ab. Reich, und das durch eine Arbeit, die in ihren Augen keine ist. Bunte Bilder malen, für die viel Geld gezahlt wird.

Bis jetzt kann ich nicht erkennen, ob sie die kostbaren Zeichnungen gefunden haben, aber sie wühlen wirklich in allem herum. Jede Papierrolle, jede Pinseltasche, jeder Lumpen wird dreimal umgedreht, sie scheinen sich sicher zu fühlen und alle Zeit der Welt zu haben. Um den Ernst der Situation zu unterstreichen, ziehen sie die

Pferde schön langsam immer einen Schritt vorwärts. Dadurch bewegen sich die Räder der Kutsche und mit ihnen der Kutscher, der daran festgebunden ist und nun schon in einer grotesken Verrenkung schief an den Speichen hängt. Nur noch wenige Umdrehungen trennen ihn von einem Überschlag, der ihm die Schultern ausreißen wird.

»Na, wird's bald! Sollen wir dem Bürschchen auch die Arme ausreißen, oder genügt es, dass der Kutscher in diesem Leben keine Zügel mehr halten wird?«

Der Anführer spricht undeutlich, weil ihm sämtliche Vorderzähne entweder fehlen oder verfault sind. Mit einem Sprung steht er neben mir und klemmt meinen Hals zwischen beiden Beinen ein. Ich bin in einer Art Schraubstock gefangen, während er die Knöchel immer stärker zusammenpresst. Seine Beinlinge stinken nach Urin, und mir bleibt auch deswegen die Luft weg. Wenn er weiter zudrückt, ist es aus. In meinen Ohren knackt es, und ich strample mit allem, was sich bewegen kann, grabe panisch die Schuhe in den weichen Boden und versuche die Beine auseinanderzudrücken, die mich gleich zermahlen werden. Durch den vollgepinkelten Stoff seiner Hose höre ich die Schreie des Kutschers und Rogier van der Weydens verzweifeltes Brüllen.

»Lasst, hört auf! Ich will euch ja alles an wertvollen Steinen geben, was ich habe: ein Katzenauge aus Indien, mehr wert als Gold. Mehr haben wir nicht, wir sind einfache Handwerksmeister.«

Ich höre, wie sie Rogier van der Weyden schlagen – und dann sehe und höre ich nichts mehr.

Als ich aufwache, blicke ich auf ein Paar Beine, allerdings gänzlich andere als vor meinem Wegkippen. Edle Beinlinge, teure Lederstiefel, glänzende Hufe, Sporen aus Silber. Ein Surren und Schnauben erfüllt die Luft. Mir wird eine Schale mit Wasser gereicht, und Tücher reinigen mein Gesicht. Kühle Lappen bedecken meinen Hals, aus dem nur noch ein Krächzen kommt, als ich frage, was passiert ist.

Rogier van der Weyden kniet neben mir. Ein langer Riss zieht sich vom Haaransatz bis zur Nasenwurzel, aber er redet beruhigend auf mich ein. Auch die Stimme des Kutschers höre ich, der jammernd nach einem Verband ruft. Langsam kann ich mich aufrichten, Rogier van der Weyden hilft mir dabei.

»Haben sie die Zeichnungen? Sind die Zeichnungen heil geblieben?«

Ich erkenne meine Stimme selbst nicht wieder. Scheinbar ist durch den Schreck und das Zusammendrücken meines Halses meine Stimme um ein paar Tonlagen nach oben gewandert. Nicht gut, gar nicht gut, denke ich. So wird alles auffliegen.

»Den Zeichnungen geht's gut«, beruhigt mich Rogier van der Weyden, und trotz der dramatischen Situation klingt seine Stimme belustigt, als er weiterspricht: »Aber sag mal, Louis, wolltest du deine Schlafstellen auspolstern, oder warum hast du die vielen Lumpen eingepackt?«

»Ich … wegen der Polsterung … ich weiß nicht …« Mein Gestammel klingt wenig überzeugend, und das auch noch mit dieser Piepsstimme!

»Mir scheint, mein alter Freund van der Weyden, Ihr habt diesen Lumpen Euer Leben zu verdanken.«

Eine Stimme, die ich schon einmal gehört habe, mischt sich ein. Aber ich kann nicht erkennen, wer es ist, weil mein Meister über mir kniet, sich nun erst langsam aufrichtet und dann eine tiefe Verbeugung macht.

»Hoheit, ich meine eher, es war Eure Güte, die der Situation ein Ende bereitet hat. Schließlich kamt Ihr mit Eurem Gefolge genau im richtigen Augenblick hier vorbei.«

Bei den Worten Rogier van der Weydens kehren meine Lebensgeister zurück. Es ist niemand Geringerer als Philipp der Gute und seine Truppen, die genau im richtigen Moment hier vorbeikamen. Und wo der Herzog ist, kann auch Raphael nicht weit sein.

Er darf mich nicht so sehen! Ich rapple mich hoch, komme auf die Füße und breche sofort wieder zusammen. Hätten mich nicht zwei Arme gegriffen, ich wäre wieder im Schlamm gelandet. Honig und Rosen. Dann wird mir meine Kappe auf den Kopf gesetzt.

»Hübsch, hübsch, Louis, das Braun steht dir.«

Raphael steht nur wenige Zentimeter von mir entfernt und grinst schief, während mir Schlamm von der Mütze auf die Nase tropft. Schnell fahre ich mit dem Ärmel über mein Gesicht. Nein, er wird mich nicht mit braunen Dreckspritzern sehen! Aber in Wahrheit mache ich es noch viel schlimmer und verteile den ganzen Dreck großzügig auf meiner Haut.

In Raphaels Lachen fallen der Herzog, Rogier van der Weyden und sogar der ziemlich mitgenommene Kutscher ein.

»Tatsächlich, mein kleiner Neffe hat recht: Braun steht ihm, Eurem kleinen Louis. Und vorsorglich hat er ja auch jede Menge alter Lumpen mitgenommen, um sich das Gesicht wieder abzuwischen. Wer weiß, vielleicht eines der vielen Geheimrezepte, die Euer Geselle so auf Lager hat?«

»Zumindest haben die Lumpen die Räuber so lange beschäftigt, bis Ihr hier wart, mein Herzog. In jedem haben sie einen Edelstein vermutet, haben ihn dreimal umgedreht.«

Langsam verstehe ich. Die Räuber haben tatsächlich mehr Reichtümer bei uns vermutet und durch meine großzügige Ladung an Lumpen Zeit verloren. Wozu so eine Heimsuchung doch gut ist! Auch ich muss jetzt schmunzeln. Vielleicht ist doch nichts nur Zufall, sondern alles ein göttlicher Plan?

Raphael reicht mir eine Feldflasche mit Wasser, und ich kann einen der Lumpen als Waschlappen benutzen. Dann haut er mir so fest auf den Rücken, dass mir fast die Luft wegbleibt.

»Was … was … soll das?«, rutscht es mir heraus.

Natürlich kann ich so nicht mit dem Neffen des Herzogs sprechen, und ich schlage vor Schreck beide Hände vor den Mund. Raphael stutzt, weil er es kumpelig gemeint hat und ich so empfindlich reagiere.

»Ich wollte dir nur den Staub von deiner hübschen Schecke klopfen, Louis.«

Raphaels Augen scheinen etwas in meinem Gesicht zu suchen. Ich wende mich ab, denn ich will nicht, dass er mich in so aufgelöstem Zustand sieht. Andererseits möchte ich seine Augen sehen, seine Grübchen neben den Mundwinkeln, wenn er lacht, und die kleinen Spuren Flaum über seiner Oberlippe.

»Bitte, Raphael, entschuldige, ich … es war so ein großer Schreck, und ich sehe so … unwürdig aus.«

Mein lahmer Versuch zu erklären, warum ich Schläge auf den Rücken schlecht aushalte, scheint zu misslingen. Raphael legt den Kopf schief und sieht mir irritiert tief in die Augen.

Auch Rogier van der Weyden blickt mich erstaunt an, weil er es nicht gewöhnt ist, dass ich stottere und gegenüber Höhergestellten den falschen Ton wähle.

Ich habe keine Ahnung, wie ich mich verhalten soll. Auch der Herzog scheint Gefallen an der immer peinlicher werdenden Situation zu finden. Und das in einem Augenblick, wie ich ihn mir eigentlich nur wünschen könnte! Raphael in meiner Nähe! Und ich benehme mich wie eine verwöhnte Patriziertochter, die man nicht hart anfassen darf. Ich könnte im Erdboden versinken!

Doch dann fallen mir wieder die Zeichnungen ein, und ich versuche es mit einem Ablenkungsmanöver.

»Meister, sind unsere Zeichnungen in Sicherheit?«

Rogier van der Weyden fängt an zu lachen und sieht mit einem spöttischen Grinsen zu den Räubern hinüber, die von den herzoglichen Soldaten in Gewahrsam genommen wurden und geknebelt am Boden liegen. Die Köpfe hat man ihnen in den Boden gedrückt, und auf jedem steht der Stiefel eines Soldaten. Ein Tritt von ihnen, und sie brechen den Räubern das Genick. Im Wald scheint es nur drastische Mittel zu geben, und ich ahne, dass wir froh sein können, am Leben zu sein. Und noch glücklicher, dass es ausgerechnet der Herzog und seine Truppen waren, die uns befreit haben.

»Ja, es ist gut, dass diese Diebe keine Ahnung von Kunst haben«, wendet sich Rogier van der Weyden an den Herzog. »Sie suchen Steine in Lumpen, doch welche Form Schätze heute haben, wissen sie nicht.«

Bei seinen letzten Worten ist mein Meister zum Gestänge der Kutsche gegangen. Zwischen den Achsen verlaufen schmale Rohre, über deren Bedeutung ich mir bisher noch nie Gedanken gemacht habe. Doch jetzt sehe ich, wie der Meister die Rohre aus einer Verankerung löst. Mit zwei Fingern greift er hinein und zieht eine dünne Rolle heraus, die von einem weißen Hanfbändchen gehalten wird. Als er sie aufblättert, erkenne ich, dass es unsere Skizzen und Vorzeichnungen sind. Der Herzog schnalzt anerkennend mit der Zunge.

»Wusste ich es doch, dass sich das Meisterliche nicht nur auf der Leinwand offenbart. Gut, gut, mein van der Weyden. Und damit Euch nicht noch weitere Schrecken widerfahren, werden wir die Fahrt bis Brügge gemeinsam fortsetzen, im Schutz meiner Truppen. Kommt mit Eurem kleinen Lumpengesellen!« Dabei entfährt ihm ein gänzlich unadliges Lachen, bevor er seine Rede fortsetzt: »Doch lasst uns, Meister van der Weyden, in meinen Wagen reisen. Die jungen Leute werden sich genug zu erzählen haben, wenn sie sich wieder versöhnt haben. Und ich kann Euch zu den Geheimnissen

Eures Handwerks ausfragen. Euer Kutscher braucht ein wenig Ruhe. Einer meiner Männer wird Eure Kutsche lenken. Ich denke nämlich, wir haben ein gemeinsames Ziel, Meister van der Weyden. Die Versammlung?«

Mein Meister blinzelt überrascht.

Doch der Herzog zwinkert bereits unternehmungslustig dem bemitleidenswerten Kutscher zu und auch Raphael, der verlegen zu Boden schaut. Und bei mir sackt ganz langsam die Neuigkeit: Wir werden in Begleitung des Herzogs reisen, in ein und demselben Wagen. Raphael wird neben mir sitzen. Wie schnell sich das Schicksal drehen kann! Gerade noch kurz vor der Hölle, jetzt im Himmel. Ich könnte die Welt umarmen!

Es könnte so schön sein

Über Kilometer hinweg haben sich unsere Schuhspitzen berührt. In Brügge angekommen, erscheint mir alles wie ein Traum, der Überfall ebenso wie die gemeinsame Fahrt mit dem Herzog, mit Raphael und einem Meister van der Weyden, der sein Glück ebenso wenig fassen konnte wie ich. Aber ich vermute, es war bei ihm mehr das Glück über den glimpflich verlaufenen Überfall als über die räumliche Nähe zu seinem Auftraggeber.

Raphael und ich haben auf dieser Fahrt nicht viel geredet, aber unendlich viele Gesten ausgetauscht. Wir saßen einander gegenüber, in dieser luxuriösen Kutsche, die weder nach Lederfett noch nach umgekippten Malutensilien roch, sondern nach feinen Ölen, mit denen die Holzelemente bearbeitet worden waren, und nach den persönlichen Gerüchen des Herzogs, herb und männlich, durchsetzt von Honig. Der Samt der Polster fühlte sich paradiesisch an, vor allem, wenn man kurz vorher noch im Schlamm gelegen hatte.

Ein mitreisender Lakai hatte kaltes Huhn gereicht und dazu Gewürzkuchen. Ein Krug mit verdünntem Wein machte die Runde und entspannte mich augenblicklich.

Philipp der Gute war immer noch neugierig und quetschte Rogier van der Weyden förmlich aus nach den Geheimnissen der Malerzünfte und ob er sich bei der Versammlung in Brügge auf irgendetwas gefasst machen müsse. Ich fand es erstaunlich, dass sich ein Herrscher so genau vorbereitet. Schließlich genügte ein Machtwort von ihm, und die einberufene Runde würde nach seiner Pfeife tanzen. Aber Rogier van der Weyden berichtete ruhig vom Sinn und Zweck der Wohltäterei.

Bald verfielen beide in eine anstrengende Diskussion zum Thema Sünde und Kunst, der ich nicht folgen konnte. Einerseits, weil ich nur die Hälfte von dem verstand, was die beiden Männer in eiligen Worten hin und her warfen, andererseits lenkten mich Raphaels Blicke ab. Am Anfang waren es nur Grimassen, aber dann verfeinerten wir unsere wortlose Kommunikation. Er ließ die Augenlider einzeln hinunterklappen wie eine Eule und öffnete und schloss mal das eine, mal das andere Auge. Ich versuchte es ihm nachzumachen, brachte aber nur mühsam zusammengekniffene Augen zustande, und Raphael gluckste bald so sehr in sich hinein, dass ihm die Tränen hinunterliefen. Wie gern hätte ich ihm wie Marie mir damals ein Tüchlein aus Brüsseler Spitze gereicht. Aber ich hatte nur noch einen der Lumpen in der Tasche, mit dem ich mir die Schlammspritzer aus dem Gesicht gewischt hatte. Warum auch immer ich mich traute, jedenfalls reichte ich ihm das braun verkleckste Stück Stoff, woraufhin Raphael mit einem lauten Prusten herauslachte und sein Onkel und Rogier van der Weyden überrascht aufsahen. Der Herzog tadelte ihn mit den Augen, aber es war gar nicht daran zu denken, ernst zu bleiben. Schließlich ließ der Herzog Philipp entnervt die Kutsche anhalten.

»Raphael, entweder hört dieses unendlich weibische Gegacker auf, oder ihr reist in van der Weydens Kutsche weiter. Schließlich haben wir genug Fuhrwerke zur Auswahl, um uns vor dümmlichen Lachanfällen zu schützen.«

Raphael sah seinen Onkel kurz aus großen Augen an, was wohl so etwas wie eine Entschuldigung sein sollte, und dann ging alles sehr schnell. Er nahm meine Hand, öffnete den Schlag der Kutsche, sprang mit einer Art grüßenden Handbewegung aus dem Wagen und zog mich hinter sich her.

»Danke dir, Onkelchen, wir folgen dir in gebührendem Abstand, auf dass dich unser Lachen nicht anstecken möge!«

Und wieder verneigte er sich, indem er seine Kappe vom Kopf nahm und eine Verbeugung andeutete. Jetzt war es an mir, nicht laut loszuprusten vor Lachen.

Wir nahmen in Rogier van der Weydens Kutsche Platz, wo der arme Kutscher leidend in einer Ecke hing und sich die Schulter hielt, die vermutlich ausgekugelt war und von einem Spezialisten in Brügge wieder eingerenkt werden musste. Wir brauchten uns kaum anzuschauen, schon fingen wir wieder an zu lachen. Wir, der Neffe des Herzogs und ich, unbedeutender Malergeselle, verkleidetes Mädchen, ein mit Schlamm bespritztes Nichts.

Dem armen Kutscher, der nun gezwungen war, mit uns zu reisen, mussten unsere Lachsalven wie Hohn vorkommen. Und trotzdem konnten wir nicht aufhören. Wir waren schon wieder eine Weile rumpelnd und scheppernd unterwegs – Rogier van der Weydens Kutsche war nicht im Mindesten so bequem wie die Kutsche des Herzogs –, da mussten wir uns immer noch die Augen wischen, weil ständig kleine Gluckser aus unseren Bäuchen nach oben schwappten und sich in prustenden, schnarrenden und piepsenden Laute ergossen, die ihrerseits wieder Lachanfälle auslösten. Es war wie ein Sturm, der über uns hinweggefegt war.

Irgendwann hingen wir erschöpft in den knarzenden Lederbänken und sahen uns an. Seltsamerweise löste es diesmal keinen Lachanfall mehr aus, sondern wir starrten uns an. Jeder den anderen, abschätzend, absuchend.

Ich spürte Raphaels Blick auf mir und wie er zunehmend unsicherer wurde, weil er das Erlebte und das, was er sah, nicht in Einklang bringen konnte. So wie im Schloss damals, als wir uns an den Händen gehalten hatten. Kurz war dieses Gefühl vorhin zurückgekehrt, als er beim Hinausspringen aus der Kutsche wieder meine Hand genommen hatte. Doch da waren wir vor allem zwei Jungen gewesen, die herumalberten. Jetzt suchten seine Augen in meinem Gesicht nach irgendeinem Anhaltspunkt, und ich spürte, dass Raphael nicht glauben konnte, dass ich ein Junge bin. Mein Lachen hatte hell und glockig geklungen. Ich hatte gekichert wie ein … ja, wie ein Mädchen.

Wir taxierten uns wie Hunde, bei denen aus einer zunächst spielerischen Rauferei Ernst wurde und alles in Alarmbereitschaft war. Raphael beugte sich nach vorn und stützte die Ellbogen auf seinen Knien ab, den Kopf in den geballten Fäusten. Sein Gesicht kam so meinem viel näher, und ich konnte die rotbraunen Sprenkel in seiner Iris sehen und das Blau seiner Schläfenadern. Durch das Lachen war seine Kappe verrutscht, und die braunen Locken tanzten unruhig beim Gerumpel der Kutsche.

Der verletzte Kutscher war eingeschlafen, wahrscheinlich vor Schmerz und vor Gram, dass wir so wenig Mitgefühl für ihn hatten.

Raphaels Gesicht war ganz ernst geworden. Ich hielt die Luft an, weil in mir die Gefühle widerstritten. Sollte ich ihm jetzt gestehen, dass ich ein Mädchen bin? Oder sollte ich weiterhin den hübschen Jungen mimen, der sich einfach gut mit ihm versteht? Hätte ich doch nur schon mein Pergament fertig gehabt, es wäre der Augenblick gewesen, ihm das erlösende Papier zu übergeben. Der Kutscher würde nichts merken, wir waren unbeobachtet in diesem Wagen und würden es noch eine Weile sein, denn der Weg nach Brügge zog sich hin.

Doch dann wand sich Raphael brüsk von mir ab, machte eine

Handbewegung, als würde er etwas wegwerfen, und fluchte, drehte sich zur Seite und ließ sich in die unbequemen Lederpolster zurückfallen. An seinen Wangen konnte ich erkennen, dass er unruhig war, denn die Mahlbewegungen der Zähne waren gut zu sehen. Dann schloss er die Augen und bedeckte sie mit seinen Händen. Er tat mir so leid. Ich hätte ihm am liebsten gesagt, dass all seine Zweifel berechtigt sind, was mich betrifft. Und dass uns weit mehr verbindet als eine Jungenfreundschaft, bei der man über dasselbe lacht und sich für die gleichen Dinge interessiert.

Als er die Augen wieder aufschlug, konnte ich sehen, dass er sich ein wenig beruhigt hatte. Er blickte den vorbeifliegenden Bäumen nach, die ihre herbstlich verfärbten Blätter schon teils abgeworfen hatten und nun zaghaft das schwache Sonnenlicht hindurchließen. Golden schimmerte der Weg durch das rötliche Blättermeer am Boden. Immer wieder konnte man in der Ferne Krüppelweiden sehen, die wie Wächter die Ufer der Flüsse umstanden. Immer häufiger, je näher wir der Küste kamen. Wir fuhren entlang unzähliger Kanäle mit dünnen Birkensäumen, jenes Wasserstraßennetzes, das Flandern solchen wirtschaftlichen Vorteil verleiht, weil hier Waren leicht transportiert werden können und die Häfen gut angeschlossen sind. Wir passierten Weideflächen, die trotz der späten Zeit im Jahr noch saftig grün wirkten, und hügelige oder steinige Erhebungen, hinter denen monumentale Bäume standen. Flandern, Land der Bäume, schoss es mir in den Sinn.

Ich hatte eine Winterlinde entdeckt. Sie ragte weit über eine kleine Schlossmauer, an der die Kutsche langsam vorbeifuhr, weil der Weg nicht gut befestigt war. Ihr Stamm war gigantisch, ihre Krone ein Zelt. Ich stieß Raphael an, zeigte aus dem Kutschenfenster, vor dem langsam der Riesenbaum vorbeizog. Raphael hatte sich hochgerappelt und starrte ebenso fasziniert nach draußen. Die nächsten Stunden verbrachten wir mit dem Entdecken von Baumriesen und drückten unsere Köpfe an die Fensteröffnungen, die nur mit dicken Vorhängen verschlossen werden konnten.

Als wir in Brügge ankamen, waren unsere Finger so steif gefroren und klamm, dass wir kaum den Riegel der Tür öffnen konnten. Doch zwischen Raphael und mir war alles in Ordnung, so sehr in Ordnung, dass ich mir wünschte, es würde immer so bleiben. Ein Gefühl wie ein großer alter Baum!

In Brügge trennten sich unsere Wege. Philipp der Gute nahm seinen Neffen wieder in seiner Kutsche auf, und Meister van der Weyden stieg bei mir ein. Aber es würde kein langer Abschied werden, denn am nächsten Tag sollte die Versammlung der Wohltäter stattfinden, unter der Schirmherrschaft des Herzogs in Begleitung seines Neffen. Ich konnte wieder einmal mein Glück kaum fassen.

Unsere Kutsche, die noch immer von einem herzoglichen Leibgardisten gelenkt wurde, weil unser Kutscher sich vor Schmerzen krümmte, steuerte bald ein kleines Gasthaus an, in dem wir drei kleine Zimmer nahmen und für den leidenden Mann den besten Arzt der Stadt kommen ließen.

Rogier van der Weyden fragte mich anschließend bei einem üppigen Abendessen, bei dem es Aal und Wurzelgemüse gab, über meine Fahrt mit Raphael aus. Doch alles, was ich ihm erzählen wollte, war das schöne Spiel mit den Bäumen.

»Mehr nicht?«, fragte mich der Meister.

»Nein … also wir machten uns natürlich Sorgen um den armen Kutscher, und, ja, irgendwie war ich auch noch geschockt von dem Überfall.«

Das war zwar nur halb richtig, aber ich wusste nicht recht, worauf van der Weyden hinauswollte.

»Und Raphael hat dich nicht wieder geneckt wie damals im Schloss?« Van der Weydens Frage überraschte mich, denn ich hätte nicht gedacht, dass er sich daran erinnern würde, aber er hat ein phänomenales Gedächtnis für Situationen. Als würden sie sich in sein Hirn einbrennen, und er kann sie abrufen, wann immer er möchte.

»Nein, Meister van der Weyden, nein, wirklich nicht, es war äußerst ... harmonisch.«

Rogier van der Weyden räusperte sich und setzte erneut an: »Tja, weißt du, lieber Louis, dem Herzog ist bereits aufgefallen, was Raphael für einen Narren an dir gefressen hat. Einerseits sieht das der Herzog mit Freude, wenn sich sein, ähm ... sein Neffe mit gleichaltrigen anderer Stände und vor allem aus der Gilde der malenden Handwerker gut versteht. Auf der anderen Seite scheint ihm Raphael etwas zu viel Zeit mit jungen Männern zu verbringen, wenn du weißt, was ich meine.«

Rogier van der Weyden sah mich eindringlich an. Es war, als wolle er sich mein Gesicht mit all seinen Facetten einprägen. Ich suchte schnell in meinem Aaleintopf nach Gräten, um seinem Blick zu entgehen.

Glücklicherweise ließ es Rogier van der Weyden darauf beruhen. Wenig später zogen wir uns zurück und gingen zu Bett, denn die Reise und all das Erlebte waren anstrengend gewesen.

Eine wichtige Entscheidung

Zwölf Stunden später sind wir zu Fuß unterwegs zum Ratssaal, wo Rogier van der Weyden den zukünftigen Wohltätern gleich einen Vortrag halten wird. Ich trage die Rollen mit den Skizzen unter dem Arm und den Kopf tief gesenkt. Zwar sehe ich heute in meiner Houppelande und meiner Gugelhaube wirklich aus wie ein junger Geselle, der seinen Meister begleitet, aber ich will nicht Gefahr laufen, dass mich in Brügge jemand erkennt. Nur aus den Augenwinkeln nehme ich meine alte Heimatstadt wahr. Die zimtfarbenen Ziegelfassaden mit ihren Treppenblenden, die spitz zulaufenden Fachwerkhäuser, aus denen die weißen Fensterleibungen wie tausend Augen leuchten, und die unzähligen Brücken. Viele Frauen tragen die traditionellen Klöppelhauben und schwarze Kleider mit viel Spitze. Man merkt, dass eines der großen Handelsschiffe angekommen ist, denn die Fuhrwerke Richtung Hafen stauen sich bis weit in die Altstadt hinein, und die Wasserwege, die Brügge durchziehen, sind von kleinen Lastkähnen besetzt.

Rogier van der Weyden hat es eilig. Wir wollen noch vor allen anderen im Ratssaal ankommen, um die Skizzen aufzuhängen. Doch das Gedränge auf den engen Straßen von Brügge ist heftig. Die Wege sind mit Kopfsteinen gepflastert, und immer wieder müssen

Fuhrwerke angeschoben werden, deren Reifen sich in den großen Abständen zwischen den Pflastersteinen verhakt haben.

An den Straßenrändern haben Marktleute ihre Waren ausgebreitet. Mal durchziehen Fischschwaden, dann wieder Gewürzwolken die Luft. Die Sudleute bieten Blumenmischungen an, die man aufbrühen kann und die gegen vielerlei Krankheiten helfen. Auch Mama konnte diese Mischungen herstellen und war daher als Heilerin bekannt und gefragt. Manchmal hadere ich mit dem Schicksal, warum sie für sich selbst nicht die richtige Geheimrezeptur finden konnte.

Ich liebe diese Markttage in Brügge, die so ganz anders sind als in Brüssel, wo alles hektischer und weniger geordnet zugeht, der Ton zwischen den Marktleuten und den Kunden rau und unhöflich ist.

In mir breitet sich ein wohliges, warmes Gefühl aus, als wir in die Nähe der Gasse kommen, in der ich mit meinen Eltern gewohnt habe. In meiner Heimatstadt, in der alles glücklich war bis zu dem Tag, als …

»Louis, träumst du? Wir müssen weiter. Ich will nicht in den Saal kommen, wenn alle bereits sitzen und uns neugierig anstarren.« Rogier van der Weydens Stimme klingt angespannt. »Menschen, die sich gegen Geld von ihren Sünden loskaufen wollen, sind ungeduldig, weißt du, Louis? Die wollen möglichst schnell auf die sichere Seite außerhalb des Limbus kommen.«

»Limbus?«

»Die Vorhölle. Die Kaufleute dieser Zeit haben allesamt Angst, wegen Wucher in der Hölle zu landen. Adlige, Kirchenfürsten, sie alle wollen sich durch Mildtätigkeit oder Wohltaten reinigen. Und in Zeiten wie diesen, da wir einen Landesherren haben, der den Künsten verfallen ist, sind Aufträge für Bilder mit gottesfürchtigem Inhalt beliebt wie nie in der Seelenreinigung. Uns soll es recht sein, Louis, wir erhalten somit Aufträge, und nicht nur das, wir kommen auch noch in den Genuss, verehrt zu werden wie Retter. Lass dir das gesagt sein von jemandem, der damit Erfahrung hat. Aber warte, bis ich den Vortrag halte.«

Inzwischen sind wir vor einem Gebäude angekommen, von dem ich früher immer dachte, dass es ein Normalsterblicher nie betreten dürfe: ein imposanter Fachwerkbau mit vielen Geschossen an der einen Seite, von Efeu überwuchert an der anderen. Die Backsteine schimmern in den unterschiedlichsten Rottönen. Mit raschen Schritten geht Rogier van der Weyden die schmalen Stufen zu der dunkelgrünen Eingangstür hoch. Ein Bronzetürklopfer gibt hallend Laut, worauf die Tür gleich geöffnet wird und wir uns in einer Eingangshalle wiederfinden, die voller Gemälde und wuchtiger Kerzenleuchter ist.

Ein Amtsdiener in schwarzem Samt führt uns in den Ratssaal, in dem eine ellenlange Tafel schon ahnen lässt, dass hier bald viele Menschen sitzen werden.

Ich helfe Rogier van der Weyden beim Aufhängen der Skizzen. Schnüre ziehen sich an der Wand entlang, an denen wir die ausgerollten Papiere mit Holzklammern befestigen können. Hinter uns herrscht geschäftiges Treiben, weil mehrere Saaldiener immer neue Schalen mit Gebäck und frischem Obst auf den Tisch stellen. Allmählich scheinen auch die Gäste einzutreffen, denn immer wieder werden mit gedämpfter Stimme Namen genannt, die dazugehörigen Berufs- oder Adelsbezeichnungen und die Herkunft. Es ist wie ein Klangteppich, der unsere Arbeit untermalt. Unendlich lange Titel oder Tätigkeiten, dazu Angaben von schon geleisteten Wohltaten oder eben nicht.

Wir sind mit dem Anbringen der Skizzen fast fertig, als mich die Nennung eines Namens aufhorchen lässt. Es ist der Name einer Frau: Isabelle de Rève. Ganz offensichtlich kommt sie in Begleitung ihres Vaters, des Duc de Rève, eines dem herzoglichen Hof nahestehenden Großgrundbesitzers, dessen Vorfahren sich bei den Kreuzzügen hervorgetan haben. Nun scheint er sich des göttlichen Jenseits auf andere Weise versichern zu wollen.

Als ich mich umwende, um den einzigen weiblichen Gast dieser Runde in Augenschein zu nehmen, ertönt eine kleine Fanfare. Die Saaldiener stehen stramm, die Wachen an den Türen straffen ihre Schultern und stellen wie in einer gemeinsamen Bewegung ihre Lanzen neben sich. Den Blick starr nach vorn gerichtet, bieten sie so dem Herzog das würdige Spalier, das ihm gebührt. Ein wenig muss ich schmunzeln bei dem Gedanken, wie wir gestern so ohne jeden höfischen Glanz auf den Herzog getroffen und dann in unseren schlammverschmierten Kleidern in seiner Kutsche gefahren sind.

Doch viel Zeit für Erinnerungen bleibt nicht. Zum einen stößt mich Rogier van der Weyden sanft in die Seite, damit ich den Klammerbeutel, den ich noch immer an meinem Gürtel trage, unauffällig verschwinden lasse. Zum anderen entdecke ich Raphael, wie er seinem Onkel folgt und ebenso vornehm wie dieser nach links und rechts den Kopf neigt. Die Gäste haben sich in zwei Reihen auf beiden Seiten des Gangs, der um die lange Tafel führt, aufgestellt. Den meisten sieht man ihre vornehme Herkunft und ihren Reichtum an. Schecken aus kostbarem Brokat, durchwirkt von Akanthusmuster oder Lilien. Samthouppelandes mit Hermelin- oder Nerzbündchen, fein gefältelte Leinenhemden, deren Kragen mit Goldschnallen veredelt sind. Beinlinge, die in sich gemustert sind, und Schnabelschuhe von solchen Ausmaßen, dass man fürchten muss, sie würden jeden, der daran vorbeikommt, zu Fall bringen – inklusive den Herzog. Es scheint sich um Kaufleute von hohem Stand zu halten. Der Adel unter ihnen trägt vorzugsweise Schwarz wie der Landesvater selbst, nicht minder bescheiden in der Ausstattung. Hier ein schwarzer Biberhut, da ein Satinbändchen, das aus der schwarzen Kleidung schimmert, dort eine anthrazitfarbene Feder oder fein getriebene Silberknöpfe, die den strengen Silhouetten Struktur geben.

Ich versuche mir all diese Kleinigkeiten zu merken so wie van der Weyden, der sie später in seine Bilder einarbeiten wird, als würde ein Modell vor ihm stehen. Aber ich bin abgelenkt, denn Raphael und der Herzog nähern sich dem Duc de Rève, der mit seiner breiten Brust fast seine Tochter verdeckt.

Isabelle de Rève ist schön. Überirdisch schön, schießt es mir durch den Kopf. Und plötzlich spüre ich einen Schmerz in der Magengegend, als sie sich vor Raphael verbeugt, der neben seinem Onkel stehen geblieben ist. Sie ist nicht nur eine Augenweide, sondern auch eben sichtbar ein Mädchen. Dazu ein Mädchen von adeligem Stand und aus reichem Haus. Ich ahne die Absicht hinter der Begegnung und sehe das zufriedene Lächeln im Gesicht des Herzogs, als sich Isabelle mit einem tiefen Knicks vor ihm und Raphael verneigt. Ihre blonden Haare sind unter einer Haube straff nach oben gezogen. Makellos spannt sich ihre blasse Haut über den Wangenknochen. Die Stirn flieht weit nach hinten, wie es das Schönheitsideal unserer Zeit ist. An ihrem Hals kann man das Blau der Adern erkennen, das den Hautton noch ein wenig blasser schimmern lässt und dazu führt, dass ihre Haut wie Alabaster leuchtet inmitten des smaragdgrünen Kleides, das sie trägt. Ganz offensichtlich Webarbeiten aus der Toskana, denn bei Matteo habe ich ähnliche Stoffe gesehen. Eine Machart, wie sie nur die kleinen Handwerksbetriebe rund um Florenz anfertigen.

Ich halte die Luft an, denn Raphael und sie werden einander vorgestellt. Noch sieht sie ihn nicht an, hält den Kopf gesenkt. Ich wünsche so sehr, dass es so bleibt, denn in mir nagt ein Gefühl, wie ich es noch nie kannte, ein Schmerz, der mir die Kehle zuschnürt. Ich spüre, wie mein Bauch anfängt zu rumoren, die Aufregung hat die monatliche Heimsuchung verstärkt, und ich kann nur hoffen, dass die Lumpen in meiner Hose dicht halten.

Auf einmal komme ich mir in meiner Gesellenkluft unscheinbar und unwichtig vor. Unfähig, Raphael zu zeigen, wie es wirklich in mir aussieht. Als ich beobachte, wie Raphael sich vor Isabelle verbeugt, wird mir schlecht. Sie lächelt wie ein Engel und schiebt ihre Brust so weit nach vorn, wie es das Schickliche und das Protokoll zulassen, wobei ich sehe, wie ihr Vater die Stirn runzelt und Philipp beifällig lächelt. Vermutlich ist sie so alt wie ich, aber Kleidung und Wohlstand lassen sie erwachsener wirken. Jeder Goldreif, jede Kette, jeder Ring, den sie am Finger trägt, ist ein Zeichen ihrer Weiblichkeit, und sie will das alles einsetzen. Hier und jetzt, bei meinem Raphael, der nicht in der Lage ist, das Geschehen zu überblicken.

Der Herzog nähert sich uns, die wir ganz am Ende des Spaliers stehen.

»Mein lieber van der Weyden, wir sind sehr gespannt, was Sie uns über die Wohltaten anderer und den Weg zu einer Wohltat erzählen können. Schließlich ist viel Sünde in der Welt unterwegs, und auch wir können nie sicher sein, in irgendeiner Form gesündigt zu haben. Wohl dem, der einen Weg findet, das Böse zu bannen.«

Bei seinen Worten klopft er meinem Meister freundschaftlich auf die Schulter. Ich staune über so viel Vertrautheit und schiele zu Raphael, der hinter seinem Onkel steht und scheinbar in das Studium seiner imposanten Schuhspitzen vertieft ist. Warum sieht er nicht auf? Was fasziniert ihn so an seinen Schuhen? Rogier van der Weyden stößt mich in die Seite.

»Was ist los, Louis? Ein wenig mehr Heiterkeit wäre angebracht.«

Van der Weyden und Herzog Philipp lächeln spöttisch, weil ich offensichtlich so ein dummes Gesicht gemacht habe. Endlich hebt auch Raphael den Kopf, dreht ihn in meine Richtung und sieht weg.

Einfach an mir vorbei. Was ist los? Wie gern würde ich jetzt zu ihm gehen und ihn fragen. Aber alle Augen sind auf uns gerichtet, denn man erwartet, dass der Vortrag bald beginnt. Der Herzog rettet mich, indem er allen bedeutet, sich zu setzen. Doch meine Laune wird dadurch nicht besser, denn Isabelle de Rève wird direkt neben Raphael platziert.

»Louis, reiche doch einmal die kleine Skizze herum. Am besten, du beginnst bei der einzigen Dame im Raum, Mademoiselle de Rève. Es ist mir eine Ehre, dass Ihr Euch für die Wohltäterei interessiert. Sehr ungewöhnlich für eine so junge Dame, die sicherlich noch keinerlei Sünden auf sich geladen hat.«

Rogier van der Weyden verneigt sich bei seinen Worten leicht, und ich spüre Wut in mir aufsteigen. Ausgerechnet bei ihr soll ich anfangen, die Skizze zu zeigen, die die Grundlage für die Lukas-Madonna war! Ausgerechnet diese Isabelle soll keine Sünden auf sich geladen haben! Sie ist eine einzige Sünde, wie sie da so selbstzufrieden neben Raphael sitzt und ihn hinter einem schwarzen Fächer anlächelt!

Ich mache mich sichtlich verstimmt auf den Weg um die lange Tafel, gewillt, diese Isabelle in diesem Leben nie anzulächeln. Als ich bei ihr ankomme, versuche ich Raphaels Blick zu erhaschen, der sich leicht in meine Richtung gewandt hat. Das Schwarz seiner Augen ist heute noch tiefer. Er lächelt so wenig wie ich, nestelt an den Beuteln an seinem Gürtel, sieht zu Isabelle und … lächelt. *Sie* lächelt er an.

Ich lasse die Skizze aus viel zu großer Höhe vor Isabelle auf den Tisch flattern. Natürlich macht sich das Papier selbstständig und flattert am Tisch vorbei hinunter zu Isabelles Füßen. Ich merke, wie mir die heiße Röte ins Gesicht steigt, bücke mich, um bei größtmöglicher Schicklichkeit das Papier neben Isabelles Füßen hervorzuklauben. Im selben Augenblick bückt sich Raphael. Unsere Köpfe stoßen zusammen, und ich weiß nicht, ob vor Schmerz oder vor Überraschung – die Berührung lässt uns beide taumeln. Ich muss mir mit der Hand die Stirn halten und merke, wie sich eine Beule bildet. Raphael reibt ebenfalls mit dem Handrücken seine Schläfe, aber er lächelt sanft. Ja, denke ich, wach auf! Ich bin es doch, Louise, ein Mädchen wie diese Isabelle, mit der du weit weniger Freude haben wirst als mit mir.

Stattdessen prustet diese Isabelle los, und auch mein Meister, der sonst über jeden Scherz erhaben ist, fällt in das Gelächter mit ein, das sich an der ganzen Tafel bis hin zum Herzog ausbreitet. Wie schön, dass ich für so viel Heiterkeit sorge, schießt es mir durch den Kopf, und meine Laune verdüstert sich noch mehr. Meine ganze Erwartung, dass diese Reise alles zwischen mir und Raphael ändern könnte, ist dahin. Dank dieser Isabelle.

Mir läuft die Zeit davon! Ich muss diese Bildnachricht fertigstellen und sie Raphael zukommen lassen, bevor es zu spät ist und diese adlige Schönheit ihm vollends den Kopf verdreht.

»Louis, bei allem Verständnis, dass diese Reise bisher einigermaßen beschwerlich war, du wirst doch nicht zu schwach sein, um dieses Pergament zu halten? Trage es bitte um den Tisch herum, zeige es jedem der Anwesenden und achte auf deine Schuhspitzen, denn heute scheint dir die Fortbewegung nicht leicht zu fallen.«

Die raunende Heiterkeit im ganzen Saal erreicht mich erst, als ich anfange, die Ironie in Rogier van der Weydens Worten zu verstehen. Ganz hervorragend, ich bin bei dieser Veranstaltung also der Pausennarr! Am liebsten würde ich aus dem Saal laufen und in die Straße, in der ich mit meinen Eltern gewohnt habe. Es ist nicht weit von hier. Dort würde mich niemand vermuten, denn niemand weiß, dass ich Louise Deleuven bin.

Trotz der vielen Menschen hier fühle ich mich seit langer Zeit einmal wieder verloren und traurig. Ganz sicher wäre all das nicht passiert, wenn man Papa nicht umgebracht hätte. Vielleicht wäre es auch nicht passiert, wenn Mama noch leben würde. Aber da muss ich ehrlich sein. Mein Wunsch, Malerin zu werden, hat mich aus dem Beginenhof getrieben. Ich hätte Mama dort zurückgelassen, nur um Rogier van der Weyden nahe zu sein und von ihm zu lernen …

»Louis, schlaf nicht ein!« Rogier van der Weydens Stimme wird ungeduldig, und ich eile von Zuhörer zu Zuhörer und zeige kurz die Skizze, die mit einem »Ach« und »Sieh an« kommentiert wird. Ganz nebenbei hat sich Rogier van der Weyden warm geredet und lullt alle mit einem geschmeidigen Vortrag über die Inhalte von Wohltäterbildern und den heiligen Lukas ein.

Ich bin froh und erschöpft, als ich nach meiner Runde um die Tafel bei ihm ankomme. Zwischen zwei Sätzen bedeutet er mir, mich neben ihn zu setzen. Trauer, Wut und Eifersucht – wo gibt es für mich eine Lösung, mich von meinen schlechten Gedanken frei zu machen? Ja, auch ich würde ein Bild malen.

Während die Rede meines Meisters wie ein Klangteppich an meinem Ohr vorbeigleitet, betrachte ich die Vorlage, die ich gerade mit so großem Grimm um den Tisch getragen habe. So sehr war ich auf diese Isabelle fixiert, dass ich mir die Zeichnung noch nicht einmal richtig angesehen habe. Die Skizze ist vielleicht so groß wie ein Schachbrett. Rechts ruht eine Madonna mit dem Jesuskind auf dem Schoß so unendlich ruhig und in sich gekehrt, wie ich es noch nie gesehen habe. Vor ihr kniet der Heilige Lukas, der Schutzpatron der Maler, denn der Evangelist gilt als erster christlicher Maler. Unverkennbar allerdings ist, dass dieser Lukas die Züge meines Meisters Rogier van der Weyden trägt. Das Haar ist genauso geschnitten, hochrasierte Seiten, über die gerade das Haupthaar fällt. Das Gesicht mit den hohen Wangenknochen ist das Rogier van der Weydens. Den Hintergrund bildet ein dreiteiliges Bogenfenster, das den

Blick freigibt auf eine im Dunst endende Flusslandschaft. Das ganze Bild strahlt eine unendliche Ruhe aus und ist dabei völlig eindeutig eine Verherrlichung der Malerzunft. Van der Weyden hat seinen Vortrag vor den zukünftigen Wohltätern also mit einer Selbstdarstellung begonnen. Wie klug, allen zu sagen, wie wichtig die Malerei und die Maler sind. Ich merke, wie sich in mir ein klein wenig Stolz breitmacht und meinen Zorn vertreibt. Ja, auch ich kann malen, etwas, was diese Isabelle in diesem Leben niemals schaffen wird.

Langsam fällt die Anspannung von mir ab. Ich sehe die Zuhörer an, deren Gesichter Verwunderung und Ehrfurcht zeigen. Manche haben sich vorgebeugt, fast so, als wollten sie Rogier van der Weydens Worte von seinen Lippen ablesen. Andere haben sich an die stark geneigten Lehnen der Scherenstühle zurückfallen lassen, die diesem in dunklem Holz und rotem Samt gehaltenen Raum etwas Strenges geben. Man könnte eine Nadel fallen hören, so sehr hat mein Meister alle in seinen Bann gezogen. Der Herzog selbst hat die Augen geschlossen, und nur an den nervös spielenden Fingern auf seinen schwarzen Beinlingen sieht man seine Konzentration. Raphael blickt Rogier van der Weyden unverwandt an, den Mund leicht geöffnet. Ich mag mich nicht sattsehen an ihm, fühle mich immer stärker zu ihm hingezogen, und gleichzeitig erwacht in mir der Stolz, eine Malerin zu sein, auch wenn es noch niemand weiß.

Schließlich holt Rogier van der Weyden noch eine Skizze hervor. Als er die Papierrolle entfaltet, sehe ich aus dem Augenwinkel die deutliche Dreiteilung des Gemäldes, das bei einem privaten Auftraggeber hängt, soviel ich weiß. Die Skizze zeigt das Verkündigungstriptychon, und ganz außen, auf dem linken Flügel, sehe ich einen knienden Mann, der so gar nicht zu den übrigen heiligen Gestalten passen will.

»Diesen Herrn hier«, höre ich Rogier van der Weyden schon sagen, und dabei hält er die Pergamentrolle hoch, »dieser Herr links im Bild, der so andächtig vor der Szene der Verkündigung kniet, ist der Auftraggeber und somit Wohltäter, meine Dame, meine Herren! So kann ein Bild aussehen, wenn Ihr es in Auftrag gebt. Ihr werdet Teil eines künstlerischen Werks sein, eines Werks eines christlichen Malers, der in der Tradition und mit dem Sendungsbewusstsein des heiligen Lukas arbeitet. Euer Wunsch, sich von Sünden reinzuwaschen, wird möglich durch eine Arbeit, die die Kunst und die Religion vereint und die Euren Ruf unsterblich macht.«

Rogier van der Weydens Worte verfehlen ihre Wirkung nicht. Immer wieder bin ich erstaunt, wie mein Meister, der sonst so in sich gekehrt an seinen Werken arbeiten kann, es fertigbringt, sich vor Publikum zu einem leidenschaftlichen Redner zu entwickeln. Charismatisch und voller Überzeugungskraft. Von Papa weiß ich, dass Rogier van der Weydens großes Vorbild, Jan van Eyck, ebenfalls mit dieser Redekunst ausgestattet war und so zu einem der großen Diplomaten seiner Zeit wurde.

»Maler können mehr sagen, als die Bilder auf den ersten Blick zeigen«, höre ich Rogier van Weyden fortfahren. »In einem guten Bild bleibt nichts ohne Symbolik. Jede Kachel des Fußbodens, jede Neigung des Faltenwurfs, jede Farbgebung und Linienführung birgt ein Geheimnis in sich, das es zu entschlüsseln gilt. Wir tragen mit unseren und, wenn Ihr so wollt, Euren Bildern eine Botschaft in die Welt hinaus.«

Die Zuhörer sind gebannt, und auch ich weiß plötzlich, dass ich alles richtig mache, wenn ich Raphael meine Bildnachricht zukommen lassen werde. Unabsichtlich hat Rogier van der Weyden mir den Wink gegeben, es genau so und nicht anders zu machen.

Und noch eines weiß ich nun: welches Bild die Schlüsselszene meiner Nachricht wird. Eine Szene, in der ich vor Raphael knie und einen Lapislazuli in Händen halte. Er wird es lesen können. Hoffentlich.

Etwas,
das man nicht sehen will

Was gäbe ich darum, wenn man Gefühle festhalten könnte! Vor allem nach einem Tag der Berg-und-Tal-Fahrten, an dessen Ende ich jetzt mit einem heißen Stein auf dem Bauch in meinem Strohsackbett liege und darum bete, dass die morgige Heimfahrt ohne Zwischenfälle verlaufen wird und mich zu Hause kein Jup mit neuen Grässlichkeiten empfängt.

Krampfhaft versuche ich mich an die Stärke des Gefühls von heute Morgen zu erinnern, als mir durch Rogier van der Weydens Vortrag so vieles klar wurde. Als ich begriff, dass ich es sehr wohl mit einer Isabelle de Rève aufnehmen könnte, wenn ich eine richtig gute Malerin würde. Es ist ein angesehener Beruf. Doch als Mädchen ist er für mich unerreichbar. Schon sehe ich wieder, wie mein Traum zerbricht. Ich bin hin- und hergerissen.

Tatsächlich hat mich Rogier van der Weyden heute als seinen begabtesten Gesellen bezeichnet, als er nach seinem Vortrag allen Wohltätern die Hand gegeben hat. Raphael hat es auch gehört. Und diese Isabelle bedachte mich daraufhin mit einem merkwürdigen Blick, einer Mischung aus Unglaube, Neugierde und Abscheu. Als würde sie mein Geheimnis ahnen.

Welch ein Glück, dass es Rogier van der Weyden dann auf einmal eilig hatte. Er wollte mit mir noch zum Hafen, um einige Pigmenthändler zu treffen, und so entließ uns der Herzog mit einem neidvollen Blick. Ich konnte ihm ansehen, wie gern er mitgefahren wäre. Und ebenso Raphael, jedenfalls bildete ich es mir ein und war angefüllt von der Sehnsucht nach ihm. Beglückt, dass ich meine dunklen Gefühle wieder in den Griff bekommen hatte. Dennoch zerrissen zwischen Panik und Euphorie. Zwischen einer Vision und der Unsicherheit in Liebesdingen, die doch so neu und so gewaltig auf mich zugekommen waren. Da wusste ich noch nicht, dass das Leben die Gefühlsskala viel, viel weiter strecken kann. Dass die Enden dessen, was man ertragen kann, unendlich sind, ausdehnbar – bis der Körper taub wird, weil er es nicht mehr aushalten kann.

Zu Fuß machten wir uns auf den Weg zum Hafen. Über Brügge spannte sich ein von frischer Seeluft rein geblasener Himmel in einem tiefen Blau, wie es nur der Herbst hervorbringt. Rogier van der Weyden meinte, der Stand der Sonne sei dafür verantwortlich, die Temperaturen und der Wind – nur wenn alle drei in bestimmter Weise zusammenwirken, kann sich der Himmel in einen riesigen Lapislazuli verwandeln. Doch so gern ich mich sattgesehen hätte an der Unendlichkeit dieses Blaus, aus Angst, man könne mich erkennen, hielt ich den Kopf lieber weiterhin tief gesenkt bei unserem Marsch durch die engen Gassen.

Bis zu dem Augenblick, als wir an einem kleinen Platz ankamen, den Papa bei unseren Spaziergängen durch Brügge immer versucht hatte zu meiden. Eine große Menschenmenge versperrte uns den Weg. An ein Durchkommen war nicht zu denken. Kaum hatten wir den Platz betreten, verriegelten Soldaten die Ausgänge zu den kleinen Seitengassen, und wir waren plötzlich Teil der wogenden Menge, die den Platz johlend einnahm. Die Menschen schubsten sich gegenseitig, eine unangenehm aufgeheizte Stimmung hatte alle erfasst und die Menge in ein unberechenbares Monster verwandelt. An jeder Ecke gab es Streit. Die Geschäfte rund um den Platz, kleine armselige Buden, die Lumpen anboten oder Leimkocher, deren brodelnde Töpfe einen unsäglichen Gestank verbreiteten, hatten die Läden geschlossen und ihre Habseligkeiten in das Finstere ihrer Häuser geholt. Vor den kleinen verwinkelten Gebäuden, deren schwarze Erker teils fast bis zum Boden reichten, wurden die Menschen an einigen Stellen immer wieder durch Soldatenketten zusammengeschoben, wenn sie drohten, zu viel Raum einzunehmen oder in die Nebengassen ausweichen zu wollen. Neben dem rüpelhaften Gebaren einiger Männer, die offensichtlich schon viele Humpen Bier geleert hatten, konnte ich auch die Angst in vielen Gesichtern der Frauen und Kinder sehen. Es war ein ungleiches Bild. Auf der einen Seite sensationslustige Burschen, die sich an dem folgenden Schauspiel ergötzen wollten, auf der anderen Seite verängstigte Naturen, denen anzusehen war, dass sie mit keiner Faser ihrer Seele die Sache gutheißen konnten.

Ich hielt mich unabsichtlich an Rogier van der Weydens weitem Umhang fest. Und auch der Meister schien meine Nähe zu suchen. Jedenfalls spürte ich, wie er mir den Arm unterschob, ganz so, wie er es auch bei seiner Frau machte, wenn sie das Haus verließen. Und so, wie er es vielleicht auch bei seiner Tochter gemacht hätte, wenn er eine gehabt hätte. Vielleicht dachte er dasselbe, denn er ließ meinen Arm schnell wieder los und versuchte mich durch die Menge zu dirigieren, ohne mich zu berühren. Ein unmögliches Vorhaben. Von links und von rechts, von vorn und von hinten drückten sich erhitzte Leiber an uns, manche so stinkend nach Urin, altem Fett und Schweiß, dass es mir den Atem verschlug, andere wenige nach dem seltenen Lavendel duftend und nach Rosmarin, dem neuesten Lieblingsgewürz aus Italien, das nicht nur gut schmeckte, sondern auch noch gesund war.

Mit einem Mal ging ein Raunen durch die Menge. Ein Spalier bildete sich, und die Soldaten drückten in langen Ketten die Umstehenden so zur Seite, dass sich die Menschenmenge wie ein Trichter öffnete und eine Schar verhüllter Soldaten durchließ. In ihrer Mitte war ein Mann mit einer spitzen Kapuze und einem Beil, groß wie eine halbe Tischplatte. Der Henker. Jetzt erst verstand ich: Wir würden Zeugen einer Hinrichtung werden. Wie sehr war Papa immer darum bemüht, mich von diesem Platz fernzuhalten, und nun erst begriff ich, warum: Dies hier war der Richtplatz von Brügge. Brügges Größe, wie Papa immer sagte, ist auch ihr Fluch. Es ist eine Vorzeigestadt, auch in der Rechtsprechung. Hier soll die Macht der Kirche und des Staates demonstriert werden, in kaum einer Stadt gibt es mehr Verurteilungen.

Ich hatte mich hinter Rogier van der Weyden versteckt, denn ich ahnte, was kommen würde, und wollte es nicht sehen! Doch plötzlich hob die Menge an zu skandieren: »Hex, Hex, Schwert, Feuer, Axt! Hex, Hex, Schwert, Feuer, Axt!« Immer lauter wurden die Rufe, je näher sich eine von Soldaten angeführte Prozession auf eine Bühne zubewegte, auf der ich einen Block sehen konnte. Links davon stand der Galgen, an der rechten Seite stapelten sich Holzscheite. Das ganze Podest war von einem kräftigen Seil als Balustrade umsäumt. Langsam schob sich die ungleiche Prozession aus verhüllten Spitzhauben, Soldaten und einer kurzhaarigen kleinen Person auf diese schaurig dekorierte Bühne zu.

Ich musste aus dem Schutzschatten Rogier van der Weydens heraustreten, um besser sehen zu können, denn die kleine Person in der Mitte des Pulks erregte meine ganze Aufmerksamkeit. Sie trug ein Hemd, nichts weiter. Aber was das auf grausame Weise Faszinierende war: Das Hemd war beginenbeige. Nie mehr in meinem Leben werde ich diese Farbe vergessen, und da leuchtete sie weithin über den Platz. Ein blasses Köpfchen sah aus dem unförmigen

Kittel hervor. Die Haare hatte man mit flinken Schnitten ungleich gekürzt, sodass die Person aussah wie ein aus dem Nest gefallenes Vögelchen.

»Mein Gott, ein Mädchen!«, hörte ich Rogier van der Weyden ausrufen, als die Menge auch schon wieder anfing, sich lautstark bemerkbar zu machen.

»Lästerweib, Lästerweib!« Die Rufe schwollen zu einem einzigen gellenden Ton an.

In der Zwischenzeit war das Mädchen auf die Bühne geführt worden. Winzig nahm sie sich aus gegen den bärengroßen Henker und die nicht weniger hünenhaften Helfer. Ihre Augen lagen tief in den Höhlen, das konnte ich sogar über die Entfernung sehen. Das beige Hemdchen war über und über von Kot und anderem Dreck verschmiert. Am meisten entsetzte mich eine braunrote Spur von der Scham bis zu den Fesseln. Am Hals konnte man Würgemale erkennen. An Händen und Füßen gefesselt stand sie da und versuchte zum Himmel zu blicken, aber einer der Soldaten stieß ihr mit der Lanze an den Kopf, damit sie ihn senkte.

»Gebt Beginen, was sie verdienen! Gebt Beginen, was sie verdienen!« Ein neuer Aufruf an die Massen, mit in das Hetzlied einzufallen. Ja, das Mädchen war eine Begine. Auch ich hätte da oben stehen können, Mama, Elaine und all die anderen guten Frauen, die ich im Beginenhof kennengelernt hatte.

»Gebt Beginen, was sie verdienen! Gebt Beginen, was sie verdienen!« Der Ruf wurde immer vielstimmiger, immer lauter, als ob es völlig egal wäre, was da skandiert wurde. Hauptsache, es wurde mächtiger und wuchtiger.

Ich musste mich abwenden, zu sehr berührte mich die Szene, zu sehr erinnerte sie mich an meine eigene zerbrechliche Situation, die sich jederzeit ändern könnte. Was hatte dieses Mädchen getan, dass man es so vorführte und es mit dem Leben bezahlen ließ?

»Meister van der Weyden, was geht hier vor, warum muss dieses Mädchen sterben?«

Ich wollte Rogier van der Weyden ins Gesicht sehen, wenn er mir eine Antwort gab. Wollte auf der einen Seite sehen, dass auch er mit der Fassung rang und auf der anderen Seite vielleicht eine Erklärung für mich hätte, mit der ich leben könnte. Aber mein Meister blieb stumm. Er war wie versteinert.

»Meister, bitte sagt doch etwas!«

Ich flehte ihn an, und nur langsam löste er den Blick von der Bühne, auf der das Mädchen gerade an den Block geführt wurde. Einmal noch gelang es ihr, die Augen gen Himmel zu wenden. Sie hatte einen unendlich sehnsuchtsvollen Blick. Dann legte ihr einer der Soldaten einen Sack über den Kopf und schnürte ihn grob zu, genau an der Stelle, an der sich sowieso schon die Würgemale befanden. Ich konnte genau sehen, wie die kleine Gestalt zusammenzuckte. Vor Schmerz und weil sie das letzte Mal in ihrem kurzen Leben das Blau des Himmels gesehen hatte. Ich weiß nicht, was sich tiefer in mein Herz bohrte. Die Tatsache, dass sie mit einer Übermacht an Gewalt gerichtet wurde, oder dass sie diese Sehnsucht in ihrem Blick hatte, diesen stummen Schrei: »Ich will leben!«

»Gebt Beginen, was sie verdienen! Gebt Beginen, was sie verdienen!«

Neben uns wurden die Rufe lauter, weil einige Geistliche aufgetaucht waren, die sich ebenfalls lebhaft an dem Geschrei beteiligten. Rogier van der Weydens fragender Blick verriet mir, dass er ebenso erstaunt darüber war, bis er das Mantelwappen der Kirchenmänner sah: das schwarz-weiße Lilienkreuz, das Zeichen der Dominikaner. Jener Orden, der sich in Südfrankreich gegründet hatte und nun das Einsatzkommando des Papstes ist, im Kampf gegen die Häresie, die Gotteslästerung. Nicht wenige Inquisitoren sind Dominikaner und verfolgen Hexen mit grausamster Härte. Da rief auch schon einer der Kirchenvertreter in den Chor: »Köpft die unkeusche Ketzerin!«

Ein anderer spuckte die Worte wie schlechtes Essen aus: »Hexe! Hure! Henkersbraut!«

Neben den Geistlichen stand ein hagerer Mann in einer Büßerkutte. Doch ich konnte deutlich sehen, dass er sich an dem Schauspiel ergötzte. Hektische Flecken hatten sich in seine ledrige Gesichtshaut gegerbt.

Rogier van der Weyden hatte immer noch die Augen fest auf die Gestalt des nun über den Richtblock gebeugten Mädchens geheftet. Als der Henker sich anschickte, das Beil in Schwungposition auf seine Schulter zu bringen, fand mein Meister endlich seine Sprache wieder. Es war nicht mehr als ein Hauchen, aber ich verstand ihn: »Warum lassen sie diese Frauen nicht in Ruhe? Alles, was sie nicht kontrollieren können, hassen und verurteilen sie. Die Beginen – diese exzellenten Handwerkerinnen! Ich selbst beschäftige für meine Tapisserien Knüpferinnen …!« Wie gern hätte ich ihm gesagt, dass ich genau wusste, wovon er sprach, dass auch ich ein Teil dieser Gemeinschaft gewesen war und dass genau diese Einrichtung Mama und mir ein Leben nach Papas Tod ermöglicht hatte. Doch in diesem Augenblick, in dem ich alles dafür gegeben hätte, mich Rogier van der Weyden zu offenbaren, sauste das Henkersbeil herab und … blieb im Hals des Mädchens stecken.

Ein Aufschrei ging durch die Menge. Bei aller Sensationslust, das hatte man dem Geschöpf nicht gewünscht. Doch seltsamerweise hatten genau die Kirchenmänner neben uns schnell die Erklärung parat, die sie sich gegenseitig zukeiften: »Ja, bis in den Tod sollen sie büßen für ihre Gotteslästerlichkeit, sich nicht dem Papst zu unterstellen. Mannsweiber sind es allemal, die sie die Worte Gottes in die Volkssprache übersetzen und uns Geistliche arbeitslos machen.«

»Latein ist die Sprache Gottes, niemand außer uns soll das Wort verkünden. Und dann kommt sie, eine kleine Dichterin, und verbreitet auf kleinen Zetteln Gottes Wort in der niederen Sprache des einfachen Volkes.«

»Grad wie ihnen der Schnabel gewachsen ist, kommen nun die Wohltaten des Herrn zu den Dummen und Schwachen. Der Falschaussage ist hier Tür und Tor geöffnet. Nieder mit den Beginen!«

Die Kirchenmänner wischten sich den Geifer vom Mund, der ihnen beim schnellen Reden ausgetreten war.

Vorn auf dem nun blutbesudelten Podest rang die arme Gestalt mit dem Tod bringenden Schlag, der ihr auf so grausame Weise angetan worden war. Ich konnte nicht hinsehen. Sicherlich hatte sich die junge Frau nichts zu Schulden kommen lassen. Vielleicht hatte sie mit Männern verkehrt, aber das war im Beginenorden ja erlaubt, sogar erwünscht, wenn man sich wieder verheiraten wollte. Doch die Obersten der Kirche betrachten den Beginenhof als Konkurrenz. Ja, weil er ein lebbares Modell ist, das ohne Angst und Schreckensherrschaft auskommt, das die Frauen nicht unterdrückt und sogar noch ihre Fähigkeiten unterstützt. Und niemand wird weggesperrt wie in den Klöstern. Aber nichts fürchtet die Kirche so sehr, wie die Kontrolle zu verlieren. Deshalb geht sie sogar so weit, dass sie die Gedanken kontrollieren will und dabei vor keinem Mittel zurückschreckt.

»Sie richten die vermeintlichen Hexen mit dem stumpfen Beil hin, Louis. Das musst du dir vorstellen! So sehr hassen sie die Frauen, deren Gedanken sie nicht verstehen.«

Rogier van der Weyden flüsterte wieder und zog mich langsam mit sich fort. Er hatte am Ende des Platzes eine Stelle entdeckt, an der sich die Kette der Soldaten gelichtet hatte. Ein kleiner Fluchtweg aus dieser Hölle mitten in Brügge. An einem Tag, der von einem Lapislazulihimmel überstrahlt wurde.

Nach dem Schock

Es gibt Tage, die sind so dicht gefüllt mit Ereignissen, die das Leben komplett drehen können, dass sie sich einem als Wendepunkte unauslöschlich einprägen. Gestern war solch ein Tag. Wie ein Wirbelsturm hat er alles, was sicher war, zerstreut und eine verwüstete Ruhe zurückgelassen.

An mir fliegt Flandern vorbei. Die Kutsche, in der Rogier van der Weyden und ich zurückfahren, hat großes Tempo vorgelegt, ebenso neben uns die vier Reiter des Herzogs, die unseren Heimweg sichern sollen. Auf dem Kutschbock sitzt ein Kutscher aus den herzoglichen Diensten, denn unserer hat immer noch mit den Folgen des ausgekugelten Arms zu kämpfen und schläft zusammengekauert in einer Ecke neben mir.

Die Ereignisse gestern sind wie ein Trommelfeuer auf uns eingeprasselt. Rogier van der Weyden ist nach dem Vorfall auf dem Richtplatz nicht wieder aus seiner Melancholie erwacht. Auch nicht, als wir nach dem unfreiwilligen Halt am Richtplatz doch noch am Hafen ankamen, um die Pigmentlieferungen zu begutachten. Ich hielt mich immer hinter Rogier van der Weyden, natürlich auch aus der Angst heraus, jemandem zu begegnen, der mich kennen könnte.

Rogier van der Weyden sprach während unseres Marschs zum Hafen gestern noch lange über die Auswirkungen der Inquisition. Dass man nach dem schrecklichen 13. Jahrhundert gedacht hat, es wäre vorüber. Doch nun nehmen die Verfolgungen gerade Unbescholtener, und da vor allem Frauen, wieder zu. Immer mehr Menschen seien mit den Methoden der Kirche unzufrieden und machten sich Gedanken, was eigentlich in Rom, rund um den Papst, vor sich gehe. Immer mehr Menschen wollen ihren eigenen Weg gehen und dabei keineswegs gotteslästerlich sein. Doch die Kirche sieht alles als Bedrohung. Die Fälle von Denunziation häufen sich. Nachbarn schwatzen über Nachbarn, sehen, was sie sehen wollen, ohne Genaues zu wissen. Wer sich auffällig verhält, bekommt Schwierigkeiten, und wer experimentiert, auch. Das betrifft die weisen, heilkundigen Frauen ebenso wie die Alchemisten und Wissenschaftler, ja sogar vor den Händlern macht dieser Argwohn nicht Halt, wie wir bald sahen, als wir am Hafen die Schiffe aus dem Orient erreichten.

Nassgeschwitzt und voll der grauenvollen Bilder, die wir unfreiwillig mitansehen mussten, hasteten wir an den Kais zwischen den improvisierten Ständen der Händler hin und her. Die meisten hatten die neue Ware noch nicht ausgepackt, doch auf Anfrage tauchten sie in Säcke und Kisten und brachten kleine Schätze zum Vorschein. Rogier van der Weyden hatte sich besonders für Färberkrapp aus dem Orient interessiert, der angeblich das leuchtendste Rot ergeben soll. Heimische Rotstoffe wie das Hagenauerrot aus der Nähe von Speyer könnten nur in der Buchmalerei mithalten, nicht aber in der Tafelmalerei, schon gar nicht in dem Stil, wie Rogier van der Weyden ihn betreibt.

Endlich, nachdem wir von Pontius zu Pilatus geschickt wurden, kamen wir an einen Stand, der Materialien von außergewöhnlicher Farbe anbot. Das war ein sicheres Anzeichen, dass es sich um einen

Pigmentkundigen handelte. Bei unserem Rundgang waren uns jedoch auch zahllose seltsame Mittelchen angeboten worden, die angeblich gegen alles halfen: von Fußwarzen bis Haarausfall. Wahrscheinlich würde man all diese Krankheiten eher bekommen, wenn man die Pulver einnahm.

Doch dann standen wir vor einem Gestell aus Holz, das von einem wild gemusterten Tuch bedeckt war. Vom Händler jedoch war weit und breit nichts zu sehen. Rogier van der Weyden wippte ratlos hin und her, und ich versuchte mich unsichtbar zu machen. Plötzlich schien sich der ganze Stand zu bewegen, und unter dem Tuch schob sich ein leuchtend roter Quastenhut hervor. Ich konnte es nicht fassen. Ach Ach! Zwei dunkle Augen funkelten uns an.

»Mein Meister, was kann ich für Euch tun?« Ach Ach hatte sich als Erster wieder gefangen und redete in seiner geheimnisvollen Stimmlage. Als Rogier van der Weyden ihn nach dem kostbaren Lauspulver fragte, setzte er ein schelmisches Grinsen auf und murmelte nur: »Natürlich habe ich Färberkrapp. Leuchtend wie das Blut der Jungfrau und beständig wie Pech. Aber lasst Euch nicht erwischen von den Dominikanern. Sie schätzen es nicht, wenn man Farben verwendet, die nur der Robe des Papstes vorbehalten sein sollten. Euer junger Freund, Meister van der Weyden, scheint schon jetzt vor Angst zu vergehen.«

Weil ich mich fast ganz hinter Rogier van der Weyden gestellt hatte, konnte mich Ach Ach eher erahnen als sehen. Ich war mir jedoch sicher, dass er mich meinte, denn er kannte mein Geheimnis sehr wohl.

Ich musste Rogier van der Weyden, so schnell es ging, von hier weglotsen. Weg von Ach Achs stechenden Augen und seinen geheimnisvollen Waren, in denen er herumwühlte, bevor er Rogier van der Weyden ein Gläschen hinhielt, das eine schwärzlich beige Substanz enthielt.

»Krappwurzel aus den Anbaugebieten des Heiligen Landes, mein Meister? Oder …«, Ach Ach holte aus einer seiner Kisten ein weiteres Fläschchen, »… Färberkrapp aus Italien!«

Rogier van der Weyden war unschlüssig. Ich konnte es an seinen linkischen Handbewegungen erkennen. Er wiegte die Fläschchen in seinen Handflächen hin und her und betrachtete sie eingehend. Wahrscheinlich konnte er sich kaum vorstellen, wie aus den unansehnlichen Wurzeln ein leuchtendes Rot werden sollte.

Als hätte Ach Ach seine Gedanken gelesen, sagte er: »Wenn Ihr unsicher seid, fragt Euren kleinen Freund, er wird es Euch sagen können. Sein Blick verrät mir, dass er genau weiß, mit welchem Maß an Türkischrotöl oder Krappsäure man das Ganze mischen muss, um den Blutton der Unberührten zu erzeugen. Oh, verzeiht diese Ausdrucksweise, ich meine natürlich das Rot des Türkischen Fez, wie ich einen trage.«

Dabei wirbelte Ach Ach die Quaste auf seinem Kopf hin und her und zeigte eine erschreckend breite Front gelber Zähne, zwischen denen ein Stück Süßholz hervorspitzte, an dem er immer kaute.

Nun war ich ganz sicher, dass Ach Ach mich erkannt hatte. Nur er wusste, dass ich tatsächlich in der Lage war, Krapplack zu etwas zu verarbeiten, das man auch das königliche Rot nannte.

Schnell weg von hier!, rief meine innere Stimme, doch Rogier van der Weyden ließ sich Zeit. Er verhandelte in aller Ruhe den Preis für beide Phiolen mit den verschiedenen Krapplacksorten, und schließlich besiegelte er den Handel per Handschlag, bevor er ein kleines Säckchen mit Golddukaten aus seiner Gürteltasche zog. Keinen Augenblick lang hatte Ach Ach aufgehört, mich zu fixieren. Obwohl ich ständig den Kopf gesenkt gehalten hatte, konnte ich seinen Blick auf mir spüren.

Endlich wand sich Rogier van der Weyden zum Gehen, tief befriedigt und ein wenig abgelenkt von den sonstigen Ereignissen des

Tages. Mir blieb nichts anderes übrig, als aus dem Sichtschutz seines Rückens herauszutreten. Da steckte mir Ach Ach ein Säckchen zu. »Du wirst es brauchen, meine Kleine. Wenn jemand dein Geheimnis erfährt, verschafft es dir Vorsprung, glaub mir, aber halte es verborgen, man findet es nur bei Hexen. Und nun geh!«, raunte er mir zu und zwinkerte verschwörerisch.

Ach Ach hatte mich nicht verraten, wahrscheinlich, weil er ahnt, dass ich sein Geheimnis kenne, seinen heimlichen Handel mit gestohlener Ware. Rogier van der Weyden bekam von unserer kleinen Unterredung nichts mit, denn er war in Gedanken schon längst bei einem neuen Gemälde, auf dem er Mäntel, Kissen und Umhänge in leuchtendes Rot tauchte.

»Wenn du entdeckt wirst, wirf die Kräuter ins Feuer und halte die Luft an. Dann nichts wie weg, kleine Louise. Du bist mutig. Viel Glück, meine Kleine!«

Die letzten Worte hatte Ach Ach nur in einem leisen Zischen gemurmelt, doch ich hatte ihn verstanden. Ich nickte dankbar. Dann musste ich mich beeilen, um mit Rogier van der Weyden Schritt zu halten, der so schnell wie möglich die Stadt verlassen wollte.

Jetzt sitzt er mir gegenüber in der Kutsche und hält den Kopf gesenkt. Ich kann nicht erkennen, ob er schläft oder denkt oder ganz einfach nicht angesprochen werden möchte, weil er im Geiste neue Bilder entwirft. Vielleicht könnte auch mir eine Mütze voll Schlaf guttun nach allem, was vorgefallen ist – und was auf mich zukommen wird, wenn wir wieder in Brüssel sind. Jup war fast eine Woche Herrscher des Ateliers und konnte unbeobachtet seine Launen an den Schwachen ausleben. An Matteo, an den Mägden und vielleicht auch an Rogier van der Weydens Söhnen. Doch nein, so weit würde er nicht gehen, ich bin mir sicher. Fast. Er nimmt sich nur die, die gesellschaftlich unter ihm stehen. Nach oben buckelt er, und die

Söhne des Meisters sind nun mal die Söhne des Meisters. Doch dann muss ich mich wieder an die Szene erinnern, in der Jup Rogier van der Weyden regelrecht erpresst hat. Welches Geheimnis verbindet die beiden? Wie kann ich mir der Gunst meines Meisters sicher sein?

Ich schiele zu Rogier van der Weyden, dem der Kopf auf die Brust gesunken ist. Seine Züge haben sich entspannt, die Muskeln ihre Kontrolle aufgegeben. Er sieht schwach aus in diesem Augenblick, seine Wangen sind fahl. Ich bemerke das erste Mal, wie sich die Fältchen unter seinen Augen zu den Gravuren des Alters entwickeln.

Wie lange wird mich Rogier van der Weyden noch schützen können gegen solche hinterhältigen Kerle wie Jup? Wie lange wird er sich noch solche ungewöhnlichen Gesellen leisten können? Ich merke, wie meine Zuversicht seit dem Tod meiner Eltern abgenommen hat. Alles, was mir im Leben sicher schien, ist mir mit ihnen genommen worden. Meine Zukunft steht in den Sternen, und meine Liebe scheint wie ein unerreichbarer Traum, wenn nicht ein Wunder geschicht und Isabelle de Rève der Schlag trifft.

Vor meinem inneren Auge erscheint Raphaels Gesicht. Wie sehr wünsche ich mir, mit ihm zusammen zu sein! Plötzlich kommt mir ein Gedanke, der mich wie ein Blitz trifft: Man erzählt sich, dass unser Herzog neun uneheliche Kinder habe, von insgesamt drei Mätressen, für die er allesamt gut sorgen würde. Warum sollte nicht auch Raphael ein Herrscherspross sein? Der Gedanke beflügelt mich so sehr, dass ich unruhig werde und alle Müdigkeit von mir abfällt. Natürlich, das würde so vieles erklären! An mir fliegt die flandrische Landschaft mit ihren tausend Grüntönen vorüber, und ich träume von einem Leben an der Seite des Abkömmlings Philipp des Guten. Ich sehe mich schon in Kutschen fahren, die überall jubelnd begrüßt werden. Doch neben mir lümmelt nur der verletzte Kutscher und schnarcht, und mir gegenüber sitzt der ebenfalls schlafende Rogier van der Weyden.

Er wird seinem Gönner immer ähnlicher, fährt es mir durch den Kopf. Dieselben zarten Züge in dem länglich geschnittenen Gesicht, eine Haut wie Alabaster und auch die vorwiegend schwarze Samtkleidung machen die beiden nicht nur zu Brüdern im Geiste. Milde Gesichter, die nur in besonders schweren Fällen hart werden können. Beim Herzog kann man sich kaum vorstellen, dass er mit den französischen Nachbarn seit Jahren einen erbitterten Streit um Burgund führt, das wie eine Insel inmitten des Französischen Reichs liegt und von Flandern aus regiert wird. Rogier van der Weyden hingegen traut man oft nicht zu, einem Atelier vorzustehen, das zu einem der produktivsten in ganz Europa gehört, und nicht nur das, er schafft auch Werke, die alle Zeiten überdauern werden, da bin ich mir ganz sicher. Was auch geschehen mag, man wird immer voller Bewunderung für seine Altäre und Porträts sein, so ungewöhnlich sind sie. Welch ein Glück habe ich, dass ich in der Nähe dieser ungewöhnlichen Menschen sein darf? Wie gern würde ich dennoch offenbaren, dass ich ein Mädchen bin, ohne dass sich dadurch etwas für mich ändert! Ich will immer noch Malerin werden, mehr als alles andere!

Wir kommen an der Stelle vorbei, an der wir vor wenigen Tagen überfallen wurden. Ich merke, wie sehr mich diese Reise verändert hat. Nicht nur mein Körper ist in einer neuen Phase, auch mein Selbstbewusstsein. Rogier van der Weyden schätzt mich, sonst hätte er mich nicht mitgenommen. Ich darf bei wichtigen Verhandlungen dabei sein. Und die Erfahrungen der letzten Tage, ja sogar die Hinrichtung haben uns zusammengeschweißt. Er wird mich schützen, was auch immer geschieht! Vielleicht ist es dieser kleine Funke Zuversicht, vielleicht auch der unnachahmliche Geruch von feuchter

Erde und Kuhdung, der mich zufrieden und schläfrig werden lässt. Alles wird sich zum Guten wenden. Ich muss nur durchhalten und versuchen, immer besser zu werden, unersetzlich für Meister van der Weyden.

Und für meine Liebe zu Raphael gibt es nur eine Lösung. Ihm muss ich verraten, wer ich wirklich bin, und dann wird sich alles Weitere finden. Ja, so könnte es gehen, und ich will nicht, nein, ich wehre mich dagegen zu denken, dass ich entdeckt werden könnte. Ich will nicht, dass das Pergament mit meinem »Geständnis« in die falschen Hände gerät, dass man das Kräutersäckchen, das mir Ach Ach gegeben hat, und all die anderen Substanzen, die ich damals aus dem Beginenhof mitgenommen habe, entdeckt und ich so enden muss wie dieses arme Mädchen gestern auf dem Richtplatz. Das darf nicht geschehen!

Ich wollte, ich könnte diese Gedanken abschalten und nur die gute Luft und meine Freude an meinem neuen Status genießen. Aber es gelingt mir nicht. Als ich den Blick endlich von der Landschaft abwenden kann, die wie ein einziges grünes Band mit Perlen aus Bäumen und Feldern erscheint, spüre ich Blut an meiner Hand hinunterlaufen. Ich habe mir wohl unbewusst die Nägel tief in meinen Handrücken gebohrt. Die Spannung zerreißt mich fast. Wie lange werde ich das alles wohl noch durchhalten können?

Der Verdacht

Es läuft genau so, wie ich befürchtet habe. Jup ist unausstehlich. Sofort nach unserer Ankunft verwickelt er Meister van der Weyden in ein Gespräch, das sie hinter verschlossenen Türen führen. Ich schleppe das Malmaterial und die neuen Gläser mit den Pigmenten ins Haus. Alle Rohmaterialien, die später zu Farben verarbeitet werden, gehören in den Keller. Jenen Keller, zu dem eigentlich nur Rogier van der Weyden Zutritt hat, aber wie ich eben weiß, auch Jup sich Zutritt verschafft. Doch ich kann niemanden fragen.

Jup und Rogier van der Weyden haben sich in eine kleine Stube zurückgezogen, in der manchmal hoher Besuch mit einer Erfrischung bewirtet wird. Es ist lediglich eine kleine Kammer, in die durch Butzenscheiben ein wenig Tageslicht dringt. Der Boden darin ist kunstvoll gekachelt. Schwarze und cremefarbene Fliesen bilden ein geometrisches Muster, das dem winzigen Raum Tiefe verleiht, und wenn ich mich nicht ganz täusche, habe ich dasselbe Bodenmuster auf einem der Altarbilder Rogier van der Weydens gesehen. Eine hochlehnige Holzbank und zwei Scherenstühle stehen darin, ein kleiner Ofen spendet Wärme, und der tiefschwarze Ebenholztisch wird von einem langen Läufer in Gobelin-Machart bedeckt.

Ich werde nicht an die Tür klopfen, um zu fragen, wohin ich die neu gekauften, von Ach Ach in einen Transportkorb sicher verstauten Gläser und Phiolen bringen soll. Ich werde sie einfach vor die Kellertür stellen und sofort, nachdem Rogier van der Weyden und Jup mit ihrer Unterredung fertig sind, fragen, ob der Meister alles angemessen verstauen kann.

Vorsichtig stelle ich den Transportkorb vor die Kellertür und breite noch ein Tuch darüber, das ich in der Kutsche gefunden habe. Auch unser Kutscher ist mittlerweile wieder zum Leben erwacht und versorgt sogar mithilfe des herzoglichen Kutschers die Pferde.

Ich kann die Geschichte mit dem Überfall nicht für mich behalten, und so macht sie im Haus schnell die Runde. Als Madame van der Weyden auch noch den fremden Kutscher sieht, ist es eigentlich schon um ihre Beherrschung geschehen, und ich muss all meine Überzeugungskraft aufbieten, um sie wieder in einen stabilen Gemütszustand zu bringen. Van der Weydens Söhne, Jan und Peter, sowie alle Gesellen bis auf Jup umringen mich und lauschen unseren Abenteuern. Auch von der Hinrichtung wollen sie alles hören, denn Matteo ist wohl auch schon in Brüssel einige Male aufgefallen, dass sich eine besonders brutale Truppe der Stadtsoldaten immer wieder auf die Suche nach Hexen macht.

Ich muss an Elaine denken und frage mich, ob der Beginenhof noch ein sicherer Ort ist – denn wenn jemand geheimes Wissen in seinen Mauern hütet, dann die Beginen.

Gleichzeitig denke ich an das Beutelchen, das mir Ach Ach gegeben hat, und beschließe, trotz aller Gefahren, es bei mir zu behalten. Wer weiß, wozu es nütze sein könnte. Und all die anderen kleinen Kräutervorräte werde ich in meinem Zimmer gut verstecken müssen. Genauso wie meine Zeichnungen und die kleinen Farbreste. Nicht auszudenken, wenn man sie bei mir entdecken würde!

Nachdem Marie mir noch ein Abendbrot gebracht hat und sich auffällig eng neben mich setzte, während ich den Eierkuchen mit Apfelkompott verschlang, bin ich nun allein in meiner Kammer und kann mich um mein Pergament kümmern. Ich muss es fertigstellen, bevor Raphael das nächste Mal zur Porträtsitzung kommt. Ich habe noch die Szene vor mir, als wir uns vorgestern in Brügge von Herzog Philipp und von Raphael verabschiedeten: »Mein Neffe sollte sich ein wenig sputen, damit das Porträt auch noch so aussieht wie er, wenn es fertig ist. Sonst haben wir zwar ein schönes Bild, aber keinen schönen Raphael mehr!« Philipp der Gute konnte sich nach diesem Satz vor Lachen gar nicht wieder beruhigen und strubbelte dem völlig verdutzten Raphael wild durch die Haare. »Ich scherze lediglich!«, rief er dann. »Aber die Sanftheit des Kindes wird aus deinem Gesicht weichen, so schnell kannst du gar nicht zusehen. Wenn erst stoppelige Borsten und Pickel um die Wette sprießen, ist es aus mit dem Alabastergesicht, mein Junge!« Mit einem kräftigen Schlag auf die Schulter wurde Raphael durchgeschüttelt, und ich weiß nicht, ob er vor Wut, Scham oder vor Atemlosigkeit rot anlief. In jedem Fall war es wenig taktvoll von Philipp dem Guten, seinen Neffen vor Zeugen so bloßzustellen. In meinen Augen würde Raphael immer schön sein, und auf meinem Pergament auch.

Es ist nicht mehr viel, was fehlt. Einzelne Stellen sind blank und nicht aquarelliert, und im letzten Bild muss ich noch Raphaels Gesicht mit einem Silberstift herausarbeiten. Mit den winzigen Resten Ultramarin kann ich den Lapislazuli kolorieren und einige andere Stellen, die mir besonders wichtig sind. Mich selbst habe ich vielleicht etwas idealisiert. Ich habe mir wieder lange Haare gemalt und ein Kleid, das dem Isabelles täuschend ähnlich ist. Doch eigentlich bin ich zufrieden mit der ganzen Komposition. Im letzten Bild reiche ich Raphael den Lapislazuli als Herz zurück, jenen prächtigen Stein, den wir im Palast an Ach Achs Tisch bewundern durften. Dabei lasse ich den Umhang fallen. Auf dem Bild sieht man, wie er mir bis zur Hüfte hinabgleitet und den Blick auf ein Samtkleid freigibt. Da ich mich auf allen vorangegangenen Bildern mit einem Hut oder einer Kapuze gemalt habe, lasse ich in diesem letzten Bild die Kopfbedeckung weg und mein nun wieder langes lockiges Haar auf die Schultern fallen.

Unzählige Male habe ich in meine kleine eigene Spiegelscherbe geblickt, die ich aus dem Atelier stibitzt habe, um meine Gesichtszüge einzufangen und, was noch viel wichtiger war, sie auf jedem der Bilder gleich aussehen zu lassen. Zuletzt schreibe ich die Initialen L & R mit einer Bandzugfeder unter das letzte Bild: zwei prächtige Majuskeln, die von Efeu umrankt werden, der Pflanze der Treue. Dann streue ich auf die Tusche Sand, damit sie schön griffig trocknet.

Fast hätte ich den Korb vergessen. Jetzt wird es höchste Zeit, noch einmal zu Rogier van der Weyden zu gehen und ihn zu bitten, mir die Kellertür aufzusperren, damit ich die kostbaren Materialien verstauen kann.

Im ganzen Haus ist es auffallend ruhig. Viele der Kerzen, die den Gang und das Treppenhaus beleuchten, sind schon gelöscht, obwohl es noch nicht spät ist. Als ich an der Tür zur Stube horche, in die Jup und van der Weyden sich zur Unterredung zurückgezogen haben, höre ich nichts. Anscheinend ist die kleine Kammer leer, und ich mache mich auf den Weg zur Küche. Aber auch dort ist niemand mehr, und alles ist blitzblank geputzt, ein Zeichen, dass hier heute nichts mehr gekocht wird. Vielleicht ist Rogier van der Weyden von der Reise müde gewesen, hat nur noch im Schlafzimmer einen kleinen Bissen zu sich genommen und ist dann sofort schlafen gegangen?

Vorsichtig taste ich mich über Stufen und Schwellen zum Treppenhaus durch, von dem aus man in den Keller gelangt. Ich will doch noch sehen, ob mit dem Transportkorb alles in Ordnung ist. Vorsichtig trage ich die kleine Kerze aus meinem Zimmer vor mir her, die einen unruhigen und kleinen Lichtkegel setzt, aber besser ist als nichts.

Vor dem Verlassen des Zimmers habe ich noch die Farben und alle Pinsel in einer kleinen Mauernische verstaut, die unter einem der Deckenbalken eine kleine Höhle bildet, gerade groß genug für eine Palette, einige Tiegel und Pinsel. Das Pergament muss leider noch trocknen. Trotzdem wollte ich es nicht offen auf dem kleinen Tisch liegen lassen. Wenn ich mich auf mein Bett stelle und mich ganz lang strecke, kann ich nicht nur die Mauernische erreichen, sondern auch den Balken. Auf den habe ich das Pergament gelegt und es mit einem der kleinen Steine beschwert, die mir immer zum Fixieren der Papierecken dienen.

Der Lichtkegel der Kerze zuckt über die Wände, als ich die Treppe hinunter zur Kellertür steige. Die Reise sitzt auch mir in den Knochen, das spüre ich. Als ich an der letzten Stufe ankomme, stolpere ich fast, und die Kerze erlischt. Natürlich ist hier keine andere Kerze, an der ich meine wieder entzünden könnte. Mit einer Hand an der Wand taste ich mich vorwärts, immer tiefer in den Vorraum hinein. Hier irgendwo muss der Korb stehen. Mit einem Fuß ziehe ich immer wieder Halbkreise um mich, damit ich nicht dagegenstoße. Dann erreiche ich die Tür, die sich rau und rissig anfühlt. Ich spüre die schweren Beschläge und kann das Schloss fühlen, gleite mit den Händen an der Tür hinunter und taste nach dem Korb. Nichts. Er ist nicht da! Ich fahre hektisch am Boden entlang, bin plötzlich nicht mehr sicher, ob ich ihn ganz nah an die Tür gestellt habe oder doch nur daneben. Nichts. Mit wird heiß, gleichzeitig versuche ich mich mit dem Gedanken zu beruhigen, dass Rogier van der Weyden den Korb noch am Abend selbst hineingestellt hat. Aber wie sollte er wissen, dass ich ihn hier stehen gelassen habe?

Ich bekomme ein ungutes Gefühl. Hätte ich doch nur gleich darauf gedrängt, dass der Korb mit all seinen Werten sicher verstaut würde. Jetzt ist es zu spät. Gleich morgen in der Früh werde ich zu Rogier van der Weyden gehen müssen und ihn fragen.

All meine Ruhe ist dahin, als ich zurückschleiche in meine Kammer. Doch ich will schlafen, erst einmal schlafen. Es gibt sicher eine Erklärung. Auch wenn mir die Erklärung, die sich mir aufdrängt, die unangenehmste ist: Was, wenn Jup was mit dem Verschwinden des Korbs zu tun hat? Jup, der eifersüchtig ist auf die Reise nach Brügge und meine immer wichtiger werdende Position bei Meister van der Weyden. Jup, der jede Gelegenheit nutzen würde, um mir zu schaden. Jup, der zwar ein begnadeter Maler ist, aber charakterlich ein Schwein, das vor nichts zurückschreckt, sobald seine Stellung in Gefahr ist.

Die Chance

Bereits beim Aufstehen bemerke ich die Unruhe im Haus. Überall ist wildes Getrappel zu hören, und während ich noch die Glockenschläge zähle, die von fern aus allen Richtungen schallen, merke ich, dass ich lange geschlafen habe. Viel zu lange, um als einer der Ersten beim Meister zu sein und ihn nach dem Korb zu fragen.

So schnell wie heute war ich noch nie in meinen Kleidern. Was für ein Glück, dass wenigstens die monatliche Heimsuchung mich nicht allzu lange belästigt hat, so komme ich ohne große Verrichtungen aus. Aber wie gern hätte ich mich gewaschen! Gestern war einfach keine Gelegenheit mehr, und jetzt würde es auffallen, wenn ich auch noch im Badehaus verschwinden würde.

Mein Leinenhemd riecht unangenehm, so wie ich es nie von mir kannte. Aber Mama hat immer gesagt, mit der Heimsuchung kommen die Düfte, die keiner will. Nun weiß ich, was sie gemeint hat, und versuche mit einigen Bröseln Lavendel den unangenehmen Geruch zu übertünchen.

Ich klettere aufs Bett und hole das Pergament, das inzwischen getrocknet ist, vom Balken herunter. Zweimal gefaltet scheint es mir in meiner Gürteltasche sicher aufgehoben. Lieber habe ich es bei mir, als es den ganzen Tag in meinem Zimmer zu lassen. Wer weiß, wer sich hier Zutritt verschafft, wenn schon ganze Körbe einfach so verschwinden!

Plötzlich wird mir wieder die ganze Tragweite des Geschehens bewusst. Ich muss schnell zu Rogier van der Weyden, aber kaum bin ich aus der Tür meines Zimmers geschlüpft, stelle ich fest, dass im ganzen Haus der Ausnahmezustand herrscht. Mir wird heiß. Es wird doch nicht genau das eingetreten sein, was ich gestern Abend befürchtet habe? Der Korb und sein kostbarer Inhalt sind vielleicht doch weg und haben schon für entsprechenden Aufruhr gesorgt. Aber hätte man mich da nicht geweckt? Schließlich war ich doch die Letzte, die ihn in der Hand hatte?

Behutsam schleiche ich mich den Gang entlang, der zum Küchentrakt führt. Einzelne Dielen knarzen so erbärmlich, dass ich denke, es müsste im ganzen Haus zu hören sein. Doch als ich endlich vorne bei den Dienstmägden ankomme, die schon emsig hin und her laufen, sehe ich den Grund der Aufregung. Herzogliche Soldaten stehen bei den Dienstmägden und lassen sich mit kleinen Haferkuchen und Butter bedienen. Der Herzog ist im Haus! Das heißt im besten Fall, auch Raphael ist da. So schnell ich kann, mache ich mich auf den Weg zum Atelier. Wieso hat mich denn niemand geweckt?

Kaum habe ich die letzten Stufen zum Atelier genommen, empfängt man mich schon.

»Da ist ja unser Langschläfer! Nun, Abenteuer machen müde, nicht wahr, kleiner Louis?« Tatsächlich, das sind die Worte des Herzogs. Er tut so vertraut, und ich verbeuge mich tief.

»Louis, bereite alles vor. Wir wollen heute Raphaels Porträt so weit voranbringen, dass nur noch wenige Sitzungen nötig sein werden.«

Rogier van der Weydens Stimme dringt wie durch einen Nebel an mein Ohr. Unmöglich kann ich ihn jetzt auf den verschwundenen Korb hinweisen. Gleichzeitig schiele ich in Raphaels Richtung und weiß, dass ich gar keine Lust habe, die Sitzungen schnell zu beenden, denn was kommt danach? Wie soll ich ihn je auf offiziellem Weg wiedersehen?

Raphael hat sich schon auf seinem Stuhl zurechtgesetzt und versucht sich an die Stellung zu erinnern, die er die letzten Male eingenommen hat.

»Bevor du mir die Paletten reichst, hilf bitte unserem jungen Freund, seine Position zu finden, Louis!«

Rogier van der Weydens Stimme klingt wie immer. Er scheint die Strapazen der Reise gut weggesteckt zu haben, und nichts deutet darauf hin, dass er sich wegen eines verschwundenen Korbs Sorgen macht.

Ich nähere mich Raphael, verbeuge mich auch vor ihm tief und versuche beim Aufrichten einen Blick von ihm zu erhaschen.

»Louis, wir haben nicht ewig Zeit. Bitte hilf dem Grafen, Beine und Arme in den rechten Winkel zu bekommen. Verzeiht, Monsieur de Mercatel, diese Ausdrucksweise, aber wir wollen doch so perfekt wie möglich vorbereitet in diese Sitzung gehen.«

Leichte Ungeduld macht sich breit, weil ich heute so umständlich bin und auch so langsam. Dabei will ich nur den Augenblick der Nähe auskosten. Gleichzeitig könnte ich mich ohrfeigen, dass ich so ungewaschen vor Raphael stehe, der das mit seiner feinen Nase sicherlich sofort bemerken wird.

Vorsichtig hebe ich Raphaels Arm an und schiebe ihn auf der Lehne des Stuhls zurecht. Ich weiß nicht, ob ich es mir einbilde, aber ich habe das Gefühl, dass Raphael es so einrichtet, dass sich unsere Hände dabei berühren. Gleichzeitig sperrt sich etwas in ihm, und es fällt mir schwer, seine Gliedmaßen in die richtige Richtung zu bewegen. Wir müssen ein komisches Bild abgeben, zumal ich das Gefühl habe, dass alle Augen auf uns gerichtet sind – auch Jups, der gerade die Treppe heraufkommt.

Zu Raphaels Füßen sind glücklicherweise Kreidemarkierungen, die mir anzeigen, wo Spitze und Ferse des jeweiligen Fußes stehen müssen. Als ich so gut wie fertig bin und mich ein wenig aufrichte, treffen sich Raphaels und mein Blick. Ich kann sie spüren, die Verwirrung, die unsere Begegnungen immer in ihm auslösen. Und gleichzeitig weiß ich, dass ich ihm heute das Pergament zustecken muss, auch wenn noch nicht alles perfekt ist. Doch er wird alles erkennen können, was nötig ist. Denn wenn dies heute eine der letzten Sitzungen sein soll, muss ich mich mit der Wahrheit beeilen.

Jup schiebt sich an mir vorbei und begrüßt Raphael übertrieben höflich. Gleichzeitig stößt er seinen Fuß in meine Seite, weil ich ja immer noch vor Raphael knie. Ich strauchle und sehe, dass Raphael diesen Tritt bemerkt hat und die Stirn runzelt. Schnell richte ich mich auf und streiche meine Kleider zurecht ... wie ein Mädchen. Doch ich kann es nicht mehr rückgängig machen und sehe die unausgesprochenen Fragen in Raphaels Gesicht. Wieder einmal ist es Philipp, der die Situation rettet.

»Meister van der Weyden, bringt mir das Porträt rasch zu Ende. Ich will Euch wieder mit einem Wohltäterbild beauftragen. Und Ihr wisst ja, dass ich nur des Meisters Hand an meine Bilder lasse. Sosehr ich eure Arbeit schätze, ihr werten Gesellen ...« Dabei dreht er sich einmal kurz in einem Halbkreis zu den Umstehenden, »... aber ich will einfach das Gefühl haben, ein Bild van der Weydens zu besitzen und nicht nur eines aus seiner Werkstatt.«

Dabei zieht sich ein feines Lächeln um seinen Mund, als ob er gerade besonders erlesenen Wein gekostet hätte. Rogier van der Weydens Gesicht allerdings überzieht ein Schleier – oder bilde ich mir das nur ein? Scheinbar nicht, denn gleichzeitig verzerren sich Jups Züge zu einem hämischen Grinsen, und er blickt dem Meister frech ins Gesicht. Das hat nichts Unterwürfiges, nichts Bewunderndes, auch nichts Zustimmendes, sondern es ist eine anmaßende, düstere

Grimasse, die die Machtverhältnisse in diesem Raum völlig verkehrt. Rogier van der Weyden macht einen schwachen Eindruck, so als ob er sich seiner Sache nicht ganz sicher sei. Und wenn ich ehrlich bin, ist auch Furcht dabei. Doch wovor?

Eine gefühlte Ewigkeit später erholt sich Rogier van der Weyden von seinem traurigen Anflug und mahnt uns alle zur Eile – das Licht würde sich bald ändern, denn schon wieder überziehen dunkle Wolken den Herbsthimmel. Wir wenden alle den Blick Richtung Fenster, die kurz geöffnet wurden, um die rauchige Kaminluft abziehen zu lassen. Da bemerke ich die Blumen unten im Fenster des Beginenhofs. Elaine! Wie gern würde ich zu ihr gehen. Sie ist – neben Ach Ach, aber der ist weit weg – die Einzige, die mein Geheimnis kennt, und es gibt so viel zu erzählen von der Reise nach Brügge, den Erlebnissen und nicht zuletzt von meinen Gefühlen für Raphael, die nicht schwächer, sondern stärker werden, je öfter wir uns sehen.

»Louis, wach auf! Hänge den Umhang des jungen Grafen an den Haken. Ich kann ihn hier vorn nicht brauchen. Und ihr anderen geht an eure Arbeit! Mein Herzog …«, Rogier van der Weyden verbeugt sich leicht, »wollt Ihr auf diesem Stuhl, nahe dem Feuer, Platz nehmen und mir zusehen?«

Als hätten alle auf Rogier van der Weydens Ansage gewartet, kommt plötzlich Bewegung in den ganzen Raum. Die Gesellen, einschließlich Jup, wenden sich Staffeleien, Leinwänden, Töpfen mit Malgründen und Paletten zu. Der Herzog schnüffelt in die Luft wie ein Hund auf Fährte.

»Ich liebe diesen Duft, Meister van der Weyden. Wie sehr lenkt mich das von meinen Regierungsgeschäften ab. Diese Aromen sind es wohl, die mich zu einem Bewunderer Eurer Kunst machen.«

Dabei kneift er ein Auge zu und blinzelt in die Runde. Eine Geste, die Rogier van der Weyden sofort aufnimmt, während er scherzhaft entgegnet: »Natürlich könntet Ihr Eure Leidenschaft auch in einer

Leinölmühle oder bei einem Pigmenthändler befriedigen, mein Herzog, ein Pigmenthändler, wie es der Vater unseres jungen Louis war. Es würde Euch viel billiger kommen, als uns zu beauftragen.«

Auch Rogier van der Weyden zwinkert dabei, und der Herzog und alle Gesellen fallen in ein befreites Lachen. Endlich kann die Arbeit beginnen. Nur ich weiß jetzt nicht mehr so recht, was ich tun soll, nachdem ich Raphael in die richtige Positur gebracht habe. Ich kann schlecht neben ihm stehen bleiben und ihn anstarren.

»Louis, der Umhang!« Rogier van der Weyden macht mit dem Kopf eine Bewegung in den hinteren Teil des Ateliers, dort wo normalerweise an großen Bronzehaken auch unsere Malkittel hängen. Natürlich, der Umhang. Ich sehe Raphael schmunzeln, und vielleicht will er sich auch in Richtung der Haken drehen, auf jeden Fall ermahnt ihn Rogier van der Weyden, sich nicht zu bewegen. So kann er nur die Augen wenden. Dabei verdreht er sie so komisch, dass ich laut herausprusten muss und Raphael seine liebe Mühe hat, still zu sitzen, so sehr wird er innerlich von einer Lachslave geschüttelt.

Es macht mich so glücklich, dass jede Missstimmung zwischen uns so schnell aus der Welt geschafft werden kann. Als ich den Umhang schon an einem der Haken ordentlich aufgehängt habe, kommt mir eine Idee. Welche Gelegenheit wäre günstiger als diese, um das Pergament zu verstauen? Alle konzentrieren sich auf ihre Arbeiten, der Herzog zählt Rogier van der Weydens Handgriffe, und niemand wird sich für mich und den Umhang interessieren.

Ich bemerke eine kleine gemusterte Innentasche an Raphaels Houppelande, deren Ränder mit Nerzen besetzt sind. Die Tasche selbst ist nicht besonders groß und ganz flach. Ich werde das Pergament noch einmal falten müssen und ziehe es dazu aus meiner Gürteltasche. Einen letzten Blick darauf riskiere ich noch. Wird Raphael die Botschaft verstehen? Wenn es einer versteht, dann er! Er hat all diese Situationen mit mir erlebt, er weiß, wer auf den Bildern abgebildet ist. Nur er kann unsere Geheimsprache entschlüsseln. Das ist wichtig.

Ich falte das Papier rasch dreimal zusammen und schiebe es in die Innentasche von Raphaels Umhang. Jetzt liegt das Schicksal, mein Schicksal, in diesem kleinen Stück leblosen Papiers. Vorsichtig glätte ich die Falten, die durch das Füllen der Tasche entstanden sind, und wende mich um – genau in dem Augenblick, als Jup vor mich tritt! Völlig lautlos hat er sich angeschlichen, und ich bin mir nicht sicher, was er gesehen hat. Ist jetzt alles aus?

Grob packt mich Jup am Arm. »Na, Louis, so ehrenvolle Aufgaben heute? Aber den Mantel deines Angebeteten musst du wirklich nicht streicheln.«

Jup zischt mir die Worte ins Ohr, sodass ich seinen muffigen Atem riechen kann und sich seine Bartstoppeln an mein Kinn drücken. Ich schlage seinen Arm weg und befreie mich aus seinem Griff.

Was will Jup nur von mir? Will er mich als Konkurrenz ausschalten? Ist er eifersüchtig? Oder alles zusammen? Schnell drehe ich mich um, greife nach einer Schüssel mit Datteln und eile nach vorn ins Atelier. Als ich Philipp dem Guten die Schale mit den Datteln hinhalte, bemerke ich natürlich, dass er mich mustert, aber ich versuche unterwürfig nur auf die Datteln zu sehen. Wenn er meine Verwirrung bemerken würde, müsste ich Fragen beantworten, das will ich nicht.

Dann höre ich Raphael leise rufen: »Louis, kannst du mir auch eine Dattel reichen?«

Rogier van der Weyden räuspert sich und wirft ein: »Aber nicht bewegen! Louis soll Euch, wenn Ihr es erlaubt, Monsieur de Mercatel, eine Dattel an die Lippen reichen.«

»Das wäre … ähm … fein, Louis, danke.«

Raphaels Stimme klingt ein wenig gepresst, denn er bemüht

sich, so wenig Gesichtsmuskeln wie möglich zu betätigen, um den Ausdruck nicht zu gefährden, den er jetzt die nächsten Stunden halten soll.

»Ja!«, will ich rufen. »Nichts lieber als das!« Stattdessen kommen aus meinem Mund Töne, die völlig fremd klingen: »Wenn Ihr erlaubt, Graf de Mercatel.«

Mit zwei Fingern greife ich eine besonders große Dattel und führe sie ganz nah an Raphaels Lippen heran. Jup, der inzwischen auch wieder aus dem hinteren Teil des Ateliers aufgetaucht ist, lässt den Pinsel sinken und starrt mich hasserfüllt an. Tatsächlich ist dieses Reichen der Dattel für mich fast so ein intimer Moment, als würde ich meine Kleider abwerfen und nackt vor Raphael stehen. Der aber nimmt vorsichtig mit den Lippen die Dattel, und für mich fühlt es sich an, als würden diese Lippen meine Finger umschließen. Ein unglaublich warmes Gefühl.

Alles wird jetzt gut werden. Raphael wird das Papier finden, er wird es entschlüsseln und den Grund seiner Verwirrung erfahren. Dann wird es in seiner Hand liegen, uns eine Chance zu geben.

Orte der Harmonie

Vielleicht wäre alles anders gekommen, wenn die Sitzung nicht bis zum Abend gedauert hätte. Vielleicht hätte ich Jup besser beobachten sollen. Doch so war ich den ganzen Tag damit beschäftigt, Farben anzurühren, Pinsel zu waschen und Mallappen auszutauschen.

Es ist mir ein Rätsel, wie Jup sich auf sein Bild konzentrieren konnte, so sehr waren seine Augen immer auf mich oder Raphael gerichtet. Und das, obwohl er sich noch einmal intensiv mit dem Porträt des Herzogs beschäftigen musste. Philipp der Gute saß Porträt, während Jup flink mit dem Silberstift ein paar weitere Skizzen im Profil und frontal anfertigte. Eins muss man ihm lassen: Er kann zeichnen wie sonst keiner der Gesellen hier im Atelier. Wahrscheinlich duldet der Meister deswegen seine vielen Unarten.

Nachdem die herzogliche Familie abgereist war, war auch Jup verschwunden. Eigentlich verwunderlich, denn Jup lässt kaum eine Gelegenheit vergehen, mit mir allein im Atelier zu sein, und nach dem Porträtsitzen kann er sicher sein, dass ich Stunden mit Aufräumen und Säubern beschäftigt bin. Viel Raum für Jups Bosheiten. Die harmloseste ist noch, dass er alle Pinsel wieder in Farbe taucht und sie mich erneut auswaschen lässt. Anschließend, wenn alle meine Finger von Terpentinöl glänzen, nähert er sich, weil er sich sicher fühlt, dass ich ihn mit den öligen Fingern schlecht von mir stoßen kann. Dann hilft nur noch Schnelligkeit, wegdrehen, ducken, abhauen. Auch wenn die Arbeit dann noch nicht zu Ende gebracht ist, das Risiko, vom Meister getadelt zu werden, muss ich auf mich nehmen, wenn ich nicht Jups scheußliche Nachstellungen ertragen will.

Ich hatte also nach dem Besuch des Herzogs gerade sorgfältig die Paletten in ölige Tücher gehüllt, damit sie nicht austrocknen, als Rogier van der Weyden noch einmal ins Atelier zurückkehrte.

»Louis, hast du den Korb gesehen, den wir aus Brügge mitgebracht haben?«

Die Worte brannten sich mir in die Seele – der Korb war also tatsächlich verschwunden! Ich fing an zu stottern: »Keller … Tür … verschlossen … niemand sonst wusste davon … gleich heute wollte ich Euch fragen.«

Rogier van der Weyden musste das Gefühl haben, dass ich entweder nicht bei Sinnen war oder ein schlechtes Gewissen hatte.

»Ich verstehe nicht, Louis, du hast den Korb mit den wertvollen Materialien einfach so vor der Kellertür stehen gelassen?«

Natürlich konnte ich nur mit »Ja« antworten, auch wenn die Wahrheit ein wenig anders war. Ich hatte mich doch auf die Suche nach dem Meister gemacht, um ihm zu sagen, dass er den Korb wegschließen müsste! Doch meinem Gestammel konnte man nur entnehmen, dass ich ganz offensichtlich alles falsch gemacht hatte und das auch wusste. Es war zum Verzweifeln! Ich konnte die Geschichte nicht so erzählen, wie sie sich zugetragen hatte, und machte alles immer schlimmer. Rogier van der Weyden legte den Kopf schief, und sein Gesicht nahm einen seltsamen Ausdruck an, etwas zwischen Verwunderung und aufflammendem Zorn.

»Es wundert mich doch stark, dass du die einfachsten Regeln dieses Hauses nicht mehr beherzigst. Ich habe dir viel Vertrauen geschenkt, lasse dich bei wichtigen Gesprächen beisitzen, und du schaffst es, einen Korb mit kostbaren Rohmaterialien verschwinden zu lassen? Geh in deine Kammer, du bekommst heute kein Abendbrot! Ich werde mir überlegen, was mit dir geschehen soll!«

Die Härte in Rogier van der Weydens Stimme überraschte und verletzte mich.

»Aber Meister …«, setzte ich an, doch genau in dem Moment stürmte Jup herein und begann, mit dem Meister zu tuscheln. Ich konnte nicht hören, worum es ging, aber beide sahen immer wieder zu mir herüber.

Schließlich stellte Rogier van der Weyden Jup eine Frage: »Jup, angeblich hat unser junger Freund gestern einen Korb mit Pigmenten und Rohmaterialien vor der Kellertür deponiert. Du weißt, dort wo unsere größten Schätze lagern, wenn wir mal von den Bildern absehen, die hier entstehen. Hast du, Jup, diesen Korb vielleicht gesehen?«

Jup tat erstaunt, zog die Augenbrauen hoch, was ihm ein verstörend irres Aussehen gab, und zuckte mit den Schultern.

»Kann mich schon drum kümmern, um die wertvolle Fracht.« Dann drehte er sich um und bleckte mir seine gelblichen Zähne entgegen, als wüsste er genau, wo er suchen müsste.

Ich wurde entlassen und hörte die beiden Männer noch heftig miteinander diskutieren. Ich hoffte inständig, dass es für das Verschwinden des Korbes einen triftigen Grund gab. Doch ich hatte ein ungutes Gefühl.

Ich renne unruhig von einer Seite meiner Kammer zur anderen. Wegen dieses Hausarrests kann ich Elaine nicht treffen. Wenn ich ihr wenigstens eine Nachricht zukommen lassen könnte! Nein, das geht nicht, ich muss zu ihr, denn ich brauche ihren Rat. Hier braut sich etwas zusammen, genau so etwas, wovor Elaine mich immer gewarnt hat. Mein größter Gönner, Rogier van der Weyden, wird mir gegenüber misstrauisch. Jups schlechte Angewohnheiten verstärken sich, und mein Nervenkostüm wird immer dünner. Diese Maskerade setzt mir zu, und statt endlich in den Stand eines Gesellen aufzusteigen, rutsche ich tiefer. Wahrscheinlich sollte ich nicht vergessen, weshalb ich einmal in dieses Haus kommen durfte: als Pferdemistsammler. Man kann das Schicksal wohl doch nicht übertölpeln und sich Plätze erobern, die nicht für einen vorgesehen sind.

Ich lege ein Ohr an die Tür meiner Kammer und horche. Die Geräusche des Hauses beschränken sich auf den Küchentrakt, ein untrügliches Zeichen, dass alle um den großen Tisch sitzen und eine der kräftigen Suppen bekommen, die heute schon den ganzen Tag das Haus mit würzigem Duft erfüllt haben. Ich habe einen bohrenden Hunger, denn außer einem Kanten Brot und einer Dattel, die ich mir tatsächlich gemopst habe, bin ich den ganzen Tag ohne Essen geblieben. Vorsichtig schleiche ich mich aus meiner Kammer zum Hauseingang, vorbei an der robusten Holztür, die zur Küche und zum Essraum führt. Dahinter höre ich die Gesellen ungewohnt laut reden. Einzelne Wortfetzen dringen an mein Ohr, die lautesten von Jup: »Kleiner Verräter … Dieb … Gerechte Strafe … Schau nur, wie der aussieht … Engelsmaske vor Teufelsfratze!«

Warum schafft es Jup während eines einzigen Abendessens, mich in den Dreck zu ziehen? Ich kann zwar keine bösen Worte von Hans und Matteo hören, aber es wird nur noch eine Frage der Zeit sein, bis sie sich von Jups Verleumdungen anstecken lassen. Der Meister scheint nicht mit am Tisch zu sitzen, denn es geht zügellos und roh zu. Nur die Küchenmädchen werden Zeugen dieser Runde. Vielleicht könnte ich später Marie fragen, was alles passiert ist? Jetzt aber muss ich zu Elaine, ich brauche Trost.

Keine zwei Minuten später drücke ich mich in den Schatten der Mauer des Beginenhofs und schleiche um das Anwesen herum. Lichtscheue Gestalten huschen vorbei, Gestank und Verwesungsgeruch mit sich tragend. Aussätzige, die sich die Abfälle der Marktstände und Geschäftsauslagen holen, die in die Abortrinne gekippt werden, wenn die Geschäfte schließen. Die Ärmsten der Armen, und wie schnell könnte man zu ihnen gehören, schießt es mir durch den Kopf.

Wenn sich Rogier van der Weyden von Jups schlechter Stimmung gegen mich anstecken lässt, dann habe ich bald kein Dach mehr über dem Kopf – wenn nicht noch Schlimmeres passiert. Ächtung und Verweis aus der Stadt, denn ohne festen Wohnsitz habe ich kein Recht, mich in Brüssel aufzuhalten. Langsam wird mir bewusst, dass Elaine nun tatsächlich meine Rettung sein könnte. Aber ob sie überhaupt kommt, wenn ich ihr kein Zeichen geschickt habe?

Ich beschleunige meine Schritte, und nur weil mir hier jeder Pflasterstein bekannt ist, nicht zuletzt, weil ich durch meine frühere Tätigkeit als Pferdemistsammler es gewohnt war, auf den Boden zu sehen, kann ich mich rasch in der Dunkelheit bewegen. Eigentlich ist es nämlich schon viel zu spät für ein Treffen mit Elaine. Bald wird im Beginenhof das Abendessen aufgetischt werden, und wenn Elaine daran nicht teilnimmt, wären in Kürze alle in Alarmbereitschaft.

Kurz bevor ich zu unserer geheimen Stelle komme, sehe ich Elaine durch das Tor zum Beginenhof verschwinden. Ich bin zu spät! Aber vielleicht könnte ich Elaine im Garten des Beginenhofs aufspüren, sie wollte das Tor ja immer für mich geöffnet halten. Also folge ich ihr.

Tatsächlich ist das Tor nicht verschlossen und lässt sich mit leichtem Druck öffnen. Eine schwarze Katze, die diesen Geheimweg wohl ebenso kennt, versetzt mich kurz in Panik, als sie an mir vorüberschießt und inmitten des Beets verschwindet, das mit einem neuartigen Gemüse bepflanzt ist, dem Brüsseler Kohl. Die nussigen Röschen hatte auch Mama in ihrem Hausgarten, ein dankbares Gemüse, das erst jetzt im November geerntet wird. Entsprechend herbstlich belaubt und üppig wachsen die Stängel, an denen wie kleine Zapfen die Kohlröschen stehen.

Zwischen den Beeten sind die Wege mehr oder weniger gerade, verzweigen sich und bilden ein Netz, das an einen Irrgarten erinnert. Ganz leise rufe ich »Elaine!«, in der Hoffnung, dass sie noch in der Nähe ist. Doch sie scheint mich nicht zu hören. Vielleicht ist sie auch so schnell zu den Häusern zurückgerannt, dass ich sie nicht mehr einholen kann. Denn dort ist die Gefahr zu groß, entdeckt zu werden. Aber vielleicht wäre das gar nicht das Schlechteste. Ich würde mich zu erkennen geben, würde meine Geschichte erzählen, und im schlimmsten Fall würden sie mich aus dem Beginenhof werfen, im besten Fall dürfte ich bleiben. Wer hätte gedacht, dass der Beginenhof doch noch einmal eine Option für mich sein würde?

Ich habe vor Aufregung kaum bemerkt, wie spät es schon ist. Die Bäume und Sträucher werfen unruhige Schatten auf die Beete des Beginenhofs, als der Mond hinter einem Wolkengebirge auftaucht. Am Ende aller Wege sieht man die Fenster der Beginenhäuser leuchten, einladend warm. Auf den beigen Vorhängen zeichnen sich die Umrisse der sich dahinter bewegenden Frauen ab. Deutlich sehe ich die »Hauben« hin und her laufen, spüre die Geschäftigkeit, die entsteht, wenn alle Beginen in dem großen Gemeinschaftssaal zu Abend essen. Und auf einmal scheint mir das Beige der Beginen wie eine Verheißung und Einladung. Wie gerne würde ich jetzt dort sitzen und mich einlullen lassen von den Gesprächen über Kräuter, Sude und Heilmethoden, über die Brotverteilung unter den Armen und die nächsten Handwerksmärkte, auf denen die selbst gemachten

Dinge aus dem Beginenhof begehrte Waren sind! Sie bringen das Geld, von dem die ganze Gemeinschaft leben kann. Auf der anderen Seite muss ich an die Unsummen denken, die vermögende Auftraggeber für ein Wohltäterbild ausgeben. Ein Vielfaches dessen, was die Beginen durch den Verkauf von Bienenhonig, aufwendiger Spitze, handgewerkten Stoffen und Kräuteressenzen verdienen. Doch Wohltäter sind sie alle. Die einen reinigen ihre Seelen und ernähren so ganze Zünfte, die anderen geben alleinstehenden Frauen eine sichere Bleibe über dem Kopf und kümmern sich aus Dankbarkeit um andere Bedürftige. Mit einem Mal erscheint mir die Bescheidenheit des Beginenhofs wie ein Hort der Harmonie. Vielleicht haben mich die letzten Wochen und Monate reifen lassen, vielleicht ist es auch ein Verdienst des Heranwachsens, dass einem manche Idee gar nicht mehr so verlockend erscheint wie noch wenige Zeit davor.

Im Augenblick möchte ich mich am liebsten zwischen die Beginen mischen und die Gemütlichkeit auskosten, die ein gemeinsames Abendessen unter den Frauen immer hat. Überhaupt essen. Wahrscheinlich bin ich einfach nur hungrig und fände sogar die Gefängnisküche verlockend. Irgendetwas zieht mich jedenfalls an, und außerdem will ich immer noch Elaine wiedersehen. Ganz langsam schleiche ich durch den spätherbstlichen Garten, immer weiter auf die Beginenhäuser zu. Leichter Regen setzt ein, ein Sprühen, wie wenn man mit dem Finger Farbe über einen riesigen Borstenpinsel zieht. Die Wolle meines Umhangs nimmt schnell die Feuchtigkeit auf und entlässt im Gegenzug einen Geruch aus Wollfett, Schweiß und Terpentin.

Ich hasse es, wenn ich so ungewaschen bin, ein Gefühl, das sich in den letzten Wochen auch noch verstärkt hat. Am liebsten würde ich mich täglich zweimal in das Badehaus im Hof zurückziehen. So gern würde ich meine Lavendelvorräte aufstocken, um meine wenigen Wäschestücke damit zu parfümieren. Außerdem hilft die würzige Pflanze gegen die vielen Motten, die sich in der letzten Zeit im Hause van der Weydens breitgemacht haben und Matteo zur Weißglut bringen, weil sie auch vor seinen teuren toskanischen Stoffen nicht Halt machen.

Im selben Maß, wie mir der Beginenhof plötzlich als Zufluchtsort erscheint, empfinde ich van der Weydens Haus als Bedrohung. Zu leichtsinnig bin ich mit dem Schicksal umgegangen, und es wird sich bewahrheiten, was Papa immer gesagt hat: Eine Lüge zieht noch mehr Lügen nach sich. Meine Verkleidung als Junge ist nichts anderes, es ist eine Lüge, die nun zur Lawine wird, weil ich unbescheiden bin und etwas tun möchte, das nur den Männern vorbehalten ist. Dabei empfinde ich immer mehr wie eine Frau, und das Chaos nimmt seinen Lauf, vor allem wenn man es mit einem Ekelpaket wie Jup zu tun bekommt.

Allmählich wird der Regen stärker, und ich sehe mich nach einer Stelle um, die mich etwas schützt. Die Fenstervorsprünge! Selbst im Erdgeschoss der Beginenhäuser sind kleine Erker eingelassen, unter denen man sitzen kann, wenn man sich nur klein genug macht. Darunter lässt sich alles Mögliche verstauen: vom Gartengerät bis hin zu Kisten und Körben. Die Erker sind breit und ragen noch eine Elle weit über die Hauswand hinaus. Unter solch einen Erker würde ich mich gern hocken, mich verkriechen und wenigstens so die Nähe zu den Beginen genießen.

Ich will mich gerade unter einen Erker retten, da werden die darüberliegenden Fenster aufgerissen, und aus dem Speisetrakt dringt aufgeregtes Gemurmel. Doch niemand sieht heraus, und ich kann unbemerkt mein kleines Versteck erreichen. Jetzt kann ich sogar jedes Wort hören, das gesprochen wird. Aber schon nach wenigen Sätzen, die an mein Ohr dringen, wird mir klar, dass ich es eigentlich nicht hören will.

Gerüchteküche

»Sie werden sich rächen an all jenen, die in den vergangenen hundert Jahren etwas für die Frauen getan haben.«

Die Stimme der Beginenoberin klingt schrill an mein Ohr, obwohl der Nieselregen ein gleichmäßiges Geräusch auf den Pflanzen des Gartens hinterlässt.

»Der Stadtrat von Brüssel hat ein neues Gesetz in Arbeit, haben sie heute auf dem Markt gesagt!« Eine der dicken Küchenbeginen schiebt ihre schrille Stimme dazwischen.

»Alles, wofür wir Jahre gearbeitet haben, soll damit zunichte sein?«

Die Stimmen gehen durcheinander, und ich habe nicht zu jeder ein Gesicht parat.

»Wenn sich der Stadtrat so leicht von dem Inquisitionsgeschwätz anstecken lässt, sieht es nicht gut für uns aus. Und für viele andere Frauen auch nicht. Jede Frau, die sich nicht in ein System zwängen lässt, das von der Kirche gemacht ist, wird schnell Hexe genannt werden. Erinnert euch nur an die Katharer. Blutig wurde ihr Aufstand niedergerungen, und es ist ihr Name, der das Wort ›Ketzer‹ hervorgebracht haben soll.«

»Ja, von dem italienischen *cattari*, einem volkstümlichen Wort für Katze, sollen die Katharer in Südfrankreich im Languedoc, rund um Carcassonne, ihren Namen haben, aber ich weiß von meinem Vater, Gott hab ihn selig, dass es von Katharsis, dem griechischen Wort für Reinigung, kommt«, entrüstete sich eine der älteren Beginen.

»Was für eine Schandtat! Tausende Anhänger der Katharer wurden getötet, und das, obwohl sie ähnlich wie wir nur ein anderes gottgefälliges Leben führen wollten. Und danach setzten die Hexenverfolgungen ein. Auf einmal standen Frauen in Verdacht, mit dem Teufel unter einer Decke zu stecken. Sündig sollen wir sein, seit Eva sich von der Schlange hat anstiften lassen, den Apfel zu kosten!«

Die Stimmen der nun wild durcheinanderschwatzenden Beginen werden immer schriller, und mir wird schlagartig klar, dass selbst hier, hinter den Mauern des Beginenhofs, kein Frieden mehr herrscht. Auch die Beginen sind gefährdet, und es scheint nur noch eine Frage der Zeit zu sein, bis es für diese selbstbewussten Frauen hier äußerst ungemütlich wird.

Mindestens so ungemütlich, wie ich mich gerade fühle, in einem Garten, in dem ich nicht sein sollte, einem Gespräch lauschend, das ich mir bedrohlicher nicht vorstellen kann. Von meinen mittlerweile kratzig feuchten Kleidern, den eingeschlafenen Beinen und dem bohrenden Hunger ganz zu schweigen.

»Meine Schwestern, beruhigt euch doch. So schlimm wird es schon nicht werden.« Die Oberin versucht die Lage zu entspannen. »Wir müssen uns nur unauffällig benehmen, und wir werden die Wachen an den Toren verstärken. Auch werden wir dafür sorgen müssen, dass endlich das Schloss an der Gartenpforte repariert wird. Hinter der nördlichen Mauer treibt sich übles Gesindel herum, und ich möchte nicht, dass sich ungebetene Gäste in unser Refugium verirren.«

Mir wird heiß. Das bedeutet, dass ich mich nicht mehr unbemerkt hierherstehlen kann. Und es heißt auch, Elaine wird sich nicht mehr heimlich mit mir treffen können. Das ist eine schlechte Nachricht, aber nichts im Vergleich zu dem, was die Oberin noch andeutet.

»Ich verstehe eure Aufregung, und ja, sie ist nicht ganz unbegründet. Heute war ein Franziskanermönch bei mir, ein Gesandter der Stadt. Er hat mir seine vollste Unterstützung zugesagt: Nicht wegzudenken seien wir, gerade was die Versorgung der Armen und Bedürftigen betreffe. Dennoch sollten wir Augen und Ohren offen halten und unser Heilwissen nicht missbrauchen. Zunächst habe ich ihn nicht verstanden, aber dann ist er herausgerückt mit der Sprache. Es würden immer mehr Frauen aufgegriffen, denen man nachsagt, mit dem Teufel im Bunde zu stehen. Ein auffälliges, gemeinsames Merkmal dieser Frauen seien ihre Kenntnisse der Alchemie.«

Eine der alten Beginen fällt der Oberin ins Wort: »Aber Alchemisten suchen nach der Formel zur Goldgewinnung, wir suchen doch nach Heilmitteln, die helfen.«

»Ganz richtig, Elsbeth, aber erinnert ihr euch an Louise und ihre Mutter? Beide hatten ein vorzügliches Wissen über die Aufbereitung von Edelsteinen und Kräutern, zwar angeblich nur, um daraus Malmaterialien zu gewinnen, aber für die Inquisitoren des Papstes ist es ein kleiner Schritt, von der Farbe Gold auf die Substanz Gold zu kommen. In deren Augen wären die beiden Alchemisten, und da man Frauen so nicht nennt, würde man sie als Hexen bezeichnen. Da sie beide nicht mehr unter uns sind, sind die Verdachtsmomente gegen uns gering, aber sie werden uns beobachten.«

Unter meinem Erker in meinen klammen Kleidern ist es kaum noch auszuhalten. Wenn ich den Worten der Oberin glauben darf, wäre ich auch als Mädchen, als Louise, nicht mehr sicher. Selbst wenn ich meine Verkleidung aufgeben würde, um in den Beginenhof zurückzukehren, würden sie mich hier nicht mehr aufnehmen. Sie hätten viel zu viel Angst vor dem Ruf, den ich ihnen einbringen würde.

Ich rapple mich hoch. Länger halte ich es hier nicht mehr aus. Mit Elaine zu sprechen wird unmöglich werden. Außerdem muss ich hinaus aus diesem Garten, bevor sie ihre Pläne gleich heute Abend in die Tat umsetzen und die Ausgänge verriegeln. Im Wegschleichen vernehme ich noch lange die hektischen Satzfetzen, die zwischen den Beginen hin und her fliegen.

»Ich werde die Kräutervorräte vernichten, sie bringen uns im wahrsten Sinne des Wortes in Teufels Küche!«, höre ich eine der Küchenbeginen rufen.

»Lasst uns die Produktion von Ölen und Essenzen einstellen, sie könnten uns in ein falsches Licht rücken!«, schreit eine andere.

»Wie sollen wir dann unsere Heilsalben anfertigen, wenn wir uns nicht mehr mit der Erforschung der Kräuter beschäftigen dürfen?«

»Wir sind doch keine Hexen!«

»Wir müssen mit dem Stadtrat reden!«

»Können wir überhaupt noch unbehelligt hier leben?«

Der Gesprächsteppich begleitet mich lange, auch wenn ich die einzelnen Sätze nicht mehr verstehe. Irgendwie kommt es mir so vor, als würde Mama ein zweites Mal sterben, wenn sie all ihre Vorräte wegwerfen.

Als ich an dem kleinen Geräteschuppen vorbeikomme, der auch Mama immer als Kräutervorratskammer diente, kann ich mich nicht zurückhalten – ich muss einen Blick hineinwerfen. Im Dunkeln kann ich nur die Umrisse der verschiedenen Gläser erkennen, alle fein säuberlich gekennzeichnet mit Papierschildern, die mit Schnüren an den Gefäßen befestigt wurden. Ich drehe vorsichtig die Korken aus den Gläsern und schnuppere am Inhalt. Bohnenkraut, was soll an Bohnenkraut gefährlich oder ketzerisch sein? Außer, dass man es zu Bohnen essen sollte, damit man hinterher die blähende Wirkung der Hülsenfrüchte besser wegsteckt. Oder Brennnesseln? Aus ihnen kann man einen Sud bereiten gegen Schädlinge oder sie als Packung auf schmerzende Muskeln legen. Damit endet aber auch schon ihr ganzer Zauber.

Beim dritten Glas stoße ich endlich auf meinen geliebten Lavendel. Ja, ihn will ich mitnehmen, er erinnert mich an die Wäscheberge bei uns daheim, an die Körbe, in denen Papa den Lavendel aus Südfrankreich mitgebracht hat. Und dabei durchfährt es mich wie ein Blitz, weil ich endlich Papas Sätze zuordnen kann: »Das ist der Duft der Katharer«, hat er immer gesagt. Früher wollte ich nicht fragen, weil ich mir dumm vorkam, aber jetzt ergibt der Satz einen Sinn. Carcassonne, Languedoc, das war das Gebiet, aus dem Papa die Körbe mit dem Lavendel mitbrachte. Dort liegen die Orte, in denen die Katharer ihre größten Erfolge feierten und Tausende von Anhängern um sich scharten. Und dort wurden sie auch grausam niedergemetzelt von den Soldaten des Papstes.

Jetzt möchte ich diesen Lavendel der Katharer mitnehmen, um träumen zu können, von meinem Zuhause, von einer Zeit ohne Verfolgung. Einer Zeit, in der mein Leben noch in Ordnung war. Es ist noch nicht einmal ein Jahr her.

Vorsichtig stehle ich mich durch das Gartentor, das Glas mit dem Lavendel habe ich in die Tasche meines Umhangs gesteckt, damit ich die Hände frei habe, denn ich muss mich tastend fortbewegen. Es ist stockdunkel. Nur an den Hauptstraßen werden Laternen angezündet. Doch bis dahin muss ich aufpassen, dass ich nicht über herumliegende Hölzer oder hochstehende Pflastersteine stolpere. Dem Nachtwächter, der bestimmt schon seine Runde dreht, sollte ich tunlichst auch nicht begegnen, nach all dem, was ich gehört habe.

Ich bin wirklich ratlos, wie ich weitermachen soll. Um jeden Preis die Maskerade aufrechterhalten? Oder Meister van der Weyden erklären, warum ich in Wirklichkeit bei ihm bin? Oder soll ich mich lieber davonmachen? Aber wohin? Ich bin schlecht vorbereitet auf ein Leben auf der Straße. Was ich kann, braucht man im Vagabundenleben nicht. Ich weiß nicht, wo andere Maler wohnen, um ihnen meine Dienste anzubieten. Und ich will, ich *muss* Raphael wiedersehen! Das kann ich nur unter einer Bedingung: Ich muss bei Rogier van der Weyden bleiben. Wie sonst soll mich Raphael finden, wenn er das Pergament entschlüsselt hat?

Als ich an der Eingangstür von Rogier van der Weydens Haus ankomme, hilft mir der Zufall – sie steht offen. Sehr ungewöhnlich um diese Uhrzeit! Ich habe mir schon den ganzen Weg den Kopf darüber zerbrochen, wie ich über den Hof in das Haus gelangen könnte. Vorsichtig spähe ich in den Flur, in dem ruhig eine Kerze brennt, die aufflackert, als ich mich durch den Türspalt schiebe. Die weichen Sohlen meiner Schuhe schlucken jeden Lärm. Aus der Küche und den anderen Zimmern ist kein Laut zu hören.

Warum war die Tür offen? Ist der Meister noch einmal zu den Pferdeställen nicht unweit des Hauses gegangen, um mit dem Kutscher zu reden, der dort mit seiner Frau wohnt? Sind die Gesellen auf ein Bier in den *Blauen Krug*? Nein, es ist mitten unter der Woche, das kann nicht sein.

Auf der Treppe geben einige Stufen knarzende Laute von sich, und ich halte immer wieder an, um in die Stille zu lauschen. Doch ich kann nichts hören außer dem gleichmäßigen Trommeln des Regens auf dem Dach des Badehauses im Hof. Ich umklammere das Gefäß mit dem Lavendel, als würde es mir Halt geben, und nehme die letzten Stufen, die zu meiner Kammer führen. Die Tür lässt sich nur schwer öffnen, ich habe das schon einige Male erlebt bei Regen.

Dann verzieht sich das Holz im ganzen Haus, und die Türstöcke kleben an den Türblättern, als wären sie festgeleimt. Ich stemme mich mit der Schulter und einem kurzen Ruck dagegen, doch da fliegt die Tür schon auf, und ich lande ziemlich unsanft auf dem Boden. In meiner Kammer liegt alles wild durcheinander verstreut – meine wenigen Habseligkeiten, aber auch die Palette, die Pinsel, die Töpfchen und Gläser mit den Kräutern.

Ich mag mir nicht ausmalen, wer hier herumgeschnüffelt hat, überfliege fieberhaft, ob sich irgendetwas hier im Raum befunden hat, was mich verraten könnte. Natürlich, das kleine in Leder gebundene Büchlein meines Vaters mit den Rezepten. Wenn es in Jups Hände fiele, wäre es eine Katastrophe. Wenn Rogier van der Weyden es gefunden hätte, wäre es ein Segen, denn dann wüsste er, dass mein Wissen wirklich echt ist und nicht nur die Erzählungen eines dummen Jungen beziehungsweise Mädchens.

Was der Schnüffler nicht gefunden hat, sind die Skizzen und Miniaturen auf Pergament und Holz, die ich von Raphael angefertigt habe, heimlich natürlich. Von vorn, von der Seite und leicht schräg von hinten habe ich ihn gezeichnet und später sogar koloriert. Ich weiß, wie seine Ohren sich dicht an den Kopf schmiegen, kenne jede Locke in seinem Nacken und weiß, dass er an der linken Wange ein Muttermal hat, das meist durch Haare verdeckt ist. All diese kleinen Skizzen hatte ich tief in die Mauernische über dem Balken geschoben. Besser ich lasse sie hier. Die Kräuter könnten mir bei der Flucht nützlicher sein, obwohl der Beutel, der an meinem Gürtel hängt, immer dicker wird: Den Inhalt der Glasfläschchen mit den Kräutern fülle ich in kleine Lederbeutel um. So sind sie besser zu transportieren.

Wie gut, dass ich Raphael das Pergament heute zugesteckt habe. Ich hätte keinen Tag länger warten dürfen. Vielleicht klärt sich morgen alles auf?

Obwohl mir klar ist, wie gefährlich es werden könnte, hier noch eine Nacht zu bleiben, schäle ich mich mit letzter Kraft aus meinen Kleidern und sinke auf das Strohbett, das mir wie eine Wolke vorkommt, so erschöpft bin ich. Das Trommeln des Regens schiebt sich bleischwer über alle meine Sinne, die bis zum Zerreißen gespannt sind. Ich weiß, dass mich morgen Dinge erwarten, die ich mir heute noch nicht ausmalen mag. Aber ich kann mich nicht mehr erheben, kann keine Entscheidungen mehr treffen. Ich liege wie gelähmt und sehe in einen schwarzen Tunnel, an dessen Ende ein Feuer brennt.

Die Dinge
überstürzen sich

Als die schweren Schritte an mein Ohr dringen, weiß ich, dass sie bereits zu nahe sind, dass Weglaufen zwecklos ist. Ein Blick aus dem kleinen Fensterspalt zeigt mir, wie früh es ist, denn man kann die Sonne noch nicht einmal erahnen. Zwar hat der Regen aufgehört, aber überall ist nur bleischwarzes Licht zu sehen. Die Schritte haben nun meine Tür erreicht, und wie ich es geahnt habe, folgt ein donnerndes Klopfen und gleich darauf Jups polternde Stimme.

»Mach auf, du Ratte!«

Kurz spüre ich den Reflex, mich einfach unter der Bettdecke zu verstecken, ganz so, wie ich es früher gemacht habe, um dem Weckritual meiner Mutter zu entgehen, die nicht lockerließ und neben dem Bett stehen blieb, bis ich endlich die Decke vom Gesicht nahm.

Jups Fäuste krachen gegen die schwere Holztür, von der ich immer dachte, dass sie mich vor solchen Überfällen schützen würde. Doch jetzt bebt sie bedenklich in den Angeln, und auch das Schloss ächzt bedrohlich unter Jups Schlägen.

»Verdammt noch mal! Geh an die Tür, oder ich trete sie ein und schleif dich an den Haaren heraus, du mieser Betrüger!«

Aus Jups Mund scheint schon Schaum zu kommen, so vernuschelt klingen seine Worte, und trotz der Gefahr muss ich unwillkürlich lächeln. Jup mit Schaum vor dem Mund – er wird aussehen wie einer dieser scharf gemachten Hofhunde, die mit gefletschten Zähnen an langen Ketten ihr Gebiet verteidigen.

Was um Himmels willen hat sich Jup zusammengereimt? Ganz offensichtlich war er es, der gestern hier diese Sauerei angerichtet hat, und nun spielt er den Richter.

Die Tür gibt immer mehr nach, der Türstock knackt, und ich ziehe die Knie bis zum Kinn hoch. Dabei fällt mir auf, dass ich schutzlos in meinen Untersachen hier liege, ohne meine Verkleidung! Während Jup Schlag für Schlag die Tür aus den Angeln hebt, schlüpfe ich schnell in Beinlinge und Weste und ziehe zu aller Vorsicht auch die Houppelande darüber. Darunter kann ich den schweren Gürtelbeutel verbergen, in dem nicht nur meine Skizzen untergebracht sind, sondern auch Mamas Kräuter. Wie gut, dass ich sie gestern noch in kleine Lederbeutelchen umgefüllt habe!

Eine Gugelhaube auf dem Kopf muss heute genügen, es sähe verdächtig aus, wenn ich mit Kappe in meiner Kammer sitzen würde. Ich streife gerade noch meine Lederstiefeletten über, als ein besonders schwerer Schlag das Schloss verräterisch krachen lässt. Jups nächster Angriff wird erfolgreich sein. Kurz entschlossen schiebe ich den Riegel zur Seite und gebe das Schloss frei.

Wie erwartet, fliegt Jup beim nächsten Schlag direkt ins Zimmer. Mit so wenig Widerstand hat er nicht gerechnet. Ich ergreife meine Chance und drücke mich an ihm vorbei aus der kleinen Kammer. Was auch immer er vorhat, ich will es nicht wissen. Ich muss erst mit Meister van der Weyden reden, muss ihm klarmachen, dass hier ein großes Missverständnis vorliegt und dass Jup nicht der ist, für den er ihn hält. Ich muss mein Schweigen brechen, nicht nur, um meine Haut zu retten, sondern auch um Schaden von Rogier van der Weydens Haus abzuwenden. Jups Verhalten ist rufschädigend, und irgendwann wird es zu spät sein, sich seinem Einfluss zu entziehen. Rogier van der Weyden muss das wissen.

All diese Gedanken wirbeln wie Strohballen durcheinander, als ich Hals über Kopf an dem polternden Jup vorbei aus meiner Kammer flüchte, den Gang entlang, die kleine Treppe hinunter in Richtung van der Weydens Gemächer. Weiß er überhaupt von Jups eigenmächtigem Verhalten? Ist er schon wach? Aber spätestens nach Jups Gepolter dürfte eigentlich niemand mehr schlafen.

Ich höre Jup hinter mir herrennen. Rücksichtslos schleift er seine wuchtigen Schultern an den Wänden entlang, nimmt zwei Stufen auf einmal und erreicht mich, als ich gerade die schwere Klinke zu Rogier van der Weydens Gemächern hinunterdrücken will. Jup reißt mich zu Boden, schnaufend, nach Atem ringend. Im Fallen trommle ich gegen van der Weydens Tür, er muss mich retten, muss verhindern, dass Jup seine Griffel überall hat. Schnell wird mir klar, worauf dieser Fiesling es abgesehen hat. Meinen Lederbeutel!

Mit aller Kraft wehre ich mich gegen ihn, kann ihm die Knöchel in die Augen rammen, er jault auf, hält sich das Gesicht, und ich setze mit einem Tritt auf seinen Fuß nach. Allerdings scheint ihn das wenig zu beeindrucken. Er rudert wild mit den Armen, ständig in Richtung meines Halses, den ich mit dem Unterarm schütze, während ich mit dem anderen Arm den Gürtelbeutel an mich drücke und versuche, mich Jups schnappenden Händen zu entziehen. Lange wird sein Schmerz nicht mehr andauern, und dann kann ich mich auf etwas gefasst machen.

Endlich, nach einer gefühlten Ewigkeit öffnet sich die Tür zu Rogier van der Weydens Schlafzimmer. Der Meister und seine Frau stehen mit weit aufgerissenen Augen vor mir. Jup bemerkt es erst gar nicht und führt sich immer noch wie ein Tollwütiger auf.

»Jup, was soll das?«

Rogier van der Weydens Stimme klingt belegt, als sei er gerade aus dem Tiefschlaf gerissen worden. Noch immer scheinen die Worte des Meisters nicht bei Jup anzukommen.

»Jup! Hör auf, lass Louis in Ruhe! Wir werden das anders klären, nicht mit Gewalt! Nicht in meinem Haus! Jup, hörst du?«

Ganz langsam scheint Jup im Hier und Jetzt anzukommen. Er lässt seine baumlangen Arme sinken und murmelt eine Entschuldigung. Völlig ungewohnt, so etwas von ihm zu hören. Ich sehe darin meine einzige Chance, Rogier van der Weyden um Hilfe zu bitten.

»Meister, ich weiß, Ihr seid böse wegen des Korbs, aber ich dachte doch nicht, dass hier im Haus etwas fortkommt. Und ich fand Euch an dem Abend nirgends, damit Ihr die Tür aufsperren könntet. Und da dachte ich, ich lasse den Korb einfach vor der Kellertür stehen. Niemand hier im Haus wird doch stehlen!«

»Hört Euch das an, Meister! Was für ein dreister Lügner! Er will vertuschen, dass er selbst die Edelsteine entwendet und wahrscheinlich gestern Abend noch verkauft hat. Warum sonst sollte er sich heimlich aus dem Haus stehlen, noch dazu wo, Ihr ihm Hausverbot erteilt habt!« Jup bekommt wieder Oberwasser, und ich ahne, was sich da zusammenbraut.

»Jup, ich habe gesagt, wir werden das klären. Ich dulde keine Vorverurteilung, auch wenn ich Louis gestern Hausarrest erteilt habe und er sich nicht an die Anweisung gehalten hat!«

Jetzt weiß ich auch, warum die Haustür offen stand: Man wollte, dass ich zurückkomme, denn man wollte mich stellen und mich tatsächlich in Zusammenhang mit dem verschwunden Edelsteinkorb bringen.

»Aber Meister van der Weyden, mit solchen Kreaturen ist nicht zu spaßen, sie haben es nicht verdient, dass man ein gerechtes Verfahren anwendet. Was wisst Ihr von ihm? Nichts! Er hat ein Büchlein bei sich, in dem geheime Formeln stehen, die keiner von uns entschlüsseln kann. Welche Zeichen wollt Ihr noch?«

Dabei hat Jup das kleine Lederbüchlein meines Vaters aus einer seiner Westentaschen gezogen und hält es triumphierend in die Luft.

»Ich kann das erklären, Meister. Es ist das Büchlein meines Vaters, mit all seinem Wissen zur Zubereitung der Farben. Das ist reine Alchemie, Meister! Nichts Verbotenes, ich kann es Euch beweisen!« Ich fange an zu flehen und merke, wie ich mich immer verdächtiger mache, denn Jup plustert sich schon wieder zu einer Gegenantwort auf.

»Er ist ein verdammter kleiner Alchemist und steckt mit dem Teufel unter einer Decke. Schaut ihn Euch an, diesen Engel, der so wenig Junge zu sein scheint wie Mädchen! Er wird Unglück über dieses Haus bringen!«

Nur mit Mühe kann sich Jup zusammenreißen, am liebsten würde er mich am Kragen packen und durch die Luft wirbeln.

»Trotzdem, Jup, auch das werden wir herausbekommen, wenn wir darüber reden, und zwar in einem vernünftigen Tonfall.«

Rogier van der Weydens Frau nickt und drückt sich an uns allen vorbei Richtung Küche. Um die Schultern trägt sie ein wollenes Tuch, das ihr Nachtkleid verbergen soll, das mit prächtiger Brüsseler Spitze besetzt und zum Schlafen eigentlich viel zu schade ist.

»Meine Herren, vielleicht setzen wir uns in der Küche zusammen. Ich mache uns allen einen Becher Milch, und dann wird sich alles klären.«

Ich hätte Madame van der Weyden umarmen können. Sie bringt so etwas wie Normalität in das Ganze und scheint sich nicht anstecken zu lassen von der Hitzigkeit eines Jup.

Mit seinem schraubstockartigen Griff führt mich Jup zur Küche, gefolgt von Rogier van der Weyden, der in Holzpantinen hinter uns herschlurft. Da seine Frau eine Wandkerze nach der anderen anzündet, herrscht auch bald in Flur und Küche heimeliges Licht statt Düsternis, und so blöd es klingt, auch das beruhigt mich. Und für einen Moment bin ich sicher, das alles wieder gut werden wird. Dieser elende Edelsteinkorb wird sich finden, er kann ja nicht einfach verschwunden sein! Sicher wird es für alles eine Erklärung geben, und danach wird sich Jup entschuldigen müssen.

In der Küche schürt Elisabeth van der Weyden das Feuer unter der Herdstelle und holt aus einer kühlen Kammer einen Milchkrug. Milch vom Vortag. Jeden Morgen und jeden Abend kommen fahrende Bauern, die mit ein paar Kühen herumziehen und die Städter mit frischer Milch versorgen.

Rogier van der Weyden hat sich auf die Bank am Tisch fallen lassen und stützt das Gesicht in die Hände, so als ob er es noch nicht wahrhaben will, dass er bei nachtschlafender Zeit über ein so unangenehmes Thema reden soll. Jup hingegen wippt seinen Oberkörper unruhig hin und her, als wolle er gleich zum Sprung über den Tisch ansetzen und mich mit bloßen Händen zermalmen. Müde hebt Rogier van der Weyden die Augen über seine beiden Hände, fixiert mich und trinkt dann einen Schluck Milch.

»Was ist los, Louis? Du bist nicht mehr der kleine, bescheidene, wissbegierige Junge, als den ich dich kennengelernt habe. Ich kann mich entsinnen, als unser Großer in deinem Alter war, hatte er auch so eine Phase, die einem gehörig auf die Nerven geht. Ist doch so, Elisabeth, oder?« Dabei sieht er kurz zu seiner Frau, die stumm nickt und sich ansonsten irgendwelchen Töpfen und deren Inhalt widmet.

Rogier van der Weyden fährt fort: »Wir haben im ganzen Haus gesucht, nicht wahr, Jup? Nirgends eine Spur von dem Korb, allerdings …«, Rogier macht eine Pause, »allerdings hat Jup etwas in deiner Kammer gefunden.«

Jup kramt bei Rogier van der Weydens Worten in seinem Gürtelbeutel und zieht schließlich einen Gegenstand heraus. Mit

Schwung befördert er sein Fundstück auf den Küchentisch, hält noch kurz seine Pranke darüber und zieht sie dann mit einem triumphierenden Lächeln zurück. Auf dem Tisch liegt der schöne Lapislazuli, den Rogier van der Weyden bei Ach Ach in Brügge erworben hat. Einer jener Steine aus dem Korb.

Es dauert ein wenig, bis ich begreife, was mit dieser Entdeckung gemeint ist: Ich soll diesen Stein gestohlen und in meinem Zimmer versteckt haben! Natürlich, jetzt wird mir alles klar. Jup versucht, *mir* den Diebstahl in die Schuhe zu schieben.

»Meister, nein, den kann Jup nicht aus meiner Kammer haben, denn dieser Stein war nie dort. Ich schwöre, ich habe den Inhalt des Korbs nicht angerührt, als ich ihn vor der Kellertür abgestellt habe. Aber ich habe wohl bemerkt, dass meine Kammer durchwühlt wurde, so als hätte jemand etwas gesucht. Und ich kann nicht länger damit warten, ich muss es sagen: Ich habe Jup schon mal dabei beobachtet, wie er selbst kostbare Materialien entwendet hat.«

So, nun ist es raus, und ich bin wirklich gespannt, wie sich Jup herausredet. Auch Elisabeth van der Weyden hat nun ihr konzentriertes Stöbern in den Töpfen aufgegeben und sich uns zugewandt.

Auf Rogier van der Weydens Gesicht macht sich eine Mischung aus Unmut und Überraschung breit. »Willst du damit sagen, dass Jup stiehlt?« Seine Stimme klingt gepresst, als ob er gleich sehr wütend würde.

»Ich will nur sagen, dass er Materialien an sich nimmt, die ihm nicht gehören. Vielleicht legt er sie wieder zurück, wenn er sie genug bewundert hat, aber erst einmal nimmt er sie. Ich habe es selbst gesehen.«

Jetzt habe ich das Gefühl, dass nichts mehr meine Situation verschlimmern kann, und rede einfach drauflos. Jups Gesicht hat sich in einen glänzenden Rotkohl verwandelt, und er knackt so laut mit den Handknöcheln, dass alle unwillkürlich zusammenzucken.

»Was sagst du zu diesen Anschuldigungen, Jup? Hast du eine Erklärung?«

Jup springt auf, hält sich schwankend an der Tischkante fest und presst heraus: »Ich dachte, wir wollen uns um diese diebische Kreatur kümmern, wollten ihm endlich das Handwerk legen. Wie viele Beweise braucht Ihr noch, Meister, er stiehlt und malt in seiner Kammer drauflos. Wahrscheinlich ist sein Ziel, Euch einmal kopieren zu können. Leider hat das Bürschchen Talent. Und Ihr, Meister van der Weyden, habt ihn durch Eure Großzügigkeit auch noch teilhaben lassen am höfischen Leben! Er wird Euch bei der ersten Gelegenheit die Kunden wegnehmen wollen, und sein Anbiedern an den Neffen des Herzogs ist schon der erste Schritt dahin. Das wird sich alles bitterlich rächen, wenn Ihr dem Treiben dieses … dieses … kleinen Pferdemistsammlers keinen Einhalt gebietet!« Er donnert mit der Faust auf den Tisch, dass die Milchbecher hüpfen.

Rogier van der Weyden fährt sich mit der Hand durch sein Haar, das so ohne Bedeckung völlig schutzlos wirkt.

»Jup, das war nicht die Antwort auf meine Frage. Louis hat dich beschuldigt, und ich will den Fall aus der Welt haben.«

»Nie, Meister, nie würde ich etwas entwenden, Ihr kennt mich seit Jahren. Ich würde mir für Eure Arbeiten eher die Hand abhacken, als Euch Schaden zuzufügen!«

Diese leicht säuselnde Unschuldsstimme passt so gar nicht zu Jup, und mir wird schlecht bei so viel Scheinheiligkeit. Als ich hörbar die Nase hochziehe und ein »Ach!« ausrufe, ernte ich einen Blick wie gezündetes Schwarzpulver.

Rogier van der Weyden schüttelt den Kopf: »So kommen wir nicht weiter. Louis, wo ist der Korb? Warum behauptet Jup, dass du Teile des Inhalts entwendet hast, und warum beschuldigst du Jup? Was ist zwischen euch beiden vorgefallen?«

Rogier van der Weydens Geduld hängt an einem seidenen Faden, meine allerdings auch. Jup kocht. Jetzt oder nie, ich muss alles loswerden.

»Jup macht mir das Leben zur Hölle, seit ich hier bin. Kein Wunder, dass er mir jetzt auch noch die Sache mit dem Korb unterschieben möchte. Aber ich weiß, dass Jup stiehlt und die Materialien verhökert, ich habe ihn dabei gesehen!«

Wie Eiter aus einer hässlich schwärenden Wunde platzen all die angestauten Erlebnisse aus mir heraus, und ich sehe, wie sich Rogier van der Weydens Augenbrauen zusammenziehen. Entweder glaubt er mir und geht der Sache nach, oder er hält zu Jup und wird mich bestrafen, wenn nicht sogar hinauswerfen. Doch ich habe Jup zu wenig Gemeinheit zugetraut. Er legt nach mit dem Schlimmsten, was mir passieren kann.

»Meister, wenn Ihr ihm jetzt mehr glaubt als mir, kann ich hier nicht mehr bleiben. Dieses Bürschchen hat sich an Raphael de Mercatel rangemacht, er ist ganz offensichtlich … andersherum … Ihr wisst, was ich meine. Und er ist dreist genug, sich dafür ausgerechnet den Neffen des Herzogs auszusuchen …«

»Jup, er ist noch ein Kind, mach dich nicht lächerlich!«, fährt Rogier van der Weydens Frau dazwischen, und ich bin ihr so dankbar für diesen Funken Mütterlichkeit, den ich bei ihr so noch gar nicht bemerkt habe. Aber anscheinend hat sie sehr genau im Blick, was im Haus vor sich geht.

»Bitte, Elisabeth, ich möchte das mit meinen Gesellen allein klären. Die Sachlage ist zu ernst.«

Sichtlich unwohl fühlt sich der Meister, immer wieder gehen seine Blicke zwischen mir und Jup hin und her.

Bis Jup fast flüsternd sagt: »Meister, Ihr wisst, was ich weiß. Lasst es nicht darauf ankommen! Das kleine Ungeheuer muss weg!«

Ich verstehe nicht, worauf soll es der Meister nicht ankommen lassen? Welches Geheimnis verbindet die beiden? Und wieso soll ich das Opfer sein?

Rogier van der Weyden ist aufgesprungen. Er ist aufgebracht, allerdings viel mehr als nach der Eröffnung, dass ich die Edelsteine aus dem Korb genommen haben soll. Der Lapislazuli liegt immer noch auf dem Tisch, dort wo Jup ihn mit der flachen Hand hingedonnert hat. Ein unscheinbarer Klumpen, dem man noch nicht ansieht, welche Strahlkraft in ihm liegt. Irgendwie fühle ich mich wie dieses Mineral, das so heftig bearbeitet werden muss, um sein Geheimnis preiszugeben. Ich kann nicht erkennen, wie es in Rogier van der Weyden aussieht, aber er scheint alle Vor- und Nachteile abzuwägen. Um sein Gesicht zu wahren, muss er mich bestrafen. Aber Jup hat ihm offen gedroht, wie wird er damit umgehen?

Ich nehme all meinen Mut zusammen, denn ich habe nichts mehr zu verlieren: »Meister, untersucht Jups Kammer, und Ihr werdet sehen, dass ich recht habe!«

Ich fürchte, es ist genau dieser Satz, der das Fass zum Überlaufen bringt. Jup prescht um den Tisch herum und packt mich am Kragen. Ich schleudere ihm den Becher mit der heißen Milch ins Gesicht. Er taumelt, stürzt, schlägt mit der Brust auf einer Stuhllehne auf, bekommt kaum mehr Luft und steht schließlich Rogier van der Weyden Gesicht an Gesicht gegenüber. Der Meister hat sich zwischen uns Streithähne geschoben.

»Beruhige dich, Jup!«

Rogier van der Weyden versucht zu beschwichtigen. Er ist ein friedliebender Mensch, so habe ich ihn kennengelernt. Selbst die heikelsten Situationen, der Überfall im Wald, die Hinrichtung oder öffentliche Auftritte bringen ihn nicht aus der Ruhe. Doch jetzt scheint ein Maß erreicht, dem er nicht gewachsen ist. Ich spüre deutlich, dass Jup irgendein Druckmittel gegen Rogier van der Weyden in der Hand hat. Ich werde also tun können, was ich will, er wird Jup nicht fallen lassen. Als mir das klar wird, weiß ich auch, dass ich keine Chance habe, welche Argumente und Beweise ich auch liefere.

Ich muss hier raus, es wird nicht gut für mich ausgehen. Je mehr ich gegen Jup sage, umso mehr wird Jup den Druck auf Rogier van der Weyden ausweiten.

Irgendwie bin ich fasziniert von diesem geradezu aussichtslosen Kampf, den ich führe und der mir so vorkommt wie die verschüttete Milch, die unaufhaltsam in die Holzdielen eindringt und auf dem Tisch einen See bildet, in dem gerade eine Fliege ertrinkt. Ja, ich ertrinke gleich, wenn mir nichts einfällt.

Mit einem Sprung bin ich bei der Tür, renne in den Flur und will den Eisenriegel der Eingangstür zur Seite ziehen, doch das Ding ist zu schwer und rührt sich keinen Millimeter. Kaum eine Sekunde später dreht mir Jup die Arme auf den Rücken und schleift mich zurück in meine Kammer, die er von außen verriegelt.

Mit meinem heimlichen Ausflug in den Beginenhof habe ich alles nur noch schlimmer gemacht, so fällt aller Verdacht auf mich. Ich könnte mich ohrfeigen und heule mich in einen unruhigen Schlaf, von dem ich mir wünsche, dass er nie enden möge. Meine einzige Chance ist das Pergament. Aber auch das ist nur eine fadendünne Hoffnung, die ich eventuell bitter bereuen werde, wenn Raphael meine Nachricht falsch interpretiert.

An Flucht ist nicht mehr zu denken. Aus der Kammer komme ich nur durch die Tür. Ich werde warten müssen, bis Rogier van der Weyden eine Entscheidung trifft. Oder das Schicksal.

Ausweglos

Die Nacht scheint nicht vorübergehen zu wollen, doch ich muss tatsächlich eingenickt sein, vor Erschöpfung oder um mich vor meinen schlimmen Gedanken zu schützen.

Schlaftrunken betaste ich den Beutel an meinem Gürtel, denn ich bin immer noch vollständig bekleidet. Ich reibe ein wenig an dem Leinensäckchen mit den Lavendelblüten, und augenblicklich stellt sich durch den freigesetzten Duft ein Gefühl von Heimat ein. Unser Haus in Brügge, Papa, der immer wohl gelaunt in seiner Werkstatt und dem Lager herumgewandert ist und die Fläschchen, Töpfe und Säckchen beschriftet hat, stets darauf bedacht, dass nichts feucht wurde. Vielfach eingeschlagen in schützende Jute hat Papa seine Ware, die für ihn gleichzeitig auch ein Schatz war, aufbewahrt, hat kleine Pakete geschnürt, die an verschiedene Orte in Frankreich, Flandern und Deutschland geschickt wurden. Spezielle, berittene Boten pflegten sie abzuholen und zu den Adressen berühmter Maler zu bringen. Immer wieder kamen auch von diesen Malern Dankschreiben zurück, eine von Hand gemalte kleine Karte oder eine Radierung. Mama versorgte währenddessen Bader und Doktoren mit hilfreichen Substanzen, die sie in ihrer Kräuterküche zusammengebraut hatte. Ständig wehte eine Duftmischung aus exotischen und heimischen Gerüchen durch unser Haus. Papa hat es immer als unsere kleine Welt bezeichnet, die wir ohne Gefahren bereisen konnten. Wie recht er damit hatte!

In der wirklichen Welt geht es nicht ansatzweise so harmonisch zu, und ich weiß nicht, ob ich meinen Eltern dankbar sein soll für wenigstens zwölf Jahre Idylle, oder ob ich böse werden soll, weil sie mich nicht ausreichend auf die Tücken des Lebens vorbereitet haben. Und vor allem, weil sie nicht genügend auf sich selbst aufgepasst haben. Wären sie noch am Leben, wäre ich nicht in einer Kammer eingeschlossen, würde keine Strafe auf mich warten und kein tobsüchtiger Jup vor meiner Tür auf und ab laufen, als ob ich mich mit den Fingernägeln durch die dicken Holzbohlen der Tür arbeiten könnte, nur um ihm zu entkommen.

Ich drehe mich unruhig auf meiner Bettstatt, fühle an meinem Gürtel den Beutel mit all meinen Schätzen. Meine Kammer ist ein einziges Durcheinander, in dem nichts mehr da liegt, wo es einmal war. Was wird mich erwarten? Rogier van der Weyden wird mich hinauswerfen, ganz sicher! Denn selbst wenn er zu der Überzeugung käme, dass ich die Edelsteine nicht geklaut habe, würde Jup ihm solch einen Druck machen, dass er sich ihm beugen müsste.

Aber was, wenn sie mich tatsächlich des Diebstahls anklagen? Wie soll ich das Gegenteil beweisen? Dann werden sie mich in ein Männergefängnis werfen, und was dann käme, ist nicht auszudenken.

Meine Gedanken wandern zu Raphael und dieser völlig verrückten Hoffnung, dass er dank meiner Nachricht aus seiner Rolle ausbrechen könnte. Doch halt! Vielleicht ist er wirklich meine Chance! Wollte der Herzog nicht heute kommen, um von seinem und Raphaels Porträt letzte Skizzen anfertigen zu lassen? Danach würden die beiden Gemälde endlich in voller Lebensgröße auf Leinwand gebannt werden. Vielleicht wird sich Raphael nach mir erkundigen. Welche Antwort wird ihm Rogier van der Weyden dann wohl geben? Wahrscheinlich, dass ich krank sei. Es wäre sowieso die letzte Sitzung und damit die letzte Chance, Raphael ohne Aufwand zu sehen. Und das Pergament? Er muss es schon entdeckt haben, heute wäre der Tag der Entscheidung. Wird er mich als Mädchen erkennen und mir endlich die Gefühle entgegenbringen können, die ihn die ganze Zeit beunruhigen?

Ich schiebe meine Beine aus dem Bett, die über Nacht ganz steif geworden sind, weil es kalt ist in der Kammer. Anscheinend hat Jup in dem einen Kamin, der von der Küche aus angrenzt, das Feuer ausgehen lassen, damit es schön ungemütlich bei mir wird.

Ich schleiche zur Tür, vielleicht ist ja irgendetwas herauszubekommen von dem, was sich da draußen tut. Mit einer kleinen Hoffnung ziehe ich am Griff, aber natürlich geht die Tür nicht auf. Wie lange werden sie mich hier sitzen lassen?

Plötzlich höre ich ungeduldiges Klopfen an der Haustür, so laut, dass es sogar in den hinteren Winkel meiner Kammer schallt. Ich höre eine fremde Stimme und anschließend Rogier van der Weyden. Er scheint aufgebracht, besorgt, fragt immer wieder: »Warum?«

Schließlich ist ein lautes Poltern zu vernehmen, die Haustür fällt krachend ins Schloss, unmittelbar darauf nähern sich meiner Tür Schritte. Mit einem Ruck wird sie aufgerissen. Rogier van der Weyden ist rot vor Zorn im Gesicht, dicht hinter ihm schiebt sich Jups massige Gestalt in mein Sichtfeld. Ich habe keine Ahnung, welche Nachricht der Besucher gebracht hat, aber es kann sich nur um eine Katastrophe handeln.

»Du kleiner Betrüger, du hast alles verspielt, was ich dir an Vertrauen entgegengebracht habe!«

Rogier van der Weyden zieht mich an meiner Weste aus der

Kammer. So habe ich ihn noch nie erlebt. Ich halte instinktiv die Hände vors Gesicht, obwohl ich Rogier van der Weyden noch nie dabei ertappt habe, wie er jemanden geschlagen hat.

Sein Mund ist jetzt ganz nah vor meinem, und seine Worte spritzen mir mit viel Spucke mitten ins Gesicht.

»Nicht nur, dass du mich um meine Materialien erleichterst, denn ich glaube mittlerweile wirklich, dass Jup recht hat: Du bist ein Dieb! Nein, du bist noch viel dreister, du erpresst den Herzog! Du unglaubliches ... Stück ... Pferdemist!«

Rogier van der Weyden spuckt mir in hohem Bogen mitten ins Gesicht. Wahrscheinlich ist es die höchste Art von Tätlichkeit, die er hinbekommt. Mittlerweile hat die unfassbare Wut seinen Griff gelockert.

Nach und nach sind auch die anderen Gesellen gekommen und stehen an die Wände gedrückt, um sich das Schauspiel nicht entgehen zu lassen, das wir hier bieten.

Es ist schummrig, durch den Luftzug, den die geöffnete Haustür vorhin geboten hat, sind die Kerzen ausgegangen. Ich stammle mehr, als dass ich rede.

»Welche Erpressung? Und was hat Philipp damit zu tun? Womit sollte ich den Herzog erpressen?«

Rogier van der Weyden knirscht mit den Zähnen, und dann zischt er mir, kaum hörbar für irgendjemand anderes, zu: »Ach, es ist wohl keine Erpressung, wenn man den Sohn des Herzogs als Männerbübchen bezeichnet, der nur gleichgeschlechtlich lieben kann und dann noch weit unter seinem Stand? Philipp der Gute hat alle Beziehungen zu mir abgebrochen. Denn man ließ ihn wissen, dass es ein Pergament gebe mit eindeutigem Inhalt. Darauf seien auch alle Personen gut erkennbar. Die Personen seien in meinem Atelier und in Brügge, ja sogar im Schloss aufeinandergetroffen. Was meinst du, wie das beim Herzog ankommt, der eins und eins zusammenzählen kann? Wer außer mir mag mit Raphael de Mercatel zusammengetroffen sein, wer?«

Rogier van der Weydens Stimme ist einem lautlosen Ausstoßen von Luft gewichen, während ich nach Halt suche.

Völlig unpassend frage ich Rogier van der Weyden auch noch: »Wieso Sohn? Raphael ist doch der Neffe des ...«

»Halt den Mund! Oh, ich Narr! Auch das noch, du solltest es nicht wissen, niemand sollte es wissen ...« Rogier van der Weyden ist sichtlich aus dem Konzept.

»Ich habe den Herzog nicht erpresst, Meister, ich schwöre es Euch!«

Genauso leise wie Rogier van der Weyden geflüstert hat, flüstere nun auch ich. Ich merke, wie mir hektische Flecken den Hals hinaufkriechen, rote Quaddeln, die ich bekomme, wenn sich Panik ankündigt. Raphael, der Sohn des Herzogs! Ein Pergament, das alles aufdeckt! Eines ist klar: Das Pergament ist in die falschen Hände geraten, und derjenige, der es bekommen hat, kann es nicht deuten. Aber was in all dieser Verwirrung und Ungereimtheit noch viel aufregender ist, ist die Tatsache, dass Raphael offensichtlich nicht der Neffe des Herzogs ist, sondern sein Sohn. Unehelich natürlich, sonst hätte er um seinen Familienstatus nicht solch ein Geheimnis gemacht. Mir wird schwindelig.

Ich blicke in Jups hochrotes Gesicht. Als ich sein fieses Grinsen sehe, weiß ich auch, wer die Dreistigkeit besessen hat, mich bei Philipp und letztlich bei Meister van der Weyden unmöglich zu machen. Jups grenzenlose Eifersucht hat ihn auch noch zum Dieb des Pergaments gemacht, aber er ist zu einfältig, um es richtig zu entschlüsseln. Und deshalb stecke ich jetzt in noch größeren Schwierigkeiten, als wenn er nur entdeckt hätte, dass ich ein Mädchen bin.

»Louis, du bist untragbar für dieses Haus, ich muss dich nicht nur entlassen, du musst dich auch vor dem Herzog verantworten. Es werden Soldaten des Herzogs hier vorbeikommen und dich mitnehmen. Ich kann nichts mehr für dich tun, das weißt du so gut wie ich.«

Rogier van der Weydens Stimme klingt auf einmal milder, so als würde ihm das alles doch leidtun. Aber mir ist bei seinen Worten siedend heiß geworden. Was werden die Soldaten mit mir anstellen? Was wird der Herzog mit mir vorhaben? Und wie kann ich mich aus dieser verfahrenen Geschichte wieder retten?

Schließlich *habe* ich das Pergament gemalt – allerdings hat es wohl außer dem, der mich denunziert hat, noch niemand zu Gesicht bekommen. Wie können sie einer blinden Anschuldigung folgen? Wie können sie behaupten, ich sei ein Erpresser, ohne das Pergament gesehen zu haben? Sie werden mich foltern, um an das Pergament zu kommen, das ich nicht mehr habe. Geblieben sind mir nur letzte Skizzen. Doch die würden sie in ihrem Irrglauben nur bestärken. Ich bin in Lebensgefahr, denn den Herzog zu erpressen ist ein Staatsverbrechen und kein dummer Jungenstreich.

»Louis, hörst du mir überhaupt zu?«

Rogier van der Weydens Stimme dringt dumpf an mein Ohr, aber ich weiß nichts damit anzufangen. Vor mir verschwimmen die Gesichter aller Umstehenden, schwarze Flecken tanzen vor meinen Augen, und in meinem Kopf ist ein Rauschen wie bei einem Orkan und dann nichts mehr.

Ich kann nicht sagen, wie viel Zeit vergangen ist, ob Minuten oder Stunden, jedenfalls wache ich auf und liege in meinem Bett. Auf meiner Stirn klebt ein feuchter Lappen, der durch die Körperwärme aufgeheizt ist. Ein merkwürdiger Geruch von Kampfer und Minze umweht mich. Wahrscheinlich haben sie mir Riechöl unter die Nase gerieben, um mich aus meiner Ohnmacht zu holen. Langsam komme ich zu mir und sehe mich um. Weder sitzen die Soldaten

Philipps neben mir noch Rogier van der Weyden oder der furchtbare Jup.

Ich versuche aufzustehen, aber alles dreht sich. Neben dem Bett stehen eine brennende Kerze und ein Holzteller mit einem Apfel und einem dick mit Butter bestrichenen Brot. Ich schlinge beides hinunter und spüre, wie augenblicklich die Lebensgeister zurückkehren und ich mich leicht fühle, so leicht wie schon lange nicht mehr. Doch das Gefühl währt nicht lange, als ich sehe, dass mein Lederbeutel, den ich mit Mamas Kräutern und den restlichen Skizzen gefüllt habe, weg ist. Nichts baumelt mehr an meinem Gürtel, auch meinen Löffel haben sie mir weggenommen.

Ich gehe vorsichtig zur Tür und ziehe an dem Riegel, der sie verschließt. Der Riegel lässt sich bewegen, und mit einem Schnappen ist die Tür offen. Ich kann mein Glück kaum fassen, spähe um die Ecke und sehe niemanden. In einiger Entfernung ist Gemurmel zu vernehmen, aber nicht so bedrohlich nahe, dass ich Angst haben müsste, entdeckt zu werden. Jetzt nur nicht vorschnell handeln!

Mit leisen Bewegungen ziehe ich mich noch einmal in meine Kammer zurück und platziere den Stuhl unter dem Balken, über dem mein Versteck ist. Bislang haben sie es noch nicht entdeckt. Dort lagern die Reste der Kräuter und die Miniaturen, ganz verborgen im hintersten Winkel der Ausbuchtung. Schnell packe ich Kräuter und Bilder und lasse alles in einem neuen Beutelchen unter meiner Houppelande verschwinden. Es sind stark duftende, bittere Kräuter, aus denen Mama immer einen Sud bereitet hat, der Brechreiz erzeugt. Menschen mit Vergiftungen haben ihn verabreicht bekommen, um schnell den Magen zu leeren. Im Augenblick weiß ich zwar nicht, was ich damit anfangen soll, aber selbst wenn es nur eine Erinnerung an Mamas Kräuterschätze ist, will ich sie mitnehmen. Und da ist noch das Säckchen von Ach Ach. Hat er nicht gesagt, dass es mir mal nützlich sein könnte? Ich hole einige Krümel aus dem Säckchen und streue sie auf den Teller, auf dem der Apfel und das Brot lagen. Dann entzünde ich sie mit einem Stück Zunder, das ich vorher an der Kerze entfacht habe. Sofort macht sich beißender Geruch bemerkbar, und ich halte unwillkürlich die Luft an. Der Rauch wird meinen Verfolgern Tränen in die Augen treiben und sie wenigstens kurze Zeit aufhalten. Jedenfalls hoffe ich das.

Zügig stelle ich den Stuhl wieder zurück und schleiche zur Tür. Immer noch ist nichts zu sehen. Ganz langsam setze ich einen Fuß vor den anderen und schleiche in Richtung Treppenhaus und damit zum Ausgang. Ob das wieder eine Falle für mich ist? Oder hat jemand der Gesellen die Tür aufgemacht, um mir die Flucht zu ermöglichen? Vielleicht Hans oder Matteo, die ich gestern nur schemenhaft im Gang gesehen habe und deren Gesichter angstverzerrt waren, ganz anders als die feisten Züge von Jup, Gus und Jakob.

Da ich weiß, welche Dielen verräterisch knarzen, überspringe ich sie, taste mich am Rand einiger Hölzer vorbei und lehne mein Gewicht ganz auf das Geländer, als ich die kleine Treppe nach unten nehme. Aus der Küche dringt Geklapper, aber kein fröhlicher Gesang wie sonst. Anscheinend hat sich die Neuigkeit wie ein Lauffeuer verbreitet, und keiner weiß so recht damit umzugehen. Zu gern würde ich Marie etwas sagen, aber sie ist so unerreichbar für mich wie Elaine.

Mich trennen nur noch wenige Schritte von der Haustür. Wenn derjenige, der meine Kammertür offen gelassen hat, auch an die Haustür gedacht hat, kann ich zumindest Zeit gewinnen, vielleicht sogar aus der Stadt fliehen und irgendwo untertauchen, wo mich niemand kennt. Ich könnte sogar die Verkleidung ablegen und einfach wieder als Mädchen aufkreuzen, auf Bauernhöfen zum Beispiel, auf denen immer Mägde gesucht werden. Ein winziger Hoffnungsschimmer gibt mir die Kraft für die letzten Meter, und ich rüttle an der Haustür. Doch sie rührt sich keinen Millimeter im Schloss, der

Schlüssel steckt nicht, und selbst, wenn man den Riegel zurückzieht, lässt sie sich nicht öffnen.

Mir bleibt nur die Flucht über das Badehaus mit dem Abtritt, der direkt an die Mauer des Nebenhofs gebaut ist. In dem kleinen Kabuff fehlt an einer Stelle das Dach – das ist Absicht, damit man in dem »Kabinett der Heimlichkeiten«, wie Rogier van der Weyden es immer nennt, vor Gestank nicht umkommt. Ein schmaler Spalt nur, aber ich werde es schaffen, mich hindurchzuzwängen, wenn ich mich auf den Holzrand der Abtrittbank stelle. Dann kann ich auf das Dach des Häuschens klettern, und der Weg ist frei für einen Sprung in den nächsten Hof. Keine Ahnung, wie es von dort aus weitergehen soll, aber alles ist besser, als im Haus Rogier van der Weydens zu bleiben, wo ich keinen Rückhalt mehr habe und Jup nun alles daransetzen wird, mich unter offizielle Anklage stellen zu lassen. So weit habe ich es begriffen, wir reden nicht mehr von kleinen Nachlässigkeiten, Jup will den ganz großen Aufriss, damit ich sicher weggesperrt werde.

Ohne groß nachzudenken, laufe ich schnell zum Hinterausgang, der nicht verriegelt ist, da ja jeder für seine Verrichtungen zum Badehäuschen und zum Abtritt gelangen muss. Ich erinnere mich, wie ich am Anfang ganz angetan war von der Fortschrittlichkeit in Rogier van der Weydens Haus, denn die wenigsten Privathäuser haben einen solchen Abtritt. Meistens gibt es im Hof nur ein schlichtes Loch, in dem der Unrat versickern kann. Andere gehen einfach vor das Haus und erleichtern sich in die Rinne neben der Fahrspur, wenn sie glauben, es sähe niemand hin. Oder sie nutzen ihre Nachttöpfe, deren Inhalt am Morgen auf die Straßen gekippt wird. Wenn man nicht rechtzeitig auf den Ruf »Beiseit!« reagiert, kann es passieren, dass einem Brühe und Fäkalien um die Ohren fliegen. Eine unappetitliche Sitte, die mittlerweile in den großen Städten verboten ist. In Brügge war es schon lange so, denn man wollte eine saubere Stadt und keine stinkende Kloake. Rogier van der Weydens »Ort der Heimlichkeiten« ist eine Luxusausführung und nicht nur ein Plumpsklo. Neben dem Donnerbalken, auf dem man recht bequem sitzt, steht immer ein Körbchen mit Werg, jenem ruppigen faserigen Material, das als Abfallprodukt bei der Hanfverarbeitung entsteht. Es macht wirklich keinen Spaß, mit diesem strohigen Zeug zu hantieren, aber besser als Blätter oder Stroh ist es schon, und Leinenläppchen für den Allerwertesten kann sich wahrscheinlich nur der Herzog leisten.

Jetzt dient mir van der Weydens edler Donnerbalken als Fußstütze, sodass ich mich zu dem Spalt im Dach hochziehen kann. Das Werg wickle ich mir um die Handflächen, denn die Kante am Spalt ist scharf und rissig.

Vorsichtig taste ich mich mit den Zehen am Rand des Donnerbalkens entlang. Irgendwann muss ich mich abfedern, um die Beine hoch zum Spalt zu bekommen, und dann will ich nicht abrutschen und in das Loch fallen. Von außen dringen hektische Rufe an mein Ohr. Anscheinend hat man bemerkt, dass ich nicht mehr in meiner Kammer bin. Ich muss mich beeilen! Schnell ziehe ich mich mit den Armen hoch und schwinge das eine Bein nach oben, das Halt im Spalt findet. Dann hole ich mit dem anderen Bein Schwung, schürfe mir die Knöchel an der Kante auf, dass ich aufschreien möchte, aber ich beiße mir auf die Lippen. Mit ungeheurer Kraftanstrengung quetsche ich mich durch den Spalt, versuche mich an Mauervorsprüngen festzuhalten, die ich nur ertaste.

Noch umfängt mich das diffuse Licht eines Novembermorgens, als ich bäuchlings auf einem Dächlein liege und in einen fremden Hof schaue. Leider ist auf der Seite der Mauer kein Aborthäuschen, über dessen Dach man nach unten gelangen könnte. Ich muss springen. Es sind gut sechs Fuß und ich weiß nicht, welcher Boden mich erwartet. Wenn es ein gepflasterter Hof wie bei Rogier van der Weyden ist, dann ist die Gefahr groß, dass ich mich verletze. Ist es lediglich gestampfte Erde, dann könnte ich es schaffen.

Von unten vernehme ich Lärm, eindeutig aus Rogier van der Weydens Hof. Sie sind mir dicht auf den Fersen. Und Ach Achs Kräuter scheinen nicht solche Wundermittel zu sein, dass sie irgendjemanden ewig aufhalten könnten.

Ich schiebe mich ganz an den Rand des nachbarlichen Mauerstücks und lasse mich, die Füße voraus, nach unten baumeln. Einen Moment halte ich mich noch mit Oberkörper und Armen fest, dann lasse ich mich fallen. Der Aufprall zieht sich schmerzhaft wie ein Blitzeinschlag durch meinen Körper. Ich merke sofort, dass einer meiner Füße diesen Sprung nicht gut überstanden hat, und reibe mir jammernd die Knöchel, bevor ich überhaupt ans Aufstehen denken kann. Das kann ich jetzt nicht gebrauchen, ich muss laufen können. Jede Behinderung könnte mein sicheres Ende bedeuten, denn Fliehen ist meine einzige Chance. Weit weg sind die lieben Gedanken an Raphael, an eine geträumte gemeinsame Zukunft, die, ja, die Schwärmerei ist, aber mich die ganzen letzten Wochen am Leben gehalten hat. Trauer, Schmerz, Ungerechtigkeiten – nichts konnte mir etwas anhaben, weil es die Gedanken an Raphael gab. Jede Skizze, die ich angefertigt habe, war ein Liebesbeweis. Das Pergament war wie Medizin für mich, eine Medizin, die allen Schmerz abgetötet und mir sogar Gedanken erlaubt hat, die völlig außerhalb der momentanen Möglichkeiten lagen. Und was habe ich nicht alles erlebt!

Während ich noch immer meinen Knöchel bearbeite, damit wenigstens der stechende Schmerz aufhört, schiebt sich ein anderer Gedanke vor meine Träume. Rogier van der Weydens Leute werden natürlich als Erstes zum Nachbarn rennen, um von vorn in das Haus zu kommen. Ich muss so schnell wie möglich fort von hier. Sonst wird mir der Hof zur sicheren Falle.

Nur unter Qualen kann ich mich aufrichten, schaffe es aber, mir einen schnellen Überblick zu verschaffen, da sich langsam die Sonne durch den milchigen Himmel schiebt. Der kleine Hof ist zu drei Seiten mit Mauern umgeben, an der vierten steht das Haus, das längst nicht so herrschaftlich ist wie das Anwesen van der Weydens. Der Hof ist ungepflegt, Bottiche mit roter Flüssigkeit stehen herum, nur ungenügend mit Holzdeckeln verschlossen. An schmalen Regalen stehen Bienenwaben in allen möglichen Größen, und ein klebriger Duft liegt in der Luft.

Ich versuche mich krampfhaft zu erinnern, welcher Laden sich auf der Straßenseite befindet, aber irgendwie habe ich jede Orientierung verloren, vielleicht auch, weil mein Fuß hämmert, als würde ein ganzer Spielmannszug darin üben. Oder weil ich schon wieder bohrenden Hunger verspüre. Wenn es mir gelingt, unbemerkt in das Haus zu kommen und den Vordereingang zu erreichen, bevor meine Verfolger auftauchen, kann ich im Getümmel der Gassen verschwinden. So langsam müsste das morgendliche Treiben losgehen.

Humpelnd erreiche ich die Hintertür des Hauses. Der Türhaken, an dem man die Pforte aufziehen kann, ist klebrig wie Sirup. Als ich sie aufdrücke, steigt mir ein Geruch in die Nase, wie ich ihn nur von Weihnachten kenne: tausend Gewürze und der zähe Duft von warmem Wachs, süßliche Schwaden, die sich mit den herben Noten von Pfeffer und Anis mischen. Aus irgendeinem Zimmer dringen Stimmen. Ich erkenne kaum etwas, als ich vom hellen Hof ins Haus komme. Langsam erst schälen sich aus den Wänden die Konturen. Überall stehen Regale, auf denen sich die seltsamsten Gegenstände aneinanderreihen: Hände, Füße, Pferde, Wickelkinder. Vielleicht bin ich einfach nur übermüdet. Ich reibe mir die Augen und sehe mir die Sachen noch einmal an. Da erkenne ich, dass alles aus Wachs ist. Ich bin in einem Lebzelterhaus gelandet!

Natürlich, ich erinnere mich, auf meinen Besorgungsrundgängen habe ich mich immer gewundert, wie viele Menschen vor diesem Laden anstanden. In den Auslagen konnte man Kerzen und Wachstaler, aber auch Flaschen mit Met sehen, jenem pappsüßen Wein aus Honig. Und weil den Gegenständen aus Wachs oder Honig heilende, ja sogar heilige Wirkung nachgesagt wird, werden kleine Abbilder der Wirklichkeit gegossen, mit denen sich Gläubige bei Gott für die Erfüllung eines Wunsches bedanken. Die Wachsabbilder werden zu heiligen Orten, einer Kirche oder einer geweihte Stätte, getragen und dort aufgestellt. Es ist dieser alte Handel mit Gott, der die Lebzelter in den letzten hundert Jahren zu reichen Leuten gemacht hat. Und seit es die vielen Gewürze aus fernen Ländern gibt, backen sie auch Honig- oder Lebkuchen, die nicht nur lange haltbar, sondern auch ein extrem wertvolles Nahrungsmittel sind.

Ein Poltern reißt mich aus meinen Gedanken. Das Gemurmel kommt näher, jemand ruft: »Wer da?« Riegel werden verschoben, und Stimmen mischen sich zu einem aufgeregten Raunen.

Ich husche in ein Zimmer, das lauter kleine Holzformen enthält. Sie bilden die Vorlagen für all die Figuren, die ich in den Regalen bewundern konnte. Glänzend vom vielen Wachs liegen sie wie stumme Zeugen auf einem Tisch. Eine davon, die besonders klein ist, hat die Ausbuchtung eines Herzens.

Ich sehe mich um. Auf einem Tisch mit frisch gegossenen Wachsherzen liegt ein Tuch, das bis zum Boden reicht. Schnell krieche ich darunter, als auch schon die Tür aufgerissen wird.

»Schaut selbst, Meister van der Weyden, ich arbeite seit den frühen Morgenstunden, mir ist nichts aufgefallen.«

Die Stimme des Lebzelters ist rau, aber nicht ohne Freundlichkeit.

»Er ist gerissen und weiß sich klein zu machen. Man unterschätzt dieses Bürschchen leicht«, höre ich Jup sagen.

»Verzeiht die Störung, aber wir müssen noch einmal in Euren Hof.« Rogier van der Weyden ist die Aufregung anzumerken. »Wir haben berufliche Unannehmlichkeiten durch diesen Jungen, glaubt mir, sonst würden wir nicht in aller Herrgottsfrühe bei Euch stören.«

Ich würde am liebsten aus meinem Versteck kommen und ihm alles erklären, aber die Anwesenheit Jups würde das unmöglich machen. Rogier van der Weydens Schnabelschuhe ragen bis unter die Decke, unter der ich mich versteckt halte und lausche.

»Wir suchen die ganze Gegend ab, er wird uns nicht entkommen, Meister.« Jup schmeichelt sich bei Rogier van der Weyden ein, und doch nur, um von sich selbst abzulenken. Wie sehr ich ihn hasse!

»Lasst uns in den Hof gehen, weit kann er nicht kommen, er kennt sich in dem Gewirr der Hinterhöfe nicht aus. Dazu ist er noch nicht lange genug hier«, mischt sich Gus ein. Natürlich, er will es sich mit Jup nicht verderben. Nur Hans und Matteo schweigen lieber.

Als sich die Tür zu dem Raum quietschend schließt, schlüpfe ich mühsam unter meiner Decke hervor, denn mein Fuß ist jetzt angeschwollen. Doch ich kann nicht mehr warten, jetzt ist die Gelegenheit. Alle sind im Hof beschäftigt.

Beim Hinausgehen packe ich instinktiv eines der Wachsherzen und hinke in Richtung Haustür, die immer noch offen steht. Draußen nimmt, wie ich es gehofft hatte, niemand von mir Notiz, weil alle mit ihren Waren und Läden beschäftigt sind. Schnell tauche ich in der eigentümlichen Geschäftigkeit unter und versuche mich Richtung Beginenhof durchzuschlagen. Ich habe keine Wahl, mit dem Fuß werde ich nicht weit kommen. Im Beginenhof müssen sie mir helfen, auch wenn ich als Junge daherkomme. Vielleicht wäre das ein Weg, mit Elaine zu sprechen.

Ich halte das Wachsherz fest umklammert. In meiner Hand fühlt es sich so schmeichelnd an, dass es mich beruhigt. Ist doch etwas daran an den Opfergaben?

Warum konnte das Pergament nicht so eine Wirkung haben, warum ist es nur in die falschen Hände geraten und hat alles viel schlimmer gemacht? Ist das etwa der Fluch dafür, dass ich als Frau malen möchte? Darf Liebe keine Grenzen überwinden? Darf man sich nur in seinem kleinen, engen Radius bewegen, den Gott oder die Kirche für einen vorgesehen haben, als man auf die Welt kam? Warum nur ist mir dann die Gabe des Malens gegeben worden?

Humpelnd bewege ich mich durch die Gassen. Immer wieder rempeln mich Menschen an, weil ich ihnen zu langsam bin. Ich bin ein Bremsklotz in dem geschäftigen Treiben der Kaufleute. Sie beschimpfen mich, und dabei will ich doch nur unerkannt bleiben. Als ich um die Ecke biege, sehe ich den Beginenhof im Morgenlicht. Ein Blumenstrauß steht im Fenster neben der Tür. Elaine will mich sehen, alles wird gut. Meine Rettung ist zum Greifen nahe.

Die Entdeckung

Ich hämmere mit den Fäusten gegen das Tor des Beginenhofs. Wahrscheinlich ist ein Teil der Beginen gerade beim Morgengebet, die anderen bereiten Essen für die Armen vor oder sind mit der Herstellung von Waren beschäftigt. Aber jetzt wäre ich unendlich dankbar, wenn zumindest eine der Beginen in der Nähe der Pforte wäre, denn ich stehe hier wie auf einem Präsentierteller – gut sichtbar für jedermann. Rogier van der Weydens Häuser liegen direkt gegenüber. Wie gut man von dort aus hierhersehen kann, weiß ich am allerbesten, konnte ich mir doch mit Elaine Zeichen hin und her schicken.

Ich versuche es noch einmal, aber vergeblich. Ich muss zum Gartentor. Vielleicht habe ich Glück, und die Hintertür ist noch nicht durch ein Schloss verriegelt. Sonst sitze ich auch dort in der Falle. Am liebsten würde ich nach Mama rufen, aber hier auf der Schwelle des Beginenhofs, dem letzten Ort, an dem ich Mama lebend gesehen habe, schneidet mir der Kummer wie ein Fallbeil ins Herz. Ich habe mit zu hohem Einsatz gespielt und scheine alles zu verlieren.

Als ich mich umdrehe, sehe ich sie. Nicht Jup, nicht Rogier van der Weyden, sondern Soldaten des Herzogs, wie sie im Laufschritt auf den Platz zukommen. Die Helme klappern, und ihre Schwerter stoßen an die geschienten Beine. Der Brustschutz verleiht ihnen eine Mächtigkeit, die einem sofort Angst einflößt. Jup muss gute Verbindungen zum Schloss haben, wenn er die Leibgarde des Herzogs rufen lassen kann, oder Rogier van der Weyden hat dem Herzog eine Nachricht geschickt. Wie tief muss ich in seiner Achtung gesunken sein, dass er solche Anstrengungen unternimmt?

Plötzlich taucht von der anderen Seite des Platzes auch Jup auf und ruft den Soldaten zu: »Da ist die kleine Ratte, der Erpresser! Lasst ihn nicht entkommen!«

Augenblicklich wenden sich die Soldaten mir zu und bilden einen Ring, der keine Flucht zulässt. Sie kommen näher und näher, und ich gehe instinktiv in die Knie. Dann packen sie mich und ziehen mich hoch. Ihre groben Hände sind überall und zerren an meinen Armen und Kleidern. In die lauten Rufe der Soldaten mischen sich spitze Schreie der Beginen. Eine Sekunde zu spät haben sie die Pforte geöffnet, und ich kann aus dem Augenwinkel Elaine erkennen, die mich hilflos und mit vor Schreck geweiteten Augen anstarrt.

»Du kleiner mieser Verbrecher!« Jups stinkender Atem ist dicht vor meinem Gesicht. Scheinbar tausend Hände drohen mich zu zerreißen. Zwei Soldaten knebeln meine Arme auf dem Rücken und befestigen Eisenketten daran. Jup reißt mir die Haube von den Haaren, und meine nun halblangen Locken fallen wirr um mein Gesicht. Ich versuche mich zu winden, denn Jup greift mir an den Bauch, dort wo mein Gürtel mit dem neu gefüllten Beutel und meinen allerletzten Schätzen ist. Mit einem Messerstreich hat er ihn von dem Gürtel getrennt und mich dabei in meinen Bauch geritzt, sodass ich aufschreie vor Schmerz.

Zwischen den klirrenden Soldaten, dem polternden Jup und den hektisch durcheinanderlaufenden Beginen taucht das mir so vertraute Gesicht Rogier van der Weydens auf. Er ist atemlos und wird dicht gefolgt von einem rotgesichtigen Hans. Beide starren mich mit erschrockenen Augen an, und wenn ich es richtig deute, hat auch Rogier van der Weyden nicht gewollt, was jetzt geschieht.

Jup hört indessen nicht auf, an mir herumzuzerren. Den Gürtel samt Beutel hat er sich schon gekrallt. Gierig wühlt er darin herum, als würden sich dort alle Lapislazulivorräte der Welt verstecken, bis er schließlich das Säckchen mit dem Brechwurz hervorholt. Angewidert schnüffelt er daran und spuckt ein galliges »Teufelszeug« aus. Dann entdeckt er die letzten Skizzen und Miniaturen, befingert sie mit seinen groben Bewegungen, bis sie an einigen Stellen einreißen. Schließlich übergibt er sie Rogier van der Weyden.

Immer noch ziehen mir die Soldaten an den Haaren den Kopf nach hinten, und ich kann gar nicht anders, als Rogier van der Weyden ins Gesicht zu sehen, in das sich nun Erstaunen mischt. Er hebt die Augenbrauen, und fast so etwas wie ein Lächeln kommt über seine Lippen, das aber bald erstirbt und einem Unwillen weicht.

»Louis, was hast du dir dabei gedacht? Diese Bilder belegen, was Jup dir vorwirft. Dass du eine … sagen wir ungehörige Verehrung für den … jungen Verwandten des Herzogs hast, bei allem Respekt vor deinem Können!«

»Aber Meister van der Weyden … es ist alles ganz anders!«

Schnell schreie ich die Worte heraus, doch unmittelbar danach schlägt mir Jup mit einem Lederhandschuh über die Lippen, dass das Blut spritzt. Und es reicht ihm noch nicht, er nimmt erneut das Messer und zertrennt die Schlaufe, die meine Houppelande an den Schultern zusammenhält. Nur noch in Wams, Beinlingen und Leinenhemd stehe ich da.

Am Himmel haben sich wie vom Unglück angelockt Wolken zusammengezogen, die die dünne Novembersonne verdrängen. Einzelne Tropfen fallen mir ins Gesicht, auf die aufgeplatzten Lippen, wo sie wie Nadelstiche aufkommen.

Jup ist in einem Rausch und greift mir an den Hals, bis mir der Atem wegbleibt. Plötzlich lässt er los, weil sich ein Befehlshaber der Soldaten zwischen ihn und mich schiebt. Ich kann mich kaum mehr auf den Beinen halten, mein Fuß schmerzt, ich würge. Die Soldaten fangen an, mich am ganzen Körper abzutasten, ob ich Waffen bei mir trage. Dabei fahren sie mir grob unter die Arme und zwischen die Beine und … stutzen. Halten inne, sehen sich an. Und dann geht alles sehr schnell. Sie zerschneiden meinen Wams vorn und hinten, denn durch die Armfesseln könnte ich ihn nicht ausziehen. Dann trennen sie die Beinlinge vom Gürtel. Die Kleiderteile fallen von mir, und ich stehe da in meinem dünnen Unterkleid, in das ein Wind fährt, der den Auftakt bildet zu einem wahren Platzregen. Im Nu stehe ich da, völlig durchnässt. Das Leinengewebe klebt an meinem Körper und offenbart allen, was ich wochenlang verbergen konnte.

»Mein Gott, es ist ein Mädchen!«, entfährt es Rogier van der Weyden.

Hans schlägt sich die Hand vor den Mund, Jup leckt sich die Lippen und krächzt: »Diese kleine Hure, Meister, seht Ihr, welche Natter Ihr an Eurem Busen genährt habt? Seht Ihr es jetzt? Welche Beweise braucht Ihr noch?«

Rogier van der Weyden hat die Hände ebenfalls vor den Mund gelegt. Sie zittern. So sehr wie ich zittere, fast nackt im Novemberregen, verletzt und gedemütigt.

»Louis, ich kann dich nicht länger Louis nennen. Wie konntest du? Wer bist du?« Rogier van der Weydens Stimme bebt.

Da höre ich Elaine rufen: »Sie heißt Louise, und sie will Malerin werden, nichts anderes. Sie ist keine Verbrecherin!«

Ich danke Elaine im Stillen. Doch dann sehe ich, wie die anderen Beginen Elaine erschrocken bei den Schultern packen, sie hinter die Mauern des Beginenhofs schieben und gleich darauf hinter sich die Pforte schließen. Natürlich, sie wollen nicht mit mir in Verbindung gebracht werden.

»Du hast mich bespitzelt, Louise, mir meine Geheimnisse als Künstler entlockt und sie auch noch umgesetzt! Aber ganz gleich, wie gut deine Zeichnungen sind, es war nicht recht!« Rogier van der Weyden wedelt mit meinen Miniaturen in der Luft herum. Die sorgsam zusammengesuchten Farben, die Rundbögen, in denen ich Raphael gemalt habe, die erdachten Parklandschaften, die Pferde und Jagdhunde, die ich um ihn herum gestaltet habe, wie ich es bei den Buchmalern und in den Stundenbüchern gesehen habe, verwischen im Nu zu einer konturlosen Masse. Die letzten Bilder von Raphael werden vom Regen weggespült. Nur eines tröstet mich: Rogier van der Weyden hat sie gesehen, hat erkannt, dass ich Talent habe. Und wenn es das Letzte ist, was mich auf dieser Erde erfreuen soll, es macht mich tatsächlich glücklich.

Wenige Sekunden später werde ich vorwärtsgezogen, so schnell, dass meine Füße keinen Halt finden. Unbarmherzig schleifen meine Beine über das Kopfsteinpflaster, als mich die Soldaten mit sich zerren. Im Nu stehen Menschen an den Straßenrändern, und manche von ihnen werfen Unrat nach mir. Immer lauter skandieren sie: »Hexe, Hexe, Hexe!«, weil Jup nicht müde wird, das Wort wie Gift vor sich hin zu spucken. Niemand will mir mehr helfen.

Rogier van der Weyden ist zu Recht verletzt, weil ich ihn hintergangen habe. Die Beginen fürchten um ihre eigene Sicherheit, und die anderen wissen nicht, was sie von der Verwandlung halten sollen.

Als nach unendlichen Schmerzen und Demütigungen das Gefängnis erreicht ist, bin ich fast froh, dass sie mich in ein mit weichem Schlamm gefülltes Loch fallen lassen. Der Schlamm umhüllt mich und kühlt meine Wunden. Vielleicht komme ich nie wieder hier heraus, aber was macht das schon?

Die Wahrheit

Wie viele Stunden mögen vergangen sein? In das Loch dringt kaum Licht. Der Dreck, in dem ich liege, hat zwar meine Glieder betäubt, doch jetzt friere ich, kann mich kaum bewegen. Plötzlich wird ein Stück über mir eine Luke aufgerissen. An einer eisernen Kette, an der ein Korb befestigt ist, werden ein Stück hartes Brot und ein Becher brackiges Wasser heruntergelassen. Nur mit Mühe schaffe ich es, ein paar Krümel zu schlucken, denn mein Hals tut noch immer weh von Jups Angriff.

Langsam richte ich mich auf. Ich habe schon gehört von den Hexentürmen, die sie in manchen Städten errichten. Wurmige Löcher, in denen sie die Menschen verhungern lassen oder so lange darin gefangen halten, bis die Ratten sie anfressen und sie an den Folgen der entzündeten Bisse sterben. Wundbrand ist eine billige Methode, um der Öffentlichkeit zu zeigen, wie ernst sie es mit der Folter meinen. Frauen, deren Hände schon schwarz vom Brand sind, werden öffentlich und mit großer Theatralik die Finger ausgerissen. Ein leichtes Spiel für die Folterknechte, wenn die geschwächten Körper keinen Widerstand mehr leisten.

Was haben sie nur mit mir vor? Wie wird die Anklage lauten? Irgendjemandem muss doch auffallen, dass ich schlecht den Herzog erpressen kann wegen der gleichgeschlechtlichen Vorlieben seines Sohnes, wenn ich gar kein Junge bin? Wird mir dafür der Lapislazuliraub zum Verhängnis? Aber ist das Hexerei oder ganz einfach Diebstahl, für den sie mich dann verurteilen werden, weil alles gegen mich spricht?

Plötzlich geht die Klappe erneut auf, eine Leiter wird hinuntergelassen. Gleichzeitig stößt eine Lanze auf mich hinab und treibt mich Richtung Leiter, sodass mir gar nichts anderes übrig bleibt, als hinaufzusteigen. Sofort werden mir oben wieder eiserne Fesseln um Hände und Füße gelegt. Ich kann nur winzige Schritte machen, trotzdem treiben mich die Soldaten an, schneller zu gehen. Ich strauchle, man zieht mich hoch und schleift mich wie gestern an den Ellenbogen über den Boden, bis ich erschöpft niedersinke, als sie Halt machen. Ich fühle, dass ich in einem offiziellen Gerichtssaal bin. Der Boden ist aus feinem, weißem Stein, in den schwarze Muster eingelassen sind. Wie oft habe ich solche Steinintarsien auf den Bildern Rogier van der Weydens gesehen.

»Steh auf, wer auch immer du bist!« Eine dunkle Stimme dröhnt durch den Raum und bringt alle zum Schweigen.

Ich hebe langsam den Kopf und sehe mich um. An der Stirnseite des Raumes sitzen erhöht drei Richter in langen, aufwändig bestickten Mänteln. Rund um mich sind Stuhlreihen in Hufeisenform aufgestellt. Der Saal ist überfüllt, gleich zu meiner Rechten sehe ich Rogier van der Weyden, Jup und die anderen. Auf der linken Seite sitzen Schreiber. Zwischen den Schreibern und den Richtern haben sich mit nesselfarbenen Kapuzen verhüllte Männer aufgestellt, die Geräte in den Händen halten, die ich nicht erkennen kann. Als ich mich nicht schnell genug erhebe, weil mir meine Arme und Beine nach der Behandlung gestern und der Nacht im Schlamm nicht mehr gehorchen, kommt einer der Kapuzenmänner zu mir und stößt mir einen Stock in die Seite. Mir bleibt die Luft weg, ich krümme mich zusammen und bin vom Aufstehen noch weiter entfernt als zuvor.

»Bitte, bitte, gebt mir etwas Zeit. Ich … ich kann nicht so schnell!«, stoße ich hervor und erkenne meine Stimme kaum wieder, so gekrächzt sind die Worte.

»Zeit hattest du in deinem Nachtlager doch genug, um über das Geschehen nachzudenken. Zuerst wollen wir mal deinen richtigen Namen erfahren. ›Louis‹ wird er wohl nicht lauten, oder?«

Der Richter hat einen säuselnden Unterton, der mir sagt, dass er auch anders kann. Die geheuchelte Milde wird bei der erstbesten Gelegenheit in Zorn umschlagen.

»Louise, ich heiße Louise, und meine Eltern …«

»Schweig! Nach deinem Namen hab ich dich gefragt, nach sonst nichts!« Der Richter behält das Säuseln bei.

Einer der Kapuzenmänner zieht eine vielzüngige Peitsche aus seinem Umhang und lässt sie einmal unbarmherzig auf meinen Rücken prasseln. Jeder einzelne der Riemen scheint sich in mein Fleisch zu schneiden wie ein scharfes Messer in einen Butterberg. Das Leinenhemd reißt unter den Schlägen.

»Louise, und wie noch? Müssen wir die Frage noch einmal stellen, damit du sie verstehst?«

Der Richter hat sich leicht in meine Richtung vorgebeugt, und unsere Blicke treffen sich. Eiswasseraugen, aus denen seit Jahren jede Wärme gewichen ist, starren mich an. Unnachgiebig sind sie auf mich gerichtet.

»Ich heiße Louise Deleuven.«

»*Ich heiße Louise Deleuven, meine Gerichtsbarkeit*, heißt das, junges Fräulein!« Der Richter hat den Eisblick erhöht, und der Kapuzenmann zuckt erneut mit der Peitsche.

Ich wiederhole folgsam, bevor mich die Peitsche wieder treffen kann.

»Was hast du im Hause Rogier van der Weydens, unseres verdienten Malers und Vertrauten des Herzogs, zu schaffen gehabt?«

»Ich war … zunächst Pferdemistsammler … bei Rogier van der Weyden … und dann Geselle.«

Dröhnendes Gelächter erfüllt den Saal, und dabei sehe ich, wie Rogier van der Weyden zusammenzuckt, denn der Spott trifft auch ihn. Wie kann er es wagen, einem Pferdemistsammler wie mir solche Rechte zu geben? Ich muss aufpassen, was ich sage, denn ich will den Meister um keinen Preis bloßstellen. Wenn ich ihm doch nur klarmachen könnte, dass er eine ganz andere Natter im Haus hält!

»Fräulein Deleuven, dürfen wir noch mit Eurer geschätzten Aufmerksamkeit rechnen, oder wollt Ihr eine kleine Ermunterung durch unseren erfahrenen Peitschenmeister?«

Der Kapuzenmann schnalzt mit der Peitsche und der Richter mit der Zunge, ganz so, als würde es ihm Spaß machen, andere zu demütigen.

»Ich würde gerne erklären …«, fange ich an und werde durch schmerzhafte Peitschenhiebe gebremst.

»Du antwortest nur auf Fragen, haben wir uns verstanden?«

Der Richter hat sich nun weit zurückgelehnt, knackt mit den Fingern vor seinem gewölbten Bauch und mustert mich.

»Was ist dir eingefallen, dich als Junge auszugeben, als dieser Louis? Welche ehrbaren Absichten kann einer haben, der das tut? Ich frage mich das wirklich …« Dabei lacht er höhnisch und mit ihm fast der ganze Saal, ausgenommen Rogier van der Weyden, Hans und Matteo, die blass und angeschlagen wirken.

»Was kann einem dreizehnjährigen Mädchen daran liegen, in eine Männerdomäne einzudringen, wenn nicht verbrecherische Absichten?« Alle Richter nicken beipflichtend. »Und was führt ein Weib im Schilde, das sich auf solche dreiste Art den Burschen nähert? Wir wissen es doch von unzähligen Beispielen, die uns aus

Frankreich, Spanien und Portugal erreichen. Der Teufel geht um, und er hat sich die Frauen ausgesucht, um sein düsteres Werk zu betreiben. Frauen, die Männer auf garstige Weise um den Verstand bringen, und fast wäre es dir mit Rogier van der Weyden gelungen. Du bist eine Hexe, meine liebe Louise, das glaube ich. Aber wir können uns natürlich erst sicher sein, wenn wir das geprüft haben.«

Ich zucke zusammen, obwohl mir niemand die mehrschwänzige Peitsche übergezogen hat. Aber ich weiß genau, was passieren wird. Die Nachrichten darüber haben sich in letzter Zeit wie Lauffeuer verbreitet. Seit es einen vom Papst eingesetzten Großinquisitor gibt, nehmen die Verhaftungen von Frauen zu, denen man unterstellt, mit dem Teufel im Bunde zu stehen.

»Und noch etwas spricht dafür, dass du eine Hexe bist, Louise Deleuven«, fährt der Richter fort. »Du hattest viele Bilder bei dir, die ein und dieselbe Person zeigen. Den, sagen wir, Neffen des Herzogs. Wolltest du ihn verhexen? Man sagt, du habest den Herzog erpresst, mit der Behauptung, sein Neffe fühle sich zu Männern hingezogen. Stimmt das?«

»Nein, das ist nicht wahr, ich habe niemanden erpresst. Warum sollte ich das tun? Raphael interessiert sich für mich, und ich bin ein Mädchen.«

Schallendes Gelächter erschüttert den Saal. Die Schreiber müssen für einen Moment innehalten, und die Richter wischen sich Tränen aus den Augen.

»Und du glaubst, allein der Neffe des Herzogs hat den Blick dafür, dass du ein Mädchen bist?!« Erneut erhebt sich Lachen aus allen Reihen.

Ich aber weiß, was kommen wird. Sie werden mich foltern, bis sie die Antwort haben, die sie wollen. Oder bis ich sterbe. Dann erklären sie es sich so, dass mir Gott nicht geholfen hat. Wie man es dreht und wendet, geht es für mich nicht gut aus.

»Bitte, Eure Gerichtsbarkeit, ich will es erklären.«

Wieder saust nach einem leichten Wink des Richters die Peitsche nieder. Ich kann mich kaum noch auf den Knien halten, spüre, wie mir das Blut den Rücken entlangläuft und mein Mund trocken wird. Doch ich habe nur diese eine Chance.

»Und wenn Ihr mich totschlagt, werdet Ihr es nie erfahren! Nicht ich habe den Herzog erpresst, nicht ich habe Edelsteine gestohlen, sondern der da!«

Mit letzter Kraft raffe ich mich hoch und zeige wirr in die Menge, in die Richtung, in der ich Jup vermute, der mit weit aufgerissenen Augen dasitzt. Doch der Richter scheint kein Ohr für die Wahrheit haben zu wollen. Niemand hat begriffen, wen ich meine.

»Packt diese kleine Verräterin! Ich will sie erst wiedersehen, wenn ihre Seele rein ist!«

Der Richter ist aufgesprungen, und auch Rogier van der Weyden ist hochgeschnellt. Mit einem Mal wird um mich herum alles schwarz und dumpf, denn man hat mir einen Sack über den Kopf gezogen und zerrt mich erneut über Steine und Treppen. Viel müssen sie nicht mehr machen, denn ich sterbe auch so. Mein Körper ist völlig entkräftet, und ich verfluche tatsächlich den Tag, an dem ich Raphael das erste Mal gesehen habe. Wenn mich nicht der Blitz der Liebe getroffen hätte, wäre ich nicht hier.

Plötzlich werden mir die Arme in die Höhe gerissen, und ich spüre, wie ich an ihnen hochgezogen werde. An meinen Beinen werden Gewichte befestigt. Je höher sie mich ziehen, desto mehr Zug kommt auf die Beine, bis ich in der Luft hänge und die Gewichte mir fast die Luft zum Atmen nehmen. Wie lange werde ich das aushalten?

Doch dann reißen sie den Sack von meinem Kopf und schwenken mich an einem Balken herum, bis ich über einem Loch schwebe, das mit Wasser gefüllt ist. Ganz langsam senkt sich der hölzerne

Kran, an dem ich hänge, in die schwarze Brühe. Immer tiefer. Ich schreie mir die Lunge aus dem Leib. Kurz bevor ich auch mit dem Kopf eintauche, hole ich, so tief ich kann, Luft. Und dann umhüllt mich ein Blau, so tief wie edelstes Lapislazuli. Szenen meines Lebens fliegen vor meinem inneren Auge vorbei. Als Papa mir in einem Weiher das Schwimmen beigebracht hat. Denn schwimmen muss man können, wenn man am Meer wohnt, hat er immer gesagt. Und dann ließ er mich im Weiher nach kleinen Schätzen tauchen. Kleine Metallkugeln, Steine, Murmeln aus Glas, so oft und so lange, bis er sicher sein konnte, dass ich lange genug die Luft anhalten könnte, um bei einem Schiffsunglück zu überleben. Papa war übervorsichtig, und nur weil er selbst mal bei einer Überfahrt über Bord gespült wurde, meinte er, seine ganze Familie vor einem solchen Unglück schützen zu müssen. Heute wäre Papa so stolz auf mich! Auch wenn das Unglück an Land passiert …

Die Hölle beginnt auf Erden

Ich kann nicht sagen, wie ich es überlebt habe, aber ich habe es überlebt. Fünf Mal haben sie mich in die stinkende Brühe getaucht, und beim letzten Mal wäre mir fast die Kraft ausgegangen. Ich habe die letzten Reste Sauerstoff aus meinem Blut gepumpt, um den Tauchvorgang zu überstehen. Nach dem fünften Mal haben sie die Lust verloren und mich vom Balken losgebunden.

Jetzt liege ich wieder in meiner schlammigen Höhle, höre das Rascheln der Ratten zu meinen Füßen, die ich nicht mehr spüre. Die Arme kann ich nicht mehr bewegen, denn die Belastung war zu groß. Um meinen Bauch liegt ein Seil, das mit meinen Armen und Füßen verbunden ist. Wenn es den Folterknechten gefällt, können sie mich einfach wie ein Bündel hochziehen und weitere Experimente mit mir machen. Doch es wird ihnen nichts bringen, weitere Prozeduren werde ich nicht aushalten, so viel Schmerz kann man nicht ertragen.

Und doch gönnen sie mir keine Pause, so kommt es mir jedenfalls vor, als erneut die Luke geöffnet wird. Gleich darauf spannt sich das Seil, an das ich gebunden bin, und ich werde unsanft in die Höhe gezogen. Mehrmals stoße ich dabei mit dem Kopf an das kantige Mauerwerk und schürfe mir die Schultern auf. Das Ganze ist schon Folter genug, was soll denn noch kommen? Oben lassen sie mich einfach auf dem Boden liegen. Ich sehe mehrere Schnabelschuhe vor mir und ahne, dass es die Richter sind.

»Louise Deleuven, seid so gütig aufzustehen, wenn ich mit Euch rede!«

Welch ein Hohn! Wie soll ich denn aufstehen nach den Torturen und schon gar, wenn ich zusammengeschnürt bin wie ein Paket?

Genau das würge ich hervor, frage ihn, was das alles soll, was er von mir will, wenn für ihn doch der Fall sowieso klar ist.

»Fräuleinchen, ich stelle die Fragen! Aber wenn du mich höflich bittest, dann machen wir dir Arme und Beine frei.«

»Niemals werde ich Euch bitten!«

»Das ist schade, wir haben so schöne Methoden, die Seile zu lockern.« Wie die Augen, so ist auch die Stimme des Richters. Eiskalt. Mit der Spitze seines Schnabelschuhs hebt er mein Kinn an. Ich will ihn abschütteln, aber immer wieder rammt er mir die Spitze unter das Kinn, bis ich vor Schmerzen stillhalte. Und dann sehe ich sie, die Kapuzenmänner, wie sie sich mit glühenden Stäben meinen Fesseln nähern. Rot vor Hitze dampfen rechts und links von mir die Glutstäbe auf, als die Knechte sie auf die Seile legen. Ganz langsam brennen die Schnüre durch. Es wird heißer und heißer, weil sich die Stäbe meinen Händen nähern. Mich durchzuckt ein nie da gewesener Schmerz. Fleischgeruch erfüllt den Raum, und die Richter halten sich Tüchlein aus Brüsseler Spitze vor Nase und Mund, während mir die Haut von den Händen gezogen wird. Vielleicht hört man meine Schreie bis zu Rogier van der Weydens Haus. Vielleicht weiß irgendjemand, was hier mit mir geschieht, und rettet mich.

Ich brülle wie von Sinnen, und in das Schreien mischt sich die Stimme des Richters, der mit den Skizzen herumwedelt, die man in meinem Beutel gefunden hat. Doch der Regen hat alles verwaschen, und vielleicht ist es das, was den Richter noch mehr in Rage bringt.

»Warum hast du das gemacht? Sag es, du elende Dirne. Sag den Namen!«, brüllt er in das Zischen von Wasser, in das die Stäbe, nachdem sie ihr grausiges Werk vollbracht haben, getaucht werden.

Nur ich kann nichts mehr sagen und starre auf das blutende Fleisch meiner Handballen. Sollte ich dieser Hölle je entkommen, wie würde ich je wieder einen Pinsel halten können? Ich schreie jetzt nur noch, kann nicht aufhören. Es ist wie ein Krampf, der mich schüttelt, der mich immer wieder Anlauf nehmen lässt zu Brüllsalven.

Der Richter brüllt ebenfalls gegen mich an, ein irres Schauspiel. Die anderen Umstehenden halten sich die Ohren zu, denn der Lärm ist kaum auszuhalten. Seltsamerweise erleichtert mich das Schreien, denn so kann ich ihnen allen wehtun. Meine einzigen Waffen sind meine Stimme und die Worte, die ich ihnen entgegenschmettere: »Mörder! Hexenjäger! Folterknechte! Gottlose Verräter! Dreck!«

Dann lassen sie von mir ab und stecken mich in einen eisernen Käfig, der an einer rasselnden Kette in die Höhe gezogen wird.

Ich weiß nicht, wie lange ich schon in diesem Gefängnis kauere. Ich sehe um mich andere Gefangene in diesen schwebenden Gefängnissen. Manche so zerschunden wie ich, andere noch bei Kräften. Die schlagen dann mit allem, was sie in ihrem Käfig finden, gegen die Gitterstäbe. Löffel, Schüsseln, sogar mit den bloßen Händen versuchen sie die Stäbe aufzustemmen, doch nur mit dem Ergebnis, dass ihnen bei der nächsten Essensvergabe der unsägliche Brei direkt auf den mit Unrat verdreckten Boden geschüttet wird und sie ihn vor den Augen der Folterknechte auflecken müssen. Übergibt sich einer, wird er mit der Peitsche gezwungen, die Stiefel der Knechte zu lecken. Einem, der sich geweigert hat, haben sie an Ort und Stelle die Zunge herausgeschnitten. Heute früh lag er tot in seinem Käfig. Sein Blut floss in Strömen direkt auf den darunterhängenden Käfig, in dem sich jammernd ein kleiner Mann gewunden hat, dem sie den Rücken mit Peitschenhieben zerschunden haben.

Meine Hände haben sich entzündet, und auch die anderen Wunden sondern gelbliche Flüssigkeiten ab. Zu essen bekomme ich grauen Schleim und Wasser, das nach Fisch schmeckt. Aber es ist mir egal. Ich trinke es, weil mir so heiß ist, so unendlich heiß. Alles an mir glüht wie die Stäbe, mit denen sie mir die Hände geschmolzen haben. Die Tage vergehen in einem Nebel aus Schmerzen und kurzen Schlafpausen, weil mein Körper jede Gegenwehr aufgibt.

Ich kann nichts tun, als still zu liegen, und seltsamerweise bin ich froh darüber. Sie haben wohl keine Lust mehr auf weitere Folterungen. Vielleicht auch, weil sie neue Hexen gefangen haben, denn die Schreie reißen nicht ab und dringen aus dem Keller in meinen Käfig. Immer wieder hört man die Folterknechte fluchen, vielleicht haben auch Folterknechte eine Standesehre und beklagen sich, wenn einer nicht schnell genug stirbt.

Die Zeit scheint stehen zu bleiben. Ich bin zu schwach zum Leben und zum Sterben. Wie lange soll das noch weitergehen? Ich könnte die Nahrung verweigern, dann vertrockne ich in dieser Gruft wie eine Rosine. Doch das Einzige, was mich immer und immer wieder aus der irrsinnigen Dunkelheit holt, sind die Gedanken an Raphael. Seine Blicke, seine Berührungen und sein fragender Ausdruck, was es zu bedeuten hat, dass ein Wesen in Burschenkleidern so sehr seine Aufmerksamkeit erregt, bis er alle Standesdünkel ziehen lässt und bei jeder Gelegenheit meine Nähe sucht.

Wahrscheinlich aber hat er mich längst vergessen. Man wird ihn mit heiratswilligen Damen bekannt machen, und er wird nicht umhin können, eine von ihnen zur Frau zu nehmen. Schließlich ist er der uneheliche Sohn des Herzogs, von dem zumindest ich weiß, auch wenn ihn alle für dessen Neffen halten.

Warum werde ich für meine Schwindeleien bestraft, und ein Herzog darf der ganzen Welt mitteilen, dass er seinen »Neffen« unter die Haube bringen will? Gleichzeitig lässt er für seinen »Neffen« Porträts vom Meister selbst anfertigen und lässt sich von ihm auf allen Reisen begleiten, während sein offizieller Sohn das Kriegshandwerk erlernen muss. Warum ist die Welt so ungerecht?

Ich mag mich nicht abfinden mit einem göttlichen Plan. Papa hat mir das eigene Denken beigebracht. Aber er hat auch gesagt, dass eine Zeit immer reif sein muss für Veränderungen, und ich fürchte, ich bin meiner Zeit voraus, jedenfalls hier im goldenen Flandern, das für mich so gar nichts Goldenes mehr hat.

Wenn aus nichts Farbe wird

Viele Töne Braun – ich habe sie alle studiert während der zwei Tage, zwei Wochen, oder waren es zwei Jahre? Es kommt mir vor wie eine Unendlichkeit, die ich nicht benennen kann und die ich hier dahinvegetiere. Dunkelbraun von getrocknetem Kot, Hellbraun von Schorf, Mittelbraun von frischen Fäkalien, Graubraun von verkrustetem Dreck, Honigbraun von Harz, das aus Balken tropft. Buntes Braun. Braun, wie man es in der Malerei nur mit speziellen Mischungen hinbekommt und erhält, wenn die Firnisse stimmen, wenn Van-Dyck-Braun, gebrannte Umbra und Bister zusammenkommen und jene unvergleichliche Dunkelheit ergeben, die nie Schwarz ist.

In mir spule ich immer wieder die Zusammensetzungen ab, immer und immer wieder, und manchmal rudern meine verschorften Hände ganz unkontrolliert durch die Luft, bis sie in einen Haufen Dreck stoßen und wild darin herummalen.

Eines Tages wird tatsächlich mein Käfig von der Decke geholt und geöffnet. Ich krieche aus meinem eigenen Dreck, in dem ganzen Raum riecht es wie in einer Kloake. Ich bin ein Bündel Wunden, mein Unterkleid ist an vielen Stellen zerrissen und braun verkrustet.

Mit einem Eimer Wasser wird der Käfig gereinigt. Anschließend schütten sie einen weiteren Eimer Wasser über mich und schrubben mit einer langstieligen Wurzelbürste den Dreck aus meinem Gesicht, dass ich vor Schmerzen aufheulen möchte. Dabei habe ich Durst, unendlichen Durst. Ich verspüre den Drang, die stinkende Brühe, mit der sie mich abreiben, trinken zu wollen.

Ungewohnt sanft fasst mich plötzlich jemand unter den Armen und stellt mich auf die Beine, die nachgeben, weil sie das Aufrechtstehen nicht mehr gewohnt sind. Mehrere der Kapuzenmänner stellen sich um mich, aber seltsamerweise fürchte ich mich nicht. Es wird keine Steigerung mehr geben für meinen Zustand außer den Tod.

Doch dann greift einer der Kapuzenmänner ein Messer, und sofort ist sie wieder da, diese Todesangst. Mit einem geübten Schnitt trennt er mir meine verfilzten Locken vom Kopf, nimmt alles, was er an Haaren greifen kann, und säbelt sie auf Streichholzlänge ab. Bald werde ich tatsächlich aussehen wie ein Junge, abgemagert, ohne weibliche Formen und mit kurzen Haaren. Was für eine Ironie!

Man geleitet mich aus meinem Kerker. Als wir nach draußen treten, blendet mich der Sonnenschein. Nach ungezählten Stunden in den Katakomben des Gefängnisses schmerzt das Licht, und ich muss die Augen zukneifen, obwohl ich früher diese Tage geliebt habe. Es ist einer jener Wintertage, an denen der Himmel klarer nicht sein könnte. Dabei ist es unendlich kalt, und ich fange augenblicklich an zu zittern, bis sie mir einen Jutesack umhängen, der mich ein wenig wärmt.

Vor dem Tor warten weitere Kapuzenträger mit einem schmalen Holzpodest auf Rädern. Auf das soll ich mich stellen. An einem Pflock binden sie meine Hände fest, die Füße werden mit Eisenschlaufen auf dem Podest fixiert. Im selben Moment setzt sich das seltsame Gefährt rumpelnd in Bewegung, und ich muss aufpassen, dass ich nicht das Gleichgewicht verliere. Was haben sie vor? Ich sehe, dass die Leute am Straßenrand stehen bleiben. Grimmige Mienen starren mich an. In ihren Blicken liegt Abscheu. Sie haben mich bereits verurteilt, ohne zu wissen, was ich getan habe. Mein Äußeres tut ein Übriges. Anscheinend finden das auch die Kapuzenmänner, denn sie schieben mir einen Knebel in den Mund und stülpen mir wieder einen Sack über Kopf und Oberkörper. Jetzt sehe ich aus wie sie, durchfährt es mich, aber es ist mir auch lieber, den Menschen am Straßenrand nicht in die Augen sehen zu müssen.

Wir fahren durch die Stadt. Und da ist er wieder, ein Blitz der Erinnerung: Brügge, der gesperrte Platz, die kleine Frau, die Hinrichtung … In meinem Sack wird es stickig, ich ringe um Luft, ich will es nicht, will nicht sterben, nicht bevor ich Raphael die Wahrheit gesagt habe. Aber es ist zu spät. Ich höre die Rufe: »Erpresserin! Hure! Hexe!«

Immer lauter werden die Stimmen, es scheinen sich mehr und mehr Menschen einzufinden. Plötzlich hält das Gefährt an. Man schnallt mich ab und zieht mich vom Wagen. Tastend stolpere ich hinter den Kapuzenmännern her, die mich eine Treppe hinaufführen. Es muss ein Holzgestell sein, das sehr wackelig ist. Wenn man nichts sieht, spürt man die anderen Sinne stärker. Der Jutesack riecht nach Urin und Schweiß. Dem Gemurmel nach, das mich umgibt, befinden wir uns auf einem großen Platz, denn die Geräusche scheinen von den umliegenden Häusern widerzuhallen und erzeugen eine Lärmkulisse wie an einem Markttag.

Dann höre ich sie, die Stimme des Richters – unverwechselbar der metallische Klang, der bei all seinen Worten und besonders den S-Lauten mitschwingt.

»Leute, beruhigt euch. Heute wird die Gerechtigkeit siegen, und man wird diesem Gesindel ein für allemal den Garaus machen. Es …« Dabei stockt seine Stimme, als wisse er nicht, als was er mich bezeichnen soll, aber ich weiß, dass alles nur theatralisches Gehabe ist. »Es ist angeklagt, sich der Erpressung schuldig gemacht zu haben, der Verheimlichung, der Lüge und der Giftmischerei. In den Habseligkeiten des tückischen Wesens hat man Mittelchen gefunden, die es vermögen, dem stärksten Mann das Bewusstsein zu rauben!«

Er macht eine Pause, und ich kann nicht glauben, dass sie Brechwurz für ein so heftiges Gift halten, dass man dafür zur Hexe wird. Oder Ach Achs Räucherzeug, das nicht mehr benebelt als der Weihrauch in den Kirchen.

»Dieses elende Stück Dreck hat einem unserer angesehensten Mitbürger einen bösen Streich gespielt, um bei ihm die Geheimnisse seiner Kunst auszuspionieren. Dabei hat es sein Vertrauen missbraucht, sich eingeschmeichelt, und wir nehmen an, auch ihn verhext. Wie sonst hätte ein so erfahrener Mann, der die Welt mit seinen so besonderen Augen sehen und mit begabten Händen wiedergeben kann, auf solche Täuschung hereinfallen können?«

Der Richter macht erneut eine kunstvolle Pause, und ich ahne, wie unwohl sich jetzt Rogier van der Weyden fühlen muss, wenn man ihn so vorführt.

»Doch damit nicht genug. Diese kleine liederliche Person hat es doch tatsächlich geschafft, auch noch wertvolle Materialien zu rauben, direkt im Hause ihres Gönners. Gut versteckt hat sie sie. Bisher konnten wir bis auf einen Stein nichts finden. Vermutlich hoffte sie, irgendwann genug beisammenzuhaben, um sich selbstständig machen zu können. Raffiniert hat sie alles geplant. Man kann also davon ausgehen, dass eine verdorbene Seele vor uns steht, die angesehene Bürger bis hin zum Herzog um den Finger gewickelt hat.«

Die Menge heult auf. Ich kann es nicht glauben. Das alles passiert, weil mich dieser Jup angeschwärzt hat, um von seinen eigenen Taten abzulenken. Die ganze Zeit in meinem Gefängnis war ich in mein Schicksal ergeben, vielleicht auch, weil ich mich in all diesem

Gestank, dem Dreck und der Beengtheit so hilflos gefühlt habe. Aber jetzt will ich, dass die Wahrheit zumindest einmal öffentlich ausgesprochen wird, und ich fange an, mich in meinem Jutesack zu winden. Ich zapple und brülle mir die Seele aus dem Leib, was dank des Knebels nur ein Gurgeln erzeugt, bis man mich unsanft stößt und der Richter erneut zu einer Rede ansetzt.

»Liebe Mitbürger von Brüssel, wegen der besonderen Schwere dieses Verbrechens haben sich Philipp und sein Neffe zur Hinrichtung eingefunden. Begrüßt unseren Herzog, Philippe le Bon, Herzog von Burgund, Brabant und Limburg, Stifter des Goldenen Vlieses, und seinen Neffen Raphael de Mercatel. Außerdem Rogier van der Weyden, unseren angesehensten Künstler, Hofmaler und Porträtisten des Herzogs, gefördert von Ihrer Hoheit!«

Ich merke, wie sich die Menschen raunend unterhalten und schließlich in ein vielstimmiges »Vivat!« ausbrechen.

Jetzt kann ich nicht mehr an mich halten. Ich weiß, da irgendwo in der Menge, vermutlich in einer extra abgeteilten Loge, sitzt Raphael. Er allein muss es doch wissen, dass ich nichts im Schilde führe! Zu nah waren wir uns und zu gut haben wir uns verstanden. Wo nur ist mein Pergament? Damit könnte ich allen beweisen, dass ich den »Schwindel« aufdecken wollte. Dass ich genau Raphael gestehen wollte, wer ich wirklich bin.

»Eure Hoheit, wir danken Euch, dass Ihr dieser Verurteilung beiwohnt. Wir grüßen auch Euren …« An dieser Stelle zögert der Richter ein wenig und näselt dann: »… Neffen, Raphael de Mercatel. Sie werden sehen, dass Burgund sich solche Fälscher wie diese … Scharlatanin zu meinen Füßen nicht heranzüchten will. Denn Ihr, Philipp, unser Herzog, Gönner und Förderer der Künste, Patron der Tapissiers und Wohltäter, habt Burgund in den letzten Jahrzehnten zu beispiellosem Ruhm verholfen. Ihr habt die besten Künstler in unser Land und diese unsere Stadt geholt. Es kann nicht angehen, dass

Häretiker und Hexen, Teufelsbündler und Scharlatane diesen Ruf zerstören!«

Langsam dämmert mir, um was es hier geht. Es soll ein Schauprozess sein, der den Magistrat der Stadt im Ansehen steigen lassen soll.

Ich fange wieder an, wie wild zu brüllen und mich zu winden. Irgendwann muss man doch von mir Notiz nehmen! Schließlich ist der Richter darauf bedacht, hier einen makellosen Prozess abzuwickeln. Da stören zappelnde Verurteilte.

Ich merke, wie sich die Kapuzenmänner rechts und links an mich drängen, damit ich Ruhe gebe. Doch dann höre ich die Stimme des Herzogs. Sie klingt so ungewohnt von unten herauf, vermutlich weil ich auf diesem Gestell stehe, damit alle mich, den Abschaum, sehen können.

»Werte oberste Gerichtbarkeit, wir wollen uns doch aber zivilisiert um Gefangene und Angeklagte kümmern. Auch das sind Seelen, die Gott schuf, damit wir an ihnen wachsen und unseren Großmut zeigen. Dazu gehört doch auch eine Verurteilung von Angesicht zu Angesicht und die Möglichkeit für den Gefangenen, sich zu äußern.«

Wieder geht bei den Worten ein Raunen durch die Menge, nicht immer zustimmend, so scheint es mir. Ich aber danke dem Herzog im Stillen.

Ich kann mir nicht vorstellen, dass Philipp der Gute das alles hier gutheißt. Ich glaube eher, dass ich in einen Machtkampf zwischen städtischem Magistrat, Kirche und Herzog geraten bin. Das ist so armselig, denn ich habe niemanden hinter mir, der mir helfen könnte. Niemanden, der sich für mich verwendet, und der Einzige, der an mich geglaubt hat, Rogier van der Weyden, kommt sich dank Jups böser Politik selbst betrogen vor.

»Hoheit, natürlich werden wir das Geheimnis jetzt lüften. Jeder noch so Abtrünnige soll die Chance haben, seinem Landesherrn und seinem Herrn im Himmel gegenübertreten zu können. Vielleicht ist ja Reue ein Wort, das dieses Subjekt hier kennt.« Der Richter näselt so stark, dass ich seinen Widerwillen gegen die Nachsichtigkeit des Herzogs förmlich spüren kann.

»Ich danke Euch, Oberster Richter«, ergreift der Herzog das Wort. »So soll es sein. Nehmt dem Verurteilten diesen Sack ab, damit wir ihm alle in die Augen schauen können, und er uns. Und schließlich soll, mein … Neffe … auch sehen, weshalb ich ihn heute mitgenommen habe. Glaubt mir, er war nicht begeistert davon, so wie er seit vielen Wochen von wenigen Dingen begeistert zu sein scheint, als ob etwas schwer auf seinem Herzen lastet. Vielleicht können wir ihn von dieser Schwermut befreien, wenn er sieht, was das Leben aus manchen unserer Mitbürger machen kann.«

Ein langgezogenes »Oooohh!« geht durch die Menge, als ob es sich hier um ein Theaterstück handeln würde, das die fahrenden Gaukler manchmal auf den Marktplätzen der Städte und Dörfer aufführen. Mit dem Unterschied, dass es danach Geldstücke hagelt, während ich meinen Auftritt mit dem Leben bezahlen soll. Und doch rührt es mich zu hören, dass auch Raphael sich meinetwegen quält. Grämt er sich womöglich ebenso wie ich, dass wir uns nicht mehr sehen? Unwillkürlich tut mein Herz einen kleinen Sprung. Ich habe mich also nicht getäuscht, unsere Begegnungen bedeuten ihm so viel wie mir, mit dem Unterschied, dass er noch nicht weiß, dass ich ein Mädchen bin.

Ich fiebere dem Augenblick entgegen, in dem sie mir dieses graue, stinkende Stück Stoff vom Leib reißen und den Fetzen Stoff aus meinem Mund nehmen werden.

Sie lockern bereits die Stricke um meine Knie, und ich fühle so etwas wie Befreiung, obwohl ich nach wie vor an Händen und Füßen gefesselt bin.

»Nehmt die Verhüllung weg!«

Der Richter durchschneidet die Spannung mit seiner Messerstimme. Mit einem gezielten Ruck zerren mir die Kapuzenmänner den Sack vom Kopf und ziehen den Knebel aus meinem Mund. Wieder muss ich gegen das Sonnenlicht blinzeln. Im selben Augenblick geht ein Raunen durch die Menge. Nur langsam gewöhnen sich meine Augen an die Helligkeit. Da plötzlich sehe ich Raphael. Er sitzt auf der Tribüne des Herzogs wie auf einer Bühne, ganz nah am Geschehen. Als Raphael mich sieht, springt er auf, und ich möchte so gern zu ihm laufen, mich ihm in die Arme werfen – zwischen uns steht nur der Galgen …

Die Zuschauer starren gebannt zu mir hoch, aber ich kann nicht erkennen, was sie von der Situation halten. Immer noch steht Raphael schwankend da, sichtlich aufgebracht, und starrt zu mir. Dann deutet er mit den Händen in meine Richtung, beugt den Kopf zu Philipp und scheint kein Wort herauszubekommen.

Bitte, bitte, sag jetzt was, Raphael, du musst mich retten, schießt es mir durch den Kopf.

Doch er scheint wie gelähmt. Stattdessen bricht es aus mir heraus. Ich brülle, was meine Stimmbänder, die so lange schweigen mussten, hergeben: »Raphael, ich bin es! Ich, die du so lange für Louis gehalten hast, mit dem du Gespräche geführt und dich unendlich gut verstanden hast. Ich wollte dir die Wahrheit sagen, aber der richtige Moment war nie da. Bitte, du musst mir glauben. Es gibt ein Pergament, von mir bemalt, mit unserer Geschichte. Jup hat es, hinter allem steckt Jup, bitte finde es …!«

Weiter komme ich nicht, denn die flache Hand des Richters saust auf meine Lippen herab, dass sie platzen. Ich schreie auf vor Schmerzen. Ein Knüppel wird so oft in meine Kniekehlen geschlagen, bis ich niedersinke und nur noch jammern kann.

Mittlerweile ist die Menge in Aufruhr geraten. Als ich den Kopf wieder heben kann, sehe ich, wie unterhalb des Podests Unruhe in die ersten Reihen der Zuschauer gekommen ist. Ganz vorn sind gleich mehrere Gestalten in Bewegung geraten. Eine davon, ungeschlacht und groß, drängt sich nach hinten durch, rammt andere zur Seite. Plötzlich erkenne ich Rogier van der Weyden, wie er sich hektisch umsieht nach dem Flüchtenden. Ich sehe Matteo und Hans, die die Verfolgung aufnehmen, und einen in sich zusammengesunkenen Gus und einen ungewöhnlich verschüchterten Jakob. Daneben Marie, das Gesicht tränenüberströmt.

»Meister van der Weyden!«, entfährt es mir trotz der Schmerzen. »Haltet Jup auf! Er hat die Steine gestohlen und das Pergament, das für Raphael, den Sohn des Herzogs, bestimmt war. Ich habe keinen Grund, den Herzog zu erpressen. Ich liebe Raphael!«

Jetzt ist es endgültig um die Beherrschung der Menschen geschehen. Sie haben gehört, was bisher nur ein Gerücht war, dass Raphael ein leiblicher Spross des Herzogs ist. Sie sehen einen Herzog, dem diese Enthüllung die Zornesröte ins Gesicht treibt. Und sie sehen einen um Fassung ringenden Rogier van der Weyden, der bisher ein unnahbarer Künstlerfürst war und in der höchsten Gunst des Herzogs steht. Sie haben gehört, wie eine Angeklagte einen Mann beschuldigt, der daraufhin flieht. Und sie sehen mich, wie ich mich jetzt endgültig um Kopf und Kragen rede und alles auf eine Karte setze. Aber es ist die einzige Chance, die ich habe.

Die Kapuzenmänner wollen mich gewaltsam zum Schweigen bringen und stopfen mir wieder den Knebel in den Mund, an dem ich würge und zu ersticken drohe. Dann höre ich endlich Raphaels Stimme.

»Vater, Ihr müsst etwas tun, dieser … diese Louis oder wie auch immer sie heißt, Ihr könnt ihn … sie … nicht verurteilen. Wir müssen das Pergament sehen. Nichts beschäftigt mich mehr als … diese Person … und jetzt endlich wird mir klar, was ich die ganze Zeit gefühlt habe. Es ist ein Mädchen, ein Mädchen, mit dem ich mich verstanden habe wie mit keinem Menschen sonst. Ein Mensch, der mich zum Lachen gebracht hat!«

Raphaels Stimme schnappt fast über, als er das sagt, und ich sehe deutlich, wie sich seine Augen mit Tränen füllen, als sich sein Vater unwirsch zu ihm umwendet und ich alles hören kann, trotz des Lärms um mich herum.

»Aber bedenke, mein Junge, wie uns diese Person genarrt hat. In Brügge hat sie unseren verehrten Meister van der Weyden begleitet und sich in den höchsten Kreisen bewegt. Sie war bei mir im Palast. Hat uns allen mit dieser Maskerade etwas vorgemacht. Unakzeptabel, mein Junge …«

Der Herzog klingt angestrengt, so als wollte er das nicht sagen, was er ausspricht. Doch Raphael scheint aufgewacht aus seiner Schockstarre.

»Vater, was machen *wir* denn? Eine Maskerade! Seit Jahren bezeichnest du mich als deinen Neffen, aber ich bin dein unehelicher Sohn!«

Jetzt höre ich Verzweiflung aus Raphaels Stimme. Ich war wohl das erste Mal so etwas wie eine Vertraute für ihn, er, der immer versteckt wurde hinter allen möglichen Bezeichnungen. Er, der darunter gelitten hat, dass sein Vater zwar die Nähe zu ihm gesucht hat, aber offiziell nicht zu ihm stand. Der so gerne zugehört hat, wenn ich von meinem Vater erzählt habe, der zwar selten da war, aber in der Zeit nur Augen für seine Familie hatte. Selbst die Ungerechtigkeiten sind ungerecht verteilt auf dieser Welt, schießt es mir durch den Kopf.

Dann sehe ich den Schrecken in Philipps Gesicht, denn ein vor Publikum ausgeplaudertes Familiengeheimnis kann nicht in seinem Sinn sein. Er wird etwas tun müssen, um die Szene nicht noch mehr eskalieren zu lassen. Und das Geständnis der unehelichen Kinder dürfte der Kirche nicht gefallen, mit der er es sich um keinen Preis verderben möchte. Tatsächlich will Philipp wohl schnell ablenken von der Enthüllung, und vielleicht ist das die Chance, die ich habe. Die einzige!

»Wachen!«, ruft er. »Bringt mir diesen Jup! Holt ihn hierher, auf dass wir uns seine Geschichte anhören!«

Der Trupp Soldaten, der sich stets in der Nähe des Herzogs aufhält, teilt sich auf. Einige bleiben als Wachen neben Philipp, die anderen eilen dem flüchtenden Jup hinterher, der dank der Menschenmenge Mühe hat, den Platz zu verlassen. Immer wieder schlägt er Haken und sorgt wie ein Räuber in einem Schwarm Fische für Bewegungsstrudel in der Menge.

Der Richter scheint von der plötzlichen Wendung seines Schauprozesses genauso überrascht zu sein wie viele andere. Er weiß nur nicht, was er mit mir machen soll. Die Kapuzenmänner halten mich rechts und links auf den Beinen, damit ich nicht entkräftet zusammenbreche. Der Knebel schneidet mir in die Mundwinkel und reißt an dem Schorf, der sich auf meinen aufgeplatzten Lippen gebildet hat. Ich mag mir nicht ausmalen, wie ich aussehe, aber ich ahne, dass es für Raphael eine ziemliche Leistung war, in meinem zerschundenen Gesicht den Louis zu erkennen, der ich einmal war. Und trotzdem hält er zu mir!

Rogier van der Weyden kommt langsam die Treppen zu dem Podest herauf. Er kann kaum zu mir sehen und wendet sich an den Herzog. Er flüstert mit ihm, immer wieder gehen die Blicke zu mir. Raphael steht da wie gelähmt. Die Menge tobt, denn sie sieht sich um ein Schauspiel gebracht, einen Hexenprozess, bei dem es ja auch immer um den Grusel geht und man es mit teuflischen Mächten zu tun hat.

Plötzlich ruft Raphael in das Rufen und Toben: »Setzt diese Hinrichtung aus! Bitte, Vater, ich will das Pergament sehen!«

Philipp der Gute muss schnell handeln, bevor hier auf dem Platz eine Unruhe ausbricht, die nicht mehr zu stoppen ist. »Die Hinrichtung wird vertagt! Die Schuldfrage ist nicht ausreichend geklärt. Geht nach Hause!«

Mit diesem Machtwort bringt er die zähe Masse der Menschen tatsächlich dazu zu gehen, murmelnd und protestierend zwar, aber sie folgen seinem Befehl. Jeder andere Herrscher hätte mich hängen lassen, nur um seine Macht zu demonstrieren. Nicht so Philipp der Gute. Diese Mildtätigkeit, wie er sie jetzt zeigt, ist eine Geste.

Umso mehr überrascht mich dann sein Ton dem Richter gegenüber, so als würde er sich für die Weichheit wieder entschuldigen müssen.

»Führt das da ab! Stellt es an den Pranger, so lange, bis wir geprüft haben, ob etwas an dem Gerede dran ist.«

Ich sehe Raphaels weit aufgerissene Augen, ein Blick, der mein Gesicht abtastet. Noch bin ich nicht in Sicherheit, die Zweifel sitzen tief. Nur das Pergament kann alles retten: die Zuneigung Raphaels, die Achtung des Herzogs und den Respekt Rogier van der Weydens.

Die Hoffnung stirbt zuletzt

Das Erste, was ich sehe, sind drei gebeugte Gestalten. Sie stehen um einen Tisch. Doch wer genau sie sind, erkenne ich nicht. Noch gehorchen mir meine Augen nicht richtig. Der Tag im gleißenden Sonnenlicht, eingepfercht in den Pranger, hat mich lichtempfindlich gemacht. Meine Haut brennt von der Kälte wie Feuer. Aber ich bin unversehrt. Niemand hat faules Obst nach mir geworfen oder mich angespuckt. Nicht, weil das der Mob nicht gern getan hätte, sondern weil es um meinen Pranger einen Schutzzaun gibt, ein mit dicken Seilen abgetrenntes Areal, das niemand betreten darf, weil darüber ein Soldat des Herzogs wacht.

Ganz langsam dämmert mir, dass die Sache mit dem Pranger eine reine Vorzeigeaktion Philipp des Guten war. So konnte er den Aufschub der Verurteilung rechtfertigen, ohne das Gesicht zu verlieren.

Nun trägt man mich mehr, als dass ich laufe, in diesen Raum, an den ich mich nur schwach erinnern kann. Es ist ein Raum im Schloss, der Vorraum zu dem Saal, in dem ich Ach Ach bei der Auktion um die Edelsteine das erste Mal begegnet bin. Ganz langsam richten sich die drei Gestalten auf. Ich sehe an den teuren

Samtgewändern, dass es sich um hochstehende Persönlichkeiten handelt.

Als Erstes ist es Raphael, der mir den Blick zuwendet. Er lächelt, nein, er strahlt. Dann sieht mich das vertraute Gesicht Rogier van der Weydens an. Ich kann seinen Ausdruck nicht deuten, aber ich glaube, eine Mischung aus Vergebung und Ehrfurcht zu erkennen. Schließlich dreht sich der Herzog selbst um. In seiner Hand hält er das Pergament. Mein Pergament für Raphael! Sie haben es gefunden.

»Meine liebe Louise, komm näher!«

Der Herzog selbst fordert mich auf, doch das ist einfacher gesagt als getan, denn meine Beine wollen mir nach dem tagelangen Martyrium, dem schlechten Essen und den Schlägen immer noch nicht richtig gehorchen.

Von einem Stuhl nimmt der Herzog einen burgunderroten Samtumhang. Er kommt auf mich zu und legt mir das schwere Stück Stoff über die Schultern. Ich will es gleich wieder abschütteln, denn ich stinke und bin unendlich dreckig und will das gute Tuch nicht beschmutzen. Doch der Herzog bückt sich, hebt es wieder auf und legt es mir erneut um.

»Wir haben das Pergament gefunden, Louise. Ganz genau so, wie du gesagt hast, war es in Jups Kammer versteckt, zusammen mit den Edelsteinen. Jup ist gefasst und verurteilt. Er wird lange im Kerker sitzen und danach Brüssel nie wieder betreten. Niemand hat ihm Glauben geschenkt, als er noch dazu versucht hat, unseren Meister Rogier van Weyden des Betrugs zu bezichtigen.«

Ich kann es kaum glauben, was ich da höre. Und ich zittere. Denn ich weiß, dass Jup immer wieder das Thema »aus Meisterhand« angesprochen hat. Rogier van der Weyden hat nicht alle Bilder selbst gemalt, die so bestellt waren. Jup hätte einen Grund gehabt, den Ruf des Meisters zu beschmutzen. Doch so … manchmal ist das Schreckliche auch für etwas gut.

»Du bist frei, Louise, du kannst gehen, wohin du willst.«

Die Stimme des Herzogs ist sanft. Ich stehe unschlüssig da und kann nicht begreifen, was sich hier abspielt, als sich Raphael langsam auf mich zubewegt, bis er ganz nahe vor mir steht. Er hat eine silberne Schüssel mit Wasser in der Hand, in der einige Zitronenscheiben schwimmen. Früchte, die auch Ach Ach manchmal von seinen Reisen aus dem Gelobten Land mitgebracht hat.

Ganz vorsichtig taucht Raphael ein Leinentüchlein in die Schüssel und beginnt, mir das Gesicht abzutupfen. Mit einem Finger hebt er mein Kinn an, tupft es, benetzt es und trocknet es. Dann reibt er auch meine Hände mit den Zitronenscheiben ab und trocknet sie. Vorsichtig stellt er die Schüssel auf einem kleinen Schemel zu meiner Rechten ab. Dann legt er mir eine Haube um den Kopf, weiß und gestärkt, genauso eine, wie sie die vornehmen Frauen von Brüssel tragen. Das Leinen der Haube duftet nach Sonne und Lavendel, und es kommt mir vor, als hätte ich nie etwas Besseres gerochen.

Plötzlich umschließen Raphaels Hände mein Gesicht, seine Daumen gleiten meine Wangen auf und ab, und ich sehe in seinen Augen das Feuer, das uns schon von der ersten Sekunde an verbunden hat.

Ich möchte die Zeit anhalten. Wie lange schon habe ich von diesem Moment geträumt? Raphael sieht mir fest in die Augen. Sein Mund nähert sich meinem, und dann endlich passiert es. Er haucht mir einen Kuss auf die Lippen, und ich vergesse alles um mich herum. Selbst Meister van der Weyden und den Herzog.

Es kommt mir wie eine Ewigkeit vor, bis Raphael wieder zu sprechen beginnt. Er flüstert: »Louise, verzeihst du mir? Uns allen? Rogier van der Weyden hat uns das Pergament entschlüsselt, uns die einzelnen Symbole erklärt, auch wenn mir natürlich beim ersten Blick klar war, was es sagen wollte. Warum hast du nicht eher …?«

Ich kann gerade noch eine Hand unter dem Umhang hervorholen und ihm einen Finger auf die Lippen legen, um ihn so zum Schweigen zu bringen. Ich will, dass dieser Moment nie aufhört! Vielleicht waren all meine Qualen nötig, um genau hier zu stehen, in einem Gemisch aus Lavendel und Rosen, das all die schrecklichen Gerüche der vergangenen Zeit fast vergessen macht. Raphaels Augen, die mir so vertraut sind, obwohl ich ihnen noch nie so nah war wie jetzt. Seine Lippen, die keine Scheu haben, meinen rauen und rissigen Mund zu küssen. Ich lasse mich einfach nach vorn fallen, bis ich von Raphaels Brust aufgefangen werde, seine Arme mich umschließen und ich mein Gesicht in seiner Samtweste vergrabe, die wie Balsam für meine Haut ist.

Bis Raphael mich ein wenig von sich schiebt und noch einmal mein Gesicht in beide Hände nimmt und es mit Küssen bedeckt, bis meine Knie nachgeben, weil das alles nach den vergangenen Wochen nur das Paradies sein kann. Ein Paradies, aus dem uns die Stimme Rogier van der Weydens wieder herausholt.

Er räuspert sich. »Wenn ihr erlaubt, würde ich auch noch etwas sagen. Kommt doch bitte näher, hierher zu uns an den Tisch.«

Raphael nimmt meinen Arm und führt mich ganz vorsichtig. Ein Scherenstuhl mit vielen Kissen wird in den Saal gebracht, auf den ich mich setzen darf, obwohl alle anderen stehen, auch der Herzog. Dann entrollt Rogier van der Weyden das Pergament. Alles ist da, es hat keinen Schaden genommen in der unfreiwilligen Obhut Jups. Leuchtend das Blau, kleine zarte rote Einsprengsel, das helle Grün, Ocker und Braun in allen Tönen, da und dort weiß erhöht, erzählt es meine Geschichte, angefangen mit der Flucht aus dem Beginenhof. Wie dann aus dem Mädchen ein Junge wird, der Pferdeäpfel sammelt, die Begegnung mit Rogier van der Weyden auf der Straße, der Tag, an dem ich zu ihm ins Haus komme. Die erste Begegnung mit Raphael im Atelier. Dann die Reise nach Brügge und schließlich das letzte Bild, auf dem ich mich zurückverwandle in ein Mädchen, das Raphael ein blaues Herz überreicht.

Jede Szene ist eine Miniatur, umschlossen von einem Bogen mit Firmament, einem Rahmen aus Akanthuslaub und Säulen.

»Louise, das ist ein kleines Meisterwerk!« Rogier van der Weydens Stimme ist belegt. »Und auch wenn ich dir zunächst sehr böse war, weil du mich mit deiner Verkleidung hintergangen hast, will ich dir verzeihen und dich bitten, in meine Werkstatt zurückzukehren.« Die Worte des Meisters dringen an mein Ohr, aber ich verstehe sie nicht. Sollte ich am Ziel sein? Sollte es mir gelingen, Malerin zu werden, ganz offiziell?

Und Raphael?

Wie kann ich malen und bei Raphael sein?

Sie wissen es alle, die Gedanken sind mir anzusehen. Raphael hat sich ein wenig von mir weggedreht und holt etwas aus seiner Brusttasche, das er mir verschämt hinhält. Vorsichtig strecke ich meine Hand danach aus, umschließe den kühlen Gegenstand in der heißen Hand Raphaels. Fühle, drehe ihn und weiß plötzlich, was es ist. Als ich die Faust öffne, leuchtet darin ein Herz aus Lapislazuli.

»Weißt du noch, es ist aus dem Stein, den ich dem arabischen Händler abgekauft habe, damals im Schloss.«

Wie könnte ich das vergessen! Ach Achs Stein. Raphael hat ihn schleifen lassen, obwohl auch er nicht wusste, was aus uns werden würde und wer wir sind. Eine Welle durchfährt mich, und ich glaube, es ist Glück.

Dann sieht mich der Herzog an und spricht sehr leise zu mir, so leise, dass ich ihn im ersten Moment gar nicht verstehe und nur Bruchstücke höre: »Du bist klug genug, Louise, um es zu wissen … dass Raphael ein Traum bleiben muss … Es grenzt schon an ein Wunder, wenn du zukünftig bei Rogier van der Weyden lernen darfst … Aber wir können die Gesetze … die gesellschaftliche Ordnung … nicht aufheben. Raphael … ist mein Sohn, das wissen jetzt alle. Er muss seinem Stande nach … verheiratet werden. Ihr seid nicht … füreinander bestimmt.«

Ich presse ganz fest die Finger um das Lapislazuliherz, bis es schmerzt. Für einen Moment denke ich, meine Ohren springen auseinander, ein feines Klingeln, das zu einem schrillen Pfeifen anhebt, zerstäubt sich in meinem Kopf blitzartig in alle Richtungen, so schmerzhaft und heftig, dass ich in ein tiefes schwarzes Loch falle, in das sich nur ein Satz meines Vaters schiebt, bevor sich meine Sinne von mir verabschieden: »Das Paradies ist eine Laune des Augenblicks!«

Epilog

Louise brauchte viele Monate, um sich von den Torturen der Haftstrafe zu erholen. Die Beginen kümmerten sich rührend um sie. Rogier van der Weyden spendete ihnen eine erhebliche Summe Geld, nachdem Louise ihm ihre ganze Geschichte erzählt hatte, von Anbeginn an – dem Zuhause in Brügge, der Ermordung ihres Vaters, der Übersiedlung nach Brüssel und schließlich dem Tod ihrer Mutter. Im Beginenhof hatte ganz besonders Elaine ein wachsames Auge auf ihre Freundin. Bald darauf heiratete Elaine einen Schneider und versorgte Louise fortan mit Kleidern.

Nach ihrer Genesung durfte Louise tatsächlich eine Ausbildung bei Rogier van der Weyden machen. Ihre erste große Aufgabe war, an den beiden herzoglichen Porträts mitzuarbeiten. Sie mischte Farben von so unglaublicher Intensität, dass das in dunklen Braun- und Schwarztönen gehaltene Porträt Philipp des Guten heute noch von einer Strahlkraft ist, als sei es eben erst gemalt worden.

Wie viel Anteil an diesem Bild der Meister selbst wirklich hatte, weiß niemand. Vielleicht war Louise für weite Teile des Gemäldes verantwortlich, vielleicht sogar für den spöttischen Zug um die Lippen des Herzogs, den sie, solange er lebte, verehrte.

Doch ihr Gesellenstück gelang ihr mit dem Porträt Raphaels, das sie noch einmal völlig neu anlegte. Tagelang saß Raphael immer und immer wieder Porträt, viel länger, als es eigentlich nötig gewesen wäre. Rogier van der Weyden hatte überraschenderweise an diesen Tagen immer sehr viel zu tun und ließ die beiden in dem Extraatelier, zu dem auch die anderen Gesellen keinen Zutritt hatten, allein.

Louise hatte sich fast abgefunden mit ihrem Schicksal, zwar Raphael nahe sein, aber nie seine Frau werden zu dürfen. Kurz bevor er Isabelle de Rève heiraten sollte, verunglückte Raphael bei einem Jagdausflug tödlich. Sieben Monate später brachte Louise eine Tochter zur Welt, mit rehbraunen Augen, seidigem Haar und einem spöttischen Zug um die Lippen. Sie wurde im Beginenhof auf den Namen Raphaela Deleuven getauft.

Louise lebte fortan mit ihr im Beginenhof. Das Geld ihrer Mutter und die Spende Rogier van der Weydens hatten die Beginen gut aufgehoben, und es kam der Ausbildung der kleinen Raphaela zugute. Philipp der Gute stellte den Brüsseler Beginenhof unter seinen persönlichen Schutz.

Der orientalische Edelstein- und Gewürzhändler Ach-al-Hab al-Hamid, genannt Ach Ach, wurde zum inoffiziellen Taufpaten der kleinen Raphaela, der er immer wieder Preziosen aus dem Orient mitbrachte. Dass er manchmal etwas eigenwillige Methoden beim Kauf und Verkauf seiner Waren anwendete, blieb ein Geheimnis zwischen ihm und Louise, sozusagen als Gegenleistung für seine Hilfe bei Louises Flucht.

Nur zum Malen überquerte Louise täglich die Straße, während ihre kleine Tochter von den Beginen gehütet wurde. Dann zog sie sich für einige Stunden ins Atelier zurück und half so Rogier van der Weyden, sein großes Spätwerk zu vollenden.

Als Louise mit nur achtundzwanzig Jahren an einer Bleivergiftung starb – sie hatte wie viele Maler die Angewohnheit, die Pinsel mit der Zungenspitze zu befeuchten –, hinterließ sie wohl auch kleine eigene Werke, die alle mit einem kleinen blauen Herz signiert waren.

Leider sind sie rund hundert Jahre später, während des reformatorischen Bildersturms 1566, vernichtet worden.

Raphaela Deleuven bekam das Wissen um die Pigmente von ihrer Mutter vererbt. Sie ging nach Italien zu den großen Malern der Frührenaissance und wurde, so hört man, Muse von Sandro Botticelli. Vielleicht stand sie sogar Modell für sein Gemälde der schaumgeborenen Venus mit den goldenen Haaren und dem unergründlichen Lächeln, das zu einer der größten Bildikonen der Welt wurde und heute so modern ist wie vor sechshundert Jahren. Vielleicht ist das Paradies doch nicht nur ein Augenblick, vor allem nicht in der Kunst?

Ende

Alles hat einen wahren Kern …

Alles hat einen wahren Kern, auch Louises Geschichte. Tatsächlich gab es *Philipp den Guten* (1396–1467), den Herzog von Burgund. Er hatte zwei eheliche und neun uneheliche Kinder, darunter auch *Raphael de Mercatel* (1437–1508).

Philipp der Gute bemühte sich nicht nur, Burgund zu einem mächtigen Reich zu formen, er war vor allem ein Liebhaber und Förderer der schönen Künste. Er unterstützte die Malerei und die Tapisseriekunst und ermöglichte den berühmtesten Malern seines Landes ein komfortables Leben, indem er ihnen viele Aufträge gab. Vor allem die Porträtmalerei stand hoch im Kurs. So wurde Flandern mit seinen Städten Brügge und Brüssel das Zentrum der nordeuropäischen Malerei. *Rogier van der Weyden* (1399–1464) und *Jan van Eyck* (1390–1441) waren die Hauptvertreter der altniederländischen Malerei.

Rogier van der Weyden war schon zu Lebzeiten ein angesehener und wohlhabender Mann. Er lebte mit seiner Familie in Brüssel und unterhielt dort ein großes Atelier. Im Rathaus der Stadt schuf er 1439 die Gerechtigkeitsbilder. Kurze Zeit war auch der italienische Maler *Zanetto Bugatto* sein Schüler. Van der Weyden unternahm ausgedehnte Reisen nach Italien und wurde zum Stadtmaler von Brüssel ernannt. Fromme Stiftungen bedachte er mit Geldspenden und wurde zum Wohltäter der Brüsseler Beginen, deren Hospitalverwaltung er auch übernahm.

Zur gleichen Zeit wurde in Italien die Renaissance eingeleitet, eine Epoche, die in Philosophie, Wissenschaft und Malerei eine völlig neue Weltordnung schuf. *Sandro Botticelli* (1445–1510) gilt als einer der ersten Maler, die im Stil der Renaissance gemalt haben. Seine Geburt der Venus ist eines der berühmtesten Gemälde der Welt. Man sagt ihm zahlreiche Liebschaften mit den schönsten Frauen seiner Zeit nach.

Die *Beginen* formierten sich im 12. Jahrhundert zu losen religiösen Gemeinschaften, in denen Frauen und Mädchen unterkamen, die verwitwet oder verarmt waren. Sie sicherten sich ihren Lebensunterhalt durch Krankenpflege, Armenfürsorge, Textilarbeiten und die Erziehung von bedürftigen Kindern. Mitte des 14. Jahrhunderts kam es zu einer massiven Verfolgung der Beginen. In Brüssel und Brügge kann man bis heute historische Beginenhöfe bewundern.

In der Grafschaft Flandern fanden zwischen 1350 und 1700 rund 281 *Hexenprozesse* statt, in 181 Fällen folgte die Hinrichtung.

Die Stadt *Brügge* war im Mittelalter die reichste Hansestadt Europas, vor allem der Gewürz- und Tuchhandel wurden dort abgewickelt, daran beteiligt war maßgeblich die Kaufmannsfamilie *van der Beurse*. Ihr Haus gab der heutigen Börse ihren Namen.

Das Handwerk war im ausgehenden Mittelalter allein den Männern vorbehalten. Frauen waren nicht geschäftsfähig und mussten sich zum Beispiel bei einem Rechtsstreit von einem Mann vertreten lassen. Verwitweten Frauen stand oft nur der Weg ins Kloster oder in einen Beginenorden offen. Das Kloster war auch der einzige Ort, an dem Frauen des Mittelalters bildkünstlerisch arbeiten konnten.

Es ist also vieles wahr an Louises Geschichte. Ob es tatsächlich ein Mädchen in ein großes Malatelier geschafft hat, ob sie sich in einen Spross Philipp des Guten verliebt hat und ob die Tochter einer niederländischen Malerin die Geliebte von Sandro Botticelli wurde – das alles ist die erfundene Geschichte hinter der Geschichte – wahr oder falsch, wer weiß?